शिवानी

प्रख्यात कथाकार शिवानी का जन्म 17 अक्तूबर, 1923 को विजयादशमी के दिन राजकोट, गुजरात में हुआ।

शिवानी की पहली रचना अल्मोड़ा से निकलनेवाली 'नटखट' नामक एक बाल-पत्रिका में छपी थी। तब वे मात्र बारह वर्ष की थीं। इसके बाद वे मालवीय जी की सलाह पर पढ़ने के लिए अपनी बड़ी बहन जयंती तथा भाई त्रिभुवन के साथ शान्तिनिकेतन भेजी गईं, जहाँ स्कूल तथा कॉलेज की पत्रिकाओं में बांग्ला में उनकी रचनाएँ नियमित रूप से छपती रहीं। गुरुदेव रवीन्द्रनाथ टैगोर उन्हें 'गोरा' पुकारते थे। उनकी ही सलाह कि हर लेखक को मातृभाषा में ही लेखन करना चाहिए, शिरोधार्य कर उन्होंने हिन्दी में लिखना प्रारम्भ किया। शिवानी की पहली लघु रचना 'मैं मुर्गा हूँ' 1951 में 'धर्मयुग' में छपी थी। इसके बाद आई उनकी कहानी 'लाल हवेली' और तब से जो लेखन-क्रम शुरू हुआ, उनके जीवन के अन्तिम दिनों तक अनवरत चलता रहा। उनकी अन्तिम दो रचनाएँ 'सुनहुँ तात यह अकथ कहानी' तथा 'सोने दे' उनके विलक्षण जीवन पर आधारित आत्मवृत्तात्मक आख्यान हैं।

1979 में शिवानी को 'पद्मश्री' से अलंकृत किया गया। उपन्यास, कहानी, व्यक्ति-चित्र, बाल उपन्यास और संस्मरणों के अतिरिक्त, लखनऊ से निकलनेवाले पत्र 'स्वतंत्र भारत' के लिए शिवानी ने वर्षों तक एक चर्चित स्तम्भ 'वातायन' भी लिखा। उनके लखनऊ स्थित आवास-66, गुलिस्ताँ कालोनी के द्वार लेखकों, कलाकारों, साहित्य-प्रेमियों के साथ समाज के हर वर्ग से जुड़े उनके पाठकों के लिए सदैव खुले रहे।

21 मार्च, 2003 को दिल्ली में उनका निधन हुआ।

अतिथि

शिवानी

राधाकृष्ण पेपरबैक्स

राधाकृष्ण पेपरबैक्स में
पहला संस्करण : 2006
तेरहवाँ संस्करण : 2025

राधाकृष्ण पेपरबैक्स : उत्कृष्ट साहित्य के जनसुलभ संस्करण

राधाकृष्ण प्रकाशन प्राइवेट लिमिटेड
जी-17, जगतपुरी, दिल्ली-110 051
द्वारा प्रकाशित

शाखाएँ : अशोक राजपथ, साइंस कॉलेज के सामने, पटना-800 006
पहली मंजिल, दरबारी बिल्डिंग, महात्मा गांधी मार्ग, प्रयागराज-211 001
1, अनमोल सोराबजी संतुक लेन, धोबी तलाव, मरीन लाइंस, मुम्बई-400 002

वेबसाइट : www.radhakrishnaprakashan.com
ई-मेल : info@radhakrishnaprakashan.com

विकास कंप्यूटर एंड प्रिंटर्स
ट्रॉनिका सिटी-201 102
द्वारा मुद्रित

मूल्य : ₹350

ATITHI
Novel by Shivani

ISBN : 978-81-8361-079-7

अतिथि

"अम्मा" जया का तमतमाया चेहरा देखकर, माया सहसा सहम गई थी। शांत-सौम्य पुत्री का ऐसा उग्र रूप वह पहली बार देख रही थी।

"मुझे कांता ने बताया, तुम मेरा रिश्ता लेकर उसके घर गिड़गिड़ाने गई थीं। तुम जानती हो, वे लोग कितने ओछे हैं, कांता ने आज सबके सामने ही मुझे अपमानित किया।"

माया सहम कर चुप हो गई। निश्चय ही बाप की यह मुँहलगी लड़की उनके आते ही उनसे भी कह देगी।

"मेरी जया सचमुच जया है।" श्यामाचरण कहते थे।

"सिंहस्कंधाधिरूढ़ा त्रिभुवनमखिलं तेजसा पूरयन्तीं" सदा सिंह के कंधे पर चढ़ी मेरी बेटी अपने तेज से तीनों लोकों को परिपूर्ण करती रहेगी। तुम क्यों इसके विवाह की चिंता करती हो। देख लेना, लोग इसे माँगकर सर-माथे पर बिठाएँगे।"

"मैंने कह दिया है अम्मा। मुझे शादी नहीं करनी है और न तुम मेरे रिश्ते की बात लेकर आज से इधर-उधर जाओगी।"

निश्चय ही कांता ने कुछ ऐसी-वैसी बात कह दी होगी। सामान्य-सी बात से उत्तेजित होने वाली लड़की नहीं थी जया। करती भी क्या, जया के पिता को तो दिन पर दिन सयानी हो रही पुत्री की चिंता ही नहीं थी। इसी वर्ष उसकी पढ़ाई भी पूरी हो जाएगी। फिर एक बात और भी थी। अपनी ही रिश्तेदारी में दो-तीन लड़कियाँ विजातीय लड़कों से प्रेमविवाह कर चुकी थीं। उस पर जया का रूप ऐसा दिव्य न होता तो उसे चिंता नहीं थी।

कांता उसके साथ पढ़ती थी। ऊँचा जाना-पहचाना खानदान था। उन्हीं का-सा मध्यमवर्गीय परिवार भी था। माया की यह दृढ़ धारणा थी कि विवाह संबंध अपने ही तबके में होना चाहिए। फिर अनिल था भी सुदर्शन-विनम्र

लड़का। अगले साल इंजीनियर बन जाएगा। आज तक उस खानदान में हाईस्कूल से आगे कोई नहीं पढ़ पाया था। सबने दुकान के बही-खाते ही सम्हाले थे। इसी से अनिल की माँ का अहं अवश्य कभी-कभी फुफकार उठता है।

"हमारा तो बस यही एक है जया की माँ" उन्होंने एक दिन बातों ही बातों में सुना दिया था। "थोड़ा-बहुत लेन-देन तो हम भी चाहेंगे। आखिर हमें भी दो बिटियाँ ब्याहनी हैं। फिर उसकी पढ़ाई में क्या कम खर्च हुआ है?"

ठीक है। लेन-देन भी निबट लेगी वह। कौन-सी लाख-डेढ़ लाख की माँग करेंगे! अच्छी चीज लेनी होगी तो अच्छे दाम भी खरचने होंगे। उसे पक्का विश्वास था कि अनिल भी मन ही मन जया को चाहता है। छुट्टियों में घर आता तो नित्य कोई न कोई बहाना निकाल मिलने चला आता। यह ठीक था कि जया ने उसे कभी मुँह नहीं लगाया। पर बार-बार अनिल की आँखें किसे खोज रही हैं, यह भी न समझ पाए ऐसी मूर्ख नहीं थी माया।

आज उसका वही स्वप्न चूर-चूर हो गया। बेटी को उसने नौ माह गर्भ में धरा था। उसकी नस-नस पहचानती थी वह। एक बार जो उसने कह दिया, वह फिर ब्रह्मा का लेख था। वह जानती थी कि अब इस विषय में उससे कुछ कहना व्यर्थ था। श्यामाचरण से वह कई बार कह चुकी थी, "देखो, ऐसा लड़का हाथ से मत जाने दो। मैं जानती हूँ। जया उसे बहुत पसन्द है। एक बार जाकर कहते क्यों नहीं।"

"मैं क्या राधारमण को नहीं जानता माया? एक नंबर का लोभी है। उस पर लड़का अब इंजीनियर बनने वाला है। तुम तो जानती हो, हमारी बिरादरी में ऊँची बोली लगाने वालों की कमी नहीं है। मैं कुछ कहूँ और वह कुछ ओछी बात कह दे यह मैं नहीं चाहता। मैं तुम्हें भी राय दूँगा, भूलकर भी अपनी बेटी के रिश्ते की बात लेकर वहाँ मत जाना।"

पर वह अब तक अपने को रोक नहीं पायी थी। कहीं ऐसा न हो कि वह मुँह ही न खोल पाए और कोई दूसरा वह वांछनीय रिश्ते का गस्सा अपने मुँह में भर ले।

एक लम्बी साँस खींचकर वह मशीन लेकर बैठ गई। नाना अभावों में जैसे उसका अपना जीवन बीत रहा था, क्या ऐसे ही अभावग्रस्त किसी परिवार में अंततः जया को भी जाना पड़ेगा? इधर जया यूनिवर्सिटी में ही म्यूजिक

कॉलेज चली जाती थी। वहाँ से लौटती तो अपने कमरे में किताबें लेकर बैठ जाती।

कभी जेठानी आती तो उसे और डरा जाती, "छोटी, देख, मेरा कहना माने तो मेरे साथ एक दिन उन्नाव चली चल। मेरी भाभी का वही भतीजा आजकल घर आया है, जिसकी मैंने बात की थी। बंबई की किसी कंपनी में नौकरी करता है। देखने में थोड़ा साँवला जरूर है, पर भरा-पूरा परिवार है। अपना पुश्तैनी मकान है। दो-दो भैंसें हैं। वैसे तो उसके लिए कई रिश्ते आ रहे हैं। पर भाभी ने जया को किसी शादी में देखा और मुझसे कई बार कह चुकी हैं।"

जिस जेठानी ने जीवन-भर उसकी जड़ काटी वह क्या कभी जया के सुखद भविष्य का प्रस्ताव लेकर आ सकती थी? फिर माया तो अपनी इस सुन्दर पुत्री के लिए कैसे-कैसे सपने सँजो रही थी! उसे वह सब मिले, जिसके लिए वह जीवन-भर तरस रही थी। बैठने को कार, रहने को बड़ी-सी कोठी, नौकर, अर्दली, स्वच्छन्द-निरंकुश सम्राज्ञी बनेगी उसकी जया। उन्नाव में दो-दो भैंसों के बीच खड़ी जया की छवि उसे कल्पना में भी डंक दे उठी थी। बड़ी रुखाई से ही उसने जेठानी का प्रस्ताव फेर दिया था।

और फिर महीना बीतते न बीतते अचानक उसकी सब योजनाएँ धरी की धरी रह गई थीं। जया यूनिवर्सिटी के ही किसी जलसे में भाग ले रही थी। और उसी अनुष्ठान के मुख्य अतिथि थे मंत्री प्रवर माधव बाबू, श्यामाचरण के बाल्यकाल के सहपाठी। जान-बूझकर ही जया ने पिता से इस अनुष्ठान में आने का अनुरोध नहीं किया था। अम्मा तो वैसे भी कहीं आती-जाती नहीं थी। पिता से कहती तो शायद आ भी जाते किंतु उनके सामने स्टेज पर सरस्वती वंदना गाने में उसे संकोच होता। और फिर वह जानती थी कि माधव बाबू उसके पिता के सहपाठी रह चुके थे।

आज तक उन्होंने भूलकर भी कभी उसके बाबू जी को याद नहीं किया। फिर आज यहाँ समस्त प्रेक्षागृह के दर्शकों की आँख उस महामहिम व्यक्ति के चेहरे पर गड़ी रहेगी, जिनके कंठ को न जाने कितने-कितने पुष्पहार की गरिमा आज सुशोभित करेगी, वहीं किसी बहुत पिछली पंक्ति में बैठे अपने निरीह बाबू जी की म्लान मुखछवि को वह सहन नहीं कर पाएगी। बाबू जी ने स्वयं उसे बताया था कि इसी माधव को मैंने ही एक प्रकार से हाथ

पकड़कर हाईस्कूल की परीक्षा पास कराई थी। बराबर गणित में फेल होता। हिन्दी का सामान्य निबन्ध भी ठीक से नहीं लिख पाता था। रोज मेरे पास चला आता था और मेरी कापियों से रट्टा लगाता। वही देखो आज कहाँ से कहाँ पहुँच गया है और अब कभी देख भी लेता है तो जैसे पहचानता ही नहीं।

किंतु नियति कभी-कभी कैसे मनुष्य को पीछे से आकर एक ही धक्के में धराशायी कर देती है। उसी दिन उसके कमनीय चेहरे को देखकर माधव बाबू मुग्ध हो गए थे। वंदना के पश्चात स्वयं ही उन्होंने मंच पर अपने पास बुलाया और स्नेह से पीठ थपथपाकर अपने कंठ का पृथुल पुष्पहार उसके कंठ में डाल दिया।

ऐसा उन्होंने पहली बार नहीं किया था। जब कभी किसी जलसे में जाते कंठ में पड़े पुष्पहार, गुलदस्ते उन्होंने कई बार पहले भी प्रशंसकों की भीड़ की ओर उछाले थे। यह भी उनके पेशे का एक झटका था। 'जो मिले उसे जनता में बाँट दो' की भावना का प्रतीक। किंतु आज तक उन्होंने किसी के कंठ में ऐसे पुष्पहार नहीं डाला था।

दूसरे ही क्षण अपनी अविवेकी हरकत पर वे कुछ खिसिया भी गये थे। कहीं कोई और कुछ न समझ बैठे। लड़की अत्यन्त रूपवती थी और मंत्रियों की जैसी दुष्कीर्ति के समाचार इधर कुछ चटखारे ले-लेकर छपने लगे थे, चरित्रहीनता की गदा किसी का भी मस्तक विदीर्ण कर सकती थी। यद्यपि उनकी ओर आज तक किसी का नारी को लेकर कुछ कहने या छापने का साहस न हुआ था, न हो ही सकता था। उनकी ईमानदारी की जैसी स्वच्छ छवि स्वयं जनता ने आँक कर मजबूत चौखट में बाँध अपनी हृदयभित्ति पर टाँग दी थी, उसके नीचे गिरकर टूटने का प्रश्न ही नहीं उठता था। फिर भी उन्हें, लगा सबके सामने उस सुन्दरी को बुला उसका ऐसा अभिनंदन करना उचित नहीं था। उसके साथ दो और गायिकाएँ भी थीं।

''क्या नाम है तुम्हारा बेटी?'' उन्होंने निष्पाप संबोधन की मींड इसी से जान-बूझकर लगे माइक में खींची थी।

''जया!'' कह वह लजाकर पीछे सिमट गयी थी।

माधव बाबू को उसी दिन पता चल गया था कि वह उनके बाल्यकाल के सहपाठी श्यामा की पुत्री है। स्मृति के गह्वर से अपने उस विनम्र सुदर्शन सहपाठी के विस्मृत चेहरे को ढूँढ़ने में कुछ समय लग गया था। कैसे मूर्ख

थे वह। लड़की एकदम अपने बाप ही पर तो गई थी। वही लजीली हँसी, वैसी ही रेशमी पलकों की चिलमन्।

स्कूल की रामलीला होती तो श्यामा ही बनता था सीता। कैशोर्य ने जहाँ उसके अधिकांश सहपाठियों के कंठ को मिठास में एक माँसल पुट घोल भारी बेसुरा कर दिया था, वहीं पर उसका कंठ था। एकदम बचकाना। स्वरभंग भी उसे विकृत नहीं कर पाया। उस पर गणित में विधाता का वरदान था लड़के को, परीक्षा देने आता तो सहपाठियों की एक चींटियों की-सी कतार उसके पीछे-पीछे चलती।

"अरे श्यामा, यह प्रश्न बता देना जरा। यह कैसे होगा?" उस पर उन दिनों का वह चलता-फिरता गैस पेपर था। जो प्रश्न बताता, उनमें से 6-7 तो आते ही आते। किसी अध्यापक का पुत्र या आत्मीय होते, तो लोग कहते, उसे पर्चा पता है। पर एक तो उन दिनों बोर्ड के पर्चे खुलने की बात भी किसी के दिमाग में नहीं आ सकती थी। न गुरुजनों की आज की भाँति नकल करने पर टोकने पर आते ही सरेबाजार बिखेरी जाती थी। कोई छात्र फेल होता तो सीधा भागता वहीं बावड़ी की ओर। और कभी-कभार कोई दुःसाहसी बेहया छात्र नकल करते पकड़ा भी जाता तो जीवन-भर वह अमिट कलंक की अदृश्य कालिख उसके चेहरे पर पुती रहती।

फिर श्यामा की सत्यवादिता का दबदबा पूरे कॉलेज में था। पूरे कॉलेज में वही एकमात्र छात्र था, जो कभी झूठ नहीं बोलता था। इसी से उसके मित्रों की संख्या बहुत कम थी। इसी से शायद माधव बाबू उसके अंतरंग मित्रों में से एक थे। कैसे आश्चर्य था कि एक ही शहर में रहकर भी श्यामा कभी उनसे मिलने नहीं आया।

ठीक ही तो था, ऐसी उम्मीद तो उससे की थी। वे आज मंत्री पद पर न हो, उसकी भाँति एक निरीह अध्यापक होते तो वह अवश्य उनसे मिलने आता। समृद्धि ही तो मैत्री की सौत बनती है। उन्होंने वहीं पर दृढ़ निश्चय कर लिया। जैसे ही चुनाव के बुखार की तपन से मुक्ति मिलेगी वे अपने भूले-बिसरे सहपाठी को बुला भेजेंगे। किन्तु क्या केवल मैत्री का ही आकर्षण उन्हें उस दिन उकसा गया था?

अंत तक वे धैर्य रख नहीं पाए। तीसरे ही दिन बिना किसी से कुछ पूछे उन्हें पत्र लेकर अपने विश्वासी पी.ए. सक्सेना को श्यामाचरण को बुलाने भेज दिया

था! उनका वह प्रिय पवनसुत आज तक कौन-सी संजीवनी बूटी लाने में असमर्थ रहा था। जान-बूझकर ही उन्होंने स्वजाति के किसी ब्राह्मण पी.ए. को नहीं रखा। आज तक उनके पूर्वज किस मुख्यमंत्री ने अपनी जाति को प्रश्रय नहीं दिया! कौन-से मुख्य सचिव ने अपनी बिरादरी का महत्त्वपूर्ण पद नहीं सौंपा! कभी-कभी माधव बाबू का चित्त खिन्न हो उठता। क्या इसी स्वतंत्रता के स्वप्न उन्होंने देखे थे? कहीं ठाकुरवाद कहीं ब्राह्मणवाद, कहीं वैश्यों का प्राचुर्य और कहीं शूद्रों का, और फिर वर्णसंकरता जब दिन पर दिन प्रखर होती जा रही थी, किसे कह सकते थे वे विशुद्ध ब्राह्मण और ठाकुर!

वनपर्व में कहे गए युधिष्ठिर के शब्द आज और समर्थक बन गए थे। ठीक ही कहा था युधिष्ठिर ने कि वर्णों के अस्तव्यस्त मिश्रण के कारण किसी व्यक्ति की जाति का पता चलना कठिन हो गया है। सभी लोग सभी प्रकार की नारियों से सन्तान उत्पन्न करते हैं। अतः विज्ञ लोग चरित्र को ही प्रमुख एवं वांछित वस्तु मानते हैं। माधव बाबू सदा इसी आदर्श को गाँठ से बाँधकर चलते थे। इसी बात को ध्यान में रख उन्होंने अपने पी. ए. गुरुमौज सक्सेना की भी नियुक्ति की थी।

देखने में बौने कद का वह स्याह चेहरे वाला उनका अनुचर दिन में भी आकाश से तारे तोड़कर ला सकता था, कम्प्यूटर को भी मात देने वाला उसका कुटिल मस्तिष्क कस्बे के स्कूल में पौवा-ड्योढ़ा रटकर देसी उस्तरे की धार-सा तीखा था, आँकड़े उसके जिह्वाग्र पर रहते, किस फाइल की भृगुसंहिता के किस पृष्ठ पर किस मंत्री की, किस अफसर की तीन-तीन जन्मों की कुंडली अंकित है, माधव बाबू को मिनटों में बता सकता था। यद्यपि उनके पास प्रायः ही कर्णपिशाची सिद्ध आकर कानों में बुदबुदा जाते, आप नहीं जानते एक-एक तबादले में इसने जागीरें जोड़ ली हैं। आप तो सवर्णी सिफारिशें पढ़ने से पहले ही फाड़ दूर फेंक देते हैं, यह कायस्थों को कंधे पर बिठा रहा है।''

बिठाने से उनका क्या बिगड़ता था। उनकी अंतरात्मा तो निर्दोष थी। फिर उनके प्रति उसकी स्वामिभक्ति में कई बार लुके-छिपे जाँच करने पर भी वे कभी कोई त्रुटि नहीं खोज पाए थे। ऐसे विलक्षण अनुचर को वे लोगों के कहने पर कभी नहीं गँवा सकते थे यद्यपि बहुत पहले पढ़ी राजतरंगिणी की पंक्तियाँ उसे शंकित कर देतीं, जब किसी कायस्थ ने अपनी जननी से कहा था, ''तू क्या सोचती है, मैं जब तेरे गर्भ में था मैंने तेरी आँतें इस

लिए नहीं खाईं कि तू मेरी माँ है? मैंने इसलिए नहीं खाईं कि मेरे मुँह में दाँत नहीं थे!''

उसी गुरुमौज को उन्होंने उस दिन वह काम सौंप दिया था। वे जानते थे वह बूटी ही नहीं पूरा पर्वत उखाड़ लाएगा। दूत भेजते ही उन्हें अपने दुःसाहस पर आश्चर्य भी हुआ था। अपने उस उद्दंड-अबाध्य पुत्र से पूछे बिना उन्होंने यह कदम उठाया कैसे? शायद इसीलिए कि उन दिनों भूत की चुटिया उन्हीं के हाथ में थी। कुछ ही दिनों पूर्व शहर के जिस वन अरण्य से एक धर्षिता युवती की नुची लाश मिली थी, वही वनस्थली उनके आखेट प्रेमी पुत्र कार्तिक की प्रिय आखेटस्थली थी। एक जीर्ण मंदिर के भीतर कुछ टूटी चूड़ियों के साथ अपराधी की जेब से गिरा जो यूनिवर्सिटी का आइडेंटिटी कार्ड मिला था, वह था कार्तिक के अभिन्न मित्र अहमद तुफैल का।

न जाने कैसी-कैसी चेष्टाओं से माधव बाबू पुत्र की उस आखेट पार्टी के बदनाम पद चिह्नों को मिटा पाए थे। अच्छा था कि उन्हीं के मंत्रिमंडल के एक ऐसे सहयोगी का पुत्र भी जघन्य हत्याकांड में शामिल था, जिस का भृकुटि विलास ही पल-भर में पूरे प्रदेश का विलय कर सकता था। माधव बाबू को भी संदेह नहीं था कि उनका कपूत भी किसी न किसी रूप में उस जघन्य हत्याकांड से जुड़ा हैं। सक्सेना की ही कुटिल सूझ ने रातों रात कार्तिक को नेपाल भेज यह सिद्ध कर दिया था कि हत्याकांड के दिन कार्तिक शहर में था ही नहीं।

लौटने पर कार्तिक ने स्वेच्छा से ही घर में नजरबंद रहना स्वीकार कर लिया था। गजब का दुःसाहसी होने पर भी वह बुरी तरह सहम गया था। उसके इसी दुर्बल क्षण का लाभ उठा माधव बाबू ने सक्सेना के सुझाव का बिना कुछ सोचे-समझे समर्थन कर दिया था। ''मेरी बात मानें सर'' वह उनके कान के पास हाथ धर फुसफुसाया था। ''आप भैया की किसी सुंदर लड़की से शादी कर दीजिए।''

माधव बाबू को उसका उनके कान के पास आकर फुसफुसाना बुरा लगता था। कई बार उसे टोक भी चुके थे। ''देखो सक्सेना, जो कुछ कहना हो जोर से कहा करो। फुसफुसाने का मतलब ही होता है कि कोई ऐसी बात कह रहे हो जो और न सुने। तुम जानते हो, मेरे कान मेरे ही कान नहीं, पूरी जनता के कान हैं।''

पर वह अपनी आदत से बाज नहीं आता था। पत्र में उन्होंने अपने

बाल्यकाल के विस्मृत सहपाठी मित्र श्यामा को अत्यंत सहज स्नेह से आमंत्रित किया था कि वे परिवार सहित अवश्य पधारें। उन्हें तो यह पता ही नहीं था कि वे इसी शहर में हैं। उनकी गुणी पुत्री का गाना न सुनते तो शायद जान भी न पाते। अपनी उस पुत्री को भी वे अवश्य साथ लाएँ जिसे देखते ही उन्होंने पहचान लिया था कि वह किसकी बेटी है।

यदि निमंत्रण स्वीकार कर लिया, करेगा कैसे नहीं, पद का अहं अनजाने ही उनकी मूँछें सतर कर गया। आखिर प्रदेश के मुख्यमंत्री का आदेश भी तो कुछ अहमियत रखता है। यदि उनकी योजना सफल हो गई तो उनका आधा सर दर्द दूर हो जाएगा। अभी उनके आने में तीन दिन बाकी थे। इस बीच वे अपने विचित्र परिवार को भी समझ लेंगे यद्यपि उन्हें न पत्नी से ही सहयोग की आशा थी, न पुत्री लीना से, न पुत्र से।

उसी रात को खाने की मेज पर उन्होंने अपना प्रस्ताव पत्नी और पुत्री के सम्मुख रख दिया था। कार्तिक बहुत कम ही परिवार के सहभोज में सम्मिलित होता था। उस दिन भी वह अपना कमरा बंद कर उच्च स्वर में बज रहा विदेशी संगीत सुन रहा था।

चन्द्रा, हाथ का गस्सा थाली पर पटक खड़ी हो गई थी, "आपका दिमाग फिर गया है क्या? कहाँ किसी दो कौड़ी के मास्टर की लड़की का गाना सुन चटपट उसे यहाँ न्यौत आए और कहते हैं, उसे बहू बनाएँगे। आप जानते हैं कि सुधा से हम मुन्ना का रिश्ता मन ही मन पक्का कर चुके हैं।"

"और यू क्रेजी डैडी।" लीना ने भी माँ की ही पसंद का समर्थन कर उन्हें चीरकर रख दिया। "अच्छा है आज मुन्ना यहाँ नहीं है, अब प्लीज, आप अपना ये रिडीकुलस प्रस्ताव उसे मत सुनाइये। आप शायद नहीं जानते कि सुधा उसे बेहद पसंद है, हमें भी।"

माधव बाबू ने हँसकर कहा, "हाँ, मैं यह भी जानता हूँ बेटी, कि कार्तिक को सुधा ही नहीं संसार की हर सुंदर लड़की पसन्द है। मैं और कुछ नहीं सुनना चाहता। मैं कार्तिक को अभी जाकर कहता हूँ, परसों मैंने श्यामा को सपरिवार चाय पर बुलाया है। उसे अभी कुछ पता नहीं है। पर बात बन गई तो मैं जाने से पहले ही यह रिश्ता पक्का कर देना चाहता हूँ। अगले महीने डेलिगेशन के साथ जर्मनी जाना है।"

पत्नी और पुत्री की ओर बिना दृष्टिपात किए ही वे सीधे कार्तिक के कमरे में चले गए थे। इससे पहले कि चन्द्रा और लीना उसे भरें वे स्वयं

अपना प्रस्ताव उसे सुना आएँगे। मुन्ना को वे जानते थे। जहाँ वह एक बार जया को देख लेगा तो ना नहीं कह पाएगा, भले ही थोड़े दिनों में पिता के दिए उस सुन्दर खिलौने से ऊब उसे दूर पटक दे।

वे कार्तिक के कमरे में कभी नहीं जाते थे। उन्हें इतना समय ही कब मिलता था, जो परिवार के किसी सदस्य के कमरे में जाते। जब आधी रात के बाद फाइलों का स्तूप निबटाकर स्वयं अपने कमरे में पहुँचते तो चन्द्रा गहरी नींद में डूबी मिलती। कभी बहुत देर होती तो वे अपने स्टडी रूम में ही सो जाते। राजनीति ने बहुत पहले ही किसी रक्षिता के निर्लज्ज अधिकार से उन्हें पत्नी के सुखद साहचर्य से विलग कर दिया था।

कमरे में पहुँचे तो स्तब्ध होकर देहरी पर पर खड़े रह गए। क्या इसकी माँ इसका कमरा कभी नहीं देखती होगी। पूरी दीवार पर नग्न विदेशी सुगंधित चित्र, पूरे कमरे में बिखरे सिगरेट के अवशेष, एक किनारे पत्रिकाओं के फड़फड़ाते पृष्ठ, औंधे पड़े खाली गिलास, भीमकटि चौकोर हरी बोतल, एक विचित्र दुर्गन्ध का भभका उन्हें दुःसाहस से पीछे धकेल गया। तब क्या लड़का चरस गाँजा भी पीने लगा था।

कुर्सी पर तीन-चार कमीजें टँगी थीं। लगता था बदल-बदल कर उन्हें नित्य कुर्सी पर लटका देता है।

उथल-पुथल बिस्तर पर उनका कुल दीपक नंगे बदन एक रेशमी लुंगी लपेटे सो रहा था पर कैसी अस्वाभाविक निद्रा लग रही थी उसकी। मुँह खुला था। शुभ्र ललाट पर पंखे की हवा में उड़ते केशगुच्छ कभी स्वयं उड़ कर बिखर रहे थे, कभी पूरा चेहरा ढाँपे जा रहे थे। एक हाथ नीचे लटका था। दो अँगुलियों के बीच जलती क्रमशः छोटी होती जा रही सिगरेट किसी भी क्षण अवश्य अँगुलियों को दग्ध कर कालीन पर गिर पूरा घर जला सकती थी। लड़के को होश ही नहीं था। लपककर उन्होंने सिगरेट का टुकड़ा अँगुलियों से निकाल बड़ी वितृष्णा से बाहर फेंक पैरों से ऐसे कुचला, जैसे बेटे का सारा गुस्सा अधबुझी सिगरेट पर ही निकाल रहे हों।

"मुन्ना!" उनका स्वर क्रोध से काँप रहा था।

पर मुन्ना तो न जाने किस आनन्दलोक में डुबकियाँ लगा रहा था। उन्हें लगा, किसी मीठे सपने का प्रसंग अचानक निद्रालस बेटे को गुद्‌गुदा रहा है। सचमुच ही नींद में डूबा कार्तिक सहसा निर्दोष बालक की भाँति मुस्कुरा रहा था।

नहीं, नाटक नहीं कर रहा था लड़का, गहरी नींद में डूब एक बार फिर वही बचपन का मुन्ना बन गया था। माधव बाबू के कंठ में सहसा ममता का गह्वर अटक गया। इसी चेहरे को देख तो उन्होंने इसका नाम धरा था कार्तिकेय। उन्होंने क्या सोचा था कि उनका यह दुलारा बेटा एक दिन अपने यौवन पर स्वयं अपने हाथों ऐसा कुठाराघात कर उसे पत्रहीन ठूँठ बना रख देगा। मद्यप, अमितव्ययी, उद्दंड, कामी, क्रोधी। कौन-से अवगुण नहीं थे उसमें!

एक क्षण को उन्हें लगा, वे उस अनजान किशोरी के प्रति बहुत बड़ा अन्याय करने जा रहे हैं। अपने स्वार्थ के लिए, वे सबकुछ जान-बूझकर अपने बाल्यकाल के निरीह मित्र से ऐसी निर्लज्ज प्रवंचना कैसे कर पाएँगे? क्या उस सुंदरी कन्या का सान्निध्य, उनके इस पथभ्रष्ट पुत्र को सही राह पर ला पाएगा?

नहीं, वे उलटे पैरों लौट गए थे। ठीक है। श्यामा तो इस प्रस्ताव से अभी अनभिज्ञ ही है। उसे तो उन्होंने सपरिवार चाय का ही निमंत्रण दिया है। चन्द्रा के लाड़-दुलार ने ही कार्तिक को बिगाड़ा है, अब वही उसे सुधारे! अपने ननिहाल के वंश की औकात का बछड़ा ही निकला आखिर।

तीन मामाओं में से कौन चल रहा था सही राह पर! बड़ी किसी तलाकशुदा राजकन्या को पिछले दस-पंद्रह वर्षों से रक्षिता बनाकर नाक कटा रहा था। यही नहीं, किसी उजड़ी रियासत की वह विवाहित राजकन्या साथ में दो पुत्रियाँ और दो पुत्र भी लेकर आई थी। दोनों पुत्रियों का विवाह भी सत्येंद्र ने ही किया था। उनका दूसरा साला भी कुँआरा था। किन्तु ऐल्कोहलिक बना किसी पागलखाने में बिजली के झटकों से सुन्न पड़ा हाथ से छूटी जा रही नौकरी को बचाने की प्राण तक चेष्टा में लगा था। तीसरा आये दिन उन्हीं के यहाँ पड़ा रहकर रोटियाँ तोड़ रहा था। उसने पढ़-लिखकर भी कोई नौकरी नहीं की। ''हर घर में जहाँ और भाई अच्छे पदों पर हों, एक न एक अकर्मण्य भाई तो होना चाहिए। क्यों, है ना जीजा जी?'' वह बेहया प्रायः ही उन्हें छेड़ता रहता।

शायद ठीक ही कहता था वह। जब वह राजनीति में आने से पहले डिप्टी कलक्टरी में छाँटे गए, तो उनके वृद्ध अनुभवी पिता ने लगभग ऐसे ही शब्द कहे थे, ''बेटा, आज हमारी दरिद्र बिरादरी में तू ही पहला सितारा बन जगमगाया है। तहसीलदारी से ऊँचा ओहदा आज तक किसी ने हासिल नहीं किया।''

उनकी ज्योतिहीन आँखें स्नेहाश्रुओं से डबडबा उठी थीं, "तू यह समझ ले कि तू बादशाह बन गया है आज!" शायद ठीक ही कहा था उन्होंने, उन दिनों की डिप्टी कलक्टरी क्या किसी बादशाहत से कम थी! "पर बेटा," वे आँखें पोंछकर कहने लगे थे, "एक ही चिंता है मुझे, जब किसी रेगिस्तान में अचानक ही कोई छायादार वृक्ष उगता है तो सब उसी की छाया में सुस्ताने, जमघट लगाने लगते हैं, तेरे साथ भी यही होगा।"

वही हुआ था। न जाने कितने अकर्मण्य आत्मीय स्वजन नित्य ही उन के यहाँ जुटने लगे। दो भतीजों को पढ़ाया, विवाह किया; तीन भतीजियों का कन्यादान किया, फिर उनके बेटों को नौकरियाँ दिलवाईं, बेटियों के लिए वर ढूँढ़े। मंत्री पद उनके लिए और भी बड़ा सरदर्द बन गया। दूर-दूर के रिश्ते का सूत्र पकड़, लोग उनके मंत्री पद का रौब औरों पर गाँठने लगे। अजी मंत्री जी हमारे फूफा हैं, मामा हैं, चाचा हैं आदि-आदि। उस व्यर्थ की बिरादरी की सुख्याति उनकी कुख्याति बन उठी। यहाँ तक कि कई बार उनके मुहर लगे सरकारी पैड के पन्ने चुरा, कई चतुर रिश्तेदारों ने तो उनके जाली हस्ताक्षर ऐन-मैन उतार, स्वयं सिफारिशी पत्र बना अपना उल्लू सीधा कर लिया। एक यह श्यामा ही था बेचारा, आज तक उनके पास कभी नहीं आया। उसे ही वह किस दुःसाहस से ठग लें!

पर फिर दूसरे ही क्षण उन्हें अपनी-अपनी नवीन बिरादरी के उस हितैषी मित्र सिन्हा की सीख याद हो आई, "देखो माधव बाबू, हम राजनीतिज्ञों के दो ही शत्रु होते हैं—या हमारे बेटे या दामाद। मेरे बेटे ने भी मुझे नंगा कर भरे चौराहे पर खड़ा कर दिया था। वह तो मेरी अपनी साख न होती तो आज मिश्रा जी की तरह अली-गलियों में भटकता फिरता। मैंने क्या-क्या नहीं झेला अपने कन्हैया के लिए, साले अखबार वालों ने मेरी खाल उधेड़कर रख दी, न जाने कहाँ-कहाँ से कन्हैया की ऐसी तस्वीरें लाकर छाप दीं कि मेरी पत्नी ने तो जो खाट पकड़ी फिर उठी नहीं, पर जहाँ मैंने उसके पैरों में सुंदरी पत्नी की बेड़ी डाली, आज देख लो उसे। जो मैं इतने बरसों में ही जोड़ पाया, उसने तीन साल में जोड़ लिया। आज उसका अपना कोल्ड स्टोरेज है, सैकड़ों आटोरिक्शा चल रहे हैं, दो ट्रक हैं। हाँ, पीता अब भी है, पर कौन नहीं पीता इस जमाने में!

"मेरी मानो तो किसी गरीब परिवार की सुंदरी कन्या देख, इसका पैर उलझा दो। गरीब घर की इसलिए कह रहा हूँ कि अमीर घर की कोई नकचढ़ी

लड़की लाओगे तो वह विद्रोह अवश्य करेगी। पहले-पहले तुम्हारा लड़का बिदकेगा, पर एक बार कुशल सवार की तरह, तुमने उसकी लगाम थाम ली तो फिर समझ लो, न इधर मुँह मार पायेगा, न उधर, और न दो पैर जमीन पर टिका हिनहिना ही पायेगा। घोड़ा और औलाद, बिना कड़े चाबुक की मार के राह पर नहीं आते माधव बाबू। दो चाबुक मारकर देखो, जीवन-भर सरपट दौड़ता रहेगा मेरे कन्हैया की तरह। हमारा तो यही उसूल रहा है भाई, कि फाइल और घोड़ा दोनों सरपट भागते रहना चाहिए, इसी से न हमारी मेज पर कभी फाइल रहती है न अस्तबल में बंधा घोड़ा!''

मित्र की वही सीख, उन्हें एक बार फिर उकसा गई। दूसरे दिन अबाध्य बेटे के सामने यह प्रस्ताव रखा तो वह भी अपनी माँ की भाँति तनकर भन्ना उठा था, ''आप कौन होते हैं मेरी शादी तय करने वाले?''

''देखो मुन्ना,'' उन्होंने अपने वही दर्पस्फीत कंठस्वर को गुरु गंभीर बनाकर साधा, जिसकी एक ही कड़क घुड़की संसद के सदस्यों के बचकाने शोर गुल को पल-भर में शांत कर देती थी, ''मैंने तुम्हारे लिए देवप्रतिभा छाँटी है, कोई साधारण लड़की नहीं। कोई कारण नहीं कि तुम्हें वह पसन्द न आये। तुम्हारा विवाह वहीं होगा।''

पिता के अप्रत्याशित आवेश के तीखे चाबुक की-सी मार से मर्माहत हो, वह भन्नाकर खड़ा हो गया, ''मेरा विवाह? वह भी ऐसी किसी लड़की से जिसे मैंने देखा भी नहीं?''

''याद रक्खो मुन्ना, विवाह से पहले मैंने भी तुम्हारी माँ को नहीं देखा था।''

''तो आप भी याद रखिये डैडी, जरूरी नहीं कि आप अंधे कुएँ में गिरे तो मैं भी गिरूँ!''

''बेकार की बातें सुनने के लिए मेरे पास वक्त नहीं है मुन्ना! तुम कोई बच्चे नहीं हो, पेट की भूख से भी बदतर शरीर की भूख होती है, मैं नहीं चाहता कि मेरा बेटा इधर-उधर नालियों में पड़े जूठे पत्तल चाटे। मेरे पास तुम्हारी एक-एक बात पहुँचती है। मैं ही जानता हूँ कैसे-कैसे मैंने तुम्हें दाँतों के बीच जीभ-सा सेंतकर बचाया है, पर अब यह सब नहीं होने दूँगा।''

''और अगर मैंने आपकी बात नहीं मानी तो?'' कार्तिक का गोरा चेहरा तमतमाकर लाल हो गया।

''तो फिर तुम्हारे मित्र का वह आइडेंटिटी कार्ड अभी भी मेरे पास है

जिसके लिए मुझे पूरे पचास हजार भरने पड़े। जीवन में पहली बार मैंने तुम्हें बचाने के लिए यह नीच काम किया।''

''मुझे बचाने या अपनी कुर्सी बचाने?''

पग-पग पर वह उद्धत छोकरा उन्हें लक्ष्मण की भाँति 'इहाँ कुम्हड़ बतिया को नाहीं' वाली अशिष्ट लंगड़ी दे रहा था।

वे मर्माहत दृष्टि से उसे देखकर निरुत्तर रह गये।

''जी हाँ'' वह फिर जोर से चीखने लगा। लपककर उन्होंने द्वार बंद कर लिया।

''आप तो अपने मत्रिमंडल के युधिष्ठिर कहे जाते हैं ना, फिर क्यों नहीं दे दिया मुझे पुलिस में? कहाँ गई आपकी सत्यवादिता, देशभक्ति? सिर्फ इसलिए आपने मुझे बचाया कि मैं जाता तो आपकी यह ऊँची कुर्सी, यह ठाठदार कोठी आपके ताबेदार सब छिन जाते। मेरे साथ-साथ अखबारों में आपकी फोटो छपती। आपने मुझे नहीं बचाया, अपने को बचाया है।''

''देखो मुन्ना, अब तुम हद से बाहर जा रहे हो।''

''क्या होता अगर मैं छापे में पकड़ी गई पिस्तौल पुलिस के पास रहने देता?''

''ठीक है, मत करो शादी, मैं अब भी पुलिस को यह पिस्तौल थमाकर कह सकता हूँ कि दीजिए इसे कड़ी से कड़ी सजा। ऐसे अपदार्थ अपराधी को यदि फाँसी की सजा मिल भी गई तो पृथ्वी की कोई क्षति नहीं होगी। जानते हो उस विधायक के कत्ल में तुम्हारा हाथ रहा है, यह पुलिस खूब जानती है?''

''आह! तो आप मुझे ब्लैकमेल करने आये हैं डेडी? जाइये, शौक से करिये मेरी शादी। मैं भी उसे देख लूँगा। गो अहेड। पर फिर यह मत कहियेगा कि मैंने यह क्यों किया, वह क्यों किया—दैट विल बी योर हेडेक।''

माधव बाबू का चेहरा क्रोध से तमतमा उठा, जिसे बचाने वे प्राण तक चेष्टा से ऐसी योजना बना रहे थे उसका ऐसा रुख! उधर पत्नी और पुत्री अलग मुँह फुलाये बैठी थीं। माधव बाबू बहुत कम घर पर रहते थे। उनके राजनैतिक कार्यसंकुल जटिल जीवन उन्हें महीने में पन्द्रह दिन गगनबिहारी बनाए रखता था। घर आना तो दूर वे घर के स्पर्श ही बहुत कम कर पाते थे। उनके घर पर न रहने का एक कारण मुन्ना भी था।

देखने में मोम का-सा पुतला बेटा, इधर उनके जीवनपथ का गोखरू

काँटा बन गया था। बाहर भी रहते तब भी यह काँटा धपधप कसकता। राजनीति की कुटिल-सर्पिल पगडंडियों पर चलते-चलते उनके केश पलित हो गए थे, किसी को देखते ही वे उसे खुली पुस्तक-सा बाँचने में समर्थ थे, फिर भला अपनी ही समज्जा के टुकड़े को कैसे नहीं पहचानते? गटापारचा के बटुए-सा सुचिक्कन चेहरा, उन्नत नासिका जिसे देखते ही वे कह सकते थे कि इसका स्वामी निष्ठुर परम स्वार्थी और केवल अपने को ही देख-देख जीवन-भर मुग्ध होता रहेगा। ऐसे व्यक्तियों की थाह स्वयं ब्रह्मा भी कभी नहीं पा सकते थे, चरित्र, आदर्श, पाप दुर्नीति को लेकर समय का वृथा अपव्यय करने वाला यह व्यक्ति हो ही नहीं सकता, ऐसे अहंकारी अंतःसारशून्य पुत्र का विवाह करना क्या उचित होगा।

चन्द्रा निरंतर बड़बड़ा रही थी, "ठीक ही कहते हैं कि साठ के बाद आदमी सठिया जाता है। पता नहीं क्या हो गया है इन्हें! न मुन्ना से पूछा, न हमसे, बस न्योत दिया। आखिर कौन हैं ये श्यामाचरण? मैंने तो इनका नाम भी कभी नहीं सुना इनके मुँह से! ऐसे ही मित्र थे तो एक ही शहर में रहकर क्यों नहीं आये इनसे मिलने! ठीक है, भुगत लेंगे, मुन्ना से जरा कहकर तो देखें।"

पति पीछे खड़े सब सुन रहे हैं, शायद नहीं देख पाई।

"मुन्ना से मैंने कह दिया है। तुम्हें चिन्ता नहीं करनी होगी। हाँ, इतना ध्यान रखना चन्द्रा, उनकी आव-भगत में कोई त्रुटि न हो। मैं देख रहा हूँ तुमने अभी कुछ भी तैयारी नहीं की है। खैर, कोई बात नहीं, मेरे लिए काम करने वालों की कोई कमी नहीं है।"

और गुस्से में भुनभुनाते वे कार लेकर अकेले ही निकल गये थे। लौटे तो कार से मिठाई, दालमोठ, मेवे, फल के टोकरे निकालने विष्णु को वहीं छोड़ हाथ का मखमली डिब्बा लिए बिना पत्नी-पुत्री की ओर देखे सीधे अपने कमरे में चले गये थे।

द्वार बंद कर उन्होंने चिटखनी लगा दी और त्रिभुवनदास झवेरी की मुहर लगी मखमल की मंजूषा खोल रत्नजटित हार को मुग्ध होकर देर तक देखते रहे। वाह, क्या बनावट थी उस चार अंगुल चौड़े चंद्रहार की। पाँच-पाँच सोने की लड़ियों को बीच-बीच में जोड़ते माणिक-पुखराज जड़े चौड़े थक्के और बीचों-बीच बना रत्नजटित मयूर! नृत्यराज मयूर के पक्षों में जड़ी हीरे की

नन्हीं कणियों के बीच फिरोजा और पन्ना के टुकड़े द्युतिमान होकर मयूर को जीवंत बना रहे थे।

''श्रीमान्'', जौहरी को उनकी खद्दर की टोपी और जरीदार अंगवस्त्र ने शायद और भी वाचाल बना दिया था, फिर उसकी चतुर कनखियों ने ग्राहक की झंडा लगी कार भी देख ली थी। ''यह पेंडेंट हीरे का है, बीच में मणिक पन्ना भी हैं। और आप तो जानते ही है सर, दिन-रात हीरे-जवाहरात खरीदते रहते हैं। इस छोटे-से गणिक का मूल्य भी मैंने दस हजार चुकाया है, वह भी बैंकाक से लिया, इसी से कुछ सस्ता मिल गया।''

संसार की कौन-सी नारी भला इस बेशकीमती तोहफे को रखकर पुलकित नहीं होगी? फिर पहनने वाली भी तो इस हार के योग्य थी। यौवन से सुगठित अनुपातयुक्त उसका शरीर बिना आभूषणों के ही दिव्य सौंदर्य से प्रस्फुटित लग रहा था। इस हार को धारण कर वह वैसी ही खिल उठेगी, जैसे सूर्य की किरणों से कमल। उस हार के साथ एक आभूषण और भी ले आए थे। रत्नजटित बाजूबंद, जिसके दोनों मुड़े लच्छे उसी मयूराकृति में जुड़ जाते थे। नीचे लटका था जारीदार काला डोरा। कुमार-सम्भव में पार्वती की जिन शिरीष के फूलों-सी सुकुमार बाँहों का वर्णन पढ़ा था ठीक वैसी ही सुडौल सुकुमार बाँहें।

''बेटी, क्या नाम है तुम्हारा?'' उन्होंने पूछा तो आयताक्षी जया का चकित प्रेक्षणा उन्हें चकित कर गया था। स्वयं अपने हाथों उसे वे यह पहनाकर अब आर्शीवाद देंगे। चन्द्रा से भी अंत तक यह अपूर्व उपहार गोपनीय ही रखेंगे—उसका भी क्या भरोसा, कहीं अपने असंख्य आभूषणों से बदल स्वयं ही इसे न दबोच बैठे और फिर संसार की कौन नारी आज तक पति का लाया दामी उपहार दूसरी नारी को दे पाई है! यदि उनके अपदार्थ पुत्र ने आज हामी भर दी तो वे तत्काल जया को यह हार-बाजूबंद पहना अपने खानदान की प्रभावशाली मुहरें लगा देंगे।

चिटखनी चढ़ी थी, फिर भी उन्होंने सशंकित दृष्टि से इधर-उधर देखा और सामने धरे शीशम के बने पूजागृह के मखमली पट खोल दिये। बिजली की रक्तिम वह्निशिखा दपदप कर जल रही थी। न वहाँ किसी देवी-देवता की मूर्ति थी न उनके चित्र, केवल एक चमचमाते फ्रेम में मढ़ा उनके अर्धनग्न गुरुदेव का चित्र था और एक उन्हीं की रुद्राक्ष की जपमाला। वे नित्य

ब्राह्ममुहूर्त में उन्हीं का दिया गुरुमंत्र जपते और उसी फर्श पर बिछी गुदगुदी कार्पेट पर बद्ध पद्मासन लगाकर ध्यानमग्न हो बैठे रहते। किंतु आज असमय ही गुरुदेव के सम्मुख आँख मूँद ध्यानस्थ हो गए।

आँखों के सामने न जाने किस-किसके चेहरे तैरने लगे। अशांत चित्र बिदके घोड़े की भाँति उन्हें बार-बार धरा पर गिराने की चेष्टा करने लगे।

कितने चेहरे तैर उठे बंद आँखों की झील में—उग्रतेजी चन्द्रा का, अबाध्य पुत्री लीना का, उद्दंड मुन्ना का, और फिर सहसा देवी की-सी स्निग्ध हँसी से उद्भासित जया ही वह लजीली भंगिमा, दोनों हाथों वागदेवी के स्तुति जपार्चन में बँधे, खुले लहराते केश, दमकते शुभ्रललाट पर रोली का लम्बा तिलक। न कोई सज्जा, न कोई आभूषण, केवल ओठों के कोर पर लगी माखनचोर भोले कन्हैया की अधकोर पर लगी नवनीत की-सी चुगलखोर रेखा—ऐसी कृपण स्मित रेखा आज तक उन्होंने किसी के चेहरे पर नहीं देखी थी। न हँसने पर भी लग रहा था कि हँस रही है।

माधव बाबू को लगा, जो स्नेह उन्हें आज तक स्वार्थी परिवार नहीं दे पाया, न पत्नी, न पुत्री, न पुत्र वह उन्हें यह पराये घर की अनजान लड़की निश्चय ही दे पायेगी। सहसा वही कल्पना उन्हें अभिभूत कर गई।

जीवन में अनेक बार उन्होंने मृत्युकामना की भी, किन्तु आज जी में आ रहा था कि वे हजार-हजार बरस जियें। मृत्यु सन्निकट आ भी गई तो वे अब अपनी इच्छाशक्ति से ही उसे दूर ढकेल सकते हैं। भावी पुत्रवधू, जैसे वह चंद्रहार पहन उनके सम्मुख, एक बार फिर खड़ी होकर गाने लगी थी, "वर दे वीणा वादिनी, वर दे।"

पागलों की भाँति शून्याकाश में प्रसारित उनके दोनों हाथ अनजान ही भावी पुत्रवधू को आशीर्वाद देने को प्रलंबित हो गये। चौंककर तटस्थ हुए। उस अद्भुत सुखानुभूत का क्षण, सहसा उनके समस्त दौर्बल्य, सारी चिंता को बहा उनमें नवीन साहस अद्भुत चेतना का संचार कर गया। शरीर की सारी शिरायें एकसाथ झनझना उठीं। गुरुदेव जैसे स्वयं आकर उनके सम्मुख खड़े हो गए थे। प्रायः अंधकारपूर्ण कमरे में केवल एक धूपकाठी जल रही थी। अँगुलियाँ रुद्राक्ष के एक-एक खुरदरे दानों से दूसरे मनके पर स्वयमेव सरकती चली जा रही थीं, माधव बाबू की देह वहाँ थी, मन चला गया था बहुत दूर, जहाँ धीरे-धीरे विशाल पुरुष गुरुदेव की देह क्रमशः स्पष्ट धुँधलके में तिरोहित होती जा रही थी।

अचानक उन्होंने आँख खोली। कहाँ चले गये थे वे, किस शून्य में? सहसा दीवार पर लगी घड़ी से सिर निकालकर चिड़िया कुहुकी—'कुहुक कुहुक'। वे हड़बड़ाकर उठ गये। चन्द्रा और लीना ने कुछ तैयारी नहीं की होगी। पूरा परिवार ही तो उनसे बगावत कर चुका था। कहीं हतभागा मुन्ना भी न छिटक गया हो। पर सक्सेना को द्वारपाल बना वे सब कुछ समझा चुके थे कि देखता रहे, मुन्ना कार लेकर कहीं न निकलने पाये।

पुत्र के कमरे से गुजरे तो विदेशी संगीत के ढोल, दमामे, तुतुरी की-सी गूँज सुन, आश्वस्त हुए—कमरे में ही बंद था छोकरा! दूसरा झटका उन्हें पत्नी ने दिया। चन्द्रा स्वयं खड़ी होकर जलपान का आयोजन कर रही थी। कमरे की ही नहीं, स्वयं की सज्जा भी चन्द्रा ने विशेष यत्न से की थी। बालूचेरी साड़ी, जो वे उसके लिए अपने पश्चिम बंगाल के दौरे से खास विष्णुपुर के लूम से ताजी उतरवाकर लाये थे, उसके गौर वर्ण को और भी निखार रही थी। हाथों में हीरे की चूड़ियाँ झलमला रही थीं, नाक में हीरे की लौंग, हाथ की ब्रैसलेटनुमा घड़ी, सब आयुध शायद शत्रुपक्ष को पराजित करने को ही धारण किये गये थे।

"मुन्ना से तैयार होने को कह दिया है लीना?" उन्होंने पत्नी की ओर बिना देखे ही पुत्री से पूछा।

"क्यों? क्या अभी उसे भी तैयार होना होगा डैडी? यह तो आज ही सुन रही हूँ।" च्युंगम चबाती लीना ने बड़े कटीले व्यंग्य से पूछा। लीना की हर वक्त की च्युंगम की जुगाली, माधव बाबू को जरा भी पसन्द नहीं थी।

"हाँ-हाँ, उसे भी तैयार होने को कह दो। उसका क्या ठिकाना, कहीं लुंगी-कुर्त्ते ही में न चला आये!"

"और हाँ डैडी, कैसे आयेंगे वे लोग, कार है क्या उनके पास?" कन्या पक्ष का दौर्बल्य जानकर भी, उन्हें तिलमिलाने को ही यह प्रश्न पूछा गया है, वे समझ गये।

"हूँ, कार न कद्दू! रिक्शा या टैम्पो आ रहे होंगे!" चन्द्रा की उस श्लेषपूर्ण हुँकार में हृदयहीन भर्त्सना का स्वर स्पष्ट हो उठा। माधव बाबू कुछ कहते इससे पूर्व ही, सौम्यकांति श्यामाचरण पत्नी-पुत्री सहित द्वार पर खड़े हो गए।

उनकी उपस्थिति ने सहसा माँ-बेटी को, किसी ने जैसे सहसा जादुई डंडा

फिराकर, अचल बना दिया। न वे अतिथियों के विनम्र अभिवादन का ही प्रत्युत्तर दे पाईं, न आगे बढ़ उनकी अभ्यर्थना का ही प्रयास कर सकीं।

जया जान-बूझकर ही वही चौड़े लाल पाड़ की सफेद टांगाइल साड़ी पहन कर नहीं आई थी, जिसने उसके भावी श्वसुर को मुग्ध किया था; बेचारी इनी-गिनी साड़ियों के संकलन में एक वही नवीनतम साड़ी थी, और जब वह तैयार होने लगी तो एकमात्र उसी साड़ी में इस्त्री थी, अन्य सभी कलफ कर उसने इस्त्री को दे दी थीं। वही सतर कंधे, भोला सा चेहरा, लाल टीका और शिथिल कवरी, न चेहरे पर प्रसाधन की भ्रामक भूमिका, न कटीले भ्रूभंग में विलास का स्पर्श।

''आओ-आओ श्यामा, कहाँ थे आज तक!'' माधव बाबू बड़े स्नेहपूर्ण अधिकार से उन्हें बाँहों में भर भीतर खींच लाये।

''चन्द्रा, ये हैं मेरे बाल्यकाल के मित्र श्यामाचरण और यह जया है, इनकी बेटी।''

''यह मेरी पत्नी है माया,'' कुछ सकुचाकर ही श्यामाचरण ने परिचय दिया।

महिमामय मंत्री का यही निमंत्रण श्यामा के लिए सरदर्द बन गया था। दो दिन से वे निरंतर माया को समझाकर, वहाँ लाने में सफल हो पाये थे। वह तो उनका पत्र पाते ही भड़क उठी थी। जो बात, उस निरीह अध्यापक के दिमाग में नहीं आई थी, वह माया ने पढ़ते ही भाँप ली।

''कहीं जया के रिश्ते की बात करने तो नहीं बुलाया है तुम्हारे मित्र ने। एक ही लड़का तो है उनका, पर सुनो, कहीं यही बात हो तो जरा सोच-समझ कर करना।''

''कैसी बातें करती हो माया—कहाँ राजा भोज और कहाँ गंगू तेली, कहाँ वे और कहाँ हम।''

''क्यों जी, किस बात में कम हैं हम! जया को उन्होंने बुलाकर अपने कंठ की माला भी पहना दी थी और पूछा था, किसकी बेटी हो, कहाँ पढ़ती हो, अरे तुम्हारे बाबू जी और हम तो एक ही स्कूल में पढ़ते थे।''

''जाने भी दो माया, तुम्हारे दिमाग में तो हमेशा ऐसी ही ऊटपटाँग बातें आती हैं। बाप का नाम पूछ लिया तो क्या बहू बना लेंगे?''

''मैं जो कह रही हूँ, ठीक कह रही हूँ। सुना है लड़का ठीक आदतों का

नहीं है। पिछले साल जिस विधायक का कत्ल हुआ था, उसमें भी उसका हाथ था सुना—मुझे नहीं चाहिए ऐसा ऊँचा खानदान—और ऐसी ऊँची हवेली। हमारा खंडहर ही भला।"

जया अपने कमरे से सब सुन रही थी। उसे हँसी आ रही थी। कितनी भोली थी अम्मा, मंत्री जी ने उसे मंच पर बुलाकर अपने गले का पुष्पहार पहना दिया तो अम्मा, उसे उनकी बहू बनने की सँभावना से डर गई। फिर वह क्या मिट्टी का लौंदा थी? उसकी अपनी पसन्द-नापसन्द का क्या कोई मूल्य ही नहीं था? ऐसी मूर्ख नहीं थी वह कि जहाँ बाबू जी अम्मा चाहें उसे वहाँ किसी खूँटे से गैया-सी बाँध दें!

अपनी महत्वाकांक्षा को उसने बड़े यत्न से सींच-सींचकर बेल-सा बढ़ाया था। उसका पहला स्वप्न था—प्रशासनिक बागडोर सम्हालना या फिर किसी बैंक के ऊँचे पद पर आसीन हो, चिरंतन अभाव से जूझ रहे अपने पितृगृह को समृद्धि से सँवार, छोटे भाई के लिए वह सब साधन जुटाना, जिनके लिए बेचारा तरस-तरसकर रुआँसा हो जाता था। और फिर विवाह करना ही होगा तो क्या मंत्रीपुत्र ही रह गया है उसके लिए?

इसी से जब बाबूजी ने उसे पत्र दिखाया तो उसने अपनी अस्वीकृति स्पष्ट कर दी थी। "नहीं बाबू जी मैं नहीं जाऊँगी वहाँ। मुझे ऐसे बड़े लोगों को देखकर दहशत होती है, आप और अम्मा हो आइये, मैं क्या करूँगी वहाँ आपके मित्र हैं, आपका और अम्मा का जाना ठीक है।"

"नहीं बेटी," श्यामाचरण ने स्नेह-पगे स्वर में कहा, "उनका बड़प्पन है कि इतने साल पहले मैं उनका सहपाठी था, यह बात उन्हें याद रही। बहुत बड़े आदमी हैं, देश के गौरव, उनकी बात न रखना उनका अपमान होगा। एक तो बंटी भी मैच खेलने बाहर गया है, तुम भी नहीं गईं तो अच्छा नहीं लगेगा," आज तक पिता का कौन-सा आदेश जया टाल पाई थी।

जहाँ श्यामाचरण और माया, संकोच से प्रकृतिस्थ सहज भाव से बैठ भी नहीं पा रहे थे, वहीं पर जया ऐसी स्वाभाविकता से सतर होकर निःसंकोच बैठी थी, जैसे वही राजमहिषी हो और अन्य सब उसके दरबारी हों। चन्द्रा की अहंकार से तनी ग्रीवा भी उस बित्ते-भर की लड़की के तेज से दग्ध होकर एक पल झुक गई थी, पर उसी क्षण उसने फिर बड़ी तत्परता से अपने बुझे जा रहे अहंकार की बात सरकाकर तेज कर ली।

"यह रसगुल्ले लीजिये ना, ये अभी कलकत्ता गए थे, वहीं के बाग-बाजार के हैं।" उसने ऐसे अहंदीप्त स्वर में घोषणा की, जैसे कह रही हो, तुम्हारे बाप ने भी कभी खाये हैं बागबाजार के रसगुल्ले?

माया अब तक एक शब्द भी नहीं बोली थी, और जया चाय का प्याला थामे ऐसी अचल मुद्रा में बैठी थी, जैसे कोई सिद्ध योगिनी हो। वातावरण क्रमशः बोझल होता जा रहा था कि सहसा, 'हाय एवरीबाडी' कह मुस्कराता कार्तिक पर्दा खोलकर खड़ा हो गया। एक साथ ही तीनों अतिथियों की आँखें उस उत्फुल्ल दर्शनीय चेहरे की ओर उठीं, सफेद बुर्राक पायजामे पर बोस्की का कुर्ता, परिपाटी से सँवरी केश सज्जा और आफ्टर शेव की तीव्र मत्त सुगंध।"

"क्या हाय-हाय करते हो मुन्ना, पैर छुओ इनके।" लीना अर्थपूर्ण दृष्टि से उद्धत भाई की ओर देख हँसी, और न और, मुन्ना किसी के पैर छुएगा। पर यह क्या। आज्ञाकारी विनम्र पुत्र की भाँति मुन्ना ने चट से दोनों की चरणधूलि ली। तब ही लीना ने हँसकर कहा, "अरे-अरे, कहीं तीसरी के पैर भी न छू लेना मुन्ना।" और सब एक साथ हँस उठे। उसी हँसी में क्षण-भर पूर्व की औपचारिकता की दमघोटू धूम्ररेखा स्वयं विलीन हो गई।

"क्या कर रहे हो बेटा? अभी पढ़ रहे हो क्या?" श्यामाचरण ने पूछा।

"जी नहीं, एम. ए. कर चुका है।" माधव बाबू ने ही बड़े अधैर्य से, उनके प्रश्न का उत्तर दे दिया। कहीं छोकरा अपने मुँह से ही न बता दे कि वह क्या कर रहा है। वह कुछ भी कर सकता था। कहीं कुछ ऐसा-वैसा कह दिया, जो बनती बात भी बिगड़ सकती थी।

"मैंने, इसके लिए एक छोटी-मोटी फैक्टरी लगा दी है। वैसे भी अब सरकारी नौकरी में रखा ही क्या है, फिर आप तो जानते ही हैं। दुर्भाग्य से मैं मुख्यमंत्री हूँ, मेरा बेटा कभी सरकारी नौकरी में अपनी प्रतिभा से भी पदोन्नति प्राप्त करेगा तो लोग कहेंगे, देखा, मंत्री का बेटा है, इसी से इतनी जल्दी तरक्की पा गया। अब अपनी फैक्टरी है, तीन हजार लोग इसके नीचे काम कर रहे हैं। स्वयं ही निरंकुश एकदम राजा बना रहेगा अपनी रैयत का।"

मुन्ना के अधर पर एक विचित्र अवज्ञापूर्ण मुस्कान तिरने लगी। माधव बाबू ने कनखियों से ही उसके उस स्मित को देख लिया था। उनका कलेजा धड़कने लगा। कहीं उनकी प्रशस्ति का वही खंडन न कर बैठे। और दूसरे

ही क्षण उनका आशंकित चित्त उल्लास की कलाबाजी खाने लगा। लड़का एकटक मुग्ध दृष्टि से जया ही को देख रहा था। उसका सधा निशाना ठीक बैठा था। एकाएक उसकी संसार विमुखता, अकारण विभिन्नता स्वयं विलुप्त हो गई।

कार्तिक उसे वास्तव में निर्लज्ज दृष्टि से लील रहा था। न जान न पहचान फिर भी यह अपरिचिता उसे इतनी परिचित क्यों लग रही थी? उत्साह से, अदम्य कामना से उसकी समस्त शिरायें झनझना उठीं। कैसी अम्लान, निष्पाप दृष्टि थी उस लड़की की। और कैसी स्वाभाविक मुस्कान, ठीक जैसे नवजात शिशु को नींद में ही पिछले जन्म की माता हँसा रही हो।

माधव बाबू आश्वस्त होकर सतर बैठ गये। उन्हें साहस कर इसी क्षण प्रसंग छेड़ना होगा, यह क्षण किसी मंत्रणा का नहीं, निश्चय लेने का था। लोहा जब गर्म हो तभी उसे पीटना चाहिए।

"श्यामा", उन्होंने अपनी उस आकर्षक मुस्कान को ओठों पर लहरा लिया जिसे वे केवल चुनाव सभाओं में निकाल, अनायास ही वोट बटोर लेते थे, "ईमानदारी से कहूँ तो मैंने तुम्हें स्वार्थवश ही बुलाया है। हमारी बड़ी इच्छा है कि तुम्हारी पुत्री हमारी बहू बन कर इस गृह को धन्य करे। लगता है विधाता ने ही स्वयं इन दोनों को एक-दूसरे के लिए रचा है।"

फिर समर्थन के लिए उन्होंने हँसकर गुमसुम बैठी पत्नी की ओर देखा, पर उसके कठोर अधरपुट, उसी दृढ़ता से बँधे रहे। वह कुछ नहीं बोली।

"हाँ श्यामा," एक बार उन्होंने स्नेहविगलित स्वर में कहा, "मैंने यह निश्चय उसी दिन ले लिया था जिस दिन तुम्हारी बेटी को पहली बार देखा। मुझे लगा था कि स्वयं सरस्वती ही सरस्वती की वन्दना कर रही है।"

पत्नी से समर्थन न पाकर उन्होंने कार्तिक की ओर देखा, प्रस्ताव रखने से पूर्व ही तो वे उसकी स्वीकृति के स्पष्ट हस्ताक्षर उसकी मुग्ध आँखों में पढ़ चुके थे।

श्यामाचरण के निर्विकार चेहरे पर मित्र के प्रस्ताव की कोई भी प्रतिक्रिया नहीं उभरी। पत्नी की शंका को तो उन्होंने हँसी में उड़ा दिया था, किंतु मित्र के इस प्रस्ताव को वे बिना सोचे-समझे कैसे स्वीकार कर सकते थे? फिर, स्वयं लक्ष्मी भी यदि समृद्धि से भरा थाल ले, उनके सम्मुख खड़ी होतीं, तब भी वे बिना सोचे-समझे उसे ग्रहण नहीं कर सकते थे। जीवन-भर गीता का

पाठ करने वाले, उस निरीह ब्राह्मण ने, अपनी सीमित इच्छाओं का सूत्र पकड़ ही अपना सरल जीवन काट लिया था, अब तो जीवन की प्रौढ़ संध्या आगत थी।

''माधव बाबू'' उन्होंने न पत्नी की ओर देखा, न पुत्री की ओर, जीवन-भर स्वयं उनके अंतःकरण ने ही उनकी विवेकतुला सम्हाली थी, चाहे वह किसी परीक्षा केन्द्र में नकलची छात्रों को कान पकड़ बाहर निकालने का आदेश हो या अन्य छोटा-मोटा निश्चय, उसे जिह्वाग्र पर लाने या कार्यान्वित करने में उन्हें आज तक न कभी हिचकिचाहट हुई थी, न दुविधा।

''यह आपकी महानता है, आपने मुझ जैसे अंकिचन व्यक्ति की कन्या को पसंद किया पर...'' वे रुक गए।

चन्द्रा के दोनों कानों की लोरियाँ, क्रोध से लाल पड़ दहकने लगीं। इस दुकौड़िए मास्टर की यह स्पर्धा। कहता है पर कैसे-कैसे लोग इस रिश्ते के लिए, उसके पैरों पर नाक रगड़ गए थे उसी बैठक में! इसी सोफे पर।

''पर,'' श्यामाचरण ने जेब से खद्दर का खुरदरा रूमाल निकाल, अधरों को पोंछा, हँसी जैसे और उजली होकर बिखर आई, ''आप तो जानते हैं, मैं संस्कृत का अध्यापक हूँ। मेरे पिता, पितामह सबका पेशा ज्योतिष ही रहा। जहाँ तक मुझे याद है। आप भी अपनी कुंडली लेकर, पिता जी के पास आए थे और उन्होंने कहा था, 'विलक्षण ग्रहस्थिति है आपकी।' ''

''हाँ, मुझे याद है।''

''इसी से मैं भी एक बार दोनों कुंडली का मिलाप करना चाहूँगा। यदि साम्य हो गया तो मुझे कोई आपत्ति नहीं, जया से भी उसकी माँ एक बार पूछ लेगी। पढ़ी-लिखी लड़की है, बिना उससे पूछे मैं अभी कैसे आपसे कह सकता हूँ।''

''अजी, यहीं पूछ लीजिए ना।'' माधव बाबू ने हँसकर जया की ओर देखा, उसका चेहरा लाल पड़ गया।

''और रही कुंडली मिलाने की बात'' माधव बाबू ने परम उत्साह से श्यामाचरण के दोनों हाथ थाम लिए, ''हम तो यह सब मानते नहीं। लोग चाँद के मुरब्बों का भाव-ताव करने लगे हैं, और हम हैं कि विज्ञान के इस युग में भी कुंडली में यह टटोलते हैं कि जातक का जन्मकालीन चन्द्रमा उच्च का है या नीच का! हमारे भी तो एक ही बेटा है श्यामा!''

''मुझे क्षमा करें। मैं अभी भी फलित ज्योतिष को मानता हूँ, आप मुझे

कुंडली दे दें। मैं एक-दो दिन में मिलान कर देख लूँगा।''

चन्द्रा के तन-बदन में आग लग गई। समस्त रोष उसकी कंजी आँखों में उतर आया। नवजात छौने से घिरी बिल्ली को जैसे किसी ने छेड़ उसका छौना उठा लिया हो। ठीक उसके सामने बैठी माया समझ गई कि इस रिश्ते में चन्द्रा की सहमति नहीं है। नारी ही नारी के अंतर्मन के पट खोल, उसके गोपनीय कक्ष में झाँक सकती है। वह एक ही झलक में समझ गई कि वह उन्हें अपने से बहुत तुच्छ समझती है। बहुत तुच्छ। ऐसी धूल को भी माधव बाबू, माथे पर धारण करने, दीन-हीन बने गिड़गिड़ा रहे हैं, यह उसे जरा भी अच्छा नहीं लग रहा था।

''जाने भी दीजिए'', फिर चन्द्रा अंत तक शायद अपना रोष रोक नहीं पाई, ''अपनी-अपनी पसंद है, शायद श्यामबाबू को हमारा बेटा पसंद ही न आया हो या उन्होंने कोई दूसरा सुपात्र देखा हो।'' उसके कहने का वह ओछा लटका भी श्यामाचरण के सरल स्वभाव के चिकने घड़े से पानी-सा बह गया।

''कैसी बात कर रही हैं आप, जया तो अभी पढ़ रही है, उसके विवाह की तो कोई बात ही हमारे दिमाग में अब तक नहीं आई। मैं एक साधारण स्थिति का गृहस्थ हूँ। आजकल के दान-दहेज देने की क्षमता भी मुझमें नहीं है। जया पढ़ने में तेज है। कहती है, 'बाबू जी, कई प्रतियोगिताओं में बैठना है मुझे।' इसी से हमने विवाह का प्रसंग भी कभी नहीं उठाया।''

''पर हम कहाँ दान-दहेज माँग रहे हैं? हमें तो तुम कुश और कन्या दे दो श्यामा, तो वही हमारे लिए निधि होगी। ठीक है, मैं कुंडली ले आता हूँ। तुम भी अपने मन का संशय दूर कर लो।''

वे कुंडली लेकर आए, और श्यामाचरण को देखकर बोले, ''मुझे विश्वास है कि दोनों की कुंडलियाँ मिलाकर हमारे सौभाग्य की वृद्धि करेंगी।''

''अब हमें आज्ञा दीजिए,'' विनम्रता से हाथ जोड़कर श्यामाचरण खड़े हो गए।

''नहीं-नहीं, ऐसे कैसे जा सकते हो? चन्द्रा, विष्णु से कहो, गाड़ी निकाल ले। मुन्ना, तुम्हीं क्यों नहीं चले जाते इन्हें छोड़ने?''

कार्तिक ही उन्हें छोड़ने उठा। चन्द्रा और लीना ने द्वार पर ही खड़ी हो अतिथियों को विदा दी। माधव बाबू पुत्र के साथ बाहर चले गए। कार चली गई तो लीना जोर से हँसती दोनों पैर सोफे पर उठा धप्प से बैठ गई, ''आई

कैन नॉट बिलीव इट, आई स्वेयर, आई कैन नाट, देखा मम्मी, मुन्ना कैसे टप्प से ड्राइवर की जगह बैठ गया! और डैडी भी कुछ कम डिप्लोमेटिक नहीं हैं। जया से कहने लगे, 'तुम आगे बैठो बेटी।''

''इनकी तो मति ही भ्रष्ट हो गई है'' चन्द्रा बाहर से धीरे-धीरे भीतर आ रहे पति को आग्नेय दृष्टि से देखकर कहने लगी, ''कैसी भिगो-भिगो कर जूती मार रहा था मास्टर! मैं होती तो थूकती भी नहीं। कहता है, पहले कुंडली मिलाएगा, फिर लड़की से पूछेगा। और कोई होता, तो चट मँगनी पट ब्याह की बात सोचता।''

''पर कुछ भी कहो मम्मी, लड़की है बला की खूबसूरत। पलकें देखीं तुमने?'' माधव बाबू के आते ही चन्द्रा गुस्से में तनी भीतर चली गई।

''चन्द्रा'' माधव बाबू उसके पीछे आकर खड़े हो गए। पति के इसी प्रकार के संबोधन के लिए तो वह तरसकर रह गई थी। उनके मुँह से अपने नाम का यह संबोधन उसे अब भी वैसे ही मोहाच्छन्न कर देता था, जैसे विवाह के पहले दिन कर गया था। फिर जैसे-जैसे धीरे-धीरे उनकी ख्याति, उनके पद की प्रतिष्ठा उन्हें उत्तरोत्तर यशमंडित करती गई, तो उससे उतनी ही दूर होते गए। न जाने कितने वर्षों बाद आज उन्होंने उसे रस-सिक्त लाड़-दुलार-भरे स्वर में पुकारा था।

वह पलटी, अभी भी वे उसे अपने मोहक स्मित से चुंबक-सा खींच सकते थे।

''क्या?'' पति के प्रति उसका क्रोध शांत नहीं हुआ था, वाणी में उसी तिक्तता का स्वर झंकृत हो उठा।

''मम्मी'' बाहर से ही लीना ने चिल्लाकर कहा, ''मैं सुधा के यहाँ जा रही हूँ। लौटने में देर होगी, उसके साथ कहीं जाना है।''

एक पल को माधव बाबू का चेहरा तमतमा उठा। वह सुधा के यहाँ क्यों जा रही है, वे समझ गए। फिर उन्होंने बड़े प्यार से पत्नी का हाथ पकड़कर, अपने पास खींच लिया।

''बैठो चन्द्रा, जब देखा तब मुझसे कटी तनतनाई छिटकती रहती हो।''

''मैं छिटकती हूँ'' चद्रा की आँखें छलछला आईं। ''कभी बुलाया है आपने मुझे? कभी फुर्सत भी मिली है आपको? छोड़िए हाथ, मुझे काम है।''

''आखिर क्या काम है चन्द्रा, क्या घर में बीसियों नौकर हाथ बाँधे खड़े

नहीं हैं?''

''जी हाँ, उन्हें ही बताना है, महाराज को बताना है कि क्या सब्जी बनेगी, मुन्ना लौकी नहीं खाता, बेंगन नहीं खाता, मूली की भुजिया देखते ही भड़क उठता है, उसे नित्य कलिया चाहिए या फिर मछली। वही कहने जा रही थी कि उसके लिए...''

''अब सब खाएगा चन्द्रा, सब कुछ। मैं भी तुमसे विवाह होने से पहले लौकी नहीं छूता था, पर जब कुछ अलौकिक मिल जाता है तो जीभ के सारे स्वाद सिमटकर रह जाते हैं।'' उन्होंने पत्नी की झलमलाती चूड़ियों से भरी कलाई थाम, सामान्य-सी दबा दी। ''छोड़िए भी, शर्म भी नहीं आती आपको! इस बुढ़ौती में यह सब शोभा नहीं देता। पर एक ही बात पूछती हूँ आपसे। इतना बड़ा निश्चय लेने से पहले आपने मेरी राय लेना ठीक नहीं समझा? मैं क्या मुन्ने की माँ नहीं हूँ? मुझे इतना भी हक नहीं रहा कि मैं अपनी पसंद की लड़की लाऊँ?''

''कौन है तुम्हारी पसंद की लड़की? सुधा है न? यही तो दुख है चन्द्रा,'' उन्होंने एक दीर्घ श्वाँस लेकर पत्नी का हाथ छोड़ दिया। ''तुमने इतने वर्षों में भी न आदमी पहचानना सीखा, न तुम मुझे ही समझ पाईं। मेरे यहाँ कितना बड़ा बोझ भरा है, चन्द्रा, तुमने कभी समझने की कोशिश की?'' उन्होंने अपने सीने रेशमी कुर्ते से ढकी छाती पर हाथ धर, आँखें ऐसी गहन पीड़ा से बंद कर लीं जैसे सचमुच ही कोई दुर्वह वेदना उनकी छाती चीर रही हो।

''जानती हो, तुम्हारे इसी बेटे ने पिछले चार महीनों से मेरी रात की नींद हराम और दिन का चैन छीन लिया है। जिस सोहबत में पड़कर वह दिन पर दिन कुएँ में डूबता जा रहा है, वह क्या कभी देख पाई हो तुम? अगर नहीं देख पाई हो तो कहूँगा, तुम आँखें रहते अंधी हो।''

चन्द्रा एकाएक सहम उठी। देख कैसे नहीं रही थी, पर शायद ठीक ही कह रहे थे माधव बाबू, उसने वह सब नहीं देखा, जो उन्होंने देखा था, और निरंतर देख रहे थे। देखती तो आज ये झलझलाते आभूषण, ये हीरे की चूड़ियाँ, बालूचेरी की यह बेशकीमती साड़ी शायद न पहन पाती। उसने तो पुत्र के कमरे की अव्यवस्था, सिगरेट के अजस्र टुकड़े, इधर-उधर लुढ़की शराब की बोतलें, काँच के गिलास, बदनाम मित्र मंडली की ही-ही ठी-ठी, विदेशी संगीत की धमा-चौकड़ी ही देखी-सुनी थी। जो भी देखा उनके बहुरूपिए

बने गुप्तचर, कर्ण पिशाची सिद्धों की भाँति, उनके कानों में उने कुख्यात बेटे की दुष्कीर्ति का गर्म लाक्षाद्रव उँड़ेल जाते और वे रात-रात-भर बेचैन करवटें बदलते रहते। किसी भी दिन, उनका दुःसाहसी दुर्योधन, कानून की गिरफ्त में आ सकता था। नित्य ही रूमाल से चेहरा ढाँपे, जिन देशद्रोहियों के चित्र अखबारों में बेनकाब हो रहे थे, उनमें से अधिकांश से मुन्ना की साठ-गाँठ की खबर उन्हें मिल चुकी थी। एक नहीं, कई गुमनाम पत्र उन्हें सावधान कर चुके थे। "समय रहते चेतिए माधव बाबू, सुना है आपके बेटे की तिजोरी पर आयकर वालों की गिद्धदृष्टि पड़ चुकी है। शकुन की भाँति आपकी प्रतिष्ठा की वे धज्जियाँ उड़ा देंगे।" और फिर उस अज्ञात युवती की लाश के पास मिला बेटे के मित्र का आइडेंटी कार्ड!

"तुम नहीं जानतीं चन्द्रा, उसकी हरकतें कैसी हैं। जितनी जल्दी उसकी शादी हो जाए, उतना ही उसके हित में हैं और हमारे भी। एक बार उसकी शादी हो जाए, तो मैं दोनों को बाहर भेज दूँगा। देखा नहीं तुमने? कैसा तेजस्वी चेहरा है लड़की का? ठीक जैसे अष्टभुजा की साक्षात् मूर्ति हो।"

"पर यह तुम नहीं जानते हो कि वह सुधा को बहुत चाहता है?"

"यहीं पर तो तुम भूल कर रही हो चन्द्रा," उन्होंने करुण हँसी हँसकर कहा, "वह सुधा को ही नहीं, संसार की प्रत्येक सुधा की देह को चाहता है।"

"छिः-छिः, अपने बेटे के लिए ऐसे नीच शब्द कहते शर्म नहीं आती तुम्हें?"

"मैं ठीक कह रहा हूँ चन्द्रा। कभी मुझे लगता है, हमारे शास्त्रों ने ठीक कहा है कि पूर्वजन्म के पाप, हमें इस जन्म में ठीक वैसे ही ढूँढ़ लेते हैं, जैसे क्षुधातुर बछिया माँ के स्तन को ढूँढ़ लेती है। इस जन्म में तो मैंने कोई पाप नहीं किया है चन्द्रा, हमेशा न्याय के पथ की पतली जानलेवा डोर पर नट-सा ही दम साधे चलता रहा हूँ। गुरुदेव ने एक ही श्लोक की दीक्षा दी थी—

पार्थ नैवेह नामुत्र, विनाश तस्य विद्यते
नहि कल्याणकृत कश्चिद् दुर्गतिं तात गच्छति

"मैंने जान-बूझकर किसी का बुरा नहीं किया, इसी से बार-बार गुरुदेव से पूछता हूँ, भगवत् अर्थ कर्म करने पर भी क्यों मेरी दुर्गति हो रही है देव।"

"क्यों, क्या दुर्गति हो रही है जी तुम्हारी? यश, मान, प्रतिष्ठा, धन, वैभव, वाहन क्या नहीं है हमारे पास।"

"वही तो एक गृहस्थ का सबसे बड़ा सुख है, सुसंतान। तुम्हें बुरा जरूर लगेगा, पर तुम्हारे ही लाड़-प्यार ने दोनों को बिगाड़ा है। मुन्ना को भी, लीना को भी।"

"मेरे लाड़-दुलार ने?"

"हाँ, जब मैंने बार-बार मना किया था कि लीना को हॉस्टल मत भेजो, तुम्हीं ने जिद कर उसे भेजा था। कहा था, 'आपके यहाँ दिन-रात मिलने-जुलने वालों का मेला जुटा रहता है, फिर चुनाव आ रहे हैं। पूर्ण कुंभ जुटने की पूरी संभावना है। उसका फाइनल है। कहती है, घर पर पढ़ाई ठीक नहीं होती।"

"तो क्यों ठीक नहीं कहा था मैंने?"

"पर भेजकर क्या हुआ? केवल बदनामी। पहले क्या वह ऐसे सिगरेट फूँकती थी? किस सद्गृहस्थ के यहाँ निर्वाह हो सकता है उसका? मुझे पक्की खबर मिली है कि वह नशे की गोलियाँ भी लेती है।"

आपको वही मुँहझौंसा नारद सुना गया होगा ऐसी झूठी खबर! बस चले तो मैं उस सक्सेना हरामखोर को आज ही कान पकड़कर बाहर निकाल दूँ!"

"किस-किसको कान पकड़कर बाहर करोगी चन्द्रा! सोना तुम्हारा ही खोटा है, परखने वालों को कब तक कान पकड़कर निकालती रहोगी? कहीं जरूरी काम से अचानक जाना पड़ता है, तो सुनता हूँ, गाड़ी या बाबा ले गए हैं या बेबी। और भी बहुत कुछ ऐसा है, जो तुम सुनकर भी विश्वास नहीं करोगी।"

"मेरे पास पिछले तीन महीनों से बराबर गुमनाम चिट्ठियाँ आ रही हैं। शराब के नशे में धुत हमारा कुलदीपक, आधी-आधी रात को उन झोपड़पट्टियों में घुस, कुंडी खड़खड़ाने लगा है, जहाँ जवान बहू-बेटियाँ हैं। उन्हें अपने बदनसीब बाप के मंत्रीपद की धमकियाँ देता है। अभी ही बैंक का एक नेपाली चौकीदार मान बहादुर आया था। अपनी फरियाद सुनाकर मेरे पैर पकड़ लिए, कहने लगा, 'भैयाजी से मेरा नाम मत लीजिएगा सरकार, मेरी बोटी-बोटी कुत्तों से नुचवा देंगे। अभी-अभी नई बहू को विदा कराकर लाया हूँ, भैया जी उसके पीछे हाथ धोकर पड़ गए हैं, आपका नमक न खाया होता तो खुकरी से ही निबट लेता, पर सात साल आपकी कोठी की चौकीदारी की है। कल आकर फिर दरवाजा पीटने लगे, मैंने नहीं खोला तो बोले—हरामजादे, मैं कल फिर आऊँगा, मेरा कहना नहीं माना तो तेरे बैंक

को लूट, तुझे गोली से उड़ा दूँगा—मैंने डरकर घरवाली को आज ही नेपाल भेज दिया है हुजूर, पर अब भैया जी मुझे छोड़ेंगे?' यही नहीं, सुदूर बस्ती के संभ्रांत घरों की घंटियाँ भी बजा चुका है, नशे में चूर हमारा सपूत। वह तो किसी ने पहचाना नहीं, पर शिकायतें बराबर आ रही हैं कि शहर में कोई सेक्स मैनियक घूम रहा है।''

चन्द्रा तमककर खड़ी हो गई। ''सब झूठ है, ये सब तुम्हारे विरोधी पक्ष की कारस्तानी है, मुन्ना ऐसी नीचता पर कभी नहीं उतर सकता। और अगर सच भी है, तो आप उसकी शादी करने पर क्यों तुले हैं? उसने अपनी पत्नी को भी ठोकर मार दी, तब?''

''तब क्या, जिस क्षण वह लक्ष्मी मेरे घर की देहरी लाँघेगी, वह मेरी बहू ही नहीं, बेटी भी बन जाएगी चन्द्रा। और मैं उसका स्नेही संरक्षक, उसका पिता, यदि मुन्ना उस हीरे की कद्र नहीं कर पाया, तो मैं उसे कान पकड़ घर से बाहर कर दूँगा। मेरी पुत्रवधू ही बनेगी मेरी संपत्ति की अधिकारिणी।''

''ओह, यानी पत्नी को भीख का कटोरा थमाओगे, क्यों?'' चद्रा का चेहरा क्रोध से विकृत हो गया।

''नहीं चन्द्रा,'' उन्होंने हँसकर हाथ पकड़कर उसे फिर निकट खींच लिया, 'पहला हक तुम्हारा होगा, दूसरा लीना का और तीसरा बहू का! पर ईश्वर करे, यह दुर्दिन मुझे न देखना पड़े। देखा नहीं, कैसे गर्दन झुकाए चुपचाप उन्हें पहुँचाने चला गया?''

कार हवा की तेजी से चली जा रही थी। चालक के पार्श्व में बैठी जया मन ही मन काँप रही थी। कभी-कभी किसी ट्रक से, सुई भर का अंतराल सेंतती सर्र से निकल जाती। कभी किसी पेड़ के तने को घातक आलिंगन में बाँधने का प्रयास कर अपनी सुचिक्कन देह बचाए निकल जाती। जितनी ही बार, टेढ़े-मेढ़े मोड़ों से मुड़ती कार जया को चालक की देह पर ढुलका देती, उतनी ही बार उसका सर्वांग सिहर उठाता। क्या जान-बूझकर ही चालक, उसे ऐसे छेड़ रहा था?

''बताइएगा, अब किधर मोड़ना होगा?'' उसने बड़ी दुष्टता से मुस्कराकर पार्श्वसंगिनी को छेड़ा।

''बस बेटा, अगले खंभे के पास छोड़ देना, जहाँ वह लेटर बाक्स लगा है। गली बड़ी तंग है, हमारे घर तक गाड़ी जा नहीं पाएगी,'' पीछे बैठे श्यामाचरण ने कहा।

गाड़ी रोककर वह पीछे मुड़ा, स्वदेशी गाड़ियों में बैठने के अभ्यस्त श्यामाचरण, कार के जिद्दी द्वार खोलने की व्यर्थ चेष्टा कर रहे थे।

''खिड़की पर लगा बटन ऊपर खींच दीजिए,'' वह अचल बैठी जया की खिड़की पर लगे बटन को खींचने जान-बूझकर ही उस पर ऐसे लद गया कि लाख चेष्टा करने पर भी वह उस सुगंधित देह स्पर्श से अछूती नहीं रह पाई। एक क्षण तो उस दुःसाहसी चालक की श्वाँस उसके कपोलों को सहला गई।

''चलिए, मैं आप लोगों को घर तक छोड़ आऊँ'' वह उतरकर कार लॉक करने लगा।

''नहीं-नहीं बेटा, ''श्यामाचरण दोनों हाथ जोड़कर ऐसी विनम्रता से खड़े हो गए, जैसे किसी देव मूर्ति के सम्मुख खड़े हों।

''तुम वहाँ क्या करोगे? फिर आजकल मेन होल की सफाई भी चल रही है।''

जया की ओर उसने बड़ी आशा से देखा, शायद चलते-चलते एक बार उसकी ओर देख ले, पर वह कंधे सतर किए, लम्बी-लम्बी डगें भरती, अपनी माँ के पीछे-पीछे आगे बढ़ गई।

''हूँ, किस बात का अहंकार है इतना। रूप का? यौवन का? शिक्षा का?'' वह मन-ही-मन कहने लगा—''एक दिन सब निचोड़कर न रख दिया तो मेरा नाम भी मुन्ना नहीं,'' आज तक देशी-विदेशी, दोमुँही कौन-सी नागिन नहीं हारी थी, उसके व्यक्तित्व के बीन के जादू से।

''चाय बना रही हूँ, तू पिएगी जया?'' अम्मा पीछे आकर खड़ी हो गई।

''अभी तो पी है अम्मा, तुम पी लो।''

''ऊँह, मुझे तो जब तक अपने घर की चाय न पी लूँ, चैन नहीं पड़ता, और फिर, बाप रे बाप! मुँह देखा मंत्राइन का? और बातें? जैसे कोई रानी पटरानी बोल रही हो।''

''क्यों?'' श्यामाचरण बाहर कपड़े उतार रहे थे, उन्होंने बात सुन ली थी। ''रानी-पटरानी तो है ही वह! यह क्यों भूल जाती हो माया, पर जो भी कहो, अपने माधव जरा भी नहीं बदले, न घमंड, न ठसका, न कोई अहंकारी बात।''

''क्यों नहीं, क्यों नहीं, आज तक कहाँ मर गए थे तुम्हारे ये मित्र? कान खोलकर सुन लो जी, मैं अब न खुद कभी वहाँ जाऊँगी, न तुम्हें ही जाने दूँगी।''

यूनिवर्सिटी जाने से पूर्व जया नित्य रसोई में माँ का हाथ बँटाती रहती थी। उस दिन भी वह उठकर मशीन की तरह अपने नित्य कर्म में जुट गई। आलू उबाल, उसने चोखा बनाकर धर दिया। उसके हाथ का चोखा बाबू जी को बहुत पसन्द था। गैस पर प्रेशर कुकर में दाल-चावल चढ़ा, वह आटा गूँध रही थी कि बाबू जी आकर उसके पीछे खड़े हो गए। बाबू जी ऐसे कभी खाने से पहले चौके में नहीं आते थे।

"जया", उन्होंने धीमे-गम्भीर स्वर में कहा, "बेटी, कल जो माधव बाबू ने कहा, तुमने सुन लिया है। कल आधी रात तक जागकर, मैंने तुम दोनों की कुंडलियों का मिलान किया है, पर ऐसा साम्य कभी देखने को नहीं मिला, लड़के के ग्रह सर्वोत्तम हैं इसमें कोई सन्देह नहीं। केवल एक खटका मुझे लगा था, इसी से मैं रात-भर गणना करता रहा। मेरी यह धारणा है बेटी, कि केवल ग्रहस्थिति से ही नहीं, दशांतर्दशा, प्रत्यंतर्दशा एवं स्थूल दशाओं का स्थूल अध्ययन ही, वह भी बौद्धिक स्तर का अध्ययन सही फलादेश दे सकता है।

"इस कुंडली में अष्टम भाव अपने विनाश के लिए स्वयं पैरों में कुल्हाड़ी मारता है। ऐसा पिशुन प्रकृति का व्यक्ति किसी को भी कीचड़ में घसीट, उसके वंश की धवल ध्वजा को कलंकित कर सकता है। माधव की चिंता है मुझे। सन्त समाज का द्रोही ऐसा छिद्रान्वेषी व्यक्ति अपने इसी अष्टम वार के कारण समाजद्रोही भी बन सकता है। किन्तु यदि अष्टमेश, त्रिकोणेश होते हुए भी अष्टमेश हो गया है, तो वह कभी अशुभ फल नहीं देगा। सब शुभ ही शुभ होगा। इस कुंडली में यही हुआ है। तुम्हारी कुंडली तो मेरी बनाई हुई है। जया, उसमें बृहस्पति दशम में है। शत्रुनाशक, राज्य के सम्मान, विचारों की स्वतंत्रता, भाग्यवती एवं कुटुंबप्रियता। शुक्र बारहवें में है। यह तुम्हें सद्व्ययी, धनी, धर्माचरण की मनोवृत्ति सुन्दर शरीर, मृदुभाषिणी बनाता है। पर तुम्हारे एकादशगत शनि का भी एक दोष है जया, तुम्हारा विवाह किसी मंत्रीपुत्र से हो या किसी राजपुत्र से, तुम्हें पति से और पति को तुमसे क्लेश अवश्य होगा। मैंने तुम्हें सब बता दिया, अब जैसा चाहो, वैसा ही होगा। मुझसे पूछोगी तो मैं यही कहूँगा, तुमने यह सम्बन्ध स्वीकार कर लिया तो मुझे खुशी ही होगी।"

माया भड़क उठी, "तुम कौन होते हो जी! एक ओर कह रहे हो, पति से क्लेश मिलेगा। दूसरी ओर कहते हो, तुम्हें खुशी होगी। बहरहाल सुन लो,

मैं पली-पलाई बेटी को कुएँ में नहीं कूदने दूँगी। बड़े हैं तो अपने घर के, हमारी दाल-रोटी हमारे लिए बहुत है।''

जया ने एक शब्द भी नहीं कहा।

वह यूनिवर्सिटी जाने के लिए तैयार होने लगी, तो अम्मा ने चौके से ही हाँक लगाई, ''थाली परस दी है, वहीं ले आऊँ?''

''नहीं अम्मा, मैं आ रही हूँ।''

क़भी-कभी वह अपनी थाली परस, अपने कमरे ही में ले जाती, कभी चौके में पटला बिछाकर खाने बैठ जाती। उस दो कमरे के मकान में, खाने की मेज होती भी तो रखने की जगह ही कहाँ थी? पुराने रंग उतरे बक्से, पुस्तकों के अंबार से भरा जीर्ण किताबी रैक, उतनी ही पुरानी सिंगर मशीन, चौड़ा तख़्त जो अब अम्मा-बाबू जी का डबल बेड बन गया था, लिखने की मेज़ और कुर्सी, जिस पर बाबू जी कॉलेज से लौट, चाय पीकर कॉपियों का अंबार जाँचने बैठ जाते।

दीवार पर परिवार की अनेक धुँधली पड़ गई तस्वीरें लगी थीं, एक में अम्मा की गोद में बंटी बैठा था। ऊनी मोजे, स्वेटर, कनटोप में उसका चेहरा भी आधा छिप गया था। घुटनों तक का झालरदार फ्राक पहने, पिता के साथ खड़ी है जया। न जाने क्यों उसने तस्वीर उतारते समय एक हाथ से फ्राक घुटनों तक उठा लिया है, शायद नया जूता-मौजा दिखाने!

एक तस्वीर ताऊ और ताई की भी है। अन्य तस्वीरों की तुलना में वह चित्र काफी प्रभावशाली लगता है। किसी स्टूडियो में खिंचवाया था ताई ने, अंग-अंग में झलमलाते ताई के उन आभूषणों को देख, बचपन में कई बार उसकी लार टपकी है। उसी के पास उसकी तस्वीर लगी है, डिग्री लेने के बाद। कनक जीजी की साड़ी पहनी है उसने, उन्हीं की घड़ी भी कलाई में बँधी है। छिः छिः, आगे चोटी लटकाए, कैसी गँवारू लग रही थी वह! आले में अम्मा के देवी-देवता हैं, गोटा लगा पीतांबर और झगुलियाँ पहने बालगोपाल, सर पर जरीदार मुकुट हाथ में सोने का वाला। कई बार बेचारी अम्मा बाबू जी से कह चुकी है कि उसे भी काठ का एक मन्दिर बनवा दें, जैसा ताई के पास है।

''वह तुम्हें कोई बनाकर थोड़े ही ना देगा छोटी,'' ताई ने डंक मारा था, ''ये तो मेरे लिए बम्बई से लाए थे, अब पाँच सौ में भी नहीं मिलेगा।''

प्रत्येक दिवाली में गणेश-लक्ष्मी की नई मूर्ति आने पर पुराने जोड़े को

अवकाश ग्रहण करना पड़ता था। उनमें से कुछ तुलसी के चौरे पर रख दिये गए थे, कुछ भंडार में, प्रायः ही आटा-दाल-चावल निकालने में युगल जोड़ी गिर-गिरकर अस्थि भंग के कारण विकृत लगने लगती थी, तो अम्मा उन्हें जाकर नदी में प्रवाहित कर आती थी। बंटी पहले उसी के कमरे में सोता था, पर अब उसके बाबू जी ने स्वयं बरामदे में पार्टिशन डाल, एक छोटा-सा कमरा बना दिया था।

स्वयं जया का कमरा पूरे गृह का सबसे सुघड़ कमरा था। खिड़की खोलते ही फर-फर हवा का झोंका धँसता चला आता। पलंग के पास ही कई बक्सों को एक सीध में रख, रजाई-गद्दे बिछा, पलंगपोश से ढाँप-ढूँप उसने दिवान बना लिया था। पिछले जन्म दिन पर बाबू जी ने उसे एक सुन्दर सी मेज उपहार में दी थी। कहीं नीलाम से ले आए थे, उसी पर उसकी पुस्तकें किनारे पर लगी रहतीं।

अपनी इनी-गिनी साड़ियों को वह घर ही पर धोकर कलफ करती थी। पिता की संकुचित आय थी। कभी-कभार परीक्षा की कापियाँ जाँच कर, अतिरिक्त आय होती थी तो वे जया बंटी के लिए कुछ न कुछ खरीद लाते, फिर भी उस सुखी परिवार के स्वच्छ-सुघड़ सलीके को देख कोई नहीं कह सकता था कि उनका जीवन अभावग्रस्त है। "अरी, यह कौन-सी साड़ी पहनी है तूने? पहले तो नहीं देखी?" वह खाना खाने बैठी तो अम्मा ने कहा, और उसका आँचल हाथ में उलट-पुलट देखने लगी।

हल्के गुलाबी रंग की वह साड़ी सचमुच ही उसके रंग में घुल-मिल गई थी।

"तुम भी कैसी भुलक्कड़ हो अम्मा, तुम्हीं ने तो पिछले साल फेरी वाले से मेरे लिए खरीदी थी। याद नहीं है, ताई मेरे पीछे पड़ गई थी कि मुझे दे दे, तू दूसरी ले लेना।"

"हाँ, याद आया, इस उम्र में अब ऐसी साड़ी पहनने का शौक उन्हें ही हो सकता है। यह आदत तेरी ताई की बहुत पुरानी है। एक से एक साड़ी से उसका बक्सा पटा रहता था, पर फिर भी मैं पन्द्रह रुपल्ली की साड़ी ही क्यों न पहनूँ, वह कहेगी—मुझे दे दे छोटी, अपने लिए दूसरी खरीद लेना। पर सुन तो री, साल होने को आया, वह अपने पैसे लेने नहीं आया, कहीं मर-मुरा तो नहीं गया? खाँसता ही तो रहता था हरदम।

अनेक वर्षों से वह बंगाली फेरीवाला साड़ियों का गट्ठर कुली के सर पर

लादे, अजीब स्वर से हाँक लगाता था, "कापोड़ बाँग्ला साड़ी।" पूरा मुहल्ला उसे घेर लेता। ठीक पूजा से पहले वह आता, और एक से एक नए डिजाइन की इंद्रधनुषी मंजूषा बिखरा, मुहल्ले-भर की जनानी भीड़ को बाँध लेता। डूरे धने खाली, हाजार बूटी, नीलांबरी, यही नहीं विधवाओं के लिए भी उसकी साड़ियों का विशेष आकर्षण रहता। ऐसे-ऐसे सुन्दर किनारे और रंग सफेद! वैधव्य भी शृंगार की सजीली किनारी बाड़ से अछूता न रहे, इसका विशेष ध्यान रख ही वह साड़ियों की गट्ठी लाता था। उस पर जीभ में मधु घोलकर ही बाँधता था, अपनी ग्राहिकाओं को। "नीन दीदी, नीन माँ, टाकार कथा झाबबेनल ना, परे जिये जाबो। पैसे की चिन्ता मत करिये—पैसे बाद में मिल जाएँगे।" तगादा करने आएगा भी तो छह महीने बाद। वह तो छठे-छमाहे ही आता था, उधार चुकाने की वह दीर्घा अवधि ही फिर सबको उबाने लगती। वह जब भी आता, माया एक न एक साड़ी लेकर रख ही लेती। कभी पूरा रुपया चुका देती, और कभी हाथ तंग होता, तो वह अपने रंग उड़ी जीर्ण डायरी में उसका खाता भी खोल देता।

"एक पराँठा और लेना, तेरी पसन्द के भरवाँ करेले बनाए हैं आज।"

"नहीं अम्मा, मैं चलूँ, देर हो गई है।"

और वह तीर-सी निकल गई थी। विवाह प्रसंग ने उसे अन्यमनस्क बना दिया था। उसी हड़बड़ी में बस का पास भी घर ही पर छूट गया। अब टैंपों या रिक्शा में जाना पड़ेगा। रात-भर उसे ठीक से नींद भी नहीं आई थी, एक तो मुहल्ले में कही अखंड रामायण का पाठ चल रहा था, माइक में बेसुरी चौपाई की आवृत्ति उसे और भी बेसुरी लग रही थी। उस पर अचानक ही आ टपके उस विवाह प्रसंग ने उसका मूड ही चौपट कर दिया था।

यह नहीं था, कि पुरुष की लोलुप दृष्टि से उसका आज तक परिचय ही नहीं हुआ हो। कई बार, बस में ट्रेन में, वह इस लोलुप दृष्टि से बींधी जा चुकी थी। पिछली बार जब अम्मा बाबू जी के साथ ममेरे भाई की शादी में गाँव गई, तो अगल-बगल बैठे दो मुस्टंड यात्री उसे अकारण ही ठसकाने में लगे थे। वह तनतनाकर खड़ी हो गई थी। कई बार सहपाठियों की छींटाकशी ने भी उसके कान लाल कर दिए थे। किन्तु जिस दृष्टि से उस अजनबी ने उसे कल देखा था, वैसी मुग्ध दृष्टि से उसका अब तक परिचय नहीं था।

और फिर जब वह कार में बैठी थी तो आफ्टर शेव लोशन की वह तीव्र

मादक सुगन्ध उसके लिए एकदम नई थी। अभी तक वह सुगन्धित भभाका शिकारी कुत्तों की भाँति उसका पीछा कर रहा था।

विजय लक्ष्मी ही उसकी एकमात्र ऐसी सखी थी, जिससे वह कभी कुछ नहीं छिपाती थी। ताई का दुर्व्यवहार, ईर्ष्यादग्ध ताने, कभी-कभी अम्मा से हो गई झड़प, जिसके कारण वह गुस्से में बिना खाए ही कभी यूनिवर्सिटी चली आती, कुछ भी विजय से छिपा नहीं रहता। पर उसे भी वह मंत्री गृह के निमन्त्रण की बात नहीं बता पाई। यदि वह सुन लेती कि वह स्वयं मन्त्री जी की कार में उनके यहाँ गई, उनके अजनबी कुँवारे पुत्र के पार्श्व में बैठकर घर लौटी और मन्त्री जी ने विवाह का प्रस्ताव भी रख दिया, तो वह छेड़-छेड़कर उसका उठना-बैठना दूभर कर देती।

''आज तू ऐसी गुमसुम क्यों है री? क्या फिर अम्मा से लड़कर आई है?'' उसने पूछा तो जया ने अचकचाकर उसे देखा, ''कहाँ? कहाँ गुम-सुम हूँ मैं? रात देर तक पढ़ती रही, नींद पूरी नहीं हुई, इसी से सर दुःख रहा है।''

''तब चल मेरे साथ, जीजा-जीजी आ रहे हैं शाम की ट्रेन से। जीजी जब भी इलाहाबाद से आती है हरी के समोसे जरूर लाती है। तुझे भी बहुत पसंद हैं। चल गर्म-गर्म चाय बनाएँगे, तेरा सरदर्द मिनटों में दूर हो जाएगा।''

''नहीं विजय, बाबू जी के पास कॉपियाँ जाँचने आई है, आज ही पार्सल सिलना है। अम्मा को ठीक से सूझता नहीं, फिर बाबू जी को मेरा ही काम पसन्द है।''

विजय लक्ष्मी की बड़ी बहन धनलक्ष्मी का विवाह सम्पन्न गृह में हुआ था। ससुर का मध्यप्रदेश में बहुत बड़ा व्यवसाय था। एक बार धनलक्ष्मी ने अपने देवर के लिए जया की बात भी चलाई थी, पर श्यामाचरण व्यवसायी परिवार में जया को ब्याहना नहीं चाहते थे। उसी अम्मा से उनकी इसी बात को लेकर झड़प भी हो गई थी, और पूरे महीने-भर तक दोनों में बोलचाल बन्द थी। माया धनलक्ष्मी का वैभव, नई नई कार, आभूषण देखकर बहुत प्रभावित हो गई थीं, ''ऐसे घर में जया गई तो जीवन-भर राज करेगी।''

''तो फिर अपनी छोटी बहन को ही क्यों नहीं देवरानी बना लेती तुम्हारी धनलक्ष्मी?'' उन्होंने तीखे स्वर में कहा था।

''तुम्हारी सी मोटी अक्ल होती तो जरूर बना लेती। इतना भी नहीं जानते कि दो सगी बहनों की शादी, दो सगे भाइयों से नहीं होती।''

"क्यों?" बड़े भोलेपन से श्यामाचरण ने पूछा था।

"बैर होता है।" असल में धनलक्ष्मी इतनी उदार नहीं थी। जया को धनलक्ष्मी के देवर ने एक दिन कहीं देख लिया था और अपनी नई भाभी के पीछे पड़ गया था।

"ठीक है, कहते हो, तो उसके पिता जी से कहने चली जाऊँगी। पर बड़ी घमंडी लड़की है जया। एक-दो रिश्ते फेर चुकी है।"

अम्मा ने बहाना बना दिया था। "अभी जया के विवाह की बात ही नहीं सोची हमने, उसे और पढ़ाना चाहते हैं।"

अब क्या पढ़ाएँगे चाची, एम. ए. तो इसी साल कर लेगी। धनलक्ष्मी भी एक ही थी।"

"मैं क्या जानूँ बेटी, यही कह रहे थे इसके बाबू जी।" उसके बाद बहुत दिनों तक दोनों परिवारों में अनबन ही-सी रही थी। धनलक्ष्मी दो-तीन बार मायके आ चुकी थी। पहले आते ही जया से मिलने चली आती थी। कहीं यहीं विवाह हो गया तो क्या मुँह दिखाएगी, धनलक्ष्मी को अम्मा। वह मुँहफट लड़की जरूर जली-कटी सुनाएँगी कि क्यों चाची, अब क्या होगा जया की पढ़ाई का? भेंट होने पर उसे क्या छोड़ देगी धनलक्ष्मी!"

वह चौराहे तक विजय के साथ चलती रही। फिर विजय अपने घर के मोड़ की ओर मुड़ी तो बोली, "फिर सोच ले, मैं तुझे देर तक नहीं रोकूँगी—"

"नहीं विजय, मैं चलूँ, कहीं बस न छूट जाए।"

वह तेज कदमों से चली जा रही थी कि एक लम्बी-सी कार, ठीक उसके पास आकर रुक गई। उसका कलेजा धक्-धक् करने लगा, क्यों रुक गई वह कार? किसी गुंडे की कार थी क्या? उसने विवश दृष्टि से इधर-उधर देखा, ज्येष्ठ की भयंकर तपती दोपहरी में सड़क नितांत जनशून्य थी। किसी ने हाथ पकड़कर कार में खींच लिया तो क्या करेगी वह?

अभी कुछ ही महीने पहले तो इसी यूनिवर्सिटी रोड पर, ऐसी ही घटना घट चुकी थी, जब यूनिवर्सिटी की ही एक छात्रा कंचन चौधरी को हाथ पकड़ जीप में बैठे कुछ गुंडों ने घसीट लिया था और तीर से निकल गए थे। पास ही बस स्टैंड पर खड़ी प्रतीक्षार्थियों की लम्बी कतार में से एक भी कायर, भागती जीप को नहीं रोक पाया था। जीप से हवा में गोलियाँ दागते वे दुःसाहसी नकाबपोश, कंचन को किस अरण्य में खींच ले गए, फिर आज तक कोई नहीं जान पाया। उलटा पुलिस ने बेचारी कंचन को ही बदनाम

कर दिया था कि लड़की ही बदमाश थी। किसी छोकरे से उसका प्रेम संबंध था, उसी के साथ भागने के लिए उसका वह स्वरचित नाटक था।

अम्मा ने तो घबराकर, पन्द्रह दिन तक उसका यूनिवर्सिटी जाना ही बन्द कर दिया था। जया का गला भय से सूख गया, वह जहाँ थी, वहीं मूर्तिवत् खड़ी रह गई।

सहसा चालक ने धूप का चश्मा उतार खिड़की से सर बाहर निकाला, ''अरे धूप में क्यों खड़ी हैं? आइए ना, मैं आपको छोड़ दूँ।''

क्षणिक परिचय होने पर भी कोई नारी उस सुदर्शन चेहरे को नहीं भूल सकती थी। उसने भी पहचान लिया और प्राण में प्राण लौट आए।

''मैं चली जाऊँगी'', उसने इतने धीमे स्वर में कहा कि उसका विनम्र उत्तर उसी के कानों में बजकर खो गया।

''क्या कहा, जरा जोर से बोलिए। रुकिए मैं गाड़ी वहीं ले आता हूँ।'' अपनी चमकती मर्सिडीज एक बार उसी के पास लाकर द्वार खोल दिया, ''आइए बैठिए।''

वह खड़ी है देख, उसने फिर लपककर उसका हाथ खींच भीतर बिठा, द्वार बन्द कर दिया, गाड़ी स्टार्ट कर वह फिर कहने लगा, ''बाप रे बाप, साहस तो कम नहीं है आपका, इतनी धूप में कहाँ जा रही हैं? यूनिवर्सिटी से क्या रोज पैदल जाती हैं?''

''जी नहीं, पास ही में बस स्टैंड है। वहीं तक पैदल जाती हूँ।''

हाथ के रजिस्टर को जोर से दबाए वह हाथ के कम्पन को रोकने की चेष्टा कर रही थी।

''प्यास से गला सूख रहा है, कुछ ठंडा पियेंगी?''

''नहीं-नहीं'', वह घबराकर चलती कार में ही उठने का उपक्रम करने लगी तो कार्तिक ने हाथ पकड़ उसे बिठा दिया। फिर हँसकर कहने लगा, ''क्यों चलती कार से कूदने का इरादा है क्या? सुनिए, मैं न डाकू हूँ, न लड़कियों को भगाने वाले किसी गिरोह का कोई कातिल! मैंने सोचा, जब इस एयर-कंडीशंड कार में ही मुझे ऐसी प्यास लगी है, तो धूप में चलने से आपको भी अवश्य लगी होगी। पर अब समझ में आ गया कि कभी-कभी ऐसा भी होता है कि एक का तो प्यास से गला सूख रहा है, पर दूसरे का नहीं। एक को प्यास लगी है तो जरूरी नहीं कि दूसरे का भी गला सूखे, क्यों?''

जया के ललाट पर पसीने की बूँदें झलकने लगीं। कैसी विचित्र बातें कर रहा था वह! न जाने कैसा भय हो रहा था उसे।

"रूमाल?" बड़े कायदे से कार्तिक ने अपनी उसी सुगन्ध से सुवासित, बगुले के पंख से सफेद रूमाल को जेब से निकालकर उसकी ओर बढ़ाया। जया ने आश्चर्यचकित दृष्टि उसकी ओर उठाई, रूमाल क्यों दे रहा था। उसे? वह हँसकर बोला, "पसीना पोंछ लीजिए।"

बिना उस उदार प्रस्ताव को स्वीकार किए जया ने अपने आँचल से ही पसीना पोंछ लिया तो कार्तिक ने फिर उसी मोहक बेहयाई से रूमाल फिर पेश किया, "रूमाल?"

"जरा इस आइने में अपनी सूरत तो देखिए" एक हाथ व्हील पर ही साधे, दूसरे से उसने सामने लगे आइने का कोना, जया की ओर फेर दिया, "आपकी बिन्दी को आपके आँचल ने पूरे चेहरे पर फैला दिया है।" बिना मुँह देखे ही वह लजाकर कपोल, चिबुक कर आँचल रगड़-रगड़ फैली बिन्दी मिटाने लगी।

"जी नहीं, यहाँ," अपने रूमाल से ही वह एक हाथ से गाड़ी चलाता, दूसरे से उसके ललाट, कपोलों पर फैली बिन्दी की लाली मिटाने लगा। उस स्पर्श से जया पहले ही दिन की भाँति, आपादमस्तक पीपल के पत्ते-सी काँप उठी। लज्जा से उसके दोनों कपोल दहक उठे, कान की लोरियों में जैसे उस स्पर्श से जली दियासलाई की तीली छुआ दी थी। आज तक किसी पुरुष ने उसका स्पर्श नहीं किया था। कई बार वे उँगलियाँ उसके कपालों पर जान-बूझकर बड़े स्थैर्य से ठहर गई थीं, या उसका शंकालु चित्त व्यर्थ की चुगली खा रहा था? मस्ती से सीटी बजाता आनन्दी चालक, हवा के वेग से गाड़ी भगाए जा रहा था।

"सुनिए, मेरे घर का मोड़ आ गया है, प्लीज।"

"मुझे पता है पर इस मोड़ पर थोड़ी देर में लौटा जा सकता है, अभी तो हम अपनी प्यास बुझाने जा रहे हैं। है ना?"

जया की आँखों में विवशता के आँसू छलक आए। कैसी मूर्खता कर बैठी थी वह, क्यों बैठ गई उसकी कार में? कुछ ही दूरी पर ताई का मकान था, ताई दिन-भर थैला लटकाए मुहल्ले में डोलती रहती थीं। कही देख लिया, तब? फिर उसके घर से थोड़ी दूर अम्मा के मौसेरे भाई श्यामा की दुकान थी। उसका ममेरा भाई, अकर्मण्य सुधाकर चौबीस घंटे गुमटी की पान की

दुकान पर खड़ा रहता था।

''प्लीज, गाड़ी रोक दीजिए।''

''अरे इतना घबड़ा क्यों रही हैं? बस दुकान आ ही गई, अभी पहुँचते हैं। जरा गला ठंडा कर लें, फिर आपको पहुँचा देते हैं।'' और न जाने कितने चौराहों को लाँघती चीते-सी गाड़ी एक निर्जन मोड़ पर अचानक खचाक् से रुक गई। एक परिन्दा भी तो नजर नहीं आ रहा था। एक छोटी-सी दुकान अवश्य दिखी, उस पर बोर्ड लगा था 'थर्स्ट।'

''देखा ना, अभी लाता हूँ।'' वह गाड़ी लॉक कर दुकान की ओर बढ़ा।

जया के जी में आया, उसके आने से पहले ही गाड़ी से कूदकर भाग जाए। किन्तु कहाँ भाग सकती थी वह और कैसे? जहाँ जाएगी, कहीं वह शेरनी-सी दीर्घांगी गाड़ी उसे दबोच लेगी।

बाबूजी ने कभी एक मन्त्र दिया था, ''बेटी, कभी कोई संकट आए, जगज्जनी का स्मरण करना। सर्वमंगल मांगल्यै शिवे सवार्थ साधिके, शरण्ये त्रेयम्बके गौरी नारायणि नमोस्तुते।''

आँखें मूँद वह मन ही मन जाने कब तक यह जाप करती रही।

सहसा बद्ध हाथों में हिम शीतल बोतल का स्पर्श पा उसने चौंक कर आँखें खोलीं, ''बाप रे बाप, क्या कोई मूठ चला रही थीं मुझ पर, आपके त्रिकालदर्शी बाबू जी के पास तो सुना, दूर-दूर से लोग पाठ-पूजा से अपना संकट दूर करने आते हैं। आपको निश्चय ही वह सब आता होगा। एक-आध बगलामुखी कवच मेरे लिए भी बनवा दीजिए ना। बहुत बेचैन हूँ आज-कल।''

जया ने उसे आग्नेयदृष्टि से घूर, अपने दोनों हाथ किसी रुष्ट बालिका की ही भाँति आँचल में छिपा लिए।

''अरे पकड़िए ना प्लीज, यहाँ साली दो-दो बोतलों से अँगुलियाँ ऐंठ गई हैं।''

जया ने कठोर स्वर से कहा, ''मैं यह सब नहीं पीती।''

''ओह, तब क्या पीती हैं, शेरी वाइन? कौन-सी रेड या व्हाइट?''

फिर बड़े भोलेपन से हँसकर कहने लगा, ''प्लीज लीजिए ना, देखिए दुकान वाला भी हमें देख रहा है, क्या कहेगा आपने नहीं पिया तो...''

जया ने उस अधूरी धमकी को सुनी अनसुनी कर दिया। फिर उसने कठोर स्वर में उस धमकी को स्वयं ही पूरा कर दिया, ''तो मैं आपको ऐसी जगह ले जाऊँगा, जहाँ से शायद आप कभी घर नहीं लौट पाएँगी।''

जया का चेहरा सफेद पड़ गया। उसे लगा; वह चक्कर खाकर वहीं गिर पड़ेगी।

"डर गईं?" वह जोर से हँसा, "देखिए इधर, क्या मैं कहीं पर भी आपको खतरनाक लगता हूँ? मैं तो आपको छेड़ रहा था। प्लीज, लीजिए ना।" और फिर दुलार से उसने स्ट्रा सहित बोतल स्वयं उसके ओठों से लगा दी। सचमुच ही शुष्क कंठ नली से धीरे-धीरे बहती वे शीतल घूँटें उसे अच्छी लगीं, वह कितनी प्यासी थी, वह उसे तब अनुभव हुआ।

"लाइए बोतल।" वह दोनों बोतलें हाथ में थामे चला गया। चिलचिलाती धूप में, उसकी नीली पारदर्शी कमीज, पीठ से चिपकी बीच-बीच, में हवा के वेग से मस्तूल-सी फूल रही थी।

वह हँसता हुआ लौटा, "जानती हो, शमशेर क्या पूछ रहा था? वही दुकान का मालिक है, बरसों से जानता है हमें, पूछ रहा था, 'भैया जी, क्या इन्हीं से शादी बनाने वाले हो?' मैंने कहा—हाँ।"

जया का चेहरा तमतमा उठा, बेहयाई की भी हद होती है। पर कहने वाले पर कुछ असर नहीं हुआ। बड़े धैर्य से उसने स्टियरिंग थाम गाड़ी स्टार्ट कर दी और उसकी शत्रु-सी देह परिमल जया का दर्प भंग करने, भौंरे-सी उसके इर्दगिर्द मँडराने लगी। कैसा विचित्र संयोग था कि दो ही दिन पहले, जब बाबू जी उसे पढ़ा रहे थे, वह उनसे बहस करने लगी थी, "संस्कृत काव्य में इतनी अतिशयोक्ति ही क्यों भरी रहती है बाबू जी। ऐसा भी कहीं होता है :

झंकारिभिरलि कदम्बकैर न वध्यमान
परिमलेन मृगमद कर्पूर कुंकुमवास
सुरभिणा चन्नेनानुलिप्त सर्वांगो—"

समस्त शरीर में चंदन-कर्पूर-केसर का ऐसा लेप किया था शुद्रक ने कि सुगंध के कारण भ्रमर उसके चारों ओर गुनगुनाने लगे! किंतु क्या उस क्षण वही पंक्ति उसके कपोलों को साकार नहीं बना रही थीं? पर यह किस रहस्यमय मोड़ों से गाड़ी ले जा रहा था?

"सुनिए" उसने दृढ़ स्वर में कहा, "आप फिर गाड़ी कहाँ ले जा रहे हैं? अब तो आपकी प्यास भी बुझ गई। प्लीज, मुझे मेरे घर पहुँचा दीजिए, आपने कहा था, प्यास बुझते ही मुझे मेरे घर पहुँचा देंगे।"

"पर प्यास कहाँ बुझी मेरी?"

जया का कलेजा काँप उठा। जो ताई ने कहा था वह क्या सच था?

कार्तिक कभी धीर-मंथन गति से कार चला रहा था, कभी हवा के तूफानी वेग से न जाने किन-किन वन वीथिकाओं से उसे भगाए लिए जा रहा था। सहसा स्टियरिंग व्हील पर ही तबले का ठेका बजाता, वह सुरीले स्वर में गाने लगा :

झन झन झन झन
पायल बाजे
सास ननद मोरी—

"ये साली सास-ननद क्यों बार-बार हमारी सुन्दर बंदिशों में भी मूसरचंद बनी घुसी आती हैं, समझ में नहीं आता," वह जया की ओर बंकिम दृष्टि से देख कहने लगा, "जहाँ पायलिया बजी, वहीं बैरन ननद या सास खड़ी हो गई मूसल लेकर।" उसने फिर गाना शुरू कर दिया।

उसके सधे स्वर में अनोखी मिठास थी। फिर एक धड़धड़ाता आलाप लेकर वह फिर उसी काक दृष्टि से जया की ओर देखकर कहने लगा, "देखा; उस्तादी गाना गाते हैं हम, यह नहीं कि दो कौड़ी की 'हमसे मिले तुम, तुमसे मिले हम' धुनें गुनगुनाएँ। पायल बजी नहीं कि सास-ननद को धक्का देकर धड़धड़ाते खुद पहुँच गए। क्यों? आपको भी शास्त्रीय संगीत से लगाव है, या अपने बाबू जी के साथ गंडे-तावीज ही बनाती रहती हैं।"

"सुनिए," इस बार वह बौखला गई, "आप बार-बार बाबू जी को लेकर यह सब क्यों कह रहे हैं?"

"ओह सॉरी। वेरी-वेरी सॉरी। आदत से लाचार हूँ, भूल ही जाता हूँ कि कुछ लोगों को मजाक अच्छा नहीं लगता।"

"जी हाँ, मुझे न ऐसे मजाक सुनने की आदत है, न करने की।"

"वह तो देख ही रहा हूँ। पर बात यह है कि जब से आपके बाबू जी ने यह कुंडली मिलाने का अड़ंगा लगा दिया, हमारा मन बगावत कर गया।"

खचाक् से एक निर्जन अरण्य में उसने गाड़ी रोक दी।

कौन-सी जगह थी यह? चारों ओर अर्जुन, अशोक, पीपल के बड़े-बड़े पेड़ और उन्हीं के झुरमुट में खड़ा एक जीर्ण मंदिर।

गर्म लू की थपेड़े बार-बार शीत-ताप नियंत्रित गाड़ी के काँच पर, क्रुद्ध-विवश नागिन-सी फुत्कारें मार रही थीं, जैसे बाहर निकलते ही उसे डस लेंगी।

''आइए'' कार्तिक कार का दरवाजा खोलकर खड़ा हो गया। उस क्षुधातुर दृष्टि को देखते ही जया का सर्वांग थरथरा गया। पैरों को जैसे किसी ने घुटनों के नीचे काटकर फेंक दिया था।

''अरे? सोच क्या रही हैं, उतरिए ना! कहिए तो यह सेवक गोद में उतार दे।'' वह हँसा।

वह कुछ भी कर सकता था। इससे पहले कि वह उसकी देह का स्पर्श करता, वह स्वयं उतर गई। जैसे भी हो, उसे उस व्यक्ति को यह पता न लगने देना है कि वह भीतर ही भीतर, किसी अज्ञात आशंका से काँप रही है।

''क्यों उतरना है यहाँ, मैं आपसे दो बार कह चुकी हूँ, मुझे जल्दी घर पहुँचना है।'' इस बार उसके स्वर में हथौड़े की-सी ठकठक थी। ऐसा सधा हथौड़ा, जो सीधे कील के ठप्पे पर पड़ता है।

''आप लाख नाटक करिए, मन ही मन काँप रही हैं। क्यों, है ना?'' उसने बड़े अंतरंगतापूर्ण अधिकार से एक हाथ जया के कंधे पर धर दिया, ''बड़ा पिद्दी-सा कलेजा है तुम्हारा जया, कार्तिक कभी निहत्थे पर वार नहीं करता। मैं तुम्हें कुछ कहने ही तुम्हें इतनी दूर लाया हूँ। तुम्हारे बाबू जी की मिलाई कुंडली मिले या न मिले मैं निश्चय कर चुका हूँ कि मेरा विवाह तुम्हीं से होगा। तुम हाँ कहोगी ना?''

''नहीं,'' उस बीहड़ जंगल में जाल में फँसी बाघिन-सी ही उसकी अपनी हुँकार उसे अनचीन्ही लगी। यह कौन बोल रहा था उसके मुँह से?

''मैंने आज तक किसी के दबाव में आकर कोई निश्चय नहीं लिया, न कभी लूँगी।''

''सुन लो'' इस बार जया के दोनों कंधों को पकड़कर उसने उसे हिला दिया, जैसे फलों से लदे पेड़ को हिलाकर फल गिरा रहा हो। उन परिहास रसिक आँखों में क्रोध की लाल डोरी तन गईं, ''तुम्हारा विवाह मुझसे नहीं हुआ तो मैं किसी और की बारात को भी कभी तुम्हारी देहरी नहीं लाँघने दूँगा, समझीं?''

''जी हाँ, समझ गई हूँ'' एक झटके से अपने को उन कठिन पंजों से छुड़ा, वह जंगली बिल्ली-सी ही दूर छिटक गई, ''आपने मुझे समझा क्या है? आप मंत्री के बेटे हैं, इसलिए पूरा प्रदेश आपका खरीदा गुलाम है? हम गरीब भले ही हों, हमारा भी अपना मत-अमत हो सकता है, समझे आप?''

कार्तिक निर्वाक उस अद्भुत दुःसाहसी लड़की को देख रहा था। कौन कहेगा यह वही लड़की है, जो कार में ऐसे चुपचाप बैठी उसके साथ चली आई थी, जैसे मुँह में जबान ही न हो। बाहर इतनी मृदुल, इतनी कोमल, और भीतर लपलपाती ज्वाला। फिर अपने अधैर्य पर वह खुद ही पछताने लगा। संसार में कुछ ऐसे दुर्लभ रत्न भी होते हैं, जिन्हें छीन-झपटकर नहीं हथियाया जाता।

''बाप रे बाप'', उसने फिर अपनी आकर्षक हँसी का दाँव फेंका, ''आप तो सचमुच ही तराई की नरभक्षिणी लग रही हैं। मैंने बहुत शेरनियाँ देखी हैं।''

''सुनिए, मैं आपकी कोई भी बात नहीं सुनना चाहती। मुझे यदि आप मेरा उत्तर सुनने ही यहाँ लाए थे तो अब आपने मेरा उत्तर पा लिया है। मुझे घर जाना है, मुझे देर से घर पहुँचने की आदत नहीं है, अम्मा'' और सहसा माँ का नाम लेते ही उसका गला भर आया, आँखों से विवशता के आँसू टपकने लगे।

''चलिए-चलिए'', उसने ऐसे पुचकारा, जैसे मेले में खो गई किसी अबोध बालिका को दिलासा दे रहा हो, ''अभी मिलाते हैं आपको आपकी अम्मा से,'' फिर उसी विनोदी मुद्रा में उसने अपना रूमाल उसकी ओर बढ़ा दिया।

''रूमाल?''

''नहीं,'' उत्तर सिसकी में ही खो गया।

''पर सुनिए, इस मंदिर के दर्शन कर लीजिए। बिल्लेश्वर महादेव का सैकड़ों वर्ष पुराना मंदिर है। बड़ा वरदायी मंदिर माना जाता है। यहाँ आकर कोई बिना दर्शन किए लौट जाए तो उग्र महादेव, उसका अनिष्ट कर बैठते हैं, ऐसा ही सुना गया है।''

धर्मभीरु जया ने एक बार सशंकित दृष्टि से उस रहस्यमय सहचर को देखा। कैसा गिरगिटी व्यक्तित्व था उसका, कभी-कभी खनलायक-सा भयावह और दूसरे ही क्षण देवदूत की सी दिव्य हँसी। नहीं, वह उसका अनिष्ट नहीं कर सकता। फिर बिना उसकी प्रतीक्षा किए वह आत्मविश्वासी डगों से मंदिर की ओर बढ़ गई।

कैसी विचित्र खोह-सी थी उस देवालय की। बहुत पहले अम्मा-बाबू जी के साथ वह एक बार मिर्जापुर के एक ऐसे ही अरण्य स्थित मंदिर के दर्शन करने गई थी। 'काली खोह' नाम था उस मंदिर का। अनन्त सोपान पंक्तियों

को पार कर जब वे वहाँ पहुँचे थे तो अंधकार मंदिर को लील चुका था। बाहर दो फटे-चीथड़े पहने ग्रामीण नगाड़े बजा रहे थे। सिर झुका, कमर दुहरी कर ही वहाँ कोई प्रवेश कर पाता था। नीचे लटक आई घंटियों के गुच्छे दर्शनार्थियों के नत मस्तकों को छूते स्वयं टनटना उठते तो परिवेश और भयावह हो उठता; फिर काली की यह मूर्ति, करालवदना, कंठ में मुंडमाल, हाथ में रक्त-भरा खप्पर!

"दूर-दूर से डाकू डाका डालने से पहले यहाँ आते हैं" पुजारी ने कहा, "अपनी-अपनी बंदूकें हथियार देवी माँ के चरणों में रख आशीर्वाद लेते हैं, और उनका अभियान कभी असफल नहीं होता। जल्दी ही दर्शन कर लौट जाइए, साथ में बहू जी हैं, बिटिया आज शायद विक्रम मल्लाह का दल दर्शन करने आने वाला है," काँप गई जया। "बाबू जी, चलिए जल्दी", वह श्यामाचरण के सर हो गई थी, "अभी तो दर्शनार्थियों की लंबी कतार है, पता नहीं हमारा नंबर कब आए।"

"नहीं, यहाँ तक आकर बिना दर्शन किए मत जाना बाबू जी, माँ नाराज होगी। कहीं अनिष्ट न कर बैठे।"

आज यह नवीन सहचर भी उसे ऐसी की काली खोह में लिए जा रहा था, जिससे वहाँ मत्था टेकने पर उसका अभियान भी सफल हो। कौन आता होगा वहाँ पूजा करने? सद्यःस्नात, चंदनचर्चित शिवलिंग और जलती घृत दीपशिक्षा को देखते लग रहा था, अभी कोई पूजा करके गया है।

बाहर रक्तिम आकाश आँधी की संभावना से धूमिल होने लगा था। देखते ही देखते धूल का बवंडर उड़ाती आँधी आ गई। दीर्घ दैत्याकार अश्वत्थ, नीम, अर्जुन के पेड़, आँधी के तीव्र वेग से झूमने लगे। एक पल में ही निष्कम्पित दीपशिखा धप्प से बुझ गई। भयभीय जया ने बाहर देखा। देवद्वार पर प्रहरी-सा खड़ा वटवृक्ष अपनी उलझी धूमिल जटाओं को कम्पित करता ऐसे झूम रहा था, जैसे सिद्ध योगिनी अपनी जटिल जटाएँ हिलाती, अपने शरीर पर उतरी भवानी का आह्वान कर रही हो। जया ने टटोलकर शीतल शिवलिंग पर माथा टेक दिया।

बाबू जी कहते थे, शिव मंदिर की सार्थकता ही वट, अश्वत्थ और बीहड़ से घिरे स्थान में सन्निहित रहती है। रोंगटे खड़े कर देने वाले विकट दुर्गम स्थान में यदि शिव मंदिर हो, तो निश्चय ही सत्त्व, रजस्, तमस् को लय में लपेटे स्वयं त्रिगुणात्मा आदर्शी होने पर भी वहाँ विराजमान रहते हैं। ऐसे ही

बीहड़ स्थानों में अघोरी, शाक्त, शैव निर्विघ्न अपने आराध्य देव की पूजा करते हैं। क्या पता, अभी-अभी कोई ऐसा ही अघोरी यहाँ भी छिपा हो। पंचमकार का सेवन कर, गुह्य उपासना में लीन उस अघोरी ने उसे जकड़ लिया तो वह क्या करेगी? उसने शिवलिंग पर एक बार फिर अपना तप्त ललाट टेक दिया।

उसे सहसा लगा, उसी की कल्याण कामना से प्रेरित साक्षात् त्रिलोचन उस शिलाखंड में सोए पड़े हैं। और उसका ललाट उस दिव्य स्पर्श से पावन हो गया है। अब इस गर्भगृह में कोई उसका अनिष्ट नहीं कर सकता। उसके पीछे खड़े उसके उस उद्धत नवीन प्रणयी को भी क्या ऐसी ही दिव्य अनुभूति ने चित्रांकित बना दिया था? आँधी थम गई थी। धूल का कोहरा चीर, क्लांत, शिथिल सूर्य, झंझा को पराजित कर, फिर निकल आया था। तप्त द्विप्रहर के कामवेग को कठोर झंझावात ने झकझोरकर संयत कर दिया था। दारुण दहन वेला अचानक स्वयं ही शीतल हो गई। बाहर की भीगी मिट्टी की सौंधी सुगन्ध मंदिर के भीतर धँस आई।

वह उठी। मुड़ने लगी तो कोने में चुपचाप खड़े कार्तिक पर उसकी दृष्टि पड़ी। वह उसे आश्चर्य से ऐसे देख रहा था, जैसे पहली बार देख रहा हो। क्षण-भर पूर्व की डरी-सहमी जया कहाँ थी वहाँ! चिबुक की दृढ़ता, भृकुटि की तनाव युक्त भंगिमा, अधरों पर खेलती तृप्त हँसी।

वह बिना कुछ कहे, एक बार भी मुड़कर देखे बिना कार की ओर चली जा रही थी। पीछे कार्तिक आ रहा है या मंदिर में ही खड़ा है, यह भी उसने पीछे मुड़कर नहीं देखा। कार में ऐसे आकर बैठ गई, जैसे चालक की प्रतीक्षा कर रही हो। कार्तिक आया तो उसने दृढ़ स्वर में उसे ऐसे आदेश दिया, जैसे वही हो कार की स्वामिनी और कार्तिक हो उसका वेतनभोगी चालक।

"सुनिए, अब मुझे सीधे घर पहुँचा दीजिए।" उस आदेश को फिर छिछोरी हँसी में उड़ाने का साहस उसे नहीं हुआ। मार्ग-भर वह चुपचाप गाड़ी चलाता रहा।

क्या मंदिर में जाते ही कोई सिद्धि प्राप्त कर ली थी छोकरी ने? जितनी भी बार वह कुछ कहने की चेष्टा करता, उतनी ही बार उसकी प्रसन्नता स्वयं उसे थप्पड़-सा मारकर मूक बना रही थी। जया ने घर के मोड़ के बहुत पहले ही उससे गाड़ी रुकवा ली थी। शायद वह नहीं चाहती थी कि कोई उसे उस गाड़ी में देखे।

"बस, यहीं रोक दीजिए, मैं चली जाऊँगी।"

कार रुकी तो वह बिना एक शब्द कहे, बिना उसकी ओर देखे गर्वोन्नत ग्रीवा उठाए अपनी गली की ओर मुड़ गई।

वह घर पहुँची तो अम्मा सब्जी छौंक रही थी। यह काम नित्य वह करती थी।

"आज तू कहाँ चली गयी थी जया? आँधी देख मैं तो घबड़ा ही गई थी। थोड़ी देर और होती तो मैं तेरे बाबू जी को तुझे ढूँढ़ने भेज देती।"

"आँधी देखकर ही मैं लाइब्रेरी में रुक गई थी अम्मा।" सरला माँ से झूठ बोलने में भीतर ही भीतर उसे न जाने कैसा लग रहा था।

'फिर पैदल आना पड़ा, न रिक्शा, न टैंपो। बस का पास भी आज घर ही भूल गई थी।"

"हाँ, वह तो मैं समझ गई थी। ले, चाय पी ले। फिर कपड़े बदलना।"

अम्मा के हाथ से चाय का प्याला लेकर वह अपने कमरे में चली गई और दिनों की भाँति वहीं पटला डाल बैठकर चाय नहीं पी पाई। दोष उसका नहीं था। फिर भी वह माँ की आँखों से आँखें नहीं मिला पा रही थी। बाहर उसने ताई की चप्पल देख ली थी। वह अम्मा से शायद सब बता भी देती। पर ताई निश्चय ही किसी नेपथ्य में छिपी सब सुन लेती।

उसे ताई का आना कभी अच्छा नहीं लगता था। वह जब भी आतीं, अकारण ही अपने विष बुझे व्यंग्य वाणों से अम्मा का सरल हृदय शरबिद्ध कर जातीं। कहीं उसे कार्तिक की कार में देख तो नहीं लिया? वह चाय पी कर निकली तो, अपने विराट् शरीर की परिधि में आधा तख्त घेरे, ताई अम्मा से बतिया रही थीं।

"अरी कहाँ घूम रही थी आज? हम तो सोची थीं कि इतनी दूर से आई हैं, बिटिया अपने हाथों नाश्ता-पानी कराएगी, यहाँ तू गायब।"

"आँधी आ गई थी ताई, इसी से रुक गई थी।"

"क्यों नहीं, क्यों नहीं, पर भई हम तो इत्ता जानती हैं कि रिक्शा को भले ही आँधी, सवारी समेत औंधिया दे, विलायती कार का निगोड़ी आँधी भी कुछ नहीं बिगाड़ सकती, क्यों?" फिर वह पैनी दृष्टि से जया को घूर, कुटिलता से मुस्कराने लगीं।

जया का चेहरा सफेद पड़ गया, ताई ने बड़े व्यंग्य से अपने संक्षिप्त घातक प्रश्न का नश्तर लगाया, और जर्दे-चूने की डिबिया-निकाल, हथेली पर सुपारी-चूना, जर्दा फट्ट फटकने लगी।

उस 'क्यों' को सुन जया का खून खौल गया। उत्तर के लिए ताई की हाथी की-सी खतरनाक छोटी आँखें उसके सफेद चेहरे पर उसी कुटिलता से टिकी थीं। दिन-भर का तनाव कनपटी की शिराओं का तनतनाता, जया की जिह्वा पर उतर आया।

''हाँ ताई, खूब घूम रही थी। मैं ऐसे ही घूमा करती हूँ सबके सामने, कनक जीजी की तरह लुक-छिपकर घर से भागना मैंने नहीं सीखा।'' जिसे कभी क्रोध नहीं आता उसे जब आता है तो फिर जिह्वा पर अंकुश नहीं रहता। अम्मा अवाक् होकर कभी जेठानी को देख रही थीं, कभी पुत्री को।

''क्या बात हो गई थी ऐसी, पूछोगी नहीं ताई, किसके साथ घूम रही थी, किसकी कार थी?''

''अजी हमें क्या।'' ताई ने खिसियाये स्वर को रौबीला बनाने की व्यर्थ चेष्टा की। ''जिसके साथ चाहे घूमो, पर इत्ती धूप में हम पैदल चली जा रही थीं। इत्ता नहीं निकला मुई जुबान से कि ताई, आ तू भी बैठ जा कार में।''

''क्या हो गया जया?'' माँ ने पूछा।

अजी होगा क्या? हमने सच बात कह दी, वह भी सुनी-सुनाई नहीं कही, आँखों देखी कही छोटी, बस जहर लग गई तुम्हारी सुखनैना को!''

''अम्मा'' जया का चेहरा तमतमा उठा। वह अम्मा की ओर मुड़ी, ''मैं यूनिवर्सिटी से पैदल आ रही थी, रास्ते में बाबू जी के मित्र माधव बाबू के लड़के ने कार रोक दी। कहने लगे, धूप में पैदल मत जाइए, मैं छोड़ दूँगा।' मैंने मना किया पर नहीं माने। बस, वही ताई ने देख लिया होगा। लगी है जली-कटी सुनाने कि मुझे कार में नहीं बिठाया। देखती तब तो बिठाती!'' उसका स्वर रुआँसा हो गया।

''अजी झूठ काहे को बोले है लौंडिया, वह रास्ता क्या अनवर्सिटी से तेरे घर का रास्ता था? हमारे घर से तेरे घर का रास्ता था छोटी। कहीं से घूम-घुमाकर आ रही थी, मैं अंधी हूँ?''

''ताई, तब सुन लो, घूम-घुमाकर नहीं। उन्हें प्यास लगी थी। ठंडा पीने अपने ही घर से कुछ आगे दुकान में गए, आँधी आ गई और वहीं रुकना

पड़ा, वहीं से लौट रही थी। आपको देखा होता तो कार जरूर रोकती।''

''अजी ठंडा पियो या गरम, हमें क्या, पर हमारी कनक की ऐसी हिम्मत कभी नहीं हुई कि करे कुछ और बताए कुछ और। हम भीतर से सुन रही थीं बिटिया। कैसी अपनी अम्मा को बरगला रही थी तुम! अरे साफ-साफ कह ही दिया होता।''

माया को जेठानी से भी ज्यादा क्रोध जया पर आ रहा था। आज तक वह कभी उससे झूठ नहीं बोली थी, बंटी भले ही कभी-कभार उसकी डाँट-डपट से बचने के लिए झूठ बोल लेता था पर जया, उससे ऐसी उम्मीद नहीं थी। वही जया, जो उस दिन चाय पर मंत्री जी के यहाँ जाने में भी कतरा रही थी, आज माँ से छिपकर, उसी मंत्री जी के बेटे के साथ ठंडा पीने चली गई!

जेठानी के स्वभाव को वह जानती थी। आज तक, उसे लाख ताने देकर भले ही कितनी ही बार रुलाती रहीं, संतान को लेकर, देवर के गृह के शीशों पर कभी कंकड़ नहीं मार सकी थीं। जया के रूप, गुण, स्वभाव की प्रशंसा से पूरा मुहल्ला, आत्मीय स्वजन हाँ में हाँ मिलाते थे। बंटी पढ़ने में तेज था। खेल कूद में अब तक अनेक शील्ड-कप बटोर चुका था। ''देख लेना माया'' पति ने एक दिन उससे कहा था, ''इसके लिए नौकरी की हमें चिंता कभी नहीं होगी। अपने खेल कूद के बूते पर ही ये किसी बैंक या रेलवे की ऊँची नौकरी पा लेगा। वहाँ तो खिलाड़ी की बड़ी कद्र होती है।''

अपने जिन बच्चों पर उसे गर्व था वे ही आज उसे धराशायी कर गए। जया जैसी लड़की ऐसी नादानी कैसे कर गई? क्या इसी मंथरा की गली से गुजरना जरूरी था? कभी इन्हीं बच्चों ने ताई का नाम धरा था 'मंथरा', जहाँ जाती वहीं आग लगा देती। पीठ पर सामान्य-सा कूबड़े, तंग पेशानी, कुटिल चुँधियाई आँखें, प्रति पल फड़कते नथुने, विचित्र बनावट की नाक, ओठों पर निरंतर थिरकती विद्रूप-भरी मुस्कान, जैसे प्रतिपल किसी की हँसी उड़ा रही हों। प्रौढ़ता के साथ-साथ, जिया का पहनने-ओढ़ने का शौक बढ़ता जा रहा था। पुराने गहने तुड़वाकर, नए फैशन के गहने गढ़वाते ही वे आभूषण विहीना देवरानी को दिखाने पहुँच जाती, कभी कंगूरेदार चूड़ियाँ, कभी नाभि स्पर्श करता दुलड़ा मंगलसूत्र, कभी नाक की हीरे की लौंग! स्वयं उनकी संतान उनका सरदर्द ही बनी रही थी। इसी से देवर की सुसंतान का सुख उन्हें ईर्ष्यादग्ध कर देता। पति को उन्होंने जीवन-भर अपने मोटे अँगूठे से दबाकर रखा।

उसका एक कारण भी था। विवाह हुआ तो ताऊ बेकार थे। एक लंबे अर्से तक वे घर दामाद बने। ससुर की रोटियाँ तोड़ते रहे। ससुर सचिवालय में सेक्शन ऑफिसर थे। नया-नया घर भी बनवा लिया था। कुत्सित पुत्री को सुदर्शन वर मिल गया था, इसी में वे संतुष्ट थे। फिर कभी न कभी तो उसे कहीं लगवा ही देंगे, यह वे जानते थे, तब तक बना रह घर में। फिर उन दिनों क्या आजकल की महँगाई थी? रुपये का पंद्रह सेर गेहूँ तोले, दो मन एक साथ पटक देते। आठ रुपये किलो बढ़िया देसी घी आता था। नित्य घी से तर सूजी का हलुवा बना, सास दुर्गाचरण का कंठ सिक्त कर देती। और धीरे-धीरे बेचारे जया के ताऊ उन्हीं घी की परतों में आकंठ डूबते चले गए। साधारण नैन-नक्श की अपनी मंथरा भी उन्हें अपूर्व सुंदरी लगने लगी। धीरे-धीरे, ससुर ने क्लर्क की नौकरी भी दिलवा दी और संगीत रसिक दुर्गा का कलाकार चित्त न जाने कब दम तोड़ गया। दो बेटे हुए तो ताई का अहंकार और बढ़ गया। फिर पुत्री हुई तो उसने भी पितृकुल का ही रंग पाया।

बड़े बेटे का ताई ने ही स्वयं कन्या पसंद कर विवाह कर दिया। किंतु कन्या छोटी थी, समधी का वैभव देखकर। पर दुनिया को तर्जनी पर नचाने वाली ताई उस सौदे में भी ठगी ही गई थीं। बहू के ऊँचे दाँत, धीरे-धीरे बुंदेलखंडी वन्य बघेला ही की भाँति समय के साथ-साथ, घातक बनते चले गये थे। न माया ही मिली न राम। चतुरा पुत्रवधू सुमित्रा ने पति को उकसाकर, ईरान में किसी डेपुटेशन की नौकरी के लिए पटा लिया था। वह जानती थी कि उतनी दूर उसकी दबंग सास उसका छायाग्रास कभी नहीं लील पाएगी! पहले-पहले तो ताई पास-पड़ोस में बहू का बखान करते नहीं थकती थी। गऊ है गऊ, अरे भाई विवाह में कुछ नहीं दिया तो क्या हुआ। लड़की तो सवा लाख की दे दी। पर साल-भर बीतने-न-बीतते, वही गऊ सास की छाती में सींग घुसेड़ने वाला साँड बन गई।

ताई एक कहतीं तो वो दो सुनाती। ताऊ को देख जया को बड़ा तरस आता। एकदम बाबू जी की शक्ल, बोलने का वही धीमा अंदाज, वैसी ही स्नेहसिक्त दृष्टि और बालसुलभ हँसी और भी निरीह भावहीन हो गई थी। ओठों के पास एक तौलिया दाबे रहते।

"अजी, बच्चों की-सी लार टपकाते हैं।" ताई कहतीं, "मेरा भाग है, और क्या। अब लल्ला जी उनसे सवा बरस ही तो छोटे हैं। अभी उनके

बाल भी काले के काले धरे हैं। एक हमारे हैं, बाल सन सफेद, मुँह में कुल जमा सात दाँत, न जियों में ना मरों में।''

''छिः ताई, कैसी बातें करती हो, उनके सामने भले ही कह नहीं पाते समझते तो सब होंगे।''

''समझा करें, इन्होंने कौन सुख दिया है मुझे। वही भोग रहे हैं। जिंदगी-भर खाट पड़ी सास का गू-मूत धोया, अब इनका धो रही हूँ।'' कितनी झूठ बोल सकती थीं ताई।

बीमार दादी महीने में बीस दिन तो उन्हीं के यहाँ रहती थीं। अम्मा ने ही उनकी अधिक सेवा की थी। ताई कभी ताऊ के कहने पर उन्हें साथ ले भी जातीं तो घर की सबसे अँधेरी कुठरिया में डाल देतीं। फिर दादी बीमार ही कितने दिन रहीं। मरने के दो महीने पहले मंदिर से लौट रही थीं, कि किसी छुट्टे साँड ने पटक दिया था। कूल्हे की हड्डी टूटने के केवल दो ही महीने तो बेचारी ने अस्थिभंग की वेदना सही थी।

और फिर उसकी तेरहीं के दूसरे ही दिन, ताऊ के दिमाग की नसें फट गई थीं। आश्चर्य होता था कि नाना चिंताओं से बोझिल उनके दिमाग की नसें, बहुत दिन पहले क्यों नहीं फट गईं! साधारण क्लर्की में भी ताई ने अपनी व्यर्थ महत्त्वाकांक्षाओं को ताऊ के रक्त से ही सींचा था। जिद करके बच्चों को अंग्रेजी स्कूल में पढ़ने भेजा, फंड से निरंतर रुपया उधार ले, बुढ़ापे की आय को ताई स्वयं क्षीण करती चली गईं।

''मुझे क्या कमी हो सकती है छोटी।'' वे अम्मा से प्रायः ही कहतीं ''दो-दो बेटे हैं। कमाएँगे और हम दोनों पैर फैलाकर खाएँगे।'' पर जब दोनों ही बेटे माँ को अँगूठा दिखा गए तो ताई ने पैंतरा बदल लिया—''ऐसे कपूतों से तो मैं निपूती ही भली रहती। पर मेरी कनक कभी ऐसा नहीं करेगी। देख लेना, वही मेरा बेटा बनकर दिखाएगी।''

पर कनक ने तो भाइयों को भी मात दे दी थी। दोष तो ताई का था। बच्चों को उन्होंने सर पर चढ़ा कर पाला था। बेटों के बाल भी कटवाने होते तो दामी सैलूनों में भेजती, शहर के सबसे महँगे दर्जी के यहाँ उनका ब्लाउज और बेटी के सलवार-कुर्त्ते सिलते। ताऊ के जीर्ण कपड़े और ताई की वेंकटगिरी कोटा की साड़ियों को देख, जया को कभी-कभी ताई की अविवेकी मूर्खता पर तरस भी आता, किंतु वह जानती थी कि ताई मूर्ख नहीं स्वार्थी थीं।

उनकी परापवादिनी जिह्वा मिनटों में अर्थ का अनर्थ कर सकती थी। बड़ा पुत्र बृजेन्द्र, अपनी कलहप्रिया पत्नी को लेकर, पहले ही पत्ता काट चुका था। न वह कभी चिट्ठी ही लिखता, न माँ-बाप की कुछ मदद ही करता। दूसरा बेटा विवाह से पहले ही बुरी सोहबत में पड़ गया था। एक दिन वह एक सरदार जी की दबंग मर्दानी पुत्री को ब्याह कर घर ले आया तो ताई बेहोश हो गईं। जब होश आया तो नई बहू के अपमान से आहत, राजेन्द्र उल्टे पैरों ससुराल लौट गया था। तब से वह घरजमाई बना, अपने ससुर के गैराज में मोटर मैकेनिक था। दो-दो बेटे थे। दोनों केश बढ़ाकर जूड़ों पर रूमाल लपेट, बीच-बीच में दादा-दादी से मिलने आते, तो ताई दो ही दिन में ऊब जातीं।

कनक को भी ताई ने अपने ही साँचे में ढाला था। वे बड़े गर्व से कहतीं, ''अरे भाई, हमारी कनक पहनने-ओढ़ने की शौकीन है, सत्रह जोड़ी तो जूते चप्पल ही हैं इसके पास।'' आवश्यकता से अधिक लंबी नाक, लिपा-पुता चेहरा और उग्र स्वभाव की कनक के बारे में, जया को सब पता था, फिर भी उसने अम्मा, बाबू जी से कुछ नहीं कहा। वह उसे एक नहीं, अनेक बार उस जनाने छोकरे के साथ घूमते देख चुकी थी।

एक दिन ताऊ जी ने आकर बाबू जी को बताया था, ''आज तुम्हारी भाभी ही मेरी दुश्मन बन गई है श्यामा, माँ-बेटी किसी आर्य समाज के मंदिर में जाकर विवाह निपटा आई हैं। वह भी अमावस्या के दिन, घोर मलमास में। अम्मा से कैसे कहूँगा अब, वह तो पहले से ही अधमरी खाट पर पड़ी है। तुम्हारी भाभी कहने लगी, 'आशीर्वाद दो इन्हें।' मैं तिलमिला गया, चोरी और ऐसी सीनाजोरी! मैंने कहा, 'निकल जा मेरे घर से, खबरदार जो यहाँ कदम रखा। मैं तेरा मुँह नहीं देखना चाहता। समझ लूँगा कि मेरी कोई बेटी थी ही नहीं।''

और फिर वे ही ताऊ जी साल-भर में कितने बदल गए! आज तो वे संपूर्ण रूप में उसी विजातीय जामाता पर निर्भर थे। पेंशन सीमित थी, जिसका अर्धांश ताई पहले ही बटोर चुकी थीं। फिर उनका हाथ अभी भी पूर्ववत् खर्चीला था। पर फिर सहसा ताई के गृह में समृद्धि छप्पर फाड़कर बरसने लगी थी।

''हमारी कनक तो अब पति के साथ अमरीका चली गई। बिप्पू को यहाँ भेज रही है पढ़ने। कहती है, 'बच्चे बहुत बिगड़ जाते हैं।'' 'अब वहाँ मरीज

सम्भाले या बच्चे पाले। लिखा है, बाबू जी के लिए एक नर्स रख लो।' रंगीन टी. वी., वी. सी. आर. सब भेज रही है। बिप्पू को तो टी.वी. देखे बिना गस्सा ही नहीं उतरता, अब बड़ा मकान ढूँढ़ रही हूँ। तुम्हारी नजर में कोई हो तो बताना, लल्ला जी। आठ सौ से ज्यादा किराया न हो।''

फिर बड़ा-सा मकान ही नहीं लिया, ताऊ के लिए पहिये वाली कुर्सी भी आ गई नर्स तो नहीं, महाराजिन रख ली ताई ने। कनक पुत्र को लेकर आई तो अम्मा-बाबू जी पहले उसे पहचान नहीं पाए। चार ही वर्षों के प्रवास ने उसकी काया पलट कर दी थी। अब उसने अपनी लम्बी चोटी कटवा लड़कों की छाँट में बाल छँटवा लिए थे। जींस में उसका भारी शरीर और भी बेडौल लग रहा था। ताई ने फिर स्वयं ही उस परिधान की कैफियत दे दी थी, ''अजी साड़ी तो सुना, वहाँ पहनी नहीं जा सकती। हवा में उड़कर मस्तूल बन जावे है। मैंने तेरी कही कि यहाँ तो पहन डाल, पर मानी नहीं। कहती हैं, 'अम्मा, अब इसी पहनावे की आदत पड़ गई है।''

''अपने पति को नहीं लाई बेटी?'' बाबूजी ने पूछा तो सकपकाकर माँ-बेटी दोनों चुप हो गईं।

''अब आपसे क्या छिपाऊँ चाचा जी।'' कनक बोली, ''बिप्पू एक महीने का था तब ही मैंने तलाक ले लिया था।''

बाबू जी का मुँह खुला ही रह गया था, कह क्या रही है लड़की!

''तुमने कभी बताया नहीं भाभी?'' आहत स्वर में उन्होंने कहा।

''अजी क्या बताती! कोई अच्छी बात होती तो बताती भी। बड़ा दुःख दिया इसे परदेश में, वहाँ पहले एक बर्मिन रख ली थी हरामी ने। दिन-रात शराब पीकर उसे कूटता था। अब उसे छोड़ किसी और के साथ मुँह काला कर रहा है। क्या करती ये बेचारी, भाग्य में यही लिखा होगा। फिर भी मैं तो यही कहूँगी लल्ला, इस जमाने में बेटी ही बुढ़ापे में माँ-बाप की बाँह पकड़ती है, बेटा नहीं।''

कनकलता बिप्पू को माँ के पास छोड़कर फिर चली गई थी। कुछ दिनों तक तो ताई, फर्राटे से अंग्रेजी बोलने वाले, चपल बिप्पू की प्रशंसा करते नहीं अघातीं, फिर धीरे-धीरे ऊबने लगीं।

''अरी बाप पै गया है हरामी, जब देखो तब भूख-भूख, उठते ही पूरी डबलरोटी भकोस जाता है, न दाँत मले ना कुल्ला करै, मक्खन पोतेगा, जैम लगाएगा, और बिस्तर पर ही कचर-कचर डबलरोटी चट्ट कर जाएगा। स्कूल

में पहले दिन अपनी मिस को दाँत काट घर भाग आया कटखन्ना, वो तो कनक न जाने कितने हजार का डोनेशन दे गई है स्कूल वालों को। अरी रिक्सा से कूद-कूद जाता है, पाँच रिक्सा वाले बदल चुकी हूँ अब तक। न जाने कहाँ से जन्मा है यह रावण का नाती!''

चार वर्ष का बिप्पू, देखने में आठ वर्ष का लगता था, उस पर उस दुर्दांत बालक की आवाज भी समय से पूर्व ही भारी हो गई थी। जब भी वह ताई के साथ आता, जया कमरे में ताला डाल, बहाना बनाकर निकल जाती। करती भी क्या, बिप्पू का पहला आक्रमण उसी कमरे पर होता। सबसे पहले वह उड़नचंडी दस्यु-सा, उसके कमरे में ही घुसता। कभी उसकी कलम उठाकर लिखने लगता, कभी उसकी लंबी चोटी खींचकर पूछता, ''मौसी, क्या ये तुम्हारे असली बाल हैं?'' फिर उसकी सर्वभक्षी क्षुधा जया को भी बौरा देती।

एक दिन तो वह, देखते-ही-देखते, भंडार में सुतली से लटके दर्जन-भर केले ही एक साथ भकोस गया। उनके घर में ये केले हफ्ता भर चलते। अम्मा हर मंगल की पैंठ से अधकच्चे केले लाकर, सुतली में लटका देतीं। बिप्पू आया नहीं कि कच्चे-पक्के सब फल मिनटों में साफ! कभी वह बाबू जी के यत्न से लगाए, सींचे पेड़ों पर ही बंदर-सा सरसराकर चढ़ जाता। जो भी फल हाथ में आता, अधकच्चा शरीफा हो या अमरूद, कुछ भी नहीं बच सकता उससे। उस दिन भी जब ताई उससे शहर कोतवाल की सतर्कता से प्रश्न कर रही थीं, वह आँधी के वेग से भाग गया था।

''अरे तू कैसे आ गया रे नखरपट्ट! तुझे तो मैं स्कूल की रिक्सा में खुद बिठा आई थी!'' ताई ने पूछा की उसने निर्लज्जता से खींसें निपोड़ दी थीं, ही-ही-ही-ही, रिक्शा से कूदकर। जानती हो मौसी, ग्रानी इज फिलदी—पानी का लोटा लेकर टॉयलेट जाती है, टॉयलेट पेपर नहीं है इसके पास। मैं तो अपने साथ बहुत सारे लाया हूँ।''

''तभी तो मैं इस अघोरी को अपने साथ ना सुलाऊँ हूँ री—अरी छोटी, मैं तो उबिया गई हूँ इससे, कल उबलते दूध में न जाने कब मुट्ठी-भर नमक डाल गया। एक तो वैसे ही हिल-डुल नहीं सकते, मार लगे गोंगियाने। मेरी समझ में ही न आए कि क्या हो गया अचानक। चींटा-वींटा घुस गया क्या? तब बोला, 'हमने बर्फ डाल दिया था।' अब लो और सुनो, कल नन्हे हलवाई हमारे सामने की नाली में पेशाब करने बैठा तो उसे धक्का देकर नीचे गिरा दिया। मुँह के बल गिरा बेचारा। वो तो दाँत न टूटे। ना जाने कैसे बच गया।''

''ठीक ही तो किया मैंने, है ना मौसी? तुम्हारी इस 'डर्टी' कंट्री में लोग टॉयलेट क्यों नहीं जाते? सड़क पर ही यह सब क्यों करते हैं? मैं जिसे भी देखूँगा उसे धकेलूँगा।''

''अरे जा-जा आया है बड़ा धकेलने वाला, ''ताई बोलीं, ''अरे तेरे नाना जब तक चलते फिरते थे, हमेशा लोटा लेकर दिशा-जंगल जाते थे रेल के किनारे। कहते थे, 'बिरजू की माँ, पखाना और समधियाना तो घर से दूर ही अच्छा लगता है।' चलूँ, वैसे तो घर पर महाराजिन को बिठा आई हूँ, पर आज सुबह से अगस्त मुनि कई बार समुद्र सोख चुके हैं। दो लोटा पानी तो मैं ही पिला आई, एक बोतल फैंटा भी पी गए हैं जिद करके। जरा भी देर हुई तो सारे कपड़े तर कर देंगे।''

''ही-ही-ही-ही'', बिप्पू ने फिर खींस निपोर दीं, ''नाना की पौटी भी ग्रैनी कराती है।''

''करम फूटे हैं जो ग्रनी के, न कराए तो क्या करे। हम तो भैया लिखने वाली हैं इसकी माँ को, कि आए और ले जाए अपना बेटा, ये जिस मुलुक में पैदा हुआ, वहीं निभ सकता है, यहाँ नहीं।''

जया को, उसकी सारी शैतानी के बावजूद वह दंतखुड्डा बहुत अच्छा लगता था। हर दूसरे दिन वह ताई की नजर बचाकर वहाँ भाग आता और उससे लिपटकर कहता, ''आई लव यू मौसी, कैसी बढ़िया खुशबू आती है तुम्हारे हाथ से, गले से, कौन-सी परफ्यूम लगाती हो मौसी? ममी तो जॉय लगाती हैं। कहती हैं, दुनिया की सबसे महँगी परफ्यूम है जॉय।''

अपनी कौन-सी परफ्यूम बताए उसे! वह तो पद्मिना नायिका की भाँति, माँ के गर्भ से ही विचित्र सिद्ध, सुगंध लेकर जन्मी थी। अम्मा भी यही कहती थी, ''अरी, कभी तू मेरे साथ सोती है तो पूरा बिस्तर मह-मह-महकता रहता है। कोई इत्र-फुलेल लगाती है क्या?''

बिप्पू को न कभी माँ का लाड़-दुलार मिला था, न पिता का अनुशासन। इसी से वह हुडले बछले-सा कूदता रहता था।

उस दिन ताई जान-बूझकर ही, अकेली देवर के परिवार पर कीचड़ उछालने आई थीं, पर अभागे बिप्पू ने जया के गले में बाँहें डाल दीं।

''चल घर'', उन्होंने उसे खींचा।

''ओ शट अप।''

देवरानी और भतीजी के सामने उसकी वह अबाध्यता ताई को सहन

नहीं हुई। उसे एक चपत लगा, वे खींचती-घसीटती घर ले गई तो जया की जान में जान आई। कहीं उनके जाने से पहले बाबू जी आ जाते, तो ताई उनसे भी उल्टा-सीधा, न जाने क्या कह डालतीं।

वह अपने कमरे में चली गई। ताई ने आकर उसका सरदर्द और बढ़ा दिया था। एक तो अम्मा अब दिनों तक उससे अबोला लगाकर फूली रहेंगी, वह बिना कुछ कहे हमेशा ऐसा ही दंड देती थीं। न उन्होंने उससे चाय के लिए पूछा, न खाने के लिए। वह समझ गई कि अम्मा भीतर ही भीतर गुम चोट खा गई थीं। सोच रहीं होंगी कि ताई आकर न बताती तो बेटी उनसे बात छिपा ही ले जाती। ठीक भी तो था। जया तो उससे झूठ बोल ही गई थी। पलंग पर लेटकर, उसने चुपचाप आँखें बंद कर लीं। कनपटी पर कोई हथौड़े की-सी चोट कर रहा था। सिर दर्द से फटा जा रहा था।

अम्मा ने बाबू जी से कह दिया तो क्या सोंचेगे वे! गलती तो उसी की थी। क्यों चढ़ी थी कार में! न वह जाती, न यह सब होता। कोई बच्ची तो नहीं थी कि जबरन वह हाथ खींचकर बिठा लेता। एक झटके से हाथ छुड़ाकर भाग भी तो सकती थी। तब क्या उस अजनबी व्यक्ति के प्रति उसके हृदय में आकर्षण का अंकुर फूटने लगा था?

द्वार की कुंडी खटकते ही वह जान गई कि बाबू जी आ गए हैं। नित्य वही उन्हें चाय-नाश्ता देती थी, आज नहीं उठी तो वे घबड़ा जाएँगे। उसकी एक छींक या खाँसी भी तो उन्हें व्याकुल कर देती थी। वह उठी, हाथ-मुँह धोकर चौके में जा, उसने नित्य की भाँति गैस जला चाय का पानी चढ़ाया। अम्मा शायद अपने कमरे में ही थीं। इसके पूर्व भी उसकी अम्मा से एक-दो बार खटपट हो चुकी थी। एक बार जब वह बिना माँ से पूछे, यूनिवर्सिटी से ही विजय के साथ, नुमाइश देखने चली गई थी, और एक बार जब उसने अम्मा का पसंद किया रिश्ता फेर दिया था, तो अम्मा पूरे महीने-भर बंटी को माध्यम बना उससे बातें करती रही थीं।

सरल बाबू जी बहुत दिनों तक माँ-बेटी के बीच की खटपट को नहीं पकड़ पाते थे। इस बार भी यही हुआ। पूरे दस दिन बीत गए, पर अम्मा नहीं पिघलीं। एक तो बंटी कहीं मैच खेलने गया था। आठ-दस दिन बाद लौटने वाला था, पर फिर वहीं से टीम के साथ जबलपुर चला गया।

घर पर माँ-बेटी ही रह गईं। दोनों के बीच जैसे वर्षों से भरा-पूरा बादल

उतर आया था। न बरसता, न गरजता, एक अजीब घुटन-भरी उमस दोनों को बौखलाने लगी। न उसने ही घुटने टेके, न अम्मा ने! हार कर वही झुकी थी : ''अम्मा, तुम मुझसे बहुत नाराज हो ना! मैं तुम्हें उस दिन खुद ही सब कुछ बता देती पर मैंने ताई की चप्पल देख ली थीं। मैं कसम खाकर कहती हूँ अम्मा, मैंने आज तक किसी से लिफ्ट नहीं माँगा, न किसी के साथ घूमी ही हूँ। वह माने ही नहीं।''

''और वह शादी के लिए भी ऐसे ही जिदिया गया तो क्या मान लेगी तू?'' अम्मा का कंठस्वर क्रोध से तीखा हो उठा। ''कैसी-कैसी बातें सुनी हैं इस लड़के के लिए। तेरे बाबू जी को अक्ल नहीं है। जैसे संत खुद हैं, वैसे ही सबको समझते हैं।''

ठीक उसी समय श्यामाचरण आ गए।

''क्यों बेटी, चाय बन गई है? वाह, तैयार है एकदम! मैं जानता था कि जया की आवाज आ रही है तो चाय तैयार मिलेगी।''

''क्यों जी, जया नहीं रहती, तो क्या चाय नहीं मिलती तुम्हें? अभी जिया यहाँ होती तो मुहल्ले-भर में यही कहती फिरती कि निठल्ली देरानी उनके लल्ला जी को एक प्याला चाय भी नहीं दे पाती।''

सहसा निरीह श्यामाचरण की सहमी दृष्टि पत्नी के तमतमाए चेहरे पर पड़ी। साथ ही पुत्री के मुरझाए चेहरे को देख वे समझ गए।

''क्या बात है बेटी, आज माँ-बेटी में कुछ खटपट हुई है क्या?''

''अजी कोई माँ को माँ समझे तो खटपट भी हो, मैं तो सौतेली माँ हूँ ना इसकी।''

''कैसी बातें कर रही हो माया? क्या बात है आखिर?''

''इसी से पूछो, तुम्हारी भाभी एक तो वैसे ही नश्तर लगाने आई थीं, दूसरा नश्तर इसने लगा दिया।''

हतप्रभ-से श्यामाचरण कभी पत्नी को देख रहे थे और कभी पुत्री को। अम्मा, बाबू जी से उसी की उपस्थिति में कुछ न कह डाले, वह तो शर्म से मर जाएगी! जया तेजी से अपने कमरे में जाते-जाते फिर लौट आई और धीरे से द्वार खोल बाहर निकल आई। उस पर इतना अविश्वास! आखिर क्या किया था उसने? उसकी आँखें छलछला उठीं। वह कभी अम्मा-बाबू जी से कहे बिना घर से पैर बाहर नहीं रखती थी। आज पहली बार माँ की व्यर्थ की शंका ने उसे बौरा दिया। अम्मा क्या सोचती थी कि मैं उससे ऐसे ही

झूठ बोल लड़कों के साथ कार में इधर-उधर घूमती हूँ?

सहसा चलते-चलते उसे ध्यान आया, वह घर से बहुत दूर निकल आई है। बाबू जी क्या सोचेंगे। सूर्यास्त होने पर भी सूर्य की तप्त लालिता पृथ्वी को रह-रहकर दाग रही थी। उसी दहन से पेड़ों के पत्ते भी निष्प्राण से फड़फड़ा रहे थे। कहीं बाबू जी उसे ढूँढ़ने न निकल पड़ें। वह पलटी और तेजी से चलने लगी। जाते ही बाबू जी से सब साफ़-साफ़ कह देगी। उसने कोई चोरी-छिपे अपराध नहीं किया। उसे पूर्ण विश्वास था कि जो बात अम्मा नहीं समझ पा रही थीं, वह उसके निष्कपट सरल बाबू जी बिना किसी कैफियत दिए ही चटपट समझ लेंगे।''

''सुनिए'' वह चौंककर थम गई। यह क्या आकाश से टपक पड़ा या किसी छत-मुंडेर से कूदकर? उसके सामने खड़ा हो गया? न कार, न अन्य कोई वाहन। वह हँसता उसका पथ अवरुद्ध कर उसी बेहयाई से खड़ा रहा। जया की आर्द्र पलकें अभी भी नहीं सूखी थीं।

''कहाँ जा रही हैं इतनी तेजी से? सचमुच हिमगिरी की तेज रफ्तार को भी पछाड़ सकती हैं आप! रूमाल?''

उसने फिर अपनी मोहक स्मित का चुग्गा फेंका और जेब से रूमाल निकाल उसकी ओर बढ़ा दिया।

''छोड़िए रास्ता मुझे जाने दीजिए।''

वह बार-बार आगे-पीछे देख रही थी। कहीं बाबू जी उसे ढूँढ़ने न आ रहे हों। जिस परिस्थिति में वह बौखलाकर घर से निकली थी वह बाबू जी ने दोनों को एक साथ देख लिया तो घातक हो सकती थी।

''आ हा, चला जाऊँगा, चिंता क्यों करती हैं, पर पहले आँखें तो पोंछ लीजिए, लीजिए रूमाल, छिः छिः, आप जैसी तेजस्विनी सिंहनी की आँखों में आँसू अच्छे नहीं लगते।''

''छोड़िए रास्ता'', वह इस बार जोर से गरजी। और कोई होता तो शायद सहमकर हट जाता और उसने अब और बेहयाई की। बड़े निर्भीक दुःसाहस से, उसने अपनी प्रलंब भुजाएँ, निःसीम शून्य में फैला दीं, ''कैसे छोड़ सकता हूँ रास्ता?''

''आपने मेरा कितना बड़ा सर्वनाश कर डाला, क्या नहीं जानते आप?'' इस बार उसके ओठ काँप उठे।

''मैंने?'' उसने हाथ नीचे कर लिए, ''कमाल है, मैंने तो आपको छुआ भी नहीं। हाथ पकड़ कार में बिठाया-भर था। चाहे बड़ी कोशिश से ही रोका था अपने को!'' वह फिर हँसा। यह हँसी पहले से अधिक मोहक थी। ''गुस्सा थूक डालिए चलिए आपको घर तक छोड़ दूँ। कार मोड़ पर ही छोड़ आया हूँ।''

''नहीं'', वह फिर उसकी ओर बिना देखे ही तेजी से निकल आई।

घर पहुँची तो पसीना-पसीना हो रही थी। आँचल से पसीना पोंछ उसने अधखुला द्वार खोला तो देखा, तमतमाया चेहरा लिए अम्मा खड़ी हैं।

''क्या नाटक कर रही है री तू!'' अम्मा के एक भी प्रश्न का उत्तर दिए बिना वह तनतनाकर अपने कमरे में चली गई और भड़ाम से द्वार बंद कर दिया। सचमुच क्या हो गया था उसे? वह स्वयं ही तो अपनी बेचैनी का सूत्र नहीं पकड़ पा रही थी।

क्यों वह उसके पीछे ऐसे हाथ धोकर पड़ गया था? कब तक वह उससे अपना दामन बचाकर निकल पाएगी? कहीं वह यूनिवर्सिटी में ही उसका मार्ग अवरुद्ध कर खड़ा हो गया और किसी ने देख लिया तो क्या हो? यूनिवर्सिटी के गुंडों की टोली फिर क्या उसे छोड़ देगी? आज तक उसका गांभीर्य ही तो उसका कवच बना रहा था। इतना वह भी जानती थी कि यदि किसी भी लड़की की किसी लड़के से सामान्य-सी भी घनिष्ठता लड़के देख लेते हैं, फिर तिल का ताड़ बनाने में नहीं चूकते, और उनकी यह पुष्ट धारणा बन जाती है कि लड़की है ही दुश्चरित्र, क्यों न उसे छेड़ा जाय?

''बेटी,'' बाबू जी की आवाज सुनते ही वह हड़बड़ा कर उठ बैठी।

बाबू जी न जाने कब चुपचाप द्वार पर आकर खड़े हो गए थे। आगे बढ़ उन्होंने बड़े प्यार से उसके सिर पर हाथ फेरा। ''अपनी अम्मा को तुम जानती हो। पढ़ी-लिखी होती तो ऐसी बातें उसके दिमाग में नहीं आतीं। मैं उसे यह समझा रहा था कि जमाना अब बहुत बदल गया है, हमारा-तुम्हारा जमाना नहीं रहा। तुम कार्तिक के साथ कार में बैठ भी गई तो कौन-सा अँधेर हो गया? चलो, दिन-भर कुछ नहीं खाया; उठ, कुछ खा-पीकर चाय पी ले, तूने नहीं पी तो मैं भी नहीं पियूँगा।''

पिता के साथ चौके में आई तो अम्मा का चेहरा देखते ही जान गई कि उसका गुस्सा अभी शांत नहीं हुआ है। निःशब्द कटोरदान उठाकर उसने पुत्री की ओर खिसका दिया और चाय बनाने लगी।

रात जया बड़ी देर तक पढ़ती रही। फिर पढ़ते-पढ़ते न जाने कब ऐसी

नींद में ढुलक गई थी। उसी रात उसने एक भयानक सपना देखा था, और जोर से चीख उठी थी।

भागते-भागते बाबू जी आकर उसके सिरहाने खड़े हो गए थे, "क्या हुआ बेटी, बुरा सपना देखा क्या? छाती पर हाथ धरकर सो गई होगी।"

नींद में चिल्लाने वाला, जब जगकर सचेत होता है तो उसे अजीब खिसियाहट हो आती है। ऐसे ही खिसयाए उनींदे स्वर में उसने कहा था, "बड़ा बुरा सपना देखा था बाबू जी।"

"कोई डर नहीं बेटी, कल नहा-धोकर 'गजेंद्र मोक्ष' पढ़ लेना, दुःस्वप्न का दुष्प्रभाव स्वयं कट जाएगा।"

कितने भोले थे बाबू जी, कितने धर्मभीरु! नींद के इस दुःस्वप्न का तो दुष्प्रभाव उसे पल-पल विक्षिप्त बना रहा था, उसे भी क्या गजेंद्र मोक्ष का संपुट पाठ नष्ट कर पाएगा? फिर वह सो नहीं पाई। कैसा भयानक सपना देखा था उसने! कार में बिठाकर, वह उसे किसी वन-जंगल की दुर्गम वीथियों से भगाए लिए जा रहा था। वही जीर्ण मंदिर की जनशून्य खोह और वैसी ही आँधी में जटाएँ हिलाता वट वृक्ष। वैसे ही केले और बताशे बिखरे हैं, अचानक उसके पीछे खड़ा कार्तिक उसे बाँहों में भींच लेता है। दीये की लौ छप्प से बुझ गई है, वह चीख रही है, 'छोड़ दो, मुझे छोड़ दो' पर वह वीभत्स हँसी हँसकर उन्मत्त वृषभ-सा उसे पीस देता है। उसके कामुक तृषार्त अधरों से फेन की धूम्ररेखा-सी उठ रही है।

'छोड़ दो मुझे' वह फिर चीखी थी। और उसी चीख को सुन बाबू जी आ गए थे।

दूसरे दिन उठी तो सिर भारी था, अंग-अंग ऐसा टूट रहा था, जैसे बुखार से उठी हो। वह यूनिवर्सिटी जाने लगी तो अम्मा ने पहली बार उसे स्वाभाविक स्वर में पुकारा; "जया, आज जरा जल्दी लौट आना, जिया ने कहलवाया है, 'आज बिप्पू का जन्मदिन है।' जया को जरा पहले भेज देना।"

उस दिन दो ही पीरियड के बाद वह जान-बूझकर घर लौट आई थी। जिससे नियत समय पर मार्ग में प्रतीक्षा करने वाला, कहीं फिर उसका रास्ता रोककर न खड़ा हो जाए। घर पहुँची तो अम्मा तैयार बैठी उसी की प्रतीक्षा कर रही थी।

"चल, पहले हाथ-पैर धोकर कुछ खा-पी ले, सुबह भी पराँठा छोड़ कर चली गई थी।"

''नहीं मुझे भूख नहीं है।''

इस बार उसके उत्तर से माया भुनभुना उठी, ''आखिर क्यों अनशन कर रही है, मैं भी तो सुनूँ। क्या कह दिया ऐसा मैंने! देख तो रही है, ताई कैसा जहर उगल गई हैं! आज तक कभी ऐसी हिम्मत पड़ी थी कि मेरे बच्चों की ओर अँगुली उठाएँ!''

जया निःशब्द खड़ी रही। उसकी चुप्पी माया को और बौखला गई।

''चुप क्यों है? क्या तू भी अपने बाबू जी की तरह उसके चिकने-चुपड़े चेहरे पर रीझ गई है? तब सुन, ताई के भाई की साली मालती इन्हीं माधव बाबू के भतीजे को ब्याही है, उसे छोड़-छाड़ उचक्का विदेश चला गया, और वहीं किसी मेम को रख लिया है। उसी ने ताई को बताया कि उस घर में मर्यादा नाम की कोई चीज है ही नहीं। वह लड़का भी एकदम बिगड़ा रईसजादा है। पीता ही नहीं, गाँजे, चरस का दम भी लगाता है। लड़की लीना पूरे शहर में बदनाम है। उस पर यह लड़का किसी विधायक के कत्ल के केस में भी फँस चुका है। माधव बाबू ने लाखों रुपया बहाकर उसे छुड़ाया है। दूर-दूर तक लड़की ढूँढ़ आए, जब कोई नहीं मिली तो सीधा-सादा देख तेरे बाबू जी को धर पकड़ा।''

जया फिर भी न कुछ बोली, न उसके निर्विकार चेहरे पर ही कुछ प्रतिक्रिया हुई।

''देख बेटी'', अम्मा ने उसे बड़े लाड़ से हाथ पकड़ अपने पास तख्त पर बिठा लिया, ''मैं तेरी माँ हूँ, मैं क्या तेरा बुरा चेतूँगी? तेरी ताई के पेट में तो पानी भी नहीं पचता। जरूर कार का नम्बर भी नोट कर लिया होगा। हमेशा थैले में कागज-पैंसिल लेकर जो चलती हैं। सारे मुहल्ले में खबर फैला देंगी कि हमने धन के लालच में मंत्री के बेटे के साथ तेरा रिश्ता पक्का किया है। मैं थूकती हूँ ऐसी धन-दौलत पर'', अम्मा ने वहीं पर पच्च से थूक भी दिया, पर पुत्री ने न माँ की भावना का समर्थन किया, न असमर्थन।

''ठीक है अम्मा, मैं जल्दी आ जाऊँगी।''

एक बार जी में आया, वह यूनिवर्सिटी से ही बाजार जाकर बिप्पू का उपहार ले आए। अम्मा के साथ बाजार गई तो कहीं फिर वही प्रसंग न छेड़ दें। पर फिर वह घर आते ही अम्मा के साथ बाजार चली गई। अम्मा कुछ नहीं बोली, पर पुत्री ने उनके आक्रोश का समर्थन नहीं किया। इसी से शंकित दृष्टि से बार-बार उसे देख रही थी। कहीं फिर तो उस छोकरे से लुक-छिपकर

नहीं मिल आई। वह अबाध्य लड़की, कितनी मूर्ख थी वह; उसका स्वभाव तो वह बचपन से ही जानती थीं। जिस काम के लिए मना करते वही करेगी, बिप्पू के लिए उसने एक किताब खरीदकर गिफ्ट पैक में बँधवाई तो अम्मा को अच्छा नहीं लगा।

''अरी, इससे तो कोई खिलौना ले लेती।''

''कौन-से खिलौने नहीं है उसके पास अम्मा! उसे यह किताब बहुत अच्छी लगी।''

''अरी पर तेरी ताई को तो अच्छी नहीं लगेगी।''

''तुम ताई से इतना डरती क्यों हो अम्मा? जन्मदिन बिप्पू का है या ताई का? मुझे पता है, उसे क्या अच्छा लगता है।''

माँ-बेटी वहाँ पहुँचीं तो ताई स्टूल पर खड़ी होकर पंखे पर गुब्बारे टाँक रही थीं।

''अरी, मैं क्या जानूँ ये सब! आज यहाँ इसका यह पहला जन्मदिन है। कहने लगा, बर्थ डे केक बनाओ। अरी अकेली जान। कहाँ-कहाँ भागूँ। फिर उसने मामी को फोन किया कि तू ले आइयो। मैं पैसे दे दूँगी। पर कहा, शाम ही हो आइयो। अरी, उसके दो सरदारे तो मुझे दिन ही में तारे दिखा देवे हैं। और फिर इस धींगड़े से तो उनकी पल-भर न बने! सिर-फुटोव्वल न हो जाए वही कम!''

''और क्या करना है ताई?'' जया गुब्बारे टाँक उतर गई। पहले दिन की सब कटुता वह भूल-बिसर गई।

''अब तू ही बता छोटी'' ताई उसके प्रश्न का उत्तर न दे देरानी की ओर मुड़ गई। ''आखिर सगी मामी है। इसकी माँ यहाँ हैं नहीं, यहाँ कौन बैठा है करने वाला। छोले-शोले ही बनाकर ले आती। उनके यहाँ तो नित बने हैं। पर न उसने कुछ कहा न हमने। सब कुछ बाजार से ही मँगवाया है। कल से तेरे जेठ अलग गोंगिया रहे हैं।''

''क्यों क्या तबीयत ठीक नहीं है?'' अम्मा ने पूछा।

''कब तबीयत ठीक रहती है उनकी? अब तू ही बता, किसे देखूँ, किसे सम्हालूँ!''

''मौसी,'' सहसा बिप्पू भागकर जया से लिपट गया। ''क्या लाई हो मेरे लिए? मामी ने मेरे लिए कम्प्यूटर भेजा है, देखोगी?'' वह उसे खींच ले जाने लगा।

''अरे मौसी को दिखाकर छिपा देना कहीं। अजी, मनिंदर-जितेंदर आ गए तो खैर नहीं है इसकी।''

''आई विल किल देम'', बिप्पू की आँखों में ममेरे भाइयों के नाम सुनते ही खून उतर आया।

''बस, यही तो बचा है। खानदान में एक-दूसरे का खून नहीं किया भाइयों ने, अब यह भी हो जाएगा।''

''कितने लोग हैं ताई?''

''मैं क्या जानूँ? मैंने तो बस तुम्हीं को बुलाया है। पड़ोस की मुकंद बाबू की बहू रमा है। उसकी दोनों बेटियाँ हैं। ये न जाने स्कूल में किसे-किसे न्यौता दे आया है।''

''तुम बैठो ताई मैं सब कर लूँगी।''

ताई एकदम पिघल गई। ''मैं जानती थी छोटी की जया आते ही सब सम्भाल लेगी।''

और जया ने देखते ही देखते ताई का अव्यवस्थित चौका सम्भाल लिया था। बाजार से आया सब सामान टोकरियों में खुला पड़ा था। इमरती, गुलाब जामुन, रसगुल्ले, बर्फी, रसमलाई, बाप रे, कितनी मिठाई मँगा ली थी? कौन खायेगा यह सब? उस पर दहीबड़े, सौंठपापड़ी सब बाजार से मँगवाई थीं ताई ने।

वह मेज पर सब सामान लगाकर प्लेट पोंछ ही रही थी कि गों-गों की आवाज आई।

''ले फिर अड़ियाने लगे हैं भैस-से, आज सुबह से ही यह हाल है। शायद तेरी आवाज सुन ली है जया।''

वह गई तो ताऊ को देख एक क्षण को धोखा हो गया। ठीक जैसे बाबू जी बैठे हैं। उसे देखते ही क्लांत-रुग्ण चेहरे पर आनन्द की झुरियाँ उद्भासित हो उठीं। पर पैर छूने झुकी तो टप-टप वर्षा की बूँदें उसकी गर्दन पर पड़ीं।

''यह क्या, रो क्यों रहे हैं ताऊ जी।'' उसने बढ़कर उनकी कलाई थाम ली।

''कहीं दर्द हो रहा है क्या? ताई को बुलाऊँ?''

''नहीं-नहीं'' की मुद्रा में उन्होंने तीव्र वितृष्णा से गर्दन हिलाई।

क्या किया था ताई ने! किस दुःख से उसके वज्र कठोर ताऊ ऐसे बिलख

रहे थे? सिसकियों में उनके दुर्बल झुके कंधे बार-बार काँप रहे थे। कितने दिनों की अनकही वेदना आज ऐसी सहस्र धाराओं में फूट निकली थी। ''ताऊ जी, प्लीज आज बिप्पू का जन्मदिन है ना। आप ऐसे मत रोइये।''

ताऊ ने उद्‌भ्रांत दृष्टि से उसे देखा जैसे कह रहे हों, ''न, अब किसी की मृत्यु का मेरे लिए कोई अर्थ रह गया है, न जन्म का। मैं अब ऐसा ठूँठ हूँ जया, जो सिवाय आग में झोंकने के और किसी काम नहीं आ सकता।''

व्याधिग्रस्त वार्धक्य भी मनुष्य को कितना दयनीय बना देता है। बाबू जी तो हमेशा चुपचाप रहने वाले व्यक्ति थे। जब देखो तब अपनी किताबों में ही डूबे रहते। पर ये ही प्राणवंत ताऊ जी थे। जया और बंटी के बचपन के ज्योतिपुंज। मेला होता तो ताऊ जी ही उन्हें साथ ले जाते। कहीं कोई नाटक होता तो ताऊ जी और फिर गाने की महफिलों से तो आए दिन ताऊ जी का घर गुलजार रहता। स्वयं उनका कैसा सुकंठ था! राधामाधव के मन्दिर की आरती दिखाने ले जाते और मन्दिर के घंटों की मधुर ध्वनि के बीच, ताऊ का मधुर मांसल कंठ सबसे अलग होकर गूँजता। अगरु की सुगन्ध, राधामाधव की पूर्ण शृंगार में सँवरी युगल मूर्ति के आभूषण आँखों को चौंधिया देते। ताऊ ने ही बताया था कि वह मंदिर एक प्रसिद्ध वेश्या ने बनवाया था।

''हम जब छोटे थे री जया, पर हमें अब भी सब याद है। जयपुर से यह मूर्ति बनकर आई थी। मैं, श्यामा और चुनिया बाबू जी के साथ गए थे, उन्हीं ने मूर्ति प्रतिष्ठित की थी। रेशमी लाल पर्दे लगी फिरन में आई थी केसर बाई, सर्वांग में हीरे-मोती के आभूषण झलमला रहे थे। पाँच सौ वेदपाठी ब्राह्मणों ने वेदपाठ किया था। काशी से, काँची से, सौराष्ट्र से उन्हें बुलाया गया था। सारे मंदिर में देशी घी के दीये जलाए गए थे। मनों घी की आहुति दी गई थी। बाबूजी को चार चाँदी के थालों में भर-कर अशर्फियों की दक्षिणा मिली था। वह भी विचित्र ढंग से। चार थाल-भरे बड़े-बड़े बूँदी के ठस्स बँधे लड्डू देख हमारी दादी और अम्मा बौखला गईं, 'अरे कृपाल' दादी ने कहा था, ''बस क्या यह ही छूटा उस रंडी के हाथ से? बहुत होंगे तो सौ रुपये के लड्डू होंगे। पाँच सौ के चार थाल। और थाल भी असली चाँदी के हैं या जर्मन सिलवर के?'' पर जब दादी ने खाने के लिए पहला लड्डू तोड़ा तो टन्न से सोने की अशर्फी गिरी थी थाल में।''

''पंडित जी,'' बाद में केसर बाई ने बाबू जी से कहा, 'सबके सामने

दिखाकर देती तो दान ही क्या होता? प्रच्छन्न दान सबसे बड़ा दान है।' फिर, एक दिन वैकुंठ एकादशी के दिन, केसरबाई नित्य की भाँति गंगा स्नान का दर्शन करने आईं। अपने सारे गहने, पेशवाज, पापार्जित पूरी पूँजी रेशमी पोटली में बाँध राधामाधव के चरणों में रख दी और बड़ी देर तक भावमग्न होकर गाती रहीं। जब से मंदिर बना था उन्होंने मुजरे पर जाना छोड़ दिया था। नित्य रेशमी पर्दे लगी पालकी में आतीं और भजन गाकर चली जातीं। पर उस दिन वे घर नहीं गईं। गाते-गाते ही छाती में असह्य दर्द से छटपटाती जमीन पर गिर गईं और देखते-देखते ही चोला छोड़ दिया।''

''सारा शहर इकट्ठा हो गया। अम्मा ने हमें बहुत रोका, 'जइयो मती। कौन सती-सावित्री की अरथी उठ रही है पर हम तीनों भाई-बहन भागकर वहाँ पहुँच गए। वहीं से अरथी उठी। सैकड़ों कंधों के सिंहासन पर बैठकर ही भाग्यवती घाट गई। बाबू जी कहते थे, 'निश्चय ही कोई शापभ्रष्ट गंधर्व कन्या रही होगी। लाखों कमाया पर सब कुछ मंदिर को अर्पित कर चटपट चली गई।'' आज, अतीत की उस रसधार से उन्हें सिक्त करने वाले ताऊ जिनके कंठ की ध्रुपदी की सशक्त तानों से घर की दीवारें गूँजती थीं, जिनके बाहुबल से एक बार बीच सड़क में भिड़े लोगों का रास्ता रोके दो साँड भी थर्राकर विलग हो गए थे, सींग पकड़कर अलग कर दिया था ताऊ ने, जिनकी कठोर कंठ गर्जना से कर्कश, कलह-प्रिय ताई भी कभी-कभी सहमकर कोने में दुबक जाती थीं, वे ही ताऊ आज कितने निरुपाय, कितने असहाय बन गए थे। उनके वे बच्चे, जो पिता के भृकुटि संचालन से ही उठते-बैठते थे, आज पितृद्रोही बन गए थे।

आवश्यकता से अधिक कठोर शासन का अन्त भी कभी-कभी विद्रोह हो सकता है। यह बात स्नेहवत्सल गृहस्वामी के दिमाग में नहीं आई थी। घोड़ा हमेशा आवश्यकता से अधिक लगाम खींच निरर्थक चाबुक लगाने वाले सवार को ही गिराता है या फिर एकदम अनाड़ी को।

जहाँ छोटे भाई श्यामा के गहन अध्ययन ने उसे गहरी सूझ-बूझ प्रदान कर एक आदर्श, उदार, सहिष्णु, पिता बना दिया था वहीं पर बड़ा भाई छोटे भाई से कक्षा में भी पिछड़ गया था, जीवन में भी। एक तो उन्हें सहचरी सर्वथा विपरीत स्वभाव की मिली थी; वे संस्कृत, कला, संगीत के जन्मजात पुजारी होकर जन्मे थे। पत्नी को केवल अच्छा पहनने-ओढ़ने, खाने-पीने से मतलब था। न उसे गृहस्थी से लगाव था, न संतान से; वह जिस सस्ती रुचि

से सजती-धजती पति का चित्त उसे देख वितृष्णा से भर उठता।

वे बच्चों को अंग्रेजी स्कूलों में भेजने के पक्षधर नहीं थे। पत्नी बार-बार अपने भाइयों का उदाहरण देती। बेटों को उन्हीं दामी सैलूनों में बाल कटवाने भेजती, जहाँ उनके शौकीन मामा अपनी विलासी जुल्फें सँवारते थे। मामाओं का ही आदर्श बच्चों के सामने रख धीरे-धीरे उसने उन्हें उन्हीं के साँचों में ढाल दिया था। मसें फूटने से पहले ही वे माँ-बाप से छिपकर सिगरेट फूँकने लगे। यह चस्का भी मामाओं ने ही लगाया था। फिर बड़े मामा किसी ईसाइन स्टेनो के चक्कर में पड़ गए। घर में विरोध हुआ तो उसे एक बँगला किराए पर लेकर वहाँ स्थापित करा दिया और दफ्तर से सीधे वहीं घर जाने लगे।

छोटे मामा ब्राह्मण होकर भी, सीना तानकर एक कायस्थ कन्या को ब्याह कर घर ले आए। ताऊ तो विवाह में नहीं गए पर ताई नवविवाहित भ्रातृवधू को घर पर भी न्यौत आईं। उस दिन ताऊ बड़ी रात तक छोटे भाई के यहाँ ही पड़े रहे, क्षुब्ध, दुःखी और गुमसुम। बड़ा दिन आता तो ईसाइन भाभी, बहुत बड़ा-सा केक बनाकर भेजती। उस दिन ताऊ घर में पानी नहीं पीते। ये ही छोटी-मोटी तनावपूर्ण घटनाएँ शायद उनका रक्तचाप बढ़ाती रहीं और एक दिन पक्षाघात का वह झटका पड़ गया।

इससे पूर्व भी वे एक प्रकार से गृह में रहने पर भी गृह से संन्यास ले चुके थे। न संगीत की महफिल जमती, न स्वयं कहीं जाते। दुर्दान्त बेटे मनमानी करते। साल के बाद साल परीक्षाओं में फेल होते या सप्लिमेंटरी की बैसाखियाँ लगा परीक्षाओं की वैतरणी पार करते। न वे उनकी भर्त्सना करते, न दिन पर दिन उद्दंड होती जा रही पुत्री पर ही अनुशासन का अंकुश लगाते। न घरवालों के लिए उनका अस्तित्व रह गया था, न उनके लिए घरवालों का। अवकाश प्राप्ति के बाद तो उन्हें और भी अपदार्थ मान लिया गया। पुत्री मेडिकल कॉलेज में गई तो उसके कपड़े पहनने का तौर-तरीका ही नहीं बदला, बोलने में भी अवांछनीय अहंकार का लटका आ गया। और फिर एक दिन उसने अपने विवाह का हथगोला फेंक ताऊ को एकदम ही निष्प्राण कर दिया।

जब पक्षाघात ने उन्हें एकदम ही लुंज-पुंज बनाकर छोड़ दिया तो उन्हें खाज से गले गृह के किसी पुराने स्वाभिमानी श्वान की भाँति भीतर के एक अँधेरे कमरे में पटक दिया गया। जया ही प्रायः उनके पास बैठ कभी उनके तेल ठोंक आती, कभी उनकी शुष्क देह पर पाउडर डाल आती। उसे देखते ही दंतहीन शिशु की-सी भोली हँसी से उसका चेहरा उद्भासित हो उठता पर

आज तक उसे देख, वे कभी रोए नहीं थे। एक गहन अपराध भावना जया को कचोटने लगी। आज पूरे महीने-भर बाद वह उन्हें देखने आई थी। शायद वही मूक उपालंभ आँसू बनकर फूट निकला था। ताऊ की अस्थि पिंजर बन गई देह सिसकियों से काँपने लगी!

''ताऊ जी, प्लीज, मुझसे बहुत बड़ी गलती हो गयी। आपको देखने इधर आ नहीं पाई। अब रोज आया करूँगी ताऊ जी।''

पर उनकी सिसकियाँ और तीव्र वेग से उनके झुके दुर्बल कंधे कँपाने लगीं। वे क्या उसकी बात समझ नहीं पा रहे थे? ईश्वर ने शायद उनकी सम्पूर्ण चेतना छीन, केवल प्राण छोड़ दिए थे। रोते-रोते उनका चेहरा प्रत्येक सिसकी के साथ, सिमटता, सिकुड़ता रबर के मुखौटे-सा भयावह लगने लगा था। जया डर गई, उनके मुँह से टपकी लार, आँखों के आँसू नाक से बहता पानी-अचानक कंठ में अटक ऊर्ध्व श्वास बन गया, आँख की पुतलियाँ चक्र-सी घूमती न जाने कहाँ विलीन हो गईं। वे गर्दन हाथ-पाँव इधर-उधर फेंकने लगे।

वह जोर से चीखी, ''ताई, देखो ताऊ न जाने क्या कर रहे हैं।'' वह उनके ऐंठे जा रहे शरीर को पकड़ने की व्यर्थ चेष्टा कर ही रही थी, पर वे बार-बार भयानक ऐंठन में ऐंठ, कुर्सी में पलटे जा रहे थे। कहाँ से आ गई थी इतनी ताकत इस सोंठ-सी सूखी देह में!

''अम्मा,'' वह दुबारा चीखी, किन्तु बाहर बच्चों के कोलाहाल में उसकी भयार्त्त पुकार डूब गई। उन्हें दोनों बाहों में भर उसने कान में मुँह सटाकर कहा, ''ताऊ जी, ऐसा मत करिए ताऊ जी, प्लीज, मुझे डर लग रहा है।''

शायद, प्राणों से प्रिय भ्रातृपुत्री के उस त्रस्त स्वर को उनकी डूबती श्रवण शक्ति ने तिनके-सा थाम लिया। वे एकाएक शांत होकर कुर्सी पर ही निढाल हो गए।

''ताई'', इस बार उसने जोर से पुकारा। कुर्सी सहित ताऊ जी उसी पर गिरे जा रहे थे और उस कंकाल-सी देह का बोझ भी वह नहीं सम्भाल पा रही थी।

बाहर उसकी अनुपस्थिति में ही शायद अधीर बिप्पू ने केक काट लिया था। उसके मित्रों का बेसुरा समवेत कंठस्वर भीतर तक चला आ रहा था।

हैप्पी बर्थ डे टू यू...
हैप्पी लौंग लाइफ टू यू

ठीक उसी समय पृथ्वी का एक क्लांत यात्री जीवन को विदा देकर जा चुका है, यह बेचारी जया नहीं समझ पा रही थी। वह तो कभी अपनी बाहों में शांत सो रहे ताऊ को शंकाकुल दृष्टि से देख रही थी, कभी अधीर होकर पुकार रही थी :

"अम्मा-ताई—"

फिर वह बाँहों में अवश पड़े ताऊ की ओर देखकर बोली, "अब थोड़ा आराम है ना ताऊ जी? बस, ऐसे ही लेटे रहिए। मैं अम्मा-ताई को बुला लाती हूँ।"

ठीक उसी समय अम्मा, उसे ढूँढ़ती वहीं आ गई, "अरी क्या कर रही है यहाँ?" बिप्पू का केक कट गया, वह तेरे बिना खा ही नहीं रहा है।"

"अम्मा, ताऊ जी न जाने कैसे हाथ पटकते अभी सोए हैं।"

बेचारी जया, उसने मृत्यु देखी ही कहाँ थी। दादी की मृत्यु हुई तो वह कॉलेज के कैंप में पूना गई थी।

"हे राम", माया की अनुभवी दृष्टि ने मृत्यु को पहचान लिया, पहचानती भी कैसे नहीं! ठीक ऐसे ही तो उसकी सास भी गई थीं। उसने बढ़कर जेठ के तलुवे छुए, जिनकी छाया का भी स्पर्श नहीं किया था। जीवन काल में जिनका चेहरा भी कभी ठीक से नहीं देखा था, उन्हें पहली बार बिना घूँघट की यवनिका आज तब देख रही थी जब उनका आपाद मस्तक बदल गया। उनका मुट्ठी-भर शरीर, सिमट-सिकुड़ पहचान ही में नहीं आ रहा था। अधखुली आँखों से उसे वे उसी स्नेह से देख रहे थे जैसे अभी-अभी पुकार कर कहेंगे :

"छोटी, चाय बना तो एक प्याला, खूब दूध, खूब चीनी और खूब पत्ती यही तो तेरे घर की चाय की खासियत है। इसी से रोज आता हूँ, इत्ती दूर, सिर्फ तेरे हाथ की चाय पीने।"

जया उसे एकटक बड़े आश्चर्य से देख रही थी, क्या हो गया अम्मा को आज! ताऊ के सामने तो वह हमेशा घूँघट निकालती थी, चाहे जगे हों या सोए! आज सर उघाड़े विक्षिप्त उन्मादिनी-सी खड़ी माँ को उसने ठसकाया, तब ही वह ताऊ के पैरों के पास गिरकर फूट-फूटकर रो पड़ीं। वह समझ गई, ओठ काटकर उसने रुलाई रोक ली, बाहर बिप्पू उसकी प्रतीक्षा में बिना केक खाए बैठा होगा, कितने उत्साह से उसने कई दिनों से इस पार्टी की भूमिका बाँधी थी। नहीं, उसके इस आनन्द उत्सव को वहीं नहीं रुकने देगी,

आँचल से आँखें पोंछ, वह धीरे से बाहर निकल गई।

बिप्पू उसी के लिए रुका था, भागकर वह मेज के पास खींच ले गया। भीतर गृहस्वामी, चिर निद्रा में निमग्न पड़ा था, बाहर मिष्टान्न, शर्बत का हो हल्ला! ताई बड़ी-प्लेट भरकर, गपागप भकोसती, हलवाई की शतमुखी प्रशंसा में मग्न थीं "अरी, जो भी कहो, रसमलाई तो हमारे कन्हैया जैसी कोई नहीं बनावे है, और ये केसरिया रसगुल्ला चख सुरजीत।" उन्होंने बहू की भरी प्लेट में दो रसगुल्ले एक साथ डाल दिए। "दो रुपये का एक है," उन्होंने स्पष्ट कर दिया था कि उदार सास ने एक साथ चार रुपये बहू की प्लेट में डाल दिए हैं।

सुरजीत चाइना सिल्क के सूट में, जरदोजी का दुपट्टा ओढ़े, ओठों की गहरी लाल लिपिस्टक बचाती, रसगुल्ले दागे जा रही थी।

"अरी खड़ी-खड़ी मेरा मुँह क्या देखे है जया, आ ले उठा प्लेट।"

"नहीं ताई जरा देर से लूँगी—बच्चों को खिला दूँ।"

देखते ही देखते मेज पर धरे मिष्टान्न-दहीबड़े की सब प्लेटें रिक्त हो गईं, बच्चों को जल्दी-जल्दी खिलाकर, वह उन्हें बाहर धकेल ले गई।

"बिप्पू", उसने बिप्पू को अपने पास खींचकर कहा, "देखो बिप्पू, तुम लोग अब करन के यहाँ जाकर गेम्स खेलो।"

"क्यों, यहाँ क्यूँ नहीं?" बिप्पू ने तुनक कर पूछा।

"बात यह है बिप्पू कि नाना जी की तबीयत ठीक नहीं है, यहाँ हल्ला मचेगा तो उन्हें तकलीफ होगी।"

"तकलीफ होगी?"

बिप्पू बड़ी अनिच्छा से ही अपने मित्रों सहित पड़ोस में खेलने चला गया, तो वह थोड़ी देर तक खड़ी सोचती ही रह गई, अब क्या करे। ताई से तो उसे ही सब कहना होगा, बाबू जी आते ही होंगे। काश, वे इसी क्षण आ जाते। वह भीतर रह गई तो ताई मेज पर चील-सी मँडरा रही थी, "अरी, ये चार ही मलाई के पान तो बचे हैं, एक लल्ला जी का, तीन फिर भी बचेंगे, ये बड़ी जल्दी बसिया जाते हैं मरे, सुरजीत, ले एक तू खा ले, एक मैं खा लूँ, एक जया के लिए रख दे। उसकी अम्मा तो मीठा खाती ही नहीं है।"

सुरजीत ने तत्काल सास का उदार प्रस्ताव ग्रहण कर लिया।

''ले आ गई जया, कहाँ चली गई थी तू? और तेरी अम्मा कहाँ चली गई? बस, यही आदत उसकी हमेशा रही है, जहाँ खाने-पीने को कहा नहीं सौ-सौ नखरे। अरी छोटी?''

''ताई'' गम्भीर स्वर में जया ने उन्हें पुकारा तो जुगाली करती भैंस-सी निर्विकार दृष्टि से उसे देख कर बोली, ''क्यों, क्या है?'' खाने को जी नहीं कर रहा है, जी औड़िया रहा है। यही ना? यह तो तुम दोनों माँ-बेटी की पुरानी आदत है, न खाओ भई, हमारा क्या।''

''नहीं, ताई, तुम हाथ धोकर जरा भीतर चलो, ताऊ न जाने कैसे हाथ-पैर पटक रहे हैं।''

''अरी छोड़ भी, पिछले पाँच साल से एक यही काम तो रह गया है उनका। खाना मिलने में तनिक देर हो गई तो कपड़े भिगो दिए तो, मरन है तेरी ताई का। ले प्लेट में मिठाई दे आ, अभी ठीक हो जाएँगे। अरी सुरजीत, जरा सोंठ का डोंगा इधर दे, मेरा तो खाते ही पेट फूलने लगता है आज-कल! बस, दो-चार खस्ता खा बैठी, उड़द की दाल तो जहर लगे है मुझे, ले थोड़ी-सी सोंठ डाल ले। चाट लूँ तो शायद अफारा ठीक हो जाए।''

''ताई, पहले ताऊ को देख लो एक बार'' खाने की मेज पर चींटी-सी चिपकी ताई को वह एक प्रकार से खींचकर ही भीतर ले गई तो देखा, अम्मा ताऊ के पैरों के पास वैसी ही औंधी पड़ी सिसक रही है जैसी उसे छोड़ गई थी।

निकट जाते ही ताई एक क्षण को हतप्रभ खड़ी हो गईं। फिर जोर-जोर से छाती पर दुहत्थड़ मारकर चीखने लगीं, ''हाय, ये क्या हो गया री, कहाँ गए मुझे छोड़कर। अरे मेरे कपूतो, बाप चला गया तुम्हारा, अब कौन कंधा देगा इन्हें।''

''ताई-ताई'' बार-बार ताई का कंधा पकड़कर जया उन्हें चुप कराने की जितनी चेष्टा कर रही थी, उतनी ही जोर से अपने विलाप में जीवन के सारे उपालंभ गूँथती वे गाना-सा गाती जा रही थीं, ''ऐ मेरे राजा, कहाँ गए तुम! हाय मुझे छोड़ गए रे—कहाँ गई तुम्हारी पूजा-पाठ, मेरे बरत-करम-धरम! क्या पाप किया था मैंने, जो रंडापा भोगने मुझे यहाँ पटक गए।''

देखते ही देखते भीड़ लग गई, सुरजीत भी सास के साथ-साथ सस्वर विलाप करने लगी, ''हाय पापा जी, चुपचाप चले गए। हमें बुलाया भी नहीं।''

जया का खून खौल गया। जी में आया वहीं पर कह दे, ''बुलाते कैसे,

आप रसगुल्ले जो दाग रही थीं।''

खबर पाते ही समधी सरदार जी भी आ गए।

''हाय, मेरे बेटे को नहीं लाए दार जी, आज तो छोड़ दिया होता उसे।''

''क्या बताऊँ भैन जी, किसी कार की मरम्मत कराने ग्राहक उसे सीतापुर ले गया है। फून किया तो पता चला वहीं से बनारस चला गया है।''

ताऊ जी को भाई और भतीजे के कंधों पर जाना पड़ा। तेरहीं पर भी बेटे नहीं आ पाए। ताई को श्यामाचरण ने अपने साथ ले चलने का प्रस्ताव रखा। पर उन्होंने कहा, वे बच्चों के आए बिना कहीं नहीं जाएँगी। कनक को खबर कर दी गई थी। उसका पत्र भी आ गया था कि वह अभी-अभी भारत से लौटी है! इतनी जल्दी दुबारा आने में खाली पैसा ही खर्च होगा, जिनको जाना था वे तो चले ही गए थे। उसे छुट्टी मिलना भी कठिन था। इसी से वह जाड़ों तक आकर अन्न का प्रबंध कर जाएगी।

स्पष्ट था कि वह ताई को अपने साथ नहीं ले जाना चाहती। ''एक तो यहाँ अम्मा का मन नहीं लगेगा,'' उसने चाचा को लिखा था, ''फिर मैं नहीं चाहती कि बिप्पू यहाँ रहे, मुझे समय नहीं मिलता। यहाँ की जिंदगी बड़ी कठिन है चाचा जी। स्कूल से लौटते ही टी. वी. से चिपका रहता है। अड़ोस-पड़ोस में दूर-दूर तक कोई हिन्दुस्तानी परिवार नहीं है। वेस्ट इंडियन अमरीकी छोकरों की सोहबत में यह बरबाद हो जाएगा। वहीं रह कर पढ़े तो अच्छा है। आप अम्मा की थोड़े दिन देख-भाल कर लें फिर मैं आकर प्रबन्ध कर जाऊँगी। भाइयों से भी तो कुछ उम्मीद नहीं है। मैं बैंक में काफी रुपया रख गई हूँ। वैसे भी बराबर भेजती रहूँगी।''

ताई को रुपये पैसे की कमी नहीं थी। पर ताऊ की मृत्यु ने उन्हें एकदम ही बदल दिया था। अब कौन था ऐसा, जिसे वे दिन-रात कोसकर बाँहें समेट ललकार सकती थी? जीवन-भर तो अपने पति को ही वे गृहस्थी के दंगल में धोबीपछाड़ के कौशल से चित कर पटकती रही थीं। अब न किसी को पल-पल में कपड़े गीले करने, लार टपकाने के लिए डपटने का काम रह गया था, न उस निहत्थे गरीब को पटापट चाबुक मारने के वे क्षण, जो सैडिस्ट ताई को आनंदाभूति से भर देते थे। ताई ने कभी सपने में भी नहीं सोचा था कि चुपचाप नतमस्तक हो, उनका प्रत्येक वाक प्रहार निःशब्द झेलनेवाला

वह सहिष्णु सहचर, बिना आयुध के ही उन्हें पराजित कर, विजयपताका फहराता ऐसे चला जाएगा।

एकांत के वे क्षण, जब बिप्पू स्कूल चला जाता और जया यूनिवर्सिटी, ताई के लिए अनोखे क्षण बन उठते। अपने एक-एक अपराध को जोर-जोर से उच्चारित करतीं वे पति की इनवैलिड चेयर को ऐसे दुलरातीं, जैसे स्वयं पति की ही सूखी देह को सहला रही हों।

"मुझे माफ कर देना, बिरजू के बाबू, मैं महापापिन हूँ, तुम्हें कभी सुख नहीं दे पाई। उसी का दंड मिला है मुझे। आज पराई संतान मेरे दुःख में मेरी सगी बन गई है। सगी पराई। तुम तो सीधे सरग गए होगे जी, मैं जाऊँगी तो वहाँ के द्वार तक भी नहीं पहुँच पाऊँगी।"

जया एक दिन लौटी तो ताई जोर-जोर से ऐसे ही बड़बड़ा रही थी। वह डर गई। क्या पागल हो रही थी ताई?

जब लाख समझाने पर ताई देवर के घर जाने को राजी नहीं हुई तो हारकर श्यामाचरण जया को वहीं छोड़ गए थे। जिस ताई को देखकर जया के तन-बदन में कभी आग लग जाती थी, उसी पर अब उसे बेहद तरस आने लगा। उसने किसी को भी पश्चाताप की ऐसी गहन ज्वाला में दग्ध होते नहीं देखा था। जिस चटोरी धनवती के प्राण ही खाने में निबद्ध रहते थे, उसने एकदम ही अन्न-जल त्याग दिया। जब जया ने उसे अनशन की धमकी दी, तब ही उसने गस्सा तोड़ा था। दिन-रात इधर-उधर डोल, मुहल्ले-भर की स्त्रियों को मुर्गों-सा लड़ाने वाली ताई को नियति ने बड़ी ही निर्ममता से धक्का देकर धराशायी कर दिया था।

जया यूनिवर्सिटी जाने से पहले ही सारा काम निपटा जाती। फिर महाराजिन को रसद-सब्जी निकालकर देती। बिप्पू को स्कूल के लिए तैयार करती। ताई की बहू कभी तीसरे-चौथे दिन सास को आकर देख जाती। फिर वह औपचारिकता भी बन्द कर दी। बेटा एक बार आया था। माँ को सौ-सौ के कुछ नोट भी थमाने लगा था, ताई ने जया की उपस्थिति में ही उन्हें चीरकर रख दिया था।

"ले जा अपने नोट, अपने ससुर को दे देना, दुकान के लिए नट-बोल्ट खरीद लेंगे तेरे दार जी, मेरे पास भतेरे पैसे हैंगे। जैसा तू वैसा तेरा भाई, बाप के मरे में सर तक नहीं मुंडाया तुम दोनों ने, अब क्या तुम्हारी कमाई छू सकती हूँ मैं?"

बेटा सर झुकाए माँ का वाक्प्रहार झेलता खड़ा रहा।

''ठीक ही कहती थी सहारनपुर वाली दादी, 'अरी धन्नो, अभी तो बहू का बड़ा बखान कर रही है कि गऊ है, मुँह से बोल नहीं फूटता। अरी, अभी तो महीना-भर भी नहीं हुआ बहू को डोली से उतरे, जरा साल-छः महीने बीतने दे, तब पता लगे है कि सोना खरा है या खोटा, जरा पेटीकोट की हवा लगने दे बिटवन को'—सो लग गई।''

घर-भर में जया के आने से सबसे प्रसन्न कोई था, तो वह था बिप्पू। अपने नन्हे जीवन में पहली बार उसे जो निश्छल स्नेह मौसी से मिल रहा था, वह न कभी अपनी सगी माँ से मिला, न नानी से। जिस देश में उसने जन्म लिया था, वहाँ लाड़-प्यार के लिए समय किसके पास रह सकता था। जिन अधरों को कभी जननी के स्तन पान की अमृतघूँट नसीब नहीं हुई, माँ के दुलार की जगह मिला काली हब्शिन बेबी सिटर का कुछ डॉलरों का खरीदा गया स्नेह, जो उस नन्हें-वंचित शिशु का बिरवा कुम्हलाता नहीं तो और क्या होता?

जब कुछ बड़ा हुआ तो मद्यप पिता के माँ के प्रति कठोर व्यवहार ने उसे समय से पूर्व ही किशोर बना दिया, रही सही कसर टी. वी. ने पूरी कर दी। रात-रात तक वह एक न एक चिखौने की जुगाली करता रस लेकर विदेश के नंगे प्रोग्राम देख, बड़ा स्वाभाविकता से शैशव की सीढ़ियाँ फाँदता चला गया। स्कूल जाने लगा तो उसके नन्हें खंडित गृहों से आए साथियों की वेदना स्वयं उसकी वेदना बन जाती है।

जाते ही उसके नवीन मित्रों ने उससे पूछा था, ''यह तुम्हारा कौन-सा बाप है? मैं तो अपने पाँचवें बाप के साथ रहता हूँ, ममी उससे भी जल्दी तलाक लेने वाली है।''

धीरे-धीरे अपने अनेक साथियों की कोमल पीठ, गालों पर पड़ी माता-पिता की मार की नीली धारियाँ देख वह सहम गया। उसके अभिन्न मित्र जैकी की तो बाँह भी उसके पिता ने मरोड़कर तोड़ दी थी। मारिया को स्वयं उसकी माँ ने रस्सी से बाँध उल्टा टाँग, दिन-भर भूखी-प्यासी रखा था। कनक ने तो माँ को लिखा था, ''यहाँ सब कुछ होता है अम्मा, कभी-कभी तो सगे माँ-बाप ही अपने बच्चे को पटक-पटक, उसकी जान ले लेते हैं। आए दिन टेलीविजन में ये दर्दनाक दृश्य देख दिल दहल उठता है।'' यहाँ कई संगठन हैं, जो ऐसे बच्चों को बचाने में लगे रहते हैं, पर समस्या दिन-प्रतिदिन बढ़ती

जा रही है। इसी से चाह रही हूँ बिप्पू तुम्हारे पास रहकर पढ़े।"

वही बिप्पू, जिसे कभी जननी ने अपने साथ नहीं सुलाया, नित्य अपना तकिया लेकर जया के पास आकर पूछता, "मौसी, तुम्हारे साथ सो जाऊँ आज? प्लीज।" और फिर वह उससे लिपटकर सो जाता। उसका निद्रामग्न चेहरा कितना निष्पाप लगता था, कितना निर्दोष!

कैसी पत्थर दिल की कनक जीजी थी, जो अपने प्यारे बच्चे को अपने से अलग कर इतना दूर भेज दिया था।

एक प्रकार से ताई के यहाँ आकर, जया को उस संभावित मुठभेड़ से स्वयं मुक्ति मिल गई, जो उसे यूनिवर्सिटी जाने से पूर्व और लौटने का क्षण आते ही भयत्रस्त कर देती थी। किन्तु, परिवार के अशौच का समाचार मन्त्री जी तक पहुँच गया है, यह उसे पता नहीं था। एक दिन यूनिवर्सिटी से लौटी, तो ताई के द्वार पर परिचित झंडा लगी गाड़ी को देखकर वह डर गई, उसके भीतर जाने से पहले ही बिप्पू उसे खबर दे गया।

"ऐ मौसी, एक मोटा-सा आदमी आया है, टोकरी भरकर फल भी लाया है।"

"आओ-आओ बेटी, हम तुम्हारे लिए ही रुके थे, आज बजट की मीटिंग है। चार बजे पहुँचना है। सोचा, जब इतनी दूर आए हैं तो तुमसे मिलकर ही जाएँगे। तुम्हारी ताई तो हमें पहचानती भी नहीं। बड़ा दुःख हुआ हमें, यह भी नहीं पता लगा कि बीमार थे। ईश्वरेच्छा बलवती है बेटी—अपनी ताई जी से कह दो, हमारे योग्य सेवा हो तो निःसंकोच कहें।"

सामान्य सा घूँघट काढ़े ताई निष्प्रभ-सा चेहरा लटकाए चुपचाप बैठी थीं। उनके पैरों के पास ही दुर्लभ बेमौसमी फलों से भरी टोकरी धरी थी। बिप्पू निर्निमेष दृष्टि से फलों को आँखों ही आँखों से चख रहा था। कभी टोकरी की बार-बार परिक्रमा कर रहा था कि कब मौका लगे और कब झपट्टा मारे। अन्त तक वह अपने को रोक नहीं पाया था, "नानी, टोकरी पूजा में रख आऊँ?"

"नहीं," ताई का जो भिनभिनाता स्वर क्षण-भर पूर्व सिसकियों में डूब गया था, बिप्पू के लोलुप प्रस्ताव का खंडन करने, मेघ-सा गरज उठा। जया को माधव बाबू ने बड़े स्नेहपूर्ण अधिकार से हाथ खींचकर, अपने पास बिठा लिया।

"अरे, यहाँ बैठो हमारे पास, कहो कैसी हो? हम पहले तुम्हारे घर ही गए थे। तुम्हारे बाबू जी तो मिले नहीं, तुम्हारी अम्मा ने बताया था कि तुम यहाँ हो, उन्हीं से यह बुरी खबर भी सुनी। अच्छा, अब चलूँ।"

उन्होंने अधैर्य से हाथ की घड़ी देखी और उठ गए, ताई ने बैठे ही बैठे हाथ जोड़ दिए। वह उठीं और उन्हें पहुचाने गईं तो फलों की लंका, कभी भी लुट सकती थी, बिप्पू निरंतर अंगूर के बड़े गुच्चे की ओर खिसका जा रहा था, जया ही सौजन्यवश उन्हें पहुँचाने बाहर गई और हाथ जोड़कर खड़ी हो गई।

माधव बाबू हठात् ठिठककर खड़े हो गए, फिर धीमे स्वर में बोले, "असल में हम तो तुम्हें लिवाने आए थे। लीना का विवाह अचानक ही पक्का कर दिया है हमने, इसी 15 को मुहूर्त निकला है। आज लेडीज संगीत है, तुम तो आ ही सकती हो, हम शाम को गाड़ी भेज देंगे—अच्छा?"

मुस्कुराकर वह बिना उसके उत्तर की प्रतीक्षा किए कार में बैठ गए और उसके कुछ कहने से पूर्व ही कार, जल में मछली-सी सरक गई।

"बाप-रे-बाप, मौसी मर्सिडीज देखी तुमने? ऐसी ही कार तो मेरे डैडी के पास भी है। ममी के पास तो अभी टोयटा ही है मौसी।" मुट्ठी-भर अंगूर लिए गपागप खाता चला जा रहा था। ताई शायद अपनी जिज्ञासा रोक नहीं पाईं। फलों की टोकरी भीतर ही छोड़ बाहर आ गईं। बिप्पू भीतर सरक गया।

"क्यों री? आज, इन्हें हम पर यह प्रेम कैसे उमड़ा? उनके जीते जी तो कभी न आए झाँकी मारने? यही गाड़ी थी न उस दिन, और इन्हीं का बेटा चला रहा था, क्यूँ?"

जया चुपचाप खड़ी रही।

ताई ने फिर अपने प्रश्न को स्वयं ही मंद्र सप्तक में खींच लिया, "तेरी बात चल रही है क्या वहाँ? मैं तो जान गई थी, पर लल्ला से हमें यह उम्मीद नहीं थी कि इतनी बड़ी बात घुटक जाएँगे। अरी, मैं क्या भाँजी मारने जा रही थी उहाँ! तेरी अम्मा से तो मैंने पूछा भी था, पर साफ मुकर गई।"

जया फिर भी सिर झुकाए खड़ी रही।

"दुनिया में दो तरह की औरतें होती हैं री जया, एक पेट में बात पचाने वाली, काट-काटकर बोटी भी अलग कर दो, उनके मन की बात जीभ पै ना आवे है। दूसरी बात उगलने वाली, हम जैसी मूरख। अपनी औलाद भी बद

निकली तो हमने कभी नहीं छिपाई होगी। चट तेरी अम्मा को बता आई थी कि लड़का खोटा निकल गया, छुटका पंजाबन ला रहा है। कनक आरिया समाज के मंदिर में माला बदलकर आई है। पर मैं तेरी अम्मा-बाबू के लिए पराई हो गई।''

जया ने लपककर ताई का हाथ पकड़ लिया, ''चलो ताई भीतर कोई सुनेगा तो क्या कहेगा।''

''अजी कहें-सुनें, हमें क्या? तेरी ताई झूठ ना बोले है कभी।''

''कैसी बचपने की बात कर रही हो ताई। मैं क्या कोई बच्ची हूँ जो मुझसे पूछे बिना अम्मा-बाबू जी, कहीं भी मेरा रिश्ता पक्का कर देंगे? न कोई बात पक्की हुई है, न होगी। अब चलो भीतर।''

ताई फिर स्वयं ही खिसियाकर ठंडी पड़ गई। ''अरी मैं क्या तेरा बुरा चेतूँगी? ऐसी ऊँची दुकानों के फीके पकवान, हमारे सीधे-सादे परिवार से ना पचे कभी। कौन नहीं जानता इनके खानदान को। बेचारी मालती की मिट्टी पलीद कर दी।''

तब क्या ताई सचमुच ही बदल गई थीं? पहले की ताई होती तो उन्हें इस सम्भावित रिश्ते से आनंद ही होना चाहिए था। ताई बहुत बदल गई थी। जब कभी वह घर जाने का नाम लेती, वे रोने लगतीं, ''अरी मेरा कौन बैठा है अब। बुढ़ापे में एक फरमंद और लग गई है मेरे पीछे। वह न होती, तो मैं कब की कनखल चली गई होती। वहाँ सुना है, हम जैसी अभागनों के लिए छोटे मकान बने हैं। थोड़ी-सी रकम भरो और जिंदगी भर रहो। न किच-किच, न परेशानी पर इसे कहाँ छोड़ूँ।''

''तुम यह मकान अब छोड़ दो ताई, हमारे साथ रहो, तुम और बिप्पू बड़े आराम से मेरे कमरे में रह सकते हो।''

''नहीं, ऐसी मूरख नहीं है तेरी ताई एक दिन का पाहुना, दूसरे दिन मनभावना, तीसरे दिन घिनावना। तुम्हीं उबिया जाओगे एक दिन, फिर ये किताबें, तबला, तानपूरा, हारमोनियम, कहाँ फेंकूँ इन्हें।''

''फेंकोगी क्यों, बेकार की चीजें बेच देना, किताबें लाइब्रेरी को दान कर देना, ऐसे मैं कब तक रहूँगी यहाँ?''

''अरी कौन कहता है रह, चली जा, मैं अब नहीं रोकूँगी, ताई तुम्हारी है ही कौन।'' ताई का कंठ भर आया था।

जया ने फिर कभी जाने की बात नहीं उठाई।

ठीक चार बजे माधव बाबू की कार बरसाती में खड़ी हुई तो जया का कलेजा धड़कने लगा। वह तो निमंत्रण की बात भूल ही गई थी। कहीं वही तो नहीं आ गया उसे लिवाने।

पर कार से माधव बाबू उतरे और हँसकर कहने लगे, ''हमने सोचा, हम ही तुम्हें स्वयं लिवा ले जाएँ, तैयार नहीं हुईं बेटी?''

''जी,'' उसने सकपका कर कहा, ''ताई तो मंदिर गई हैं, घर में कोई है ही नहीं।''

उस सकपकाई भोली दृष्टि ने माधव बाबू को बाँध लिया, कैसा अद्भुत आकर्षण था इस बित्ते-भर की लड़की में! न साज-सज्जा, न लेप-प्रलेप, एक लीना थी, जब कभी विदेश यात्रा पर जाते, वह उन्हें अपने सिंगार-पिटार की एक लम्बी लिस्ट थमा देती। उनके मलिन गृह का ओनाकोना दीप्त कर देगी यह लड़की।

''हमें बैठने को भी नहीं कहोगी बेटी?'' उन्होंने हँसकर कहा।

इस वयस में भी उनकी हँसी का आकर्षण उनके कठोर से कठोर शत्रु को भी परास्त कर सकता था।

''आइए ना, आप बैठिए।''

''नहीं बेटी, इतना समय नहीं है। तुम्हारी ताई नहीं हैं, तो उनसे बिना पूछे तुम्हें कैसे ले जा सकता हूँ। थोड़ी देर में गाड़ी भेज दूँगा। तुम पाँच बजे तक तैयार रहना।''

बड़े स्नेह से उसके सर पर हाथ फेरकर वे गाड़ी में बैठ गए। इधर से गाड़ी निकली ही थी कि उधर से ताई आ गईं।

''क्यों री फिर कैसे आ गए?''

''मुझे बुलाने आए थे ताई, उनकी बेटी की शादी है। आज लेडीज संगीत है।''

''तो तूने क्या कहा?''

''मैं क्या कहती? आप थीं नहीं, कह गए हैं, 5 बजे गाड़ी भेजेंगे।''

''मैं भी चलूँगा ना मौसी?'' महा उत्साह से बिप्पू की आँखें चमकने लगीं।

''नहीं तू कहीं नहीं जाएगा, मान न मान, मैं तेरा मेहमान। मौसी को जाना है तो जाए।'' ताई से फिर कुछ कहने का साहस उसे नहीं हुआ। पर उसने गाड़ी लौटा दी और नहीं गई तो बाबू जी कहीं नाराज न हो जाएँ।

वह भी कैसी मूर्ख थी। उसी वक्त कुछ बहाना बना सकती थी कि उसे यूनिवर्सिटी में काम है, तबीयत ठीक नहीं है आदि-आदि। ताई मुँह फुलाए अपने कमरे में जाकर अखबार पढ़ने लगी थीं।

"ताई।" उसने डरते-डरते कहा।

"क्या है?"

"मैं जरा घर जाकर अम्मा से पूछ आऊँ? मेरे न जाने पर कहीं बाबू जी नाराज न हो जाएँ, माधव बाबू उनके मित्र हैं।"

"हाँ-हाँ भाई, जरूर पूछ आओ, हम कौन होती हैं तुम्हारी हमसे पूछो या न पूछो। वहीं से चली जाना।"

"पर गाड़ी तो यहीं आएगी ताई।"

"हम वहीं भेज देंगी।" जया को मन ही मन ताई पर गुस्सा आ रहा था। वह अपने माँ, बाप को छोड़ इतने दिनों से यहीं थी, फिर भी कहती हैं—मैं कौन होती हूँ तुम्हारी। वैसे भी इधर वे अपने अनुशासन के अंकुश से उसे निरर्थक कोंचने लगी थीं—"कहा जा रही है? कब लौटेगी? इतनी देर कैसे हुई?"

आज वह अम्मा-बाबू जी से साफ-साफ कह देगी। अब वह यहाँ रह कर ताई की धौंस नहीं सहेगी। रहना है तो अम्मा रहें या बंटी को भेज दें।

वह घर आई तो अम्मा गेहूँ फटक रही थी और बाबू जी भी न जाने कैसे जल्दी लौट आए थे।

"अरे आज तू कैसे आ गई" बाबू जी अखबार पढ़ रहे थे। उसे देखते ही खिल गए।

"भाभी तो ठीक है ना?"

"हाँ, ठीक है।"

"क्या बात है बेटी चेहरा उतरा क्यों है तेरा?"

"बाबू जी, आज माधव बाबू आए थे।"

"क्यों आए थे?" अम्मा ने खीझकर पूछा।

"तुम चुप करो तो माया, हाँ बेटी, क्यों आए थे?"

"आज शाम को उनके यहाँ महिला संगीत है। उनकी बेटी की शादी पक्की हो गई है। कह गए हैं, 5 बजे मुझे लेने गाड़ी भेजेंगे। क्या करूँ बाबू जी, जाऊँ क्या?"

"नहीं!" अम्मा ने जैसे हथौड़े का आघात किया। "कोई जरूरत नहीं

है वहाँ जाने की।''

''गाड़ी आएगी तो?''

''तो क्या हुआ, क्या हमसे पूछा था जो गाड़ी भेजेंगे? साफ कह देना, अभी ताऊ को गए दो ही महीने हुए हैं। तुम नहीं जा सकतीं।'' वह और जोर से गेहूँ फटकने लगी।

''कैसे नहीं जा सकती?'' श्यामाचरण ने दृढ़ स्वर में कहा, ''वह जाएगी। इतने बड़े आदमी हैं, खुद लिवाने आए थे। न जाना उनका अपमान करना होगा। तुम तैयार हो लो जया।''

जया कमरे में जाकर गुमसुम बैठी ही रही। अपने चित्त के दौर्बल्य को स्वयं पकड़ वह खिसियाकर अम्मा से आँखें नहीं मिला पा रही थी। क्या वह स्वयं ही नहीं जाना चाह रही थी वहाँ? जिस व्यक्ति की छाया से बचकर वह इतने दिनों भाग-भाग कर छिप रही थी, उसे ही एक बार फिर देखने को उसका अविवेकी हृदय क्यों ऐसे मचल रहा था? कैसा बचपना था यह! पर किसी वन्या के तीव्र प्रवाह में वह तिनके-सी बही जा रही थी। अचानक ही कार का शब्द सुन वह हड़बड़ाकर उठ गई। उसने खिड़की से झाँककर देखा, हाथ में बड़ा-सा डिब्बा लिए माधव बाबू कार से उतर रहे थे। पीछे-पीछे ड्राइवर चल रहा था। उसके हाथ में भी एक बादामी कागज का बड़ा-सा लिफाफा था।

''अरे आप?'' बाबू जी ने उद्विग्न होकर उनका हाथ थाम लिया।

''हाँ श्यामा, मैं ही चला आया, पर तुम यह आप-आप क्यों कहते हो मुझसे? मैं क्या तुम्हारा पुराना बाल सहपाठी माधो नहीं रहा? हम इसलिए चले आए श्यामा, कि कहीं ऐसा न हो कि तुम गाड़ी लौटा दो हमारी बेटी को न भेजो।''

''जया बेटी, देखो माधव बाबू आए हैं तुम्हें लिवााने। तैयार हो ना?''

जया नहीं उठी। उसे जैसे किसी ने वहीं जड़ कर दिया था।

''देखो बेटी, हम क्या लाए हैं तुम्हारे लिए।'' माधव बाबू ने बड़े लाड़ से फिर उसे पुकारा। वह उठकर बाहर आ गई।

''लो बेटा, हम तुम्हारे लिए भोपाल से लाए है, पसंद है ना यह रंग? आज इसे ही पहनना। हम बड़े शौक से तुम्हारे लिए लाए हैं। और यह।'' उन्होंने उसे एक प्रकार से जबरदस्ती ही मखमली डिब्बा थमा दिया था। ''हमने तो सोचा था, यह तुम्हें उसी दिन पहनाएँगे, जब तुम पहली बार आई

थीं पर फिर संकोच हुआ। आज हम स्वयं तुम्हें यह पहनाएँगे, क्यों श्यामा, तुम्हारी अनुमति है?''

रसोईघर के द्वार पर खड़ी मित्रपत्नी उन्हें आग्नेय दृष्टि से घूर रही है यह वे नहीं देख पाए। मखमली केस, अपने हाथ में लेकर उन्होंने दमकता हार निकाल, जया के गले में पहना दिया।

''जाओ बेटी, अब साड़ी पहनकर जल्दी आ जाओ।''

जया कमरे में जाकर सोचती रही। निर्लज्ज की भाँति उसने हार पहन लिया, क्यों पीछे नहीं हट गई? यह दामी उपहार ग्रहण करते ही वह जानलेवा दलदल में स्वयं नहीं धँस गई थी?

पर क्या करती, न पहनती तो उस अबाध्यता का अर्थ ही होता घर आए अतिथि का अपमान और फिर वे क्या सामान्य अतिथि थे?

हल्के गुलाबी रंग की चंदेरी की जरीदार बूटियाँ तारों-सी जगमगा रही थीं। वह पहनकर भाँज ठीक ही कर रही थी कि अम्मा आकर खड़ी हो गईं। क्रोध से अम्मा का चेहरा तमतमा रहा था। वह कुछ कहतीं इससे पहले ही माधव बाबू का अधीर स्वर उनका मुँह बंद कर गया ''आओ बेटी, देर हो रही है।''

वह बिना अम्मा की ओर देखे ही निकल गई।

''आज तो इसे बिना बाजे-गाजे के ही लिए जा रहा हूँ श्यामा, पर तैयार रहना।'' उन्होंने हँसकर कहा, ''जितनी जल्दी हो सकेगा बैंडबाजे के साथ अपनी इस लक्ष्मी को सर-माथे बिठाकर ले जाऊँगा।''

मंत्री द्वार पर कार के रुकते ही जया को कँपकँपी छूटने लगी। बिजली की जगमगाहट, शामियाने और मंद स्वर में बज रही शहनाई को देख उसे लगा वह डोली से उतर रही है, सास उसे वरण कर अभी-अभी उतार चुकी है। और पार्श्व में खड़ा है वह जिसके स्पर्श की सिरहन, अब भी उसके रोम-रोम में बसी रह गई है। उसकी बेहयाई, उसकी चुहल, उसकी वह मादक देह परिमल उसे बेसुध बनाए जा रही है।

''अरे खड़ी क्यों रह गई बेटी, चलो भीतर।'' माधव बाबू का स्वर सुनकर वह हड़बड़ा कर चौंकी।

''गाना-बजाना भीतर बड़े कमरे में चल रहा है। तुम्हें वहाँ तक छोड़ आऊँ। फिर मीटिंग से लौटकर तुम्हें वापिस घर पहुँचा दूँगा।''

जिस कमरे में उसे लेकर माधव बाबू पहुँचे, वह वही कमरा था जहाँ वह पहली बार आई थी, किंतु आज कमरे का पूरा हुलिया ही बदल गया था। सोफा-कुर्सियाँ सब हट कर, कमरे के ओर-छोर नापते, मिर्जापुरी कालीन पर दूधिया चाँदनी बिछी थी। हारमोनियम, ढोलक और मंजीरे की झनक के साथ, एक से एक बेशकीमती साड़ियाँ पहने, हीरे जवाहरातों से लदी-फदी महिलाओं के बीच एक मोटी-सी गोरी महिला पैरों पर घुँघरू बाँध सौ-सौ नखरे दिखाती षोडशी-सी मचल रही थी, "हाय, हमसे नहीं नाचा जाएगा।"

उधर तीन-चार परकटी लड़कियाँ उनके पीछे हाथ धोकर पड़ी थीं, 'कैसे नहीं नाचेंगी आंटी, आप तो इत्ता बढ़िया नाचती हैं, हमने नंदा साहब के लेडीज संगीत में आपका नाच देखा है।"

वह अपनी विराट् कटि को आँचल से बाँध नाचने को तत्पर हुई ही थी कि जया को लेकर, बिना किसी पूर्व सूचना के माधव बाबू ने रंग में भंग कर दिया।

"देखो लीना, हम किसे लाए हैं।"

उन्हें देखते ही महफिल में खलबली मच गई। लज्जावनता जया चुपचाप खड़ी थी। उसके कमनीय सलोने चहरे पर एक साथ कई जोड़ी कौतूहली आँखें जड़ गईं। समझने वालियाँ समझ गई थीं कि जिसे लेने स्वयं मंत्री प्रवर गए थे और वहाँ पहुँचा स्वयं प्रतिष्ठित कर गए थे, वह निश्चय ही कोई असाधारण अतिथि ही होगी। उसने वहाँ आते ही वहाँ पहले से बैठी, एक से एक बढ़कर सुरसुंदरियों के परिधान, आभूषणों पर अपने दिव्य सौंदर्य और अनूठे मयूर हार से ही पल-भर में झाड़ू फेरकर रख दिया था। गुलाबी चंदेरी में वह स्वयं सुच्चे मोती-सी दमक रही थी।

"बैठिये", लीना ने बड़ी रुखाई से कहा।

"यह सुधा है।" लीना ने अपने पास बैठी एक रुखी-सी लड़की से उसका परिचय कराया। "और ये मेरे डैडी के बहुत पुराने सहपाठी की बेटी है जया।"

जया ने एक क्षण को दृष्टि उठाई, सौजन्यवश अपने हाथ भी जोड़े पर उसे लगा, जिससे उसका परिचय कराया गया था वह क्षुधातुरता से उसे घूर रही थी। लग रहा था, उसे आँखों ही आँखों में लील लेगी। आखिर क्यों देख रही थी ऐसे ? उसे तो याद नहीं पड़ रहा था कि पहले भी कभी उसे देखा हो।

"ओह बेहद उमस है यार!" सुधा ने लीना से ठसका कर कहा, 'जरा

कार्तिक के कमरे में हो आऊँ। उसके कमरे में एयर कंडीशन चल रहा है और वह अपना लम्बा आँचल, धरा पर लुटाती, सीना ताने चली गई। महफिल पूरे रंग में आ गई थी। वही गोरी मोटी महिला, मेदबहुल शरीर के बावजूद, अश्चर्यजनक फुर्ती से पेशे में परिपक्व किसी वार वनिता-सी चटुल घुरनिया लेकर नाचने लगी थी :

मैं तो चंदा जैसी नार
सैंया क्यों लाए सौतनियाँ
जो मैं होती कानी-कूनी
ले आते सौतनियाँ
मेरे नैन कटीले हायँ
सैयाँ क्यों लाए सौतनियाँ...

''वाह-वाह सरीन आंटी—एक और, एक और।'' कहती लड़कियाँ महा उत्साह से मीरासिनों की-सी सधी तालियाँ बजा रही थीं। अचानक बेशकीमती कांजीवरम पहने, आभूषणों से दगदगाती गृहस्वामिनी हाथ में निछावर का थाल लिए आ गई। कमर में पाव-भर का चाँदी का चाबी का भारी गुच्छा लटका था, जूड़े में बेले का गजरा, हाथ में हीरे के कंगन जगमगा रहे थे। आगे बढ़कर नृत्यरता मिसेज सरीन की निछावर कर उन्होंने उनके मुँह में लड्डू ठूँस दिया, ''अरे भाई, हमने तो नाच देखा ही नहीं। एक और हो जाए गुणवंती।''

''अरे भाई बस, अब हमसे नहीं नाचा जाएगा। अब इन लड़कियों को उठाओ।''

हाँफती गुणवंती घुंघरू खोलने लगी। सहसा चन्द्रा की दृष्टि लीना के पास बैठी जया पर पड़ी। एक क्षण उसके उत्फुल्ल चेहरे की हँसी विलीन हो गई, उसकी साड़ी और हार ने ही क्या उसकी हँसी छीन ली थी?

''तुम्हारी अम्मा नहीं आई?'' रूखे स्वर में उसने पूछा।

''जी नहीं, अभी ताऊ का तीसरा ही मासिक होकर चुका है।''

''ओह, तब तुम किसके साथ आईं?'' चन्द्रा ने और भी रूखे स्वर में पूछा। उस प्रश्न की अस्पष्ट अशिष्टता ने जया को एक पल के लिए अपदस्थ कर दिया। पर फिर अपनी निर्भीक दृष्टि उठा वह कुछ कहने ही जा रही थी कि लीना ने बीच ही में माँ के प्रश्न का उत्तर दे दिया।

''डैडी गए थे इन्हें लेने।''

"ओह!" चन्द्रा ने फिर उसकी साड़ी और हार को ऐसी संदिग्ध दृष्टि से देखा कि जया सिहर उठी। उसे लगा, भरी महफिल में, सबके सामने उस दबंग मेजबान ने उसकी साड़ी-हार उतार, उसे निर्वस्त्र कर दिया है।

"ये साड़ी-हार भी क्या डैडी ही ले गए थे?" उन्होंने लीना के पास मुँह सटाकर पूछा, "क्यों?" फिर उसने प्रश्न पुत्री से पूछकर उत्तर के लिए जया की ओर मुँह मोड़ा।

"जी," जया ने उत्तर देकर सिर झुका लिया।

"लीना।" वह फिर फुसफुसाई, "ये वही चंदेरी है जिसे मैं कल से ढूँढ़ रही हूँ, सोचा था, तेरी ननद को मिलनी में दूँगी। और ये हार कब लाए तेरे डैडी?"

"फारगेट इट यार।" लीना ने मुँह बनाकर कहा— उसके एक हाथ में मेहँदी लग चुकी थी। दूसरे में पेशेवर मेहँदी वाली बड़ी तन्मयता से कमल का फूल बना रही थी।

"अब कुछ चाय-वाय का इंतजाम करवाइए ममी गला सूख रहा है।" उसने अपने दोनों पैर लम्बे कर लिए, "क्यूं जी, कितनी देर में रंग चढ़ेगा?" उसने मेहँदी वाली से ऊँचे स्वर में पूछा।

"अब हम क्या बताएँ बिटिया, हाथ की हथेली में गर्मी होगी तो फौरन रंग चढ़ेगा। यह वहाँ की मेहँदी नहीं है सरकार, हम सांगानेर से मँगवाती हैं, देखिए न, पीसते-पीसते ही हाथ लाल।" उसने अपना चौड़ा पंजा हँसकर उसके सामने फैला दिया।

चन्द्रा फिर लीना के पास सट गई, "देखा तूने, हार की गढ़न देख जरा।"

कोई और सुने न सुने, जया के कानों में वह संदिग्ध कानाफूसी जहर घोल रही थी। उसका चेहरा तमतमा उठा, क्या उसका यही अपमान करने माधव बाबू उसे यहाँ लाए थे? तब क्या यह साड़ी और हार, बिना पुत्री-पत्नी से बताए ही वे उसे दे गए थे? छिः छिः, क्या वह इतनी नीच थी जो साड़ी-हार के प्रलोभन से यहाँ चली आती?

उसके जी में आया, वह उनके आने से पहले ही महफिल से उठकर घर भाग जाए! पर निकल कैसे सकती थी भीड़ के उस चक्रव्यूह से! एक के बाद एक, न जाने कितने नाच-गाने हुए, पर वह तो वहाँ होकर भी नहीं थी।

"सुनिए।" फिर उसने बड़े साहस से लींना से कहा, "मैं अब चलूँ अँधेरा हो गया है।"

"वाह, अभी कैसे जाएँगी। बिना खाए-पिए चली गई तो डैडी हमारी जान ले लेंगे।" उसकी व्यंग्योक्ति की कड़वाहट उसकी हँसी में भी तैर गई।

"जया," वह चौंकी।

पर्दा खोलकर माधव बाबू हँसते खड़े हो गए। पहले कहकहों से डूबी अतिथियों की भीड़ उन्हें देख नहीं पाई। लीना की मामी, अपने भारी शरीर को खद्दर के जरीदार, धोती-कुर्त्ते में बाँधे, सर की गाँधी टोपी तिरछी कर, स्वयं माधव बाबू का ही अभिनय कर रही थीं। उत्तुंग वक्षस्थल पर मोटा-सा पुष्पहार, आँखों पर चश्मा, दोनों हाथ अभिवादन की मुद्रा में माइक पर, माधव बाबू की स्वरभंगिमा को अवकिल उतार वे कह रही थीं, "बहनो देश का असल राजदंड तो आप ही के हाथों में है, मैं तो आपका दीन-हीन अनुचर मात्र हूँ।" बीच-बीच में अश्लील गालियाँ देती वे विरोधी पक्ष पर बरसती भी जा रही थीं, गालियाँ भी ऐसी की महिलाओं की शालीन भीड़, एक संभ्रांत वयस्का महिला के मुँह से उन अश्लील गालियों की बौछार से रससिक्त हो दुहरी हुई जा रही थी। जया के उठते ही सबकी दृष्टि, द्वार पर खड़े माधव बाबू पर गई और भाषण दे रही मामी जी, वहीं पर जीभ काटकर बैठ गईं।

"आओ बेटी, मैं तुम्हें अपना पूजागृह दिखा दूँ।" उनका प्रस्ताव सुनते ही कई कौतूहली कुहनियाँ एक-दूसरे को ठसकाने लगीं। उन्हें अब पुष्ट प्रमाण मिल गया था कि यह नवीना अपरिचिता, उनकी भाँति इस गृह में सामान्य अतिथि बनकर नहीं आई थी।

माधव बाबू के साथ उन अज्ञात कमरों की निःस्तब्ध सुरंगों के बीच जाने पर भी जया को, किसी प्रकार के भय ने आशंकित नहीं किया। उस महफिल से बाहर निकलते ही जैसे ताजी बयार के शीतल झोंके ने उसे सहला दिया। कैसी घुटन थी वहाँ।

"तुमने कुछ खाया-पिया बेटी?"

जया ने सर झुका लिया।

"ठीक है, मैं कमरे में ही तुम्हारे लिए जलपान मँगवा लेता हूँ। वहाँ तुम्हें संकोच हो रहा होगा, क्यों?"

"आओ," उन्होंने कमरे की बत्ती जला दी और पहले से ही कमरे में मँडरा रही अगरबत्ती की धूम्ररेखा उससे लिपट गई। "इन्हें प्रणाम करो बेटी, यह मेरे गुरुदेव का चित्र है।"

शीशम के बने पूजागृह में लगे रेशमी पर्दे को उन्होंने हटा दिया और स्वयं झुककर अपने गुरुदेव के चित्र को प्रणाम किया। "आज तक मैंने जो कुछ भी पाया है जया, धन, मान, यश, ख्याति, वैभव, सब इन्हीं की कृपा से, इसी से तुम्हें यहाँ लाया हूँ। रत्न के रूप में तुम्हें ही दिया है मेरे गुरुदेव ने।" उनका कंठ कृतज्ञता के गह्वर से अवरुद्ध हो गया।

कमरे के बीचोंबीच लगे झाड़-फानूस का प्रकाश छन-छनकर, नतमुखी जया का स्कंध स्पर्श करता, उसके सुनहले आँचल पर बिखर गया। कंठ में पड़ा हार भी उस प्रकाश में अपने विभिन्न रत्नों के वैविध्य को खो, नीलाभ हो उठा।

"जया, आज गुरुदेव के सामने तुमसे एक भीख माँग रहा हूँ—दोगी? दीन-हीन याचक बनकर माँग रहा हूँ बेटी", लपककर उन्होंने उसके दुबले हाथों को अपनी पुष्ट मुट्ठी में बाँध लिया।

जया के हाथ, उस पुष्ट पकड़ में लक्का कबूतर-से फड़कड़ा उठे।

"जो मागूँगा दोगी न जगद्धात्री?"

जया ने आँखें उठाईं, निष्कपट याचनापूर्ण स्मित प्रश्नकर्ता के सुचिक्कन चिबुक का स्वेदकण बनकर चमक रहा था, "तुम्हें मेरे इस गृह की लक्ष्मी बनकर आना ही होगा, कहीं इस भिक्षुक को खाली हाथ मत लौटा देना।"

"आप क्या यह साड़ी और हार, बिना उनसे पूछे मुझे देने आए थे?" अपने कठोर स्वर की खनक से वह फिर स्वयं चौंक उठी थी। ऐसे अशिष्ट स्वर में तो वह आज तक किसी से भी नहीं बोली थी। फिर जिसने उतने मधुर स्वर में उससे वह प्रश्न किया था उसका उत्तर न देकर स्वयं उन्हीं से वह किस दुःसाहस से वह प्रश्न पूछ बैठी?

नित्य ऐसे अभद्र-उद्धत प्रश्न झेलने वाला, राजनीति का वह अनुभवी योद्धा भी एक पल को अचकचा गया।

"क्या बात है बेटी, किसी ने कुछ कह दिया क्या?"

"जी हाँ, मैं पूछती हूँ कि क्या आप मुझे अपमानित करने के लिए लाए थे? आपकी पत्नी ने सबके सामने मुझे अपमानित किया।"

"क्या? क्या कहा उसने?" माधव बाबू का चेहरा तमतमा उठा।

"कहा कि इस साड़ी को वे कल सारा दिन ढूँढ़ती रहीं, जैसे मैंने ही चुराकर पहनी हो," और फिर उसके पतले रक्तिम अधर काँप उठे, लग रहा था लड़की प्राणों तक चेष्टा से ही रुलाई रोक रही है।

माधव बाबू बौरा गए, ''मूर्ख औरत, इसे जिन्दगी-भर अक्ल नहीं आएगी। मैं अभी पूछता हूँ। तुम्हारे सामने बुलाकर झाड़ता हूँ उसके सर पर सवार भूत।''

''नहीं,'' बाहर जाने को उद्यत माधव बाबू के सामने वह उनका रास्ता रोककर खड़ी हो गई।

''नहीं आपको कुछ नहीं कहना होगा। मैं खुद चली जाती हूँ। साड़ी कल भिजवा दूँगी, हार यहाँ धर रही हूँ।'' कंठ का हार उसने मेज पर धर दिया।

फिर उसी दर्पस्फीत मुद्रा में वह जाने को उद्यत हुई, माधव बाबू शांत स्वर में बोले, ''नहीं बेटी, मैं स्वयं तुम्हारे बाबू जी से यह कहकर तुम्हें लाया हूँ कि मैं ही तुम्हें घर पहुँचाऊँगा। मैं चल रहा हूँ तुम्हारे साथ,'' इससे पहले, वे अपना वाक्य पूरा भी नहीं कर पाए थे कि रेशमी साड़ी की सर्र-सर्र करती, चन्द्रा पर्दा खोलकर खड़ी हो गई, ''ओह, तो यहाँ हैं आप। वहाँ सब आपको पूछ रहे हैं, अलीरजा साहब कब से बाहर बैठे हैं।''

''सुनो।''

माधव बाबू की आवाज काँप रही थी। सदा क्रोध को संयम के अंकुश से दबाकर रखने वाले पति को चन्द्रा ने आश्चर्य से देखा, वह तो स्वयं यहाँ उन पर बरसने आई थीं, पर वे स्वयं उस पर बरसने लगे, ''यह कैसी बदतमीजी की तुमने?''

''क्या?''

''पूछती हो क्या? मैं इस बेचारी को लाख मना-मनुहार के बाद यहाँ तक लाया। और तुमने इसे भरी महफिल में अपमानित किया। साड़ियाँ मैं लाया था, उन पर क्या किसी का नाम लिखा था और फिर, दस साड़ियों में से एक उठाकर मैंने, इस घर की होने वाली बहू को दे दी, तो तुमने मुझे चोर बना दिया, यह हिम्मत तुम्हारी कैसे हुई चन्द्रा?''

''कौन कहता है, यह इस घर की होने वाली बहू है?'' चन्द्रा का तीखा स्वर पूरे कमरे की दीवारों से टकराकर गूँज उठा।

''मैं कहता हूँ।'' कार्तिक न जाने कब आकर द्वार पर खड़ा, सब सुन रहा था।

''तब दोनों बाप-बेटे, पहले मुझे काट-कूटकर कहीं गाड़ आओ, समझे? जो बहू शादी से पहले ही ससुर से चुगली खा सकती है, वह ब्याहकर आने

पर सास को भी जिंदा जला सकती है।''

''हियर-हियर, यह हुई न बात। अभी तक साली बहुएँ ही जलाई जा रही हैं, अब हमारी ममी का यह सुझाव संसद तक अवश्य उछालिए डैडी। सब बहुओं के वोट आप ही को बड़ी आसानी से मिलते रहेंगे।''

''आज इस खुशी के दिन, यही मनहूसी बिखेरने इसे यहाँ लाए हैं आप? सुना तो था कि बहुत नाच-नौटंकी, गाना-बजाना कर लेती है, आज देख भी लिया,'' चन्द्रा पैर पटकती चली गई।

''कार्तिक,'' माधव बाबू का स्वर एकदम ठंडा पड़ गया था। ''जाओ बेटा, जया को अपने कमरे में ले जाकर, कुछ खिला-पिला दो, फिर मैं इसे घर पहुँचा आऊँगा।''

''नहीं, मैं कुछ नहीं खाऊँगी, आप मुझे अभी घर पहुँचा दीजिए,'' वह माधव बाबू से कहने लगी, ''बहुत देर हो गई है। अँधेरा न होता तो मैं रिक्शा में चली जाती।''

''रिक्शा में जाएँ आपके दुश्मन,'' कार्तिक अपने पिता की उपस्थिति भी जैसे भूल गया। उसका हाथ पकड़ एक प्रकार से अपने साथ खींचकर ही वह उसे न जाने कितनी सीढ़ियाँ कुदाता, बृहत् छत पर पहुँच गया।

एक संगमरमरी मेज के चारों ओर कई कुर्सियाँ, वर्तुलाकार घेरे में धरी थीं। ''बैठिए,'' किसी पेशेवर की विनम्र मुद्रा में वह दुहरा हो गया। फिर जेब से रूमाल निकाल, उसने उसी विनोदी मुद्रा में उसकी ओर बढ़ाकर पूछा, ''रूमाल?''

''मुझे घर पहुँचा दीजिए प्लीज,'' वह वधिक के जाल में फँसी आश्रितार्थी वन्य हिरनी-सी छटपटा रही थी।

''देखिए'', उसे हाथ पकड़ कर कुर्सी पर जबरदस्ती बिठा, वह उसके पास ही दूसरी कुर्सी आमने-सामने सटा बैठ गया, ''आपसे ममी ने कुछ ऐसा-वैसा कह भी दिया तो क्या हो गया? डैडी ने तो माफी माँग ली है ना?''

नीचे से नारीकंठों की हँसी का मधुर कलरव, शहनाई की गूँज, विदा हो रहे अतिथियों की आवाज ऊपर तक चली आ रही थी।

चतुर्दशी की धौत चंद्रिका छत के ओर-छोर उजले करने लगी थी।

''तुम बैठो,'' वह एकाएक 'आप' से 'तुम' पर उतर आया, ''मैं तुम्हारे

लिए कुछ ले आऊँ। क्या लोगी ठंडा या गर्म?''

''नहीं कुछ नहीं खाऊँगी,'' वह उठ गई।

''मेरा कमरा नहीं देखोगी? आखिर एक दिन वहीं तो आना है तुम्हें।''

वह उसे बार-बार हँसकर छेड़ने लगा।

''मैं इस घर में कभी पैर नहीं रखूँगी।''

''अच्छा? मैं उठाकर अभी यहीं किसी तहखाने में बंद कर दूँ तब? जानती नहीं, मंत्रीगृह में ऐसे बहुत-से तहखाने बने होते हैं!''

''नहीं, नहीं'' बुरी तरह घबराकर उसने कार्तिक के दोनों हाथ पकड़ लिए, ''आपके पैर पकड़ती हूँ, मुझे जाने दीजिए।''

फिर उसी क्षण उसने कार्तिक के दोनों हाथ ऐसे छोड़ दिए जैसे बिजली के सचल नंगे तार को छू लिया हो।

''ऐसी भी क्या जल्दी है! हाथ तो मुझे पकड़ना है आपका! आपको नहीं!''

छत पर चाँदनी अब अपनी पूरी चादर फैला चुकी थी, ज्योत्स्ना स्नात, घबड़ाई, भयत्रस्त, मृगी-सी डबडबाई आँखों को उसने एक बार फिर कार्तिक के आनन्दी चेहरे की ओर उठाया। कार्तिक को ऐसा अनुभव पहले कभी नहीं हुआ था। उसका नारीलोलुप चित्त, आज तक न जाने कितनी सुंदरियों पर भ्रमर बनकर मँडराया था किन्तु कैसी निर्दोष चितवन थी उस लड़की की, जैसे अभी दूध के दाँत भी न टूट हों। उसे लगा, वह किसी अशरीरी अप्सरा के पास बैठा है और हाथ लगाते ही वह अदृश्य हो जाएगी।

वह मंत्रमुग्ध-सा उसे ही देखता रह गया कि वह एक झटके से उठी और सीढ़ियाँ उतरने लगी। कार्तिक मंत्रविद्ध अनुचर-सा उसके पीछे-पीछे उतरने लगा। दोनों सहसा अंतिम सीढ़ी उतरते ही एक साथ ठिठककर खड़े हो गए। माधव बाबू शायद उन्हीं की प्रतिक्षा में खड़े थे। उनका मुरझाया चेहरा, दोनों को एक साथ देखकर खिल उठा। कलहप्रिया पत्नी ने जो क्षणिक मनोमालिन्य के तीतर पंखों मेघखंडों से मंगलमय परिवेश को म्लान कर दिया, वे मेघखंड स्वयं ही तिरोहित हो गये थे।

''चलो बेटी, तुम्हें तुम्हारे घर पहुँचा दूँ, लो यह हार पहन लो,'' वे आगे बढ़े, उसे स्वयं हार पहनाने लगे तो वह झिझकी।

''नहीं'' उसने दृढ़ स्वर से कहा, ''मुझे क्षमा करें, मैं इसे नहीं ले जा सकती।''

गजब की स्वाभिमानी लड़की थी वह! कार्तिक ने पिता के हाथ से हार लेकर, निर्लज्ज दुःसाहस से उसे पहना दिया। ''आप बैठिए डैडी, आपसे मिलने आज बहुत लोग आएँगे, मैं पहुँचाकर आता हूँ।''

जया ने माधव बाबू को प्रणाम किया और चुपचाप बाहर निकल गई। माधव बाबू जान गए थे कि उस जिद्दी लड़की ने उनके यहाँ पानी की एक बूँद भी नहीं घुटकी होगी। ऐसी स्वाभिमानी लड़की का मान भंग क्या कार्तिक कर पाएगा? क्या उसे अब वे कभी अपने घर की बहू बनाकर दुबारा इस घर में ला पाएँगे? मूर्खा-अहंकारी पत्नी ने उनकी सारी योजना चौपट कर रख दी थी। दो दिन बाद ही लीना का विवाह था, अब वे स्वयं जाकर भी कभी उसे उस दिन यहाँ नहीं ला पाएँगे। अनजाने ही एक दीर्घ श्वास उनके मुँह से निकल गई।

कार को जान-बूझकर ही निरर्थक भ्रामक अली-गलियों से घुमाता, वह अलमस्त चालक उसे बैलगाड़ी की गति से हाँकता ले जा रहा था।

''सुनिए,'' धीमी गति से कार क्यों चला रहे हैं आप? ऐसे तो हम आधी रात से पहले घर नहीं पहुँचेंगे। बाबू जी घबरा रहे होंगे।'' उसने कहा।

''ओह सॉरी, लीजिए, कर दी हमने तेज स्पीड! साठ, सत्तर और ये अस्सी।''

उसने सचमुच ही सँकरी गली में कार, तीर की गति से छोड़ दी। आकस्मिक धक्का खा जया चालक के कंधे पर ढुलक पड़ी।

''इत्ती तेज चलाने को तो नहीं कहा मैंने,'' वह रुआँसी हो गई।

''अजीब हैं आप,'' वह हँसकर कहने लगा, ''कभी कहती हैं तेज चला कभी कहती हैं धीमा। कहिए तो कार यहीं पर छोड़ कंधे पर बिठाकर ले चलूँ आपको! जैसे शिव सती की देह को दक्षगृह से ले गए थे, लगभग वैसी ही तो अवस्था है आपकी!''

जया चुपचाप बैठी रही, इस व्यक्ति से तर्क करना व्यर्थ था।

''देखिए, एक तो न आपने कुछ खाया, न हमें खाने दिया, कहिए तो कहीं रुककर कुछ खा लें, मुझे बहुत भूख लगी है।''

''नहीं पहले मुझे घर पहुँचा दीजिए, फिर जहाँ तबीयत आए वहाँ जाइये।''

''अच्छा, कोई बात नहीं पर भूख लगी हो और कुछ खाना न मिले तो मुझे गवास लग जाती है, वैसे अच्छा गा लेता हूँ मैं, सुनेंगी?''

एक बार फिर गाड़ी की चींटी सी चाल से चलाता वह स्टियरिंग व्हील पर ही तबले की संगत करता, मधुर स्वर में गाने लगा, ''बाजूबंद खुल-खुल जाए।''

जया का अंग-अंग क्रोध से काँप रहा था। कंठ में पड़ा मयूर हार उसे वृश्चिक का डंक दे रहा था, जी में आ रहा था, वहीं पर गले से खींच कर अलमस्त गायक के मुँह पर दे मारे और गाड़ी रुकवाकर उतर जाए, पर उस अन्धेरी अनचीन्ही राह में उतरकर जाएगी कहाँ? वह तो पहले ही जली-भुनी बैठी होंगी और फिर अपने देवतुल्य बाबू जी से झूठ कैसे बोल पाएगी?

उसके घर की गली आ गई थी। बड़ी विनम्रता से गाड़ी रोक, कार्तिक ने द्वार खोल दिया। वह उतरी तो एकदम उसके चेहरे के साथ अपना चेहरा सटाकर, उसने पूछा, ''मुझे साथ चलने को नहीं कहोगी? बड़ी भूख लगी है। शायद तुम्हारे घर में कुछ खाने को धरा हो।''

बिना उसके प्रश्न का उत्तर दिए वह एक बार भी उसकी ओर देखे बिना, तेजी से चलने लगी। वह घर पहुँची तो कलेजा बड़ी देर तक धड़कता रहा। कहीं ऐसा न हो कि उसका धृष्ट सहचर, पीछे-पीछे चला आया हो और थोड़ी देर में कुंडी खटकाकर, भीतर चला आए। पर कोई नहीं आया। अम्मा-बाबू जी खाना खा रहे थे।

''आ गई बेटी?'' बाबू जी ने बड़े दुलार से पूछा। अम्मा ने आँख उठाकर उसकी ओर देखा भी नहीं।

''हाँ बाबू जी,'' वह डर रही थी कि कहीं बाबू जी दूसरा प्रश्न न पूछ बैठें—कौन आया था पहुँचाने?

''कुछ खाएगी या खाकर आई है?'' फिर उन्हीं ने पूछा। अम्मा खाकर उठ गई।

''मैं खाकर आई हूँ बाबू जी,'' कैसे बोल गई सफेद झूठ, वह भी बाबू जी से। वह क्या खाकर आई थी, क्या बता सकती थी उन्हें? शायद उसके सर्वदर्शी अंतर्यामी बाबू जी स्वयं ही जान गए थे कि उसे पहुँचाने कौन आया था।

''जाओ बेटी, कपड़े बदलकर सो जाओ, बड़ी रात हो गई है।''

कमरे में जाते ही वह दर्पण के सामने खड़ी हो गई थी। अपना प्रतिबिंब

देखने का वह दौर्बल्य फिर उसने स्वयं पकड़ लिया और खिसिया गई। यही देखने को वह खड़ी हुई थी कि वह कैसी लग रही है! साड़ी उतारकर उसने यत्न से तहाकर उसी डिब्बे में रख दी, जिसमें माधव बाबू लाए थे। पर हार कहाँ रखे? ऐसी बहुमूल्य वस्तु तो सेफ में ही रखनी होगी, माँ के कमरे में सेफ था, किंतु चाबी रहती थी अम्मा की कमर में। रखने को तो जैसे-तैसे चाबी माँगकर रख भी देगी पर वह हार तो उसे अविलंब लौटाना था, फिर अम्मा को कौन-सी कैफियत दे पाएगी? एक अखरोट की लकड़ी का डिब्बा उसकी आलमारी में धरा हुआ था, वही उसका कैश बॉक्स था। वही सेफ, उसी में हार को रख उसने ताला लगा दिया। वैसे उसे अपने घर में चोरी का भय नहीं था, था ही क्या, जो चोर ले जाता, उस पर अम्मा अधिकतर घर ही में रहती थी।

वह पलंग पर तो लेटी रात बड़ी देर तक करवटें बदलती रही। पास ही में सिनेमागृह था। अंतिम शो देखकर जा रही भीड़ के हो हल्ले ने उसे बड़ी देर तक सोने नहीं दिया। फिर न जाने कब आँख लग गई। उठी तो दिन निकल आया था। बाबू जी कभी कुछ नहीं पूछेंगे पर अम्मा कुछ न पूछने पर भी सब कुछ पूछ लेगी। अच्छा था ताई नहीं थी, वह तो खोद कुरेदकर उसकी बखिया उधेड़कर ही दम लेती, फिर साड़ी का आँचल थाम, जरी सूँघ उसकी असलियत परखती।

खैर, ताई अब कभी इस साड़ी और हार के बारे में कुछ नहीं पूछ पाएगी। जैसे भी होगा, चाहे उसे स्वयं ही क्यों न जाना पड़े, वह दोनों उपहार, उस ओछी, दबंग, शंकालु महिला के मुँह पर पटक आएगी। अम्मा का शीत युद्ध उसे पल-पल सहमा रहा था। अभ्यासवश, वह किसी भी काम में हाथ लगाने जाती तो अम्मा, बिना कुछ कहे उससे छीन कर काम स्वयं निपटा देती। नित्य आटा वह गूँथती थी, सब्जी वही काटती थी, दोपहर-सुबह की चाय वह बनाती थी, दाल धोकर अदहन तक वही चढ़ाती थी। पर अब उसके पहले ही अम्मा न जाने कब नहा-धोकर सब काम स्वयं कर लेती। बाबू जी भी शायद समझ गए थे कि अम्मा का पारा क्रमशः बढ़ता ही जा रहा है।

"तुम्हारी ताई अकेली है बेटी, उन्होंने कल बिप्पू से कहलवाया भी था कि तुम्हें वहाँ भेज दूँ, शायद उनकी तबीयत इधर ठीक नहीं है," बाबू जी ने कहा तो वह उस प्रस्ताव से प्रसन्न ही हुई थी। बड़े उत्साह से उसने पूछा, "मैं जाऊँ अम्मा" पर अम्मा ने कुछ उत्तर नहीं दिया और अकारण ही करीने

से लगे डिब्बों को उठा-पटक, भंडार की सफाई में जुट गई।

जया ताई के यहाँ पहुँची तो वे पलंग पर लेटी कराह रही थीं।

''क्या हो गया ताई, तबीयत ठीक नहीं है क्या?''

''अरी ताई की तबीयत अच्छी रहे या बुरी, किसी को क्या पड़ी है कि पानी को भी पूछ जाए, वह तो यह लौंडा है, नहीं तो शायद चाय को भी तरस जाती तेरी ताई, यही थर्मस में भरकर चाय ले आता है होटल से।''

बिप्पू भागकर उससे लिपट गया, ''तुम कहाँ चली गई थीं मौसी?'' अब तो नहीं भागोगी? तुम्हारे जाते ही ममी का फोन आया था, नानी उस दिन से रोने ही में है। पता है तुम्हें, ममी की शादी हो रही है? चलोगी मेरे साथ, ममी की शादी देखने? बड़ा मजा आएगा।''

''चल परे हट मरे।'' ताई ने उसे धकेलकर बाहर खदेड़ दिया। ''जा-जा खेलने जा।''

दो ही दिन में ताई का चेहरा उतर गया था। कितनी बूढ़ी और असहाय लग रही थी बेचारी। आँखें सूजी-सूजी थीं और चेहरा भी एकदम रक्तहीन!

''क्या हो गया है ताई? क्या फोन आया था कनक जीजी का?''

''अरी, इससे तो भगवान् अब मुझे उठा ही लेता तो अच्छा था। यह दिन भी देखना वदा था इस फूटे लिलार में! अब क्या मुँह लेकर जाऊँगी तेरे ताऊ के पास,'' ताई रोने लगी।

''बताओ ना ताई, क्या फोन आया था?''

''अरे फोन क्या आया, फिर हथगोला फेंक गई हरामजादी। आग लगे उस कोख को, जो ऐसी कुलबोरनी हर्राफा को जनम दिया, कहती है डाइबोर्स ले लिया है, अब किसी हब्शी से शादी कर रही है।''

''क्या कहती हो ताई?''

''ठीक ही कह रही हूँ बेटी, कह रही थी वेस्ट इंडीज का कोई डाक्टर है उसी के अस्पताल में काम करता है। कहती है, थोड़े दिन बिप्पू को और रख लो, फ्रैंक कहता है, हनीमून से लौटते ही हम इसे ले जाएँगे। मैंने कहा, भाड़ में जाए तेरा फ्रैंक और तेरा हनीमून। शादी-ब्याह न हो गया, हँसी-खेल हो गया। अरी हमारे यहाँ तो गुड्डे-गुड़ियों का भी एक बार ब्याह होवे है।''

''तुम क्यों चिंता कर रही हो ताई, बिप्पू चला भी गया तो हम तो हैं, तुम हमारे साथ रहोगी। तुम क्या सोचती हो, बाबू जी कभी तुम्हें यहाँ अकेली रहने देंगे?''

"अरी अब ना जाऊँ कहीं, जब अपने पेट की औलाद ही सगी ना भई तो परायों से क्या उम्मीद करूँ। अरी कैसा गोरा-चिट्टा खानदान रहा है हमारा! अब न जाने कहाँ से आ गया यह, रावण का नाती। हब्शी हैगा, पूरा हब्शी। अब हब्शी ही पैदा होंगे जया, हब्शी।"

"अरी खुद कह रही थी करमजली कि अम्मा, देखने का ही काला है, दिल है दूध-सा उजला।"

ताई की नाक रोते-राते लाल हो गई थी, "मैंने तेरे गऊ-से सीधे ताऊ को बड़ा दुःख दिया है री, कभी कुछ ना कही उन्होंने। न मुझ अभागिन से कभी सुख पाया, न दलिद्दर औलाद से।"

उस दिन बड़ी चेष्टा से ही जया ताई को एक फुलका खिला पाई थी। ताई के दुःख ने उनके नित्य के कौतूहली स्वभाव को भी बदल दिया था। और दिन होता तो वह अवांछित प्रश्न पूछ-पूछकर, उसकी आफत कर देती, "क्या हुआ मंतरी के यहाँ, कौन-कौन था, क्या-क्या था खाने में, तुझे पहुँचाने कौन आया?" आदि-आदि।

बिप्पू ही निरर्थक प्रश्न पूछता रहा, "तुम किसी बर्थ डे पार्टी में गई थीं मौसी? मुझे क्यों नहीं ले गई?" फिर अचानक गंभीर होकर वह बैठ गया। "मौसी, मेरे नए डैडी मुझे प्यार करेंगे ना? पहले डैडी की तरह मुझे उन्होंने मारा तो मैं तुम्हारे पास भाग आऊँगा।"

जया ने उसे खींचकर अपने पास सुला लिया। उस भोले निर्दोष बालक के भविष्य की चिंता से उसका चित्त सहसा वात्सल्य-विचलित हो उठा। ताऊ को गए दो ढाई महीने ही तो हुए थे, कैसे कर सकी कनक जीजी यह शादी! जब सगा पिता ही इस भोले बच्चे को जनक का स्नेह नहीं दे पाया, तो क्या वह हब्शी इस पराए बालक को स्नेह से अपना पाएगा? और फिर ताई? ताई का क्या होगा। ताई के स्वतंत्र स्वभाव को वह जानती थी। देरानी-जेठानी के संबंध कभी मधुर नहीं रहे। ताई के स्थायी रूप से वहाँ चले जाने पर, क्या वे संबंध मधुर रह पाएँगे? शांति प्रिय बाबू जी को कलह-चखचख से सख्त नफरत थी। न वे पत्नी से कुछ कह पाएँगे, न भाभी से।

माधव बाबू की कोठी दुल्हन-सी सजी थी, प्रधानमंत्री के आगमन की पूरी तैयारी हो चुकी थी। ऐसी कड़ी सुरक्षा का प्रबंध किया गया था कि घोड़े पर सवार नौशा भी आया तो उसके चेहरे की एक-एक लड़ को भी टटोला जा

रहा था। चारों ओर पुलिस ही पुलिस। मखमली कालीन पर्त-दर-पर्त खुलते चले गए थे। जयमाल के लिए अजदहे-से मोटे-मोटे दो पुष्पहार, हवाई जहाज से, सीधे मद्रास से लेकर वहाँ के दो विधायक स्वयं आए थे। बेला-चमेली के क्षीण कलेवरी हारों को देखने की अभ्यस्त आँखें उन पुष्पहारों पर मधुलोलुप भ्रमरों-सी मँडरा रही थीं। चाँदी की गुलाब-जली में कन्नौज से खास मँगवाया गया गुलाबजल भरा था। दमकली वेशभूषा में सजी लोक-नर्तकों की एक टोली, नीम तले पूर्वाभ्यास कर रही थी।

माधव बाबू की सफेद जरीदार मिट्टीकन्नी खादी की धोती, मलमल को भी मात दे रही थी। कंधे पर था वैसा ही मेल खाता अंग वस्त्र, एक किनारा हरा और दूसरा लाल। सर पर कड़ी कलफ की गई खद्दर की नुकीली टोपी जैसे ही झुकने लगती, तत्काल उनका भृत्य, दूसरी तरफ बदल जाता। किन्तु उस सज्जा के बावजूद, माधव बाबू का चेहरा बेहद क्लांत, बुझा-बुझा-सा लग रहा था। बीच-बीच में भीड़ से कतराकर किसी निभृत कोने में खड़े होकर न जाने किस सोच में डूबे जा रहे थे।

चन्द्रा अभी भी उनसे सीधे मुँह बात नहीं कर रही थी। बीच-बीच में उन्हें ढूँढ औपचारिक मंत्रणा भर कर, फिर लौट जाती। कन्यादान के लिए सुबह से ही निर्जल व्रत धारण किए पति से उसने एक बार भी नहीं पूछा कि कुछ ठंडा-गरम लेंगे।

एक दीर्घ श्वास उन्हें आपाद मस्तक कंपा गया, कैसे करेंगे यह कन्यादान! "गुरुदेव, क्षमा करो मुझे। ऐसा गर्हित जघन्य पाप करने जा रहा हूँ। केवल अपने पद-प्रतिष्ठा-वैभव के बल पर ही तो लोगों का मुँह बन्द कर पाया हूँ, पर बताइए गुरुदेव, क्या करूँ मैं।"

लीना, कभी उनकी दुलारी बेटी थी। कैसी भोली-तोतली बातें करती थी। र को कहती थी ल। पूछती थी, डैडी लथ का ल लिखूँ या लाल का ल!" बहुत दिनों तक चन्द्रा को बहुत चिंता भी होती थी। कहती थी, 'किसी अच्छे डाक्टर को दिखाइए ना, कहीं ऐसा न हो इसकी जबान सयानी होने तक भी तोतली ही रह जाए! कैसे ढूँढेंगे इसके लिए वर।"

पर वह ढूढ़ने की घड़ी ही कहाँ आ पाई, स्वयंवरा हो आज लीना ने अपने लिए वर स्वयं ढूँढ़ लिया। धीरे-धीरे दूर ही होती चली गई थी लीना, माँ के निकट और पिता से दूर। न उन्हें बेटी के लिए फिर कभी समय मिला, न बेटी को उनके लिए। कभी-कभी तो महीनों बीत जाते, वे उसकी

झलक मात्र ही देख पाते। फिर एक दिन, जैसे सत्यनारायण की कथा में साधु वैश्य की सयानी पुत्री को देख चिंता हुई और उसने पुत्री के लिए वर ढूँढ़ने दूत भेजे थे, ऐसे ही वे सहसा पूर्ण यौवना पुत्री को देखकर चिंतित हुई। "चन्द्रा", उन्होंने कहा था, "तुमने कोई अच्छा लड़का देखा, लीना सयानी हो गई है।"

चन्द्रा ने ताना मारा था, "बड़ी जल्दी याद आई। मैं तो सोचती थी, आपको यह भी याद नहीं रही कि आपके एक बेटी भी है, पत्नी है, पुत्र है, फिर एक-एक कर लीना की गतिविधि का हर पैंतरा उन्हें विचलित करने लगा। एक दिन, उड़ीसा के थकानप्रद हवाई दौरे से लौटे तो घर युद्ध-क्षेत्र बना था। भाई-बहन में तुमुल युद्ध छिड़ा था। बौखलाकर कार्तिक ने उनके सामने ही बहन के तीन-चार तड़ातड़ चाँटे धर दिए। "क्या करते हो कार्तिक, सयानी लड़की पर हाथ उठाते शर्म नहीं आती?"

"जी नहीं, शर्म आनी चाहिए आपको, बनबिलाव-से घूमते रहिये। पीछे-पीछे चापलूस पेशेदार की बारात लिए, सर्किट हाउस, राजभवनों में ठाठ से दूल्हा बनकर झूमिये, लड़की मुँह में कालिख पोते, आपका क्या?"

"चुप करो, बहुत अबाध्य होते जा रहे हो," माधब बाबू का चेहरा लाल पड़ गया।

"देखिए डैडी, अपनी विशुद्ध हिंदी तो झाड़िए मत, पूछिए अपनी इस लाड़ली से क्या गुल खिला रही है यह! शहर के सबसे आवारा छोकरे के साथ मैंने इसे आज एक बदनाम डिस्कोथीक में, रँगे हाथों पकड़ा।"

"वह आवारा नहीं है," लीना का तमतमाया चेहरा देख माधव बाबू उसे पहले पहचान ही नहीं पाए। क्या वह चेहरा किसी सद्‌गृहस्थ की संस्कारी पुत्री का लग रहा था? ओठों पर गहरी लाली, आँखों के नीचे-ऊपर सुनहली भभूत, लाल-लाल आँखें, लंबे-रँगे नाखून देख उन्हें लगा, क्रुद्ध होने पर यह तीक्ष्ण नखा किसी का पेट फाड़ आँतें भी निकाल धरा पर फैला सकती थी।

उमड़ा दमा उन्हें बेदम कर गया था। उनके मंत्रीपद का सिंहासन बार-बार के भूकंपी झटकों से कमजोर पड़ता जा रहा था। वे जान गए थे कि कानों के कच्चे, उनके सर्वशक्तिसंपन्न प्रभु उन्हें अपदस्थ कर सकते थे। यह भी संभव था कि उन्हें किसी क्षण, किसी छोटे-मोटे प्रांत की गवर्नरी का झुनझुना थमा दिया जाए। जीवन-भर की निष्ठा, स्वामिभक्ति का अंत तक क्या यही पुरस्कार उन्हें मिलेगा?

अचानक उन्हें स्वयं अपनी सत्ता, वैभव, यश, ख्याति डंक देने लगी। तब ही उनके एक हितैषी मित्र ने कहा था, "देखो माधव, हम जानते हैं, तुम इधर बहुत परेशान हो, बिल्लेश्वर में एक पहुँचे सिद्ध आकर ठहरे हैं, सुना है, किसी से मिलते-मिलाते नहीं, उस पर महाक्रोधी हैं। साक्षात् दुर्वासा। पर ज्यादा दिन कहीं टिकते नहीं। पहले गोरखपुर थे। जहाँ भक्तों की भीड़ ने परेशान किया वहीं से चिमटा खनकाते तिरोहित हो जाते हैं। तुम भी क्यों नहीं चलते हमारे साथ, "माधव बाबू साधु-संतों के नाम से ही चिढ़ते थे। एक बार ऐसा ही प्रवंचक, उनकी पत्नी से खासी रकम ऐंठकर उड़नछू हो गया था। फिर भी एक दिन आधी रात को चुपचाप कार लेकर अकेले ही चले गए थे।"

"क्या कहा, वह आवारा नहीं है? कौन नहीं जानता हंसराज ओबेराय को। उसी स्वानामधन्य पिता का बेटा है धनराज ओबेराय।"

"तुम क्या कम आवारा हो?" लीना ने तड़पकर कहा।

"जबान खींच लूँगा जो और कुछ कहा। खबरदार जो आज से तुझे उस कमीने के साथ देखा!"

"जाओ-जाओ, बहुत देखे हैं ऐसी धमकी देने वाले, अपने गिरेबान में तो झाँककर देखो। खूब घूमूँगी, हजार बार घूमूँगी।"

"घूमेगी? ले घूम हजार बार," तड़ातड़ लात-घूसों से बेदम कर दिया था कार्तिक ने उसे।

"यू बिच!"

"यू बास्टर्ड!" ओठों का खून पोंछती वह बिफर गई सिंहनी-सी ही भाई की ओर बढ़ी। माधव बाबू चुपचाप बाहर निकल गए। बाहर गाड़ी खड़ी थी। ड्राइवर से बोले, चलो।"

"कहाँ सरकार?"

"हम मंदिर चलेंगे जरा, बिल्लेश्वर।"

और बड़ी देर तक, उस बीहड़ स्थित मंदिर में वे समाधिस्थ होकर बैठे रहे थे। ड्राइवर से कहा, "तुमगाड़ी ले जाओ, घंटे-भर बाद आ जाना।"

इसी मंदिर से संलग्न छोटी-सी अँधेरी कोठरी में उन्हें गुरुदेव के प्रथम दर्शन हुए थे। उन दिनों प्रधानमंत्री उनसे अकारण ही रुष्ट हो गए थे। मन अशांत था, शरीर रुग्ण। बहुत वर्षों बाद सुना था, बाबा जी उग्रतेजी हैं। कभी-कभी

गुस्सैल बाबा भक्तों की पीठ पर ऐसा चिमटा दे मारते कि खून छलछला आता पर वह आघात ही सौभाग्य बन जाता था भक्तों का। न उनका कोई नाम था, न अता-पता। शरीर पर एक वस्त्र नहीं, केवल एक कौपीन, वह भी ऐसा कृपण कि आगा भी खुल रहा है, पीछा भी खुल रहा है, निरंतर धधकती धूनी और वहीं पर गड़ा दीर्घ चिमटा।

माधव बाबू पहुँचे तो बाबा पतली-सी चिलम में गाँजे का दम लगा रहे थे।

''कौन है?'' वे गरजे तो लगा, किसी ने कोरे लट्ठे का थान फाड़ दिया है। ठीक उसी समय पीपल पर बैठा उल्लू बोला, माधव बाबू का साहसी कलेजा भी दहक उठा।

''जी मैं हूँ, आपका सेवक माधव, ''माधव बाबू साथ में मिष्टान्न एवं फलों से भरी टोकरी भी लाए थे।

''क्या लाया है?''

''थोड़े से फल हैं बाबा।''

''फेंक दे।'' वे गरजे।

माधव बाबू सहम गए।

''सुना नहीं? जा सामने नदी है, वहीं बहा आ, मछलियाँ भूखी हैं।''

माधव बाबू मन-ही-मन भुन्नाए भी थे। कहाँ-कहाँ घूमकर, एक-एक अंगूर का दाना और कंधारी अनार छाँट-छाँटकर लाए थे, क्या मछलियों को खिलाने के लिए? अँधेरी रात में पथ टटोलते, उस क्षीण नदी के तट पर खड़े होकर उन्होंने छपाक् से फलों की टोकरी डूबो दी और लौट आए।

बाबा ध्यानस्थ अडिग बैठे थे। सिर पर उलझी जटाओं का धूमिल जूड़ा, उस पर लिपटी रुद्राक्ष की मालाएँ, स्थूलकाय, प्रसन्नवदन, विराट् पुरुष। कौन कह सकता था, वे क्रोधी हैं।

''बहुत अशांत हो ना? कहो, सब कह डालो। माता-पिता से सब कुछ कहने में लज्जा कैसी! यदि तुम नहीं कहना चाहते, तो लो मैं ही तुम्हारा जीवन वृत्तांत सुना देता हूँ।''

वे हँसे और स्वच्छ मुक्ता-सी दंतपंक्ति अँधेरे कमरे में बिजली-सी चमक उठी। एक-एक परत उघाड़कर वे खोलते चले गए। ''मेरी परीक्षा लेने ही यहाँ आये थे ना? क्यों ले ली परीक्षा?''

लज्जित होकर माधव बाबू ने उनके चरण पकड़ लिए थे, ''महाराज, सब

कुछ जानते हैं, फिर भी क्यों पूछते हैं! मुझे दीक्षा दीजिए महाराज।''

''दीक्षा?'' वे हो-हो कर हँसे और ठीक उसी समय पीपल पर उल्लू फिर बोला। ''मैं दीक्षा दूँ तो क्या तुम ग्रहण कर सकोगे? आओ, बैठो मेरे सामने, मेरी आँखों में देखो।'' डरते-डरते माधव बाबू ने उन अंगारे-सी दहकती आँखों से आँखें मिलाईं और पूरे शरीर में जैसे बिजली का करेंट उन्हें निष्प्राण कर गया।

''देख?'' हो-हो कर फिर हँसे गुरुदेव।

''दीक्षा मैं अभी इसी क्षण दे सकता हूँ। पर तुम अभी लेने की स्थिति में नहीं हो। पहले अपने चित्त को शुद्ध करो। मोह, माया, क्रोध, काम से मुक्त होकर हृदयासन बिछाओ। पहले सत्यज्ञान, उसके बाद परम सत्य विज्ञान, निर्विकल्प समाधि योग और फिर ऊर्ध्व आम्नाय, जाओ फिर आना।''

माधव बाबू फिर नित्य आधी रात को उस अरण्य में चले आते, धीरे-धीरे उस विलक्षण गुरु ने उनके ज्ञानचक्षु खोल दिए। वे जान गए कि साधक की जब तक भीतरी तथा बाहरी दृष्टि नहीं खुलती, वह साधक नहीं हो सकता। सांसारिक लोग वेदशास्त्रों के बाहरी अर्थ से भले ही संतुष्ट हो जाएँ, वह गणिका की भाँति सर्वसुलभ हैं, किन्तु उसके निहित गूढ़ार्थ को शांभवी मुद्रा—सिद्ध योगी ही समझ सकते हैं।

एक दिन उनके भाग्योदय का क्षण भी आ गया। वे गुरुचरणों में औंधे पड़े थे कि दन्न से पीठ पर गुरु का चिमटा पड़ा। वे तिलमिला गए। और फिर दनादन दो प्रहार और हुए।

''ले, ले, यह तेरे शत्रु का, यह तेरे लोभी परिवार का, और यह तेरा, बहुत अहं है अभी बाकी, तू अपने को मुल्क का बादशाह समझने लगा है। क्यों? जा भाग-भाग।''

यही उसकी प्रथम दीक्षा थी।

स्वयं प्रधानमंत्री ने ही उन्हें एक दिन बुला भेजा, ''हम आपको अपने मंत्रिमंडल का सबसे महत्त्वपूर्ण पद सौंपना चाहते हैं। शत्रुओं ने हमारे बहुत कान भरे, पर हमने आपको परख-तौल लिया है।''

माधव बाबू को लगा, यह गुरु का पहला चिमटा बोल रहा है।

बरसों बीत गए उस बात को, न वह जौहरी प्रधानमंत्री रहे, न स्वयं गुरुदेव। चिमटा खाकर दूसरे दिन आधी रात को पहुँचे तो कोठरी खाली थी। पर जब कभी चिमटे की दहन तीव्र होती, वे यहाँ चले आते। उन्हें

लगता, कोठरी जनहीन होने पर भी वहाँ गाँजे का कड़वा धुआँ अब भी मँडरा रहा है और समाधिस्थ होते ही, गुरुदेव उनके सामने आकर बैठ गए हैं।

ड्राइवर गाड़ी लेकर आ गया था, वे चुपचाप कार में आकर बैठे तो चित्त स्वयं फूल-सा हल्का हो गया। गृहकलह की अशांति स्वयं विलीन हो गई थी। कैसा अनाचार हो रहा था उनके घर, कैसी भाषा बोल रही थी उनकी सन्तान! उन्हें पहली बार लगा, उनके वैभव ने उनकी सन्तान उनसे छीन ली है। पत्नी होने पर भी वे विधुर हैं और इतने बड़े संसार में वे एकदम अकेले हैं, निःसंग-असहाय!

अबाध्य पुत्र की कुख्याति वे तब भी झेल सकते थे। उनके मन्त्रिमंडल में कौन-सा ऐसा मंत्री था, जिसके पुत्र ने पिता को दिन में तारे न दिखाये हों। पुत्र न हो तो पत्नी, पत्नी न हो तो जमाता! पुत्र की ख्याति-कुख्याति की उन्हें चिंता नहीं थी, जैसा करेगा, वैसा भरेगा। किन्तु कुँआरी पुत्री की बदनामी उन्हें तिल-तिल कर मार रही थी। जिस लड़के के साथ लीना का नाम पुत्र ने जोड़ा था, वह बात एकदम ठीक थी। उनके जासूस, उन्हें उसकी जन्मकुंडली स्थित एक-एक दुष्ट ग्रह का लेखा-जोखा थमा गए थे।

लड़का सचमुच आवारा था। पिता कुछ वर्ष पूर्व, फौज से अवकाश ग्रहण को बाध्य किए गए थे। इकलौता बेटा, स्टेट बैंक की डकैती के केस में ही नहीं पकड़ा गया, चौकीदार की हत्या का आरोप भी, उस पर लगभग सत्य सिद्ध होते-होते रह गया था। वह तो पिता की पहुँच बहुत ऊँचे तबके तक थी। उन्हीं ने लाखों रुपया पानी की तरह बहाकर उसे बचा लिया था। उसके सम्बन्ध एक नहीं, कई लड़कियों से थे। उस पर वह बेकार था, फिर परजाति के उस छोकरे के साथ उनकी सिरचढ़ी पुत्री का निर्वाह कभी नहीं हो सकता था।

किन्तु चन्द्रा से कुछ कहना व्यर्थ था, वह उन जिद्दी पत्नियों में से थी, जो अपनी संतान के विरुद्ध, एक शब्द भी नहीं सुनना चाहतीं। उसी के अनावश्यक लाड़-दुलार ने लीना को अबाध्य बना दिया था। फिर वही चन्द्रा, एक दिन मुँह लटकाकर उनके सामने खड़ी हो गई थी। "सुनिए, अब जैसे भी हो, जल्दी-से-जल्दी लीना की शादी वहीं कर दीजिए, जहाँ वह चाह रही है, बात बढ़ गई है।"

बात कहाँ तक बढ़ गई है, वे उसके कुछ न कहने पर भी समझ गए।

आत्मसम्मान अहंकारी जेब में धरकर ही उन्हें उस महा छिछोरे छोकरे

के अक्खड़ अहंकारी पिता के पास जाना पड़ा था स्वयं अपनी बेटी का रिश्ता लेकर, जिसके लिए वे अपने समाज के किसी भी समृद्ध परिवार के लड़के को जमाता के रूप में अपने लिए आबंटित करा सकते थे, न जाने कितने प्रस्ताव तो उनकी जेब में पड़े थे।

विवाह के पूर्व ही जो बेहया अपनी नाक उस अकर्मण्य छोकरे के हाथों कटवा चुकी थी, उसका कन्यादान वे कैसे कर पाएँगे!

"एक-एक दिन भी अब हमें भारी पड़ सकता है। आप पहले ही लगन में विवाह का सुझाव दीजिएगा, अभी भी कुछ नहीं बिगड़ा, सतमासी संतान तो होती ही है। ऐसी कोई बात नहीं।"

छिः छिः, ऐसी निर्लज्ज अभिज्ञता का पाठ उन्हें स्वयं उनकी पत्नी पढ़ा रही थी। जी में आया था, वहीं उसे एक तमाचा धर दें।

आज वही कन्यादान की वेला आसन्न थी। ऐसा गर्हित दान वे कैसे कर पाएँगे! एक बार जी में आया, समधी से सब कुछ खोलकर कह दें—दोष उनके पुत्र का भी तो था। कम-से-कम सब कुछ कहकर, उनकी अन्तरात्मा तो हल्की हो जाएगी। पर जितनी ही बार, मुँह में सिगार थमाए समधी की ऊर्ध्वमुखी मूँछों की छवि, चित्त पर उभरती, उतनी ही बार उनका सरल हृदय, ऐसे निष्कपट निवेदन से स्वयं ही विमुख हो उठता। अपना ही सोना खोटा निकला, तो वे परखने वाले को दोष भी कैसे दे सकते थे। इतना वे जान गए थे कि पुत्री की दुरवस्था का कुछ आभास कुटिल समधी को हो गया है। एक-दो बार वे उन्हें तानों से शरविद्ध भी कर चुके थे, "देखिए कहीं आप लोगों के ये रिचुअल्स आपकी बेटी को थका न दें, उसकी अवस्था ऐसी नहीं लगती कि वह फेरे भी ले पाएगी?"

फिर विवाह से एक दिन पहले उनका फोन आया था, "हमारे यहाँ बारात में लेडीज भी आती हैं माधव बाबू, और हाँ, बारात जरा देर से पहुँचेगी। हमने पटियाला से भाँगड़ा पार्टी बुलाई है। घर की लेडीज भी नाच-बजाकर बड़ी घूम-गरज से आएँगी।"

माधव बाबू का खून खौल गया था। जिस सस्ते आडंबर से उन्हें सख्त नफरत थी, उसे प्रदर्शित करने पर आमादा थे उनके पंजाबी समधी।

बारात बड़ी धूम-गरज से ही आई थी। यहाँ कन्यापक्ष के प्रांगण में भारतीय संस्कृति साकार हो उठी थी, उत्कृष्ट कलाकारों द्वारा अंकित अल्पना, पुष्पों के मोहक तोरण द्वार, जुगनू-सी टिमटिमाती कलात्मक नीलाभ रोशनी

में बजती मधुर शहनाई! विशेष रूप से नौबतखाना बनवाया था माधव बाबू ने! उधर शराब के नशे में चूर मतमस्त बराती नाचते-गाते, हुल्लड़ मचाते चले आ रहे थे। यहीं नहीं, आगे मेरठ से विशेष रूप से बुलाई गई एक पेशेवर नर्तकी भी बीच-बीच में अपने नृत्य से राहगीरों की भीड़ों को बाँध, पूरा यातायात ठप्प किये जा रही थी। वर्षों पूर्व की इस कुप्रथा को पुनः जीवित करने की सगर्व घोषणा भी करते जा रहे थे ब्रिगेडियर ओबेराय।

हमारी शादी में अख्तरी बाई सेहरा गाने आई थी। हमारे बाप की शादी में सेहरा गाया था स्वयं विद्याधरी ने, हमारे तो ले-देकर एक ये साहबजादे हैं, इसी से सोचा, इनकी माँ के कोई अरमान अधूरे न रह जाएँ। फिर साहब, एक-एक कर सब पुरानी चीजें लौट रही है। मुजरा-महफिल, सब ही तो आज लौट आया है। थोड़ा रंग-रूप बदल गया है।''

बाई जी, महिला अतिथियों के साथ ही, जमकर अग्रिम पंक्ति में बैठ गईं। सबको चन्द्रा अपने हाथों से हार पहना रही थी। वरपक्ष की उस सम्मानिता अतिथि को कैसे छोड़ सकती थीं? माधव बाबू का माथा शर्म से झुक गया। विरोधी पक्ष के अतिथियों का एक-दूसरे को उकसाना उन्होंने देख लिया। प्रेस वाले क्या उन्हें छोड़ देंगे? कल ही यह समाचार चटखारे ले-लेकर छाप देंगे अभागे।

एक और आघात भी उनके संतप्त हृदय में विषकंटक-सा खटक रहा था, जया को लेने वे स्वयं नहीं जा पाये थे। उनके पहली बार के जाने को ही चन्द्रा क्षमा नहीं कर पाई थी। कार्तिक को वहाँ भेजना नहीं चाहते थे। सुबह से ही घर पर जुटी शिव के गणों-सी उसकी मित्र-मंडली ने क्या उसकी अवस्था कहीं जाने लायक रहने दी थी? दोनों आँखें गुलहल-सी लाल, मदालस चेहरे पर अवज्ञा की कठिन रेखाएँ—कैसे भेज सकते थे उसे वहाँ! क्या कहेगा श्यामा! ड्राइवर को ही उन्होंने जया के लिए एक पत्र देकर भेजा था, किन्तु पत्र के दो-टूक उत्तर और एक पार्सल के साथ ही ड्राइवर तत्काल खोटे सिक्के-सा वापिस आ गया था।

''मान्यवर,

जया की तबीयत ठीक नहीं है, अनुपस्थिति प्रार्थनीय है।

श्यामाचरण।''

इधर-उधर देख, उन्होंने पत्र फाड़कर फेंक दिया और पार्सल लेकर तेजी से अपने कमरे में चले गए। बड़ी सुघड़ पैकिंग में बँधा पार्सल उन्होंने खोला,

तह में सँवरी गुलाबी साड़ी, ज्यों-की-त्यों धरी थी। साथ में था मखमली केस में धरा मयूर हार। साथ में एक पत्र था।

''मान्यवर,

जैसा कि मैंने कहा था, मैं दोनों चीजें लौटा रही हूँ।

विनीता,

जया''

जी में आया, पार्सल सहित वह पत्र सबके सामने मूर्खा पत्नी के मुँह पर दे मारें, पर फिर एक लम्बी साँस खींचकर, उन्होंने पार्सल सेफ में धर ताला लगा दिया और बाहर निकल आए। गुरुकृपा हुई तो एक न एक दिन वे उसे स्वयं अपने हाथों हार पहना देंगे। आज तक उनकी कौन-सी इच्छा अपूर्ण रहने दी थी गुरुदेव ने। केवल उनकी बिगड़ी सन्तान को ही नहीं सुधार पाया था गुरु का अदृश्य चिमटा।

विवाह सम्पन्न होते ही वे एक बार फिर अपने तूफानी दौरे पर निकल गए थे, देश की नब्ज इधर फिर ठीक नहीं चल रही थी। नवीन सत्ताधारी किसी अनुभवहीन चिकित्सक की भाँति व्याधि को ही नहीं पकड़ पा रहे थे, निदान क्या खाक कर सकते थे। हवा का रुख अचानक ही बदल गया था और उस बहती बयार को अपनी पीठ नहीं दे पा रहे थे माधव बाबू! पुराने अनुभवी घाघ मंत्री, ताश के बावन पत्तों की भाँति फेंटे जा रहे थे, कब किस पर तुरुप लग जाए स्वयं ब्रह्मा भी नहीं जान सकते थे।

उस पर गृह के बोझिल दमघोंटू परिवेश में उनकी साँस घुटी जा रही थी। जिस पुत्र को भावी पुत्रवधू के सौंदर्यपाश से बाँधने का उनका स्वप्न साकार होने जा रहा था, वह स्वयं बिखर गया था। नवीन समधी ने महीना बीतते न बीतते, अपनी अवांछित फरमाइशों से उनका जीवन दूभर कर दिया था। लीना के देवर के विदेश से लौटने पर, कस्टम वाले उसे परेशान न करें, इसका आश्वासन, कभी सीमेंट के परमिट दिलाने में उनकी सहायता की याचना, उस पर वर्षों पूर्व की दबी अपनी नौकरी की कलंक गाथा वाली फाइल का गड़ा मुर्दा उखाड़ने, वे उनके पीछे हाथ धोकर पड़ गए थे।

''देखिए समधी साहब, आपको मेरा यह काम करना ही होगा, मैंने आप पर कोई कम एहसान नहीं किया है। ऐसी हालत में आपकी बेटी से कौन माई का लाल शादी करता? फिर मेरे बेटे ने तो साफ कह दिया था हमसे,

''डैडी, मैंने लीना को शादी से पहले कभी छूआ भी नहीं है, यह सन्तान मेरी हो ही नहीं सकती।''

माधव बाबू ऐसे जीवट के आदमी न होते तो चक्कर खाकर वहीं गिर पड़ते। यह कैसा मिथ्यारोपण था उनकी पुत्री पर? ''देखिए, समधी साहब, अब जो हुआ सो हुआ, हमने जान-बूझकर मक्खी निगली है। हमें उसका मुआवजा आपको देना ही होगा। अब आपको सीधे रक्षामंत्री से कह मुझे पूरी तनख्वाह दिलानी होगी। मुझे बिना किसी सबूत के नौकरी से निकाल दिया था हरामखोरों ने।''

''सुनिए'', माधव बाबू ने दृढ़ स्वर में कहा था, ''मैंने ऐसा काम न कभी किया है, न करूँगा, मुझे क्षमा करें।''

''तब ठीक है, आप शायद नहीं जानते कि आप किस बारूद के टीले पर बैठे हैं। आपकी यह खद्दर की टोपी न उतरवा दी, तो मेरा नाम भी हंसराज नहीं जी। कहते हैं, मैंने ऐसा काम कभी नहीं किया। तब किसी हराम की औलाद का ढोल मेरे बेटे के गले में बाँधने का काम कैसे किया आपने?'' उत्तेजित होकर वे खड़े हो गए और मोम में सधी उनकी ऊर्ध्वमुखी मूँछें बिच्छू के डंक-सी काँपने लगीं। ''देखिए साहब, शरीफ आदमी हूँ, आपने इस बीच रक्षामंत्री से नहीं कहा तो आपकी बेटी को उसकी पाप की गठरी के साथ आपके दरवाजे पर ही पटक जाऊँगा।''

यही किया भी था उन्होंने, दूसरे ही महीने लीना अकेली मायके चली आई थी। जो दो ही महीने पूर्व बीस सूटकेसों में पितृगृह की समृद्धि बटोरकर विदा हुई थी, उसके हाथ में था केवल एक सूटकेस। मूर्ख लड़की अपना सारा गहना भी गुस्से में ससुर के लॉकर में छोड़ आई थी।

उसी दिन से माधव बाबू ने पत्नी और पुत्री दोनों से बोलना छोड़ दिया। खाना भी अपने कमरे में मँगवाकर खा लेते। रात को बारह-एक बजे तक फाइलों में डूबे रहते, फिर थक कर वहीं सोफे में सो जाते। देश की अनेकानेक जटिल समस्याओं का चुटकियों में समाधान करने में समर्थ उस चाणक्य को नियति के एक ही झटके ने निष्प्राण कर दिया था।

धीरे-धीरे सबको खबर लग गई कि मंत्री जी की गर्भवती पुत्री को उनके पंजाबी समधी हमेशा के लिए उनके द्वार पर पटक गए हैं और वह कभी ससुराल नहीं जाएगी।

कनक जीजी का विवाह हो गया था, हनीमून मनाकर वह लौट आई थी। अपने एक मित्र के हाथ उसने अपने विवाह का एलबम भी भेजा था और उसके साथ अनेक दामी उपहार। ताई एलबम देखते ही फूट-फूटकर रोने लगी थीं, ''अरी देख रही है, क्या देखा इस करमजली ने इस रवन्ना में! मरे का मुँह तो देख जरा, एकदम रेल का इंजन लगै है। क्या मती मारी गई छोकरी की।''

सचमुच ही वीभत्स चेहरा था ताई के नवीन दामाद का, मोटे लटके होंठ, गहरा काला आबनूसी रंग, घुँघराले छोटे-छोटे बाल और भीमकाय शरीर।

''लिखा है, अगले महीने आ रही है, बिप्पू को ले जाएगी। मैं तो आज ही साफ-साफ लिख दूँगी, अरी अकेली ही अइयो, इस अमावस पच्छ को ना लइयो साथ, अँधेरी रात में कहीं देख लिया तो बेहोश हो जाऊँगी। आना ही है तो अकेली आ और अपने लौंडे को ले जा।'' किन्तु कनक ने माँ का अनुरोध नहीं माना, वह अपने नए-ताजे पति को लेकर ही आई और एक होटल में रुक गई। वहीं से उसने फोन किया कि वह अपने पति को लेकर, ताई से मिलने आ रही है, रात का खाना वहीं खाएँगे।

ताई ने फोन सुनते ही कमरा बन्द कर लिया, 'मरी करमजली, तू ही खिला-पिलाकर विदा कर दीजियो, मैं ना देखूँगी उस लंगूरिया का मुँह।''

बहुत समझा-बुझाकार ही जया ताई को बन्द कमरे से बाहर खींच पाई थी।

''कैसा बचपना कर रही हो ताई। इतनी दूर से जीजी आई है, फिर वह क्या कहेंगे। सोचेंगे, हमारे यहाँ मेहमान की ऐसी ही खातिर होती है, फिर कौन उन्हें यहाँ रहना है, खा-पीकर फिर होटल जाएँगे।''

जल्दी-जल्दी दो-तीन सब्जियाँ छौंक उसने आटा गूँध लिया, भागकर बाजार से दही ले आई। कनक जीजी को नुक्कड़ की दुकान की रबड़ी बहुत पसन्द थी, आधा किलो रबड़ी लाकर उसने फ्रिज में रख दी। अकेले ही मेज लगाया, कढ़ाई में घी गर्म रख लिया, जीजी आएगी तब ही गर्म-गर्म पूड़ी उतारेगी। कमरे ठीक करने में उसे समय नहीं लगता था, प्रत्येक कोने की सज्जा वह हमेशा चुस्त-दुरुस्त रखती थी।

ताई को उसने जबरदस्ती एक रेशमी साड़ी पहना दी थी। पर अपनी साड़ी बदलने की बात ही उसके दिमाग में नहीं आई। बिप्पू ने ही उसे टोका था, ''मौसी, तुम कपड़े नहीं बदलोगी?''

कैसी मूर्ख थी वह, जीजी आ रही थी, साथ में उसका विदेशी पति, और वह हींग-हल्दी से बसाती गुड़ी-मुड़ी साड़ी पहन उनकी अभ्यर्थना को खड़ी थी। हाथ-मुँह धोकर उसने साड़ी बदली, बाल बनाए, बिप्पू को तैयार किया। ताई अभी भी मुँह फुलाए सोफे पर दोनों पैर धरे वैसे ही बैठी थी।

"मौसी, कार आई है बाहर, शायद ममी आ गई", बिप्पू द्वार खोलने नहीं बढ़ा। उसी ने द्वार खोला, कनक अपने नवीन सहचर के साथ उतरी तो जया उसे देख सहम गई। ठीक ही कहा था ताई ने अँधेरे में कोई भी उसे देख मूर्च्छित हो सकता था। ऐसा घोर कृष्ण वर्ण, उसने आज तक नहीं देखा था। उस पर चटख लाल रंग की रेशमी कमीज, हाथ के सूटकेस को पहियों से खींचती कनक की वात्सयल्यविधुर आँखें शायद पुत्र को ही ढूँढ़ रही थीं। बिप्पू जया के पीछे दुबका था। कनक ने ही उसे खींचकर अपनी छाती से लगा लिया, "अरे ऐसे शरमाना कहाँ से सीख लिया, जया मौसी से? नाउ कम आन स्वीट हार्ट, मीट योर डैड।" बेचारे बिप्पू को उस कदर्य कुत्सित नवीन जनक की उपस्थिति त्रस्त कर गई थी।

"क्यों रे," जया ने उसका गाल थपथपाकर कहा, "सुबह से तो मारे खुशी के बौरा रहा था कि ममी आ रही हैं, ममी आ रही हैं।"

फिर उसके नवीन डैड ने ही लपक उसे गोदी में उठा लिया।

भीतर पहुँचे तो ताई गुमसुम बैठी रहीं। माँ का वह बदला रूप देख कनक को शायद पितृहीन मायके की देहरी की पहली ठोकर लगी। वह स्तब्ध खड़ी देखती रही। कितनी बदल गई थी अम्माँ, हमेशा चवन्नी के आकार का टीका लगा, हाथ-भर चूड़ियाँ पहन, माँग भरे अम्मा क्या कभी एक पल भी ऐसे चुप बैठी रह सकती थी। आज वैधव्य ने उसे एकदम ही श्रीहीन कर दिया था। वह माँ से लिपट जोर-जोर से रोने लगी। माता-पुत्री के उस रुदन-भरे मिलन में कहीं भी बनावट नहीं थी। आँखें पोंछकर फिर कनक ने ही माँ से विलग होकर अपने नवीन सहचर का परिचय कराया, "फ्रैंक, यह मेरी ममी हैं और यह मेरी चचेरी बहन जया।"

फ्रैंक की नारीलोलुप आँखें, सुन्दरी साली को परिचय से पहले ही लील रही हैं देख, दुःख के उन दुर्वह क्षणों में भी वह पति से चुहल करना नहीं भूली, "नाउ कम आन फ्रैंक, आई नो शी इज क्वाइट ए माऊथफुल।"

फ्रैंक ने खिसियाकर, गोद में छटपटाते बिप्पू को नीचे उतार दिया।

ताई अभी-भी चेतनाशून्य-सी चुपचाप बैठी थी। नवीन जामाता को उसने

दूसरी बार आँखें उठाकर भी नहीं देखा था। रात खाना खाते ही कनक ने पति को अकेले ही होटल भेज दिया, ''मैं आज यहीं रहूँगी फ्रैंक, आज की रात मैं माँ के साथ बिताना चाहती हूँ।''

उसकी उपस्थिति शायद माँ-बेटी के एकांत में व्यवधान बन जाए, यही सोच बुद्धिमती जया ने कहा, ''आज तो तुम ही हो, मैं घर चली जाऊँ जीजी? दो-तीन दिन से नहीं गई हूँ।''

''नहीं'', कनक ने उसका हाथ पकड़ लिया, ''देख तो रही है, इत्ती दूर से आई हूँ और अम्मा घास भी नहीं डाल रही हैं, आखिर कौन-सा अँधेर कर दिया है मैंने? मैंने कभी तुम लोगों को नहीं बताया, सुधीर ने मेरा जीना दूभर कर दिया था। एक बार तो कसाई ने पी-पिलाकर मेरी कलाई ही मसककर तोड़ दी थी, सारे शरीर में नील पड़ गई थी। जानती हो जया, जब पति का हाथ एक बार पत्नी पर उठने लगता है, तो फिर रुकता नहीं। मारने की आदत पड़ जाती है। शायद ही कोई ऐसा दिन रहा हो, जब उसने मुझे नहीं कूटा। परदेश में किससे कहती? बोल। पक्का ऐलकोहलिक बन गया था, अब किसी वेट्रेस को लेकर मुँह काला कर रहा है। फ्रैंक देखने में भले ही काला हो, दिल है एकदम साफ। उस पर मुझे बहुत प्यार करता है।''

जया कुछ नहीं बोली, ताई न जाने कब उन दोनों के पीछे आकर खड़ी-खड़ी सब सुन रही थीं।

''मैं बिप्पू का टिकट साथ लाई हूँ। उसे लेकर पहले पूरा भारत देखना चाहता है फ्रैंक। फिर इसी महीने की तीस तारीख को वापिस लौट जाएँगे। तूने, चाचा-चाची ने जो अम्मा के लिए किया, उसे हम कभी नहीं भूल सकते जया।''

''ताई, ताई का क्या होगा?''

''जाने से पहले तेरी ताई को कल घाट- पहुँचाकर फूँक आएगी तेरी जीजी।'' ताई बोलीं। दोनों चौंककर एकसाथ पलटीं, हमेशा बिल्ली के-से ही पंजे टेककर दुबक जाती थीं ताई, यह उसकी पुरानी आदत थी।

''तुम्हारे लिए बैंक में बहुत रुपया रख गई हूँ, अम्मा वहाँ से भी बराबर भेजती रहूँगी।''

''भेजती रहना मेरे ठेंगे से, मैं क्या रुपये की भूखी हूँ?''

''तुम क्या सोचती हो, तुम्हारे साथ बिप्पू था, इसलिए मैं रुपया भेजती थी?'' उसका गला रुँध गया और वह माँ से लिपट गई, ''तुम्हारा जी चाहे

तो जया को लेकर इसी कोठरी में रहना या चाचा जी परिवार सहित यहीं चले आएँगे। बहुत कमाती हूँ मैं।''

पुत्री के स्वर का अहंकार एक बार फिर माँ को डस गया, ''क्यों नहीं, क्यों नहीं, कमाती न होती तो आज ऐसे पेट पै लात मारकर जाती।''

''अम्मा मेरी बात का विश्वास करो, मैं जीते जी तुम्हें किसी पर भार नहीं बनने दूँगी, न चाचा पर, न भाइयों पर।''

''अरे, भाई तेरे हैं ही कहाँ जो उन पर भार बनूँ? एक कच्छा-कड़ा पहने गुरुद्वारे में मत्था टेक रहा है, दूसरा ईरान-तूरान।''

''कैसी बातें करती हो अम्मा, बड़ी भाभी तो अपने ही समाज की है।''

''है क्यों नहीं पर चुप्पा नागिन, ऐसी कि अरी सास तू क्यूँ मटकावै कूल्हे, डोली पर से जब उतरूँगी, अलग करूँगी चूल्हे।''

जया और कनक एक साथ हँस पड़ीं।

''यह हुई ना बात अम्मा, अब आई हो अपने पुराने रंग में।'' कनक ने एक बार फिर माँ को अपनी बाँहों में भर लिया।

दूसरे दिन ढेर सारी मिठाई, फल, विदेशी चॉकलेट, चाची के लिए साड़ी, चाचा के लिए घड़ी, बंटी के लिए जीन्स-कमीजें लेकर कनक जया के घर आई। फ्रैंक का वहाँ वही स्वागत हुआ, जैसा एक नवीन जामाता का होता है। जया पहले ही पहुँच सब आयोजन कर आई थी, दोनों के लिए मंदिर के माली से दो बड़े पुष्पहार भी उसने मँगाकर रख लिए थे। अम्मा ने आटे के दीये बना घृतजोत सँजो, आरती की थाली भी तैयार कर ली थी। जया ही कनक के लिए एक रेशमी साड़ी और जीजा के लिए रेशमी कुर्ता भी ले आई थी। बेचारा फ्रैंक शायद सास के अशिष्ट व्यवहार से मन-ही-मन क्षुब्ध हो रहा होगा। ताई ने तो शंख भी नहीं बजाई।

आखिर जैसा भी था, था तो घर ही का नया दामाद। स्वागत में कोई त्रुटि नहीं रहने दी थी चाची ने, पर फ्रैंक की उपस्थिति ने वहाँ भी सबको सहमा दिया था। जहाँ भी उसे लेकर कनक जाती, वहीं वातावरण एक अस्वाभाविक घुटन से बोझिल हो उठता, यहाँ तक कि बाजार भी गई तो लोग घूर-घूरकर फ्रैंक को ही देख रहे थे। जया को बहुत बुरा लग रहा था, पर करती भी क्या? लोगों की आँखों को वह नहीं मूँद सकती थी। दूसरे ही दिन कनक पति–पुत्र को लेकर चली गई थी, अब वहीं से दिल्ली चली जाएगी। ताई को देखकर जया को बहुत गुस्सा आया था, न उन्होंने जाते

समय किसी को आशीर्वाद दिया, न रोई।

बिप्पू जाने तक जया से ही चिपका रहा। जाने लगा तो वह अपने को नहीं रोक पाई। न जाने उस निर्दोष देवदूत-से बालक को वह फिर कभी देख भी पाएगी या नहीं। उन्हें पहुँचाकर वह घर लौटी तो पूरी कोठी भाँय-भाँय कर रही थी। ताई, हाथ-पर-हाथ धरे शून्य दृष्टि से न जाने क्या देखती, ठीक उसी मुद्रा में बैठी थी, जिसमें उन्हें वह छोड़ गई थी। पूरे कमरे में कपड़े, जूठी प्लेटें बिखरी थीं। फर्श पर दो नए स्लीपिंग बैग मुँह बाए पड़े थे, जीजी छोड़ गई थी। एक उसके लिए, एक ताई के लिए।

बिप्पू के खिलौने, लैगों के अंजर-पंजर, सब फैले थे। उन्हें देखते ही उनसे खेलने वाले की स्मृति एक क्षण को जया को व्याकुल कर गई। न ताई ने उससे जाने वालों की कुशल-मंगल पूछी, न वह ही कुछ कह पाई। कितना-कुछ तो कह गई थी कनक जीजी। अम्मा से कहना, ठीक से खाए-पिए, मुझे चिट्ठी लिखे और मेरे दोनों भाई कभी मिलें तो कहना, तुम्हारी बहन मर गई।

जया ने एक बार कनखियों से ताई को देखा, फिर कमर में आँचल खोंस, बेतरतीब पड़ी चीजें उठा, झाड़ू लेकर सफाई में जुट गई। सहसा ताई बोल पड़ी, ''अरी झाडू मती लगाइयो, किसी के जाने के बाद झाडू ना लगै। हजार है तो इसी घर की बेटी।''

''मैं तो भूल ही गई थी, पर मैंने तो अभी झाडू लगाई नहीं थी, चीजें उठा रही थी।'' कमरा साफ कर, उसने गैस जला, चाय का भगौना चढ़ा दिया। वह जानती थी कि कल से ताई ने अन्न का दाना भी मुँह में नहीं डाला है। कल तो मारे गुस्से के कुछ नहीं खाया, आज एकादशी थी। खूब दूध डालकर उसने चाय बनाई, चलो इसी बहाने थोड़ा दूध उसके पेट में जाएगा।

हर फेरीवाले का खोमचा रोक, कुछ-न-कुछ चाटने वाली चटोरी ताई ने अपनी जीभ को जैसे किसी कीलक से गाड़ दिया था। कभी बुढ़िया के बाल वाला भी घंटी बजाकर उनकी गली से निकलता तो ताई उसे भी रोककर दनादन बुढ़िया के बाल फाँकने लगती थी। चाटवाला, हर मंगल-बुद्ध को ठेला निकालता था। उस दिन फिर रात का खाना नहीं बनता था। बताशे, पापड़ी-टिकिया खाती ताई अपनी रसीली टिप्पणी भी चालू रखती थी। ''अरे किसना, तू अब भूल गया है चाट बनाना, चाट बनाता था तेरा बाप हरकिसुन, बताशे ऐसे कि पचास भी खा लो तो पेट ना भरे। न जाने क्या डालता था

हड़का पानी में कि घूँट-भर पी लो तो अफारा दूर। बिरजू के बाबू कहते थे, 'अजी ये तो जलजीरा नहीं कारमिनेटिक मिक्सर हैगा हरकिसनु का।''

ताई का यह खाने का कार्यक्रम आकाशवाणी की वंदना से ही आरंभ हो जाता था। इधर ट्रैन्सिस्टर लगाकर बैठी भजन सुनती, उधर अपना खोमचा लेकर 'कुलफी नमेश' वाला आ जाता। लाल कपड़े से ढकी मिट्टी की कुंडी, एक हंडिया में खोए का चूरा, छोटे-छोटे दियों में वह डालकर ताई को थमाता जाता, न जाने कितने दिये उदरस्थ कर ताई स्वयं कैफियत भी देती जातीं, ''अरी इसमें कुछ है ना थोड़े, दूध का फेना भर है, चाहे पचास दिये-भर खा ले, पेट में आध पाव भी निगोड़ा ना पहुँचे है।''

आज उसी ताई को एक प्याला चाय भी बड़ी मान-मुनव्वल से पिला पाई थी। चाय पीकर ताई ने कृतज्ञ दृष्टि से जया को देखा, ''तू न होती तो मेरा क्या होता री'', फिर ताई के संतप्त हृदय की गुहार विवश सिसकियों में फूट पड़ी।

''ऐसे मत रो ताई, जीजी तो कह गई है, वह आती रहेगी। मैं तो हूँ, मैं क्या तुम्हारी बेटी नहीं हूँ ताई?'' ताई ने उसे छाती से लगा लिया, ''तू न होती, तो मैं क्या जिन्दा रहती जया? क्या-क्या नहीं किया मैंने अपने इन कपूतों के लिए। और उस कलमुँही का पच्छ लेकर मैं हमेशा उसके बाबूजी से लड़ती रही। जब इसकी शादी हुई तो मैं ही अकेली गई थी। तू आज ही एक चिट्ठी लिख दीजो उसे, मुझे नहीं चाहिए उसका रुपया। हर वक्त रुपये की शान दिखाती है, अरी पूछियो उससे, कहाँ थी ये रुपयों की शान जब नौ महीने मेरे गरभ में थी?''

जया ने अप्रिय प्रसंग बदलने की व्यर्थ चेष्टा की, ''अच्छा ताई, चलो मन्दिर हो आएँ, चलोगी बड़े हनुमान जी? आज मंगलवार है,'' पर ताई ने जैसे उसकी बात ही नहीं सुनी। वह तो अपनी ही धुन में बोलती चली जा रही थीं, ''और देख रही थी इस बिप्पू को? साल-भर रहा, पर चलने लगा तो मेरे पैर भी नहीं छूए, मैं क्या उसे बाँधकर रख रही थी? ठीक ही कहती थीं मेरी अम्मा कि लल्ली, घी का पूत गधी का मूत। अरी तेरे लौंडे मुझे क्या पूछेंगे! सो उन्होंने मुझे ही नहीं पूछा तो मेरी अम्मा को क्या पूछते! बेचारी उनका नाम रटते-रटते मरी, झाँकने भी नहीं आए अभागे।''

दूसरे दिन जया जबरदस्ती ताई को अपने साथ घुमाने ले गई थी। फिर शाम को उनका दिल बहलाने एक पिक्चर ले आई थी, जीजी वी.सी.आर.

छोड़ गई थी।

''चलो ताई, आज जल्दी खाना निबटाकर पिक्चर देखेंगे।''

उसी दिन फिर अम्मा-बाबू जी ताई को देखने आ गए थे।

''अब तुम्हारा इतनी बड़ी कोठरी में अकेले रहना ठीक नहीं है भाभी, इसी पंद्रह को हम यह कोठी खाली कर, तुम्हें अपने साथ लिवा ले जाएँगे।''

और फिर उन्होंने यही किया भी था। ताई इस बार देवर के उदार प्रस्ताव का खंडन नहीं कर पाई। कहीं छोकरी ने विदेश से रुपया भेजना बंद कर दिया तो कैसे उठाएँगी इत्ती बड़ी कोठी का खर्चा? ताई का सब बेकार का सामान बिकवा दिया गया, न जाने कितने वर्षों का व्यर्थ वस्तुओं को संचय कर ताई ने कबाड़ इकट्ठा कर लिया था। जिन बेटों के बालों में भी सफेदी झाँकने लगी थी। उन्होंने जब पहली बार पृथ्वी पर डगमगाता कदम रखा था, तब की साक्षी काठ की गाड़ी तक सहेजे थी ताई। पुरानी धोतियों की कन्नियों का गोला, चक्की, विभिन्न आकारों के सिल-बट्टे, जंग लगे ताले, चलनी हो गए होल्डौल, सुतली, बोरे, टाट, सब उठाकर बेच दिए थे जया ने।

''अरी, ऐसे तो घर मत लुटा डाल, ये चकिया मैंने इलाहाबाद से मँगाई थी। इमामदस्ता तो न बेचने दूँ मैं।''

''ताई, कनक जीजी ने तुम्हें मिक्सी आखिर किस लिए दी है? ग्राइंडर तुम्हारे पास है, मिक्सी तुम्हारे पास है, अब इस पुराने कबाड़ का क्या करोगी?'' पर बार-बार ताई कबाड़ी के गट्ठर से चीजें खींचकर ऐसे आँचल में छिपा ले रही थीं, जैसे कोई उनके बच्चों को बाँट रहा हो। अधिकांश सामान बेच देने पर भी ताई के सत्रह अचार के बोयामों ने ही अम्मा का भंडारगृह घेर लिया था। अम्मा ताई को आने से प्रसन्न नहीं हुई थीं, पर फिर भी उन्होंने अपने असन्तोष को चेहरे पर नहीं आने दिया।''

कुछ ही दिनों में ताई ऊबने लगी। एक दिन बोली, ''लल्ला जी, एक बात कहूँ, बुरा न मानियो। थोड़े दिन तीरथ घूम आऊँ तो शायद थोड़ी शान्ति मिले, वैसे तो कहोगे, साल-भर तक कैसे बाहर जा सकती हो। बरसी हो जाए, तब जाना, पर मैं ना मानूँ ये सब ढकोसले। तू भी चल ना री छोटी, कभी तो घर से निकली नहीं है, जी बहल जाएगा।''

जया ही फिर ताई की गाइड बनकर साथ गई थी। कुछ दिनों के लिए

बाहर जाकर, वह शायद अपमान की उस तीव्र दहन को भी भूल जाए, जो निरन्तर उसे दग्ध कर रही थी।

जाने से पहले श्यामाचरण ने भाभी को बहुत ऊँच-नीच समझाने की चेष्टा की, "लोग क्या कहेंगे साल-भर तक वह कैसे कहीं जा सकती हैं, फिर उनका अशौच तो वर्ष-भर रहेगा, ऐसे में मन्दिरों के दर्शन शास्त्रों में वर्जित हैं।"

"भाड़ में जाएँ तुम्हारे शास्तर" ताई बिफर उठी थी, "तुम कोई न भी गए तो मैं चली जाऊँगी—अकेली, वहीं मर-खप गई तो तुम्हें भी छुट्टी मुझे भी।"

दिन-रात इधर-उधर डोलने वाली लीना, अब अपने शरीर के क्रमशः बढ़ते आकार से कुंठित होकर और भी उग्रतेजी बन गई थी। बाहर घूमने की न अब उसकी अवस्था ही रह गई थी, न शक्ति। जिस देहयष्टि पर उसे गर्व था, जिस पर अपनी चटोरी जिह्वा के अंकुश से साध उसने छटाँक-भर मांस भी कभी नहीं चढ़ने दिया था, उसमें दिन-पर-दिन जैसे कोई पंप से हवा भरे जा रहा था। न चूड़ीदार पहन सकती थी, न जीन्स। सुबह उठते ही उल्टियाँ उसे बेदम कर देतीं, उस पर चौके की हर खुशबू उसके लिए असहनीय बदबू बनती जा रही थी।

फिर डैडी उसे देखते ही मुँह फेरने लगे थे। मुन्ना तो पहले ही उसे देख आग-भभूका हो उठता था, अब तो उसकी ओर देख एक-दो बार पच्च से थूक भी चुका था। नशे की गोलियाँ खाने का बदअभ्यास वह छोड़ नहीं पा रही थी। डाक्टर उसे चेतावनी दे गई थी कि सिगरेट, शराब और गोलियाँ नहीं छोड़ीं तो वह अमानुष सन्तान को भी जन्म दे सकती थी। एक माँ ही थी जो उससे अब भी पहले की तरह बोल लेती थी, पर वह भी उसे ससुर के लाकर में गहने छोड़ आने के लिए क्षमा नहीं कर पाई थी।

फिर भी उस दुर्दांत लड़की को, अपने किए पर पश्चात्ताप नहीं होता, बार-बार वह यही सोचती कि कब उसे गर्भभार से मुक्ति मिले और कब वह फिर पहले की-सी स्वच्छंद उड़ान भरे।

एकमात्र सुधा ही उसकी ऐसी सहेली थी, जो अब भी नित्य उससे मिलने चली आती थी। कार्तिक, भाई दूज के दिन भी अपने किसी मित्र से मिलने पाकिस्तान चला गया था। माधव बाबू को अपने देशव्यापी दौरे से ही फुर्सत

नहीं मिलती थी, चुनाव की सरगर्मी ने उनका रक्तचाप और बढ़ा दिया था। डाक्टरों ने बार-बार उन्हें आराम करने की सलाह दी थी, किन्तु घर पर उन्हें क्या कभी आराम मिल सकता था।

कई बार उनके जी में आया कि एक बार चलकर जया को देख आएँ, किन्तु जितनी ही बार वे दृढ़ संकल्प कर कार में बैठते, उतनी ही बार जया के तमतमाये चेहरे की स्मृति उन्हें संकल्पभ्रष्ट कर देती। फिर पत्नी की संकीर्ण मनोवृत्ति, एक बार उन्हें मृत्युतुल्य कष्ट दे चुकी थी। उसे यदि पता भी लग गया कि वे जया से मिलने उसके घर गए हैं, तो वह पुत्र को भी भड़का सकती थी। फिर जया कभी उन्हें क्षमा करेगी। किया होता तो उनका दिया उपहार ऐसे लौटा देती? उन्हें कभी-कभी लगता, वे कोई सुन्दर सपना देखते-देखते अचानक ही उठकर बैठ गए थे।

तिरुपति के देवदर्शनार्थियों की लम्बी कतार में खड़ी-खड़ी ताई अधीर हुई जा रही थीं, ''अरी जया, कुछ रुपया देकर जल्दी देवदर्शन भी तो होते हैं यहाँ, जरा जाकर पता तो लगा। मेरी तो टाँगें दुखने लगीं।''

''ताई,'' जया ने हँसकर कहा, ''इतनी दूर से दर्शन करने आई हो, तब नहीं थकीं? अब आधे ही घंटे में थक गईं? जितनी कष्टकर यात्रा हो उतनी ही वरदायी होती है, जानती हो?''

''अरी भाड़ में जाए ऐसी यात्रा, मैं तो ना खड़ी रह सकूँ, जा रुपया भर आ, ले बटुआ, पेसल दर्सन के तीन टिकट खरीद ला। जब सभी घूस लेवे हैं इस जमाने में, तो भगवान क्यों न लें?''

किन्तु जया टस से मस नहीं हुई।

''तुम और अम्मा ले आओ अपने लिए। मैं इसी क्यू में दर्शन करके आ जाऊँगी। तुम लोग दर्शन कर वहाँ बैठ जाना, जहाँ प्रसाद बिक रहा है।''

अम्मा और ताई दर्शन कर बाहर चली गईं, 'गोविन्दा-गोविन्दा' करती उसकी पंक्ति, चींटी की मंद गति से रेंग रही थी, कभी ठेलती भीड़ का पसीने का भभाका उसे बेसुध कर जाता, कभी किसी की अभद्र कुहनी उसे कोंचकर एक कदम आगे बढ़ जाती।

फिर उस दिव्यदर्शन ने उसकी समस्त क्लांति दूर कर दी। एक चाँदी का टोप पहनाकर पुजारी ने उसे आरती देकर कहा, ''जल्दी चलो, जल्दी'', ठगी-सी खड़ी जया को किसी पीछे खड़े दर्शनार्थी ने धक्का दिया, बिना कुछ माँगे ही वह बाहर निकल गई।

माँगती भी क्या? स्वयं ही तो वह नहीं जानती थी कि उसे क्या माँगना है। अपने जीवन में किसी दुर्दान्त दस्यु-से धँस आए अपने उस नवीन प्रणयी से योग या वियोग? मुक्ति या बंधन?

एक जगह भीड़ लगी थी। वह भी कौतूहली भीड़ के वेग में विवश बहती, भीतर पहुँच गई। वह था तिरुपति का श्रृंगार कक्ष। यहीं उनके बहुमूल्य आभूषण बड़ी-बड़ी तिजोरियों में बन्द थे, कैसे-कैसे बहुरंगी परिधान! उन पर चमकती असली जरी को देख आँखें चौंधिया रही थीं।

वाचाल पुजारी बड़े गर्व से भक्तों की भीड़ को अपने निवेदन से बाँध रहा था, "अभी पिछले महीने यहाँ जीनत अमान ने हजारों की बेशकीमती साड़ी चढ़ाई है, उसके पहले हेमा मालिनी ने..."

छोटे-से अँधेरे कमरे में उसका दम घुटने लगा, वह बाहर निकली तो एक और प्रांगण में जा खड़ी हुई। राशिभूत रेजगारी के स्तूप लगे थे। चवन्नियाँ, अठन्नियाँ, रुपये, जिन्हें काली-काली बृहत् तोंद वाले कई देवालय कर्मचारी बिजली की गति से जोर-जोर से मंत्रपाठ करते गिन रहे थे। कभी-कभी तो लग रहा था, मधुमक्खियों के छत्ते पर किसी ने ढेला मार दिया है, और क्रुद्ध मधुमक्खियाँ एक साथ भिनभिनाने लगी हैं।

दूसरी ओर एक भीम गोलेख था, उसे ठीक बैलेट बक्से की गोपनीयता से एक यवनिका से ढाँप दिया गया था, जिससे कौन अपनी कितनी काली कमाई डालकर पुण्यसलिला भागीरथी में डुबकी ले पापमुक्त हो रहा है, कोई देख न पाए।

जया का चित्त खिन्न हो गया। एक ओर देशव्यापी रेजगारी का संकट, काले, धन के स्वामियों को पकड़ने की वह सजगता, एक ओर रेजगारी का यह अनन्त पर्वत और काले धन का खुलेआम यह प्रदर्शन। उसकी अम्मा-ताई को ढूँढ़ती आँखें जरीदार साड़ी का आँचल सम्हालती एक किशोरी पर पड़ीं। कुछ ही घंटों पहले उसने उसे मंदिर के परिसर में देखा था। उसकी एड़ी चुंबी कृष्णवेणी को वह देखती ही रह गई थी, कितनी मोटी चोटी थी और कितनी काली! यद्यपि चोटी ही की भाँति, चोटी की स्वामिनी भी उतनी की काली थी, फिर भी बड़े मोहक स्मित से उस अपरिचिता ने उसकी ओर देख, पास खड़ी महिला को कुहनी से ठसकाकर कुछ कहा, शायद जया के अप्रतिम रूप-रंग की चर्चा कर रही थी वह।

पर कुछ ही घंटों में कितनी बदल गई थी वह। पास ही में उसके स्तूपाकार

केशगुच्छ पड़े थे। मुंड़े सिर पर एक रेशमी रूमाल बँधा था। वह शायद तिरुपति स्वामी को अपने केश चढ़ाने ही आई थी। इस बार आँखें चार होते ही वह खिसियायी-सी हँसी। जया तेजी से भीड़ का व्यूह चीरती अम्मा-ताई को ढूँढ़ने लगी। सहसा उसकी दृष्टि ताई पर पड़ी। उसने देखा, ताई एक कोने में तिरुपति के प्रसाद का भीमकाय बूँदी का लड्डू मुँह में भर, उसे हाथ के इशारे से बुला रही हैं।

''बाप रे बाप, ताई, कितना बड़ा लड्डू है यह!''

''अरी हाँ, ले खा के देख, है तो मरा 5 रुपये का एक पर दो लड्डू खाकर पानी पी लो तो दिन-भर की छुट्टी। हमने तो भई दो दाब लिए। पता नहीं खाना मिले या न मिले।''

प्रसाद खाकर वह बाहर निकली तो देखा, कतार-की-कतार में बिसाती दुकान सजाए बैठे हैं। कहीं कंघी-चूड़ी-रिबन-टिकुली, कहीं स्वामी की तस्वीरें। पूजा के चमचमाते बर्तन, चटाइयाँ और चिनारपट्टी की रंग-बिरंगी साड़ियाँ। ताई, मेले में पहली बार आई बच्ची-सी मचल गई।

''अरी, अच्छे रंग देखकर सात-आठ साड़ियाँ ले लें। तीरथ की प्रसादी तो बाँटनी होगी।''

कई पोटलियों से लदी-फँदी थककर चूर जया उसी दिन लौटना चाह रही थी किंतु ताई ने एकदम ही हथियार डाल दिए।

''नहीं जया, मैं तो बेदम हो गई हूँ, इस पहाड़ की चकरघिन्नी खाती बस पर आज नहीं बैठ पाऊँगी। कहीं अच्छा होटल देख। आज रात की आरती देखेंगी हम। अरी ऐसे तीरथ थलों में कोई बार-बार आता है?''

जया ने होटल नहीं ढूँढ़ा। वह मंदिर में ही क्यू में खड़े एक परिवार की बातें सुन जान गई थी कि वहाँ मंदिर के ही पास एक दिन के किराए पर पूरा कॉटेज भी मिलता है। ऐसे ही एक घरौंदे-से स्वच्छ कॉटेज में उसने अम्मा-ताई को पहुँचाकर कहा, ''तुम आराम करो। मैं जरा देखकर आती हूँ। कहीं कुछ खाने को मिले तो यहीं ले आऊँ।''

थोड़ी ही देर में स्वच्छ केले के बंडलों में बँधे इडली-दोसा ले आई। खा-पीकर अम्मा-ताई सो गईं।

कैसी सुन्दर व्यवस्था थी! बिजली के पंखे, चारपाइयाँ, मेज, कुर्सी। वह बाहर बरामदे में कुर्सी डालकर बैठ गई। शीतल समुद्री बयार का झोंका उसे तरोताजा

कर गया। सड़क पर चटख, शोख रंगीन दक्षिणी साड़ियों की इंद्रधनुषी छटा बिखेरती दर्शनार्थियों की भीड़ गाती-बजाती चली जा रही थी। कहीं दूर से सुब्बूलक्ष्मी का विष्णुसहस्रनाम का कैसेट बज रहा था :

वैकुंठः पुरुषः प्राणः प्राणदः प्रणवः पृथुः
हिरण्यगर्भो शत्रुघ्नो व्याप्तो वायुरधक्षजः।

उसे लगा, परमधामस्वरूप विश्वरूप में शयन करने वाले प्राणद-प्रणव सचमुच ही विराट् रूप में विस्तृत हो यहीं शयन कर रहे हैं। मधुर स्वर कभी कोलाहल में डूबता, कभी उतराता प्रखर हो बार-बार कानों में अमृत वृष्टि कर रहा था :

ऋतुः सुदर्शनः कालः परमेष्ठी परिग्रहः
उग्रः संवत्सरो दक्षो विश्रामो विश्वदक्षिणः

कितना अंतर था उत्तर और दक्षिण में। अपने यहाँ तो जन्माष्टमी हो या गणतंत्र दिवस, माइक में फिल्मी गाने ही उठना-बैठना हराम कर देते थे और यहाँ पौ फटते ही सुप्रभातम्, दिन ढलते ही विष्णुसहस्रनाम।

संध्या होते ही एक प्रगाढ़ शांति ने परिवेश को घेर लिया। मंदिर में आरती की संयोजना शायद आरंभ हो रही थी। मंद स्वर में नादस्वरम् की मीठी गूँज हवा में तैरने लगी थी। वही करुण स्वरलहरी उसे सहसा वेदना-क्लिष्ट कर उठी। वह कितनी अशिष्टता से बोली थी माधव बाबू से। उसका क्या दोष था। वो तो आरंभ से अब तक विनम्रता की साकार मूर्ति ही बने रहे थे। क्या सोचते होंगे वे! उसे बिना लिए ही जब कार पहुँची होगी तो कितने क्षुब्ध हुए होंगे वे।

लीना के विवाह की राजसी सज्जा का वर्णन उसे विजय सुना गई थी। बारात नाचते-गाते आधी रात को पहुँची तो आधे से ज्यादा बाराती पीकर धुत थे। उस पर मेरठ की कोई बाई भी अपने साथ लाए थे। छिः छिः, माधव बाबू ने यह सब कैसे होने दिया था। उसे लेने यदि माधव बाबू स्वयं भी आए होते तो क्या उन्हें लौटा पाती? और कार्तिक?

एकाएक उसका चेहरा लज्जा से लाल पड़ गया। क्या उसे पता होगा, वह यहाँ है? वह कुछ भी कर सकता था। कहीं उसका वह दुःसाहसी प्रशंसक यहाँ चले आए तो? क्या करेगी वह? ऐसे ही बरामदे में बैठी रहेगी या भागकर उसे बुला लाएगी? अपनी बेतुकी कल्पना से वह बार-बार लाज से छुई-मुई हुई जा रही थी। कैसा बेहया था। कहता था, "मेरा कमरा नहीं

देखोगी जया? एक दिन तो तुम्हें यहीं आना है।''

''अरी जया, तू ना सोई? अरी, हमें तो ऐसी नींद आई कि पूछे मती। तेरी अम्मा तो अभी भी सोई पड़ी है। जरा थर्मस में कहीं से चाय ले आ री, गला सूख रहा है।''

''ताई, यहाँ चाय नहीं मिलेगी। चलो पास ही में होटल है, वहीं काफी मिलेगी। कमरे में ताला डाल देंगे।''

वैसे ताई का पूरा बैंक, पेटीकोट के साथ-साथ चलता था। एक बड़ी-सी गुप्ती जेब को पेटीकोट में सिल, पूरा रुपया उसी में लेकर चलती थीं।

जया ने उन्हें चलने से पहले छेड़ भी दिया था, ''मान लो ताई, कभी पेटीकोट किसी गुसलखाने में ही भूल गई तब?''

''अरी ऐसी मूरख ना है तेरी ताई, इसी जेब में पूरे आठ अजार रुपये लेकर दिल्ली गई थी। जब कनक का गहना बनवाया था। तेरे ताऊ तो अड़ गये थे कि ऐसी परजात की शादी में छल्ला भी नहीं देंगे। क्या करती, कुछ सट्टिफिकेट धरे थे। वे ही तुड़वाए और सेट बनवा लाई। पर अब सोचती हूँ, ठीक ही कहते थे ताऊ। सुना कनक का पूरा गहना ही उठाकर उसकी ननद की शादी में दे दिया उन्होंने।''

जिस होटल में अम्मा-ताई को लेकर जया पहुँची वह खचाखच भरा था। विभिन्न भाषाओं का कलरव, कोलाहल कान फोड़े जा रहा था।

बड़ी देर तक तीनों कोने में खड़ी रहीं। थोड़ी देर बाद एक मेज खाली हुई। लुंगीधारी वेटर की नग्न छाती पर यज्ञोपवीत देखकर ताई प्रसन्न हो गई, ''देखा जनेऊ पहने है बैरा। अब तो मैं उसके हाथ की कच्ची-पक्की रसोई सब खा लूँगी—जया कुछ बढ़िया-सा नाश्ता मगइयो री। मुझे तो भूख लगी है।''

ताई की फरमाइश कोई नई फरमाइश नहीं थी, हर दूसरे-तीसरे घंटे, उन्हें कुछ न कुछ टूँगने को चाहिए। वैसे भी घर से ढेर सारी मठरियाँ-लड्डू लेकर चली थीं, किंतु उस परदेश में उनकी क्षुधा और तीव्र हो उठी थी। सब सामान दीर्घ रेलयात्रा में ही चुक गया था। कटोरियों में धरे, मोटे-मोटे पेट वाले बौने स्टील के गिलासों में काफी पीना जया के लिए एक अभिनव अनुभव था। पर ताई ने पहली ही घूँट पीकर गिलास खिसका दिया। यह भी भला कोई काफी है, न दूध न चीनी!'' वही शिकायत उन्हें खाने से भी थी। ''वही इटली दोसा-साँबर और गोले की चटनी, हम तो ऊब गए इस खाने से। न

तला, न भुना, न मसाला।''

''कितना बढ़िया स्वाद है ताई, तला भुना अच्छा थोड़े ही ना होता है। पेट के लिए।''

पर ताई को जहाँ वह पावन परिवेश मोह रहा था वहीं वे उस सात्त्विकी खाने से बुरी तरह ऊबने लगी थीं। ''भई, जो भी कहो छोटी, खाने का मजा तो अपने यू. पी. ही में है। न यहाँ मिठाई मिले है, ना समोसा खस्ता, क्यों री जया कब चलेंगे घर?''

पर रामेश्वरम्-मथुरा, कन्याकुमारी के दर्शन करने में पूरे दस दिन लग गए।

जब घर पहुँचे तो बाबू जी घूमने गए थे। बंटी अपनी साइकिल की सफाई में लगा था। अचानक रिक्शा देख भागकर सामान उतारने लगा, ''यह क्या, ऐसे अचानक आ गए आप लोग। तार भी नहीं किया? न गए से एक चिट्ठी ही डाली?''

''लो और सुनो इसकी।'' ताई ने ऐसे गर्व से गर्दन तानकर कहा जैसे सात समुद्र पर की यात्रा कर लौटी हों, ''अरे वहाँ हमारा कोई ठौर ठिकाना था? आज रामेश्वरम् तो कल कन्याकुमारी। अब जल्दी चाय का पानी चढ़ा और ले, नुक्कड़ की दुकान से गरम-गरम समोसे ले अइयो, जल्दी । तीन बजे गरम समोसे उतारे हैं, विस्नू ने, आधा किलो इमरती भी ले अइयो। जब से गए, मिठाई खाने को तरस गए।''

जया अपने कमरे में गई तो देखा, मेज पर एक चिट्ठी धरी है। उसके नाम की चिट्ठी बाबू जी कभी नहीं खोलते थे, अम्मा होती तो शायद खोल भी लेती। किसकी हो सकती थी वह चिट्ठी? उसने सुघड़ लिफाफे को खोला, केवल चार पंक्तियों का वह पत्र फिर देर तक अपने हाथ में धरा ही रह गया। न उसमें लिखने वाले का नाम था, न कोई संबोधन।

''जया,

तुमसे बहुत जरूरी बात करनी है, मैं कल ठीक पाँच बजे, तुम्हारे घर के पास वाले पार्क में तुम्हारी प्रतीक्षा करूँगा।''

पत्र उसी दिन का था जिस दिन वह शहर छोड़कर गई थी। लगता था, पिता और भाई की अनुपस्थिति में ही पत्रवाहक उसे बंद दरार से खिसका गया था। अच्छा हुआ, वह नहीं थी। यहाँ होती और न जाती तो वह कार लेकर, घर पर आ धमक सकता था।

वह नहाकर निकली ही थी कि बंटी आ गया, ''जानती हो दीदी, मंत्री जी एक दिन हमारे घर आए थे। बड़ी देर तक बाबू जी से बातें करते रहे। मुझे तो बाबूजी ने चाय बनाने भगा दिया पर मैंने भी दुबककर सब बातें सुन लीं।''

''कैसी बातें?'' जया ने ऐसी उदासीनता से पूछा जैसे उसे उन बातों से कोई मतलब ही न हो। पर भीतर-ही-भीतर उसका कलेजा जोर-जोर से धड़क रहा था।

''तुम्हारी शादी की बातें, ही-ही-ही।'' वह हँसकर फिर चुप हो गया।

जया इस बार गंभीर मुखमुद्रा बनाए, कमरा ठीक करने लगी। उसने कुछ भी जानने की व्यग्रता नहीं दिखाई तो बंटी के पेट का पानी फिर गड्डमड्ड कर उठा। वह स्वयं ही कहने लगा, ''मंत्री जी कह रहे थे, इसी वसंत पंचमी को वे अपने बेटे की शादी तुमसे करेंगे। शादी में कोई आडंबर नहीं होगा। कुल पाँच बाराती और पंडित लेकर वे तुम्हें टप से ले जाएँगे। ही-ही-ही।''

''चुप कर भाग यहाँ से।'' जया ने डपटकर थप्पड़ दिखाया ही था कि ताई आ गईं।

''अरी क्यों डाँट रही है उसे! ठीक ही तो कह रहा है वह। जा, तेरे बाबू जी घूमकर आ गए हैं। सुन आ पूरी बात। कहते हैं, वाग्दान कर दिया है। हमारे लिए रुकते तो मलमास लग जाता, मंत्री जी फिर विदेश जा रहे हैं। उससे पहले शादी करना चाहते हैं। लड़की न हो गई गाय हो गई। जिस कसाई का जी चाहे, दाम चुकाए और ले जाए।''

छिः छिः? क्या बक देती थी कभी ताई, क्या उसका दाम लेकर बाबू जी उसे बेच रहे थे? जया का चेहरा तमतमा गया। यह क्या किया बाबूजी ने! उससे एक बार झूठे मुँह भी नहीं पूछा। इससे पहले कि वह बाबूजी से कोई कैफियत माँगती वे स्वयं मुस्कराते द्वार पर खड़े हो गए। जया ने बढ़कर पैर छुए तो उन्होंने स्नेहसिक्त स्वर में कहा, ''तेरे बिना घर सूना हो गया था। जया, यही सोच रहा था कि तू ससुराल चली गई तो हम तेरे बिना कैसे रहेंगे।''

''बाबू जी?'' पिता की निर्दोष-भोली आखें पुत्री के तमतमाए चेहरे पर निबद्ध हो गईं। जया फिर कुछ कह नहीं पाई। जिस पिता ने उनसे आज तक कोई जिरह-दलील नहीं की उनसे आज वह कैसे कुछ कह सकती थी जब वह स्वयं ही नहीं जान पा रही थी कि वह क्या चाहती है।

''माधव ने जब आकर मुझे बताया'', पहली बार श्यामाचरण मित्र का पुराने संबोधन से उल्लेख कर रहे थे, ''कि अपनी पुत्री के विवाह से पहले जब तू उनके यहाँ गई तो उन्होंने तुम दोनों को एकांत में मिलने का अवसर दिया था, क्यों ऐसा ही था ना?''

जया के होंठ एक बार काँपे फिर उसने सिर झुका लिया।

''तुम्हारी अम्मा अभी भी नादान-की-नादान ही रह गई है, समय की दौड़ में बहुत पिछड़कर रह गई है, बारह वर्ष की थी तो उसका विवाह हो गया। वह कैसे समझ सकती है कि विवाह केवल देह का ही मिलन नहीं होता, मन का भी मिलन हो सकता है? माधव के हाई कमिश्नर बनकर विदेश जाने की संभावना है। इसी से उसकी इच्छा है कि विवाह बिना किसी आडंबर के विदेश जाने से पूर्व ही सम्पन्न हो जाए।''

''पर बाबू जी, मैं अभी शादी करना नहीं चाहती।''

''जया, मैं उन्हें वचन दे चुका हूँ। फिर विवाह तुम्हारी इच्छा से ही हो रहा है। ऐसे शुभ कार्य में फिर अनावश्यक विलंब क्यों? शुभ कार्य में विलंब होना भी नहीं चाहिए।''

उस रात जया फिर सो नहीं पाई। ताई के अनर्गल प्रलाप ने उसका सोना वैसे भी दूभर कर दिया था।

''लल्ला का तो दिमाग सठिया गया है। कौन नहीं जानता उस मंतरी के पिल्ले को। अभी भी कुछ नहीं बिगड़ा री जया, साफ मना कर दे। मंतरी हैं तो अपने घर के, क्या बिगाड़ लेंगे हमारा? उन्हें भतेरी लड़कियाँ मिल जाएँगी। ढूँढ़ लें कहीं और। सुन नहीं रही है क्या? बोलती क्यों नहीं? ऐ? सो गई क्या?''

जया सोयी नहीं थी, जानबूझकर ही नींद का बहाना बना गहरी सासें ले रही थी। बड़बड़ाती ताई फिर स्वगत भाषण करती न जाने कब सो गई।

ठीक ही तो कह रहे थे बाबू जी। अपने चित्त के जिस दौर्बल्य को वह स्वयं पकड़कर भी नहीं पकड़ना चाह रही थी, उसे बाबू जी ने पकड़ लिया था। दूसरे ही दिन से गृह में दो दल हो गए। बाबू जी-बेटी एक ओर अम्मा-ताई विपक्षी दूसरी ओर। जया आरंभ से अंत तक उदासीन ही बनी रही थी। बीच-बीच में बंटी आकर उसे छेड़ता रहता, ''क्यों री दीदी, तेरे तो बड़े ठाठ होंगे अब, झंडा लगी कार में घूमेगी, हवाई जहाज में उड़कर ससुराल

से मायके जाएगी, मायके से ससुराल। सुन, मेरे लिए चार-पाँच जीन्स ले आना दीदी। लाएगी ना?''

ताई ने जब अपनी दलीलों की दाल गलती नहीं देखी तो मुँह फुलाकर अलग हो गई। ''हमें क्या भई, जहाँ चाहे रिश्ता करो। वह तो इस निगोड़ी जबान से लाचार हूँ। एक बात बिन कहे हमसे रहा नहीं जाता। पर इत्ता जान ले छोटी, लल्ला पछताएँगे जरूर, जो बातें, हमें मालती ने बताई हैं वह सब झूठ नहीं हो सकतीं। मालती बड़ी पते की बात कहे है। उसकी तो जिनगी चौपट कर दी।''

विवाह निश्चित होते ही मंत्री गृह से नित्य मिष्टान्न-फलों के टोकरे आने लगे। ताई फिर चुप नहीं रह सकी। ''भतेरी डालियाँ आती होंगी इधर-उधर से, एक आध यहाँ भी भेज दी। मुफत का चंदन घिस मेरे नंदन।''

बंटी चुप नहीं रह सका। ''ताई,'' उसने तुनककर टोक दिया, ''जब देखो तब तुम भुन्न-भुन्न लगाए रहती हो। दीदी का इतने बड़े घर में रिश्ता हो गया, इसी से जली-भुनी जा रही हो क्या? कुछ भी कहो ताई, तुम्हारे हब्शी दामाद से लाख गुना सुंदर हैं हमारे जीजा!''

बस फिर क्या था, ताई ने आँखों पर आँचल धर, रो-रोकर सारा घर गुँजा दिया। बाहर मजदूर पुताई कर रहे थे, भागकर देखने आ गए कि कहीं कोई गमी तो नहीं हो गई।

''ठीक ही तो है, मैं क्यों नहीं जलूँगी। मैं तुम लोगों की होती ही कौन हूँ? इसी से मैंने बार-बार कहा था, लल्ला मुझे कनखल पहुँचा दो। वहाँ ऐसे कोई मरे साँप को तो नहीं कोंचता। पड़ी रहती किसी मंदिर में।''

डर के मारे, बंटी तो आग का पलीता लगाकर उड़न-छू हो गया। ताई ने रो-रोकर आँखें सुजा लीं। जब बाबू जी आए तो वे बाल फैलाए, रोती-सिसकती नंगे फर्श पर लोट रही थीं।

जया ने ही फिर उन्हें मना-मुनूकर, उनका बँधा सामान खुलवाया था। उन्होंने कनखल जाने की पूरी तैयारी कर ली थी। दूसरे ही दिन ताई फिर अपनी स्वाभाविक गतिविधि में लौट आईं, यही उनकी विशेषता थी। एक पल में आगभभूका होतीं और दूसरे ही क्षण हिमशीतल। अम्मा को भी शायद बाबू जी ने समझा-बुझाकर ढीला कर दिया था। वह मुँह से कुछ भी नहीं कहती थीं पर यह कोई भी कह सकता था कि वे इस रिश्ते से संतुष्ट नहीं हैं।

माधव बाबू ने कहलवाया था कि वे विवाह में कुछ भी नहीं लेंगे। बारात में किसी प्रकार का आडंबर नहीं होगा। न बैंड बाजा, न नाच गाना।

''लो और सुनो''। पगला गया है क्या यह मंतरी? आजकल तो धोबी, जमादारों का नौशा भी रथ, हाथी-घोड़े पर सवार होकर आता है। अपनी बिटिया की शादी में तो रंडी-पतुरिया नचाई। कहलवा दो लल्ला, बिना बैंड बाजे के हम बिटिया को विदा नहीं करेंगे।''

''नहीं'', जया ने ताई के प्रस्ताव का वहीं खंडन कर दिया था। ''मुझे नहीं चाहिए बैंड बाजा।''

माधव बाबू ने अंत तक अपना वचन पूरा निभाया। एक सजी कार में नौशे सहित केवल पाँच इष्ट मित्रों को लेकर ही वे आए, पौरोहित्य भी वर के किसी दूर के रिश्ते के मामा ने संपन्न किया। साथ में एक सूटकेस में वधू के गहने-कपड़े थे और एक टोकरी में फल-मिष्टान्न।

''केवल कुश और कन्या ही ग्रहण करने आया हूँ श्यामा, तुमने कुछ दिया भी तो मैं यहीं छोड़ जाऊँगा,'' उन्होंने कहा तो कन्या की माँ का मुँह लटक गया था। यह भी कैसी विचित्र फरमाइश थी। मंत्री थे तो क्या वे इतने ही गए-बीते थे कि पुत्री को चार बर्तन भी न दे सकें? क्या कहेंगे भाई-बिरादर? किंतु, माधव बाबू का चेहरा प्रसन्नता से दमक रहा था। उन्हें देखकर लग रहा था, विवाह उनके पुत्र का नहीं, स्वयं उन्हीं का हो रहा है। साथ में अपने किसी मित्र, विदेशी राजदूत को भी लाए थे और प्रत्येक मंत्र की, विधिवत दुभाषिया बन, व्याख्या भी करते जा रहे थे।

पूरे शहर में इस विवाह की चर्चा थी, पान की गुमटी से लेकर, होटल-कॉफी हाउस में जहाँ चार जने जुटते, उसी विवाह की चर्चा होने लगती। भई, सादगी हो तो ऐसी। इतने बड़े मंत्री हैं, एक ही बेटा है, पर बारात में न बैंड बाजा, न बाराती! अभी सुना नहीं? राजस्थान में एक अदने से चीफ सेक्रटेरी ने बुढ़ौती में अपनी शादी की सालगिरह मनाने में ही जनता का लाखों रुपया पानी की तरह बहा दिया? और फिर इन मंत्रियों के तो खाने के दाँत और होते हैं, दिखाने के और! चाहते तो बेटे की शादी में पूरे शहर के कुओं में मिश्री घुलवा सकते थे।

विदा हुई तो अम्मा अपनी समस्त कटुता भूल-बिसर, जया को छाती से लगा जोर से रो पड़ीं। बंटी बच्चों की तरह सिसक रहा था। ताई ऐसी

शोकविह्वला अपनी कोख की जाई की विदा में भी नहीं हुई थीं। एक श्यामाचरण ही संयत मुद्रा में अडिग खड़े थे।

जया चली गई। माया का शोकसंतप्त हृदय जैसे कोई भीतर-ही-भीतर निचोड़ रहा था, न जाने उसकी पुत्री का नवीन गृह में कैसा स्वागत हो। समधिन की बेरुखी वह पहले ही दिन परख चुकी थी, विवाह में उसका निश्चय ही अमत रहा होगा। जहाँ बहुत मीठा होता है, वहीं चींटियाँ जुटती हैं। माधव बाबू की चिकनी-चुपड़ी मीठी बातों से तो उसे न जाने कैसा सन्देह हो रहा था।

यद्यपि राजकुमार-सा सुदर्शन वह नौशा किसी भी जननी का हृदय असीम परितृप्ति से भर सकता था। जैसा रंग-रूप वैसी ही कद-काठी, उस पर पीले रेशमी कुर्ते और जरीदार कन्नी की खद्दर की धोती में वह पल-पल देखने वालियों पर बिजली गिरा रहा था। असंख्य सालियों की भीड़ से घिरा वह हँस-हँसकर उनकी प्रत्येक चुहल को अपनी टक्कर से पराजित करता, विदा होने तक न जाने कितनी किशोरियों के हृदय मुट्ठी में बाँध चुका था।

ताई तो उसे आँखों-ही-आँखों में पीती रही थीं। बार-बार उनके अधरों से एक दीर्घश्वास निकल रही थी, "एक यह है, साक्षात् विष्णु-लक्ष्मी की जोड़ी और एक हमारे दामाद हैं, हरामी के जने, वह तो अच्छा हुआ विदेश में ही विवाह निबटा आई छोकरी, यहाँ बारात लेकर उसे ब्याहने आता तो लोग भूत-भूत कह भाग जाते।"

विदा हो गई थी, घर की कई पंगतें जीम चुकी थीं, ताई माया को बुलाने गईं, "अरी चल, अब पेट में अन्न का दाना डाल ले, गंगा तो तू नहा चुकी। मैं लल्ला को खिला, तेरे-अपने पत्तल परस आई हूँ।"

माया चेष्टा करने पर भी एक गस्सा गले के नीचे नहीं उतार पा रही थी। जितनी ही बार गस्सा तोड़कर मुँह में धरती, उतनी ही बार जया की डबडबाई आँखों की स्मृति उसे विह्वल कर रही थी। ताई चटखारे ले-लेकर खा रही थी :

"देखा छोटी, मैं न होती तो हरामखोर हलवाई आधी खटाई पार कर देता, एक-एक चीज खड़ी होकर मैंने अपने सामने तुलवा-तुलवाकर छोड़ी है इस सोंठ में। वाह, क्या स्वाद है, मुआ कह रहा था, 'हमें अपनी नाप-तौल में किसी की दखलअंदाजी अच्छी नहीं लगती। बीबी जी, टोकमटोकी हमारे

कढ़ाह को नजरिया देती है।' अरी, मैं नाप-तौलकर मोयन न डलवाती, तो ऐसी मुलायम कचौड़ी बन सकती थीं? मुँह में धरो तो गलकर बताशा। तभी तो सारे बाराती अँगुलियाँ चाट रहे थे।''

विदा होकर जया कार में बैठी तो एक बार फिर वही आफ्टर शेव का मदिर झोंका उसे बेसुध कर गया। चादर की गाँठ में बँधी वह जिस त्वरा से पराई होकर, पितृगृह की देहरी लाँघ रही थी, उस पर उसे स्वयं ही विश्वास नहीं हो रहा था। कैसा स्वागत होगा वहाँ? सास क्या उसका हृदय से वरण कर पाएगी? और लीना? वह भी तो श्वसुरगृह त्याग कर अब मायके में ही रहने आ गई थी, उस तेज-तर्रार लड़की के दुर्दांत तेज को वह झेल पाएगी? झंडा लगी कार उसके नवीन गृह की परिधि में खचाक से रुक गई।

जितनी ही सरल औपचारिकता से उसका विवाह संपन्न हुआ था, उतनी ही गरिष्ठ उसकी आगमनी का आयोजन किया गया था। नौबत-खाने से आ रही शहनाई की गूँज, बड़ा-सा शामियाना, असली बेले के गजरों से सजा प्रांगण, हाथ में आरती का थाल लिए आभूषणों से दगदगाती सास। वह दृष्टि उठा ही नहीं पा रही थी, उतरेगी कैसे! माधव बाबू निरन्तर छाया की भाँति उसके पीछे खड़े थे, ''अरे हटो सब भाई, इतनी भीड़ न जुटाओ, बेचारी गरमी से वैसे ही घबड़ा रही है।''

फिर परछन, आरती कर कौन उसे भीतर ले गया, किसने उसे मखमली मसनद पर बिठाया, वह कुछ नहीं जान पाई। भारी कामदार लहँगे की चौड़ी जरीदार गोटे से झाँकते उसके महावर रंजित चरणयुगल पर बँधी भारी पायजेब देख, कार्तिक की चचेरी भाभी मालती टहूकी—''हाय, पैर देखो बहू के, कैसे उजले, गोरे-चिट्टे धरे हैं।''

''अजी पैर क्या देख रही हैं, मुँह देखिए और दाद दीजिए हमारी पसन्द की भाभी।''

कार्तिक की बेहयाई को पिता की उपस्थिति भी संयमित नहीं कर पा रही थी। झीने रक्तिम दुपट्टे से जया का आरक्त चेहरा और भी रक्तिम लग रहा था। बीच-बीच में अवसर पाते ही उसका नवीन सहचर जितनी ही बार उसको हथेली पकड़कर दबा रहा था, उतनी ही बार उसका सर्वांग सिहर उठता।

अचानक किसी ने माधव बाबू के कान में कुछ कहा, और उनका चेहरा

गम्भीर हो गया। फिर वे उठ गए। "मुन्ना मुझे अचानक जाना पड़ रहा है, अपनी अम्मा से कह देना मुझे आने में देर हो तो चिन्ता न करें।"

वे गए ही थे कि बदहवास-सी चन्द्रा भागती आ गई, "मुन्ना, लीना की तबीयत अचानक खराब हो गई है, मैं उसे लेकर अस्पताल जा रही हूँ? मालती से कह गई हूँ, वह सब सम्भाल लेगी।"

मालती ही जया को फिर भीड़ छँटने पर हाथ पकड़ जिस कमरे में ले गई, वहीं शायद घर के अतिथियों के रहने की व्यवस्था की गई थी। जमीन पर बिछे कतार-के-कतार फोम के गद्दे पर अभी भी चादरें तुड़ी-मुड़ी पड़ी थीं। जल्दी-जल्दी में खोली गई साड़ियाँ, तम्बे-से ज्यों-के-त्यों पड़े पेटीकोट, शून्य में फैली ब्लाउजों की रिक्त बाहें, ड्रेसिंग टेबल पर अधखुले पाउडर के डिब्बे, ढक्कन विहीन लिपस्टिक, बिखर गया सिंदूर का डिब्बा, एक कोने में पड़ी अधभरी फीडिंग बोटल। लगता था बारात के आने की हड़बड़ी में कोई अधीर जननी शिशु को आधी बोतल दूध पिलाकर ही भाग गई थी नई बहू का मुँह देखने।

"लो बैठो और सुस्ता लो, मैं तुम्हारे लिए कुछ ठंडा ले आऊँ।"

जया ने पहली बार अपनी उस वाचाल-हँसमुख जेठानी का चेहरा ठीक से देखा। कैसी सलोनी चितवन थी और कैसी मदभरी शरबती आँखें।

"लो पियो," उसने एक गिलास भरकर ठंडा शरबत उसके ओठों से लगा दिया, फिर उसका चिबुक थाम, देर तक उसे मुग्ध दृष्टि से निहारती रही।

"ठीक ही कहा था मुन्ना ने, उसकी पसंद की दाद तो देनी ही पड़ेगी। अच्छा, पहले तुम्हें इस गृह का प्रोटोकाल तो समझा ही दूँ, इससे पहले कि कोई हमारे बीच टपक पड़े। यहाँ दीवारों के भी लंबकर्ण हैं और छत से भी लोग टपक पड़ते हैं।"

वह हँसने लगी और फिर उसने सशंकित दृष्टि से इधर-उधर देखा, "इस घर में हाईकमांड हैं हमारी सास। दूसरे नम्बर पर हैं, हमारी लाड़ली ननद, समझीं? जो हाईकमांड कह दे वह फिर ब्रह्मा का लेख है। उन्हें खुश रखोगी तो जहान खुश! पर यह काम आसान नहीं है, उनके हृदय में तुम्हारे लिए कभी प्यार का अंकुर फूट निकलेगा, इसमें मुझे संदेह है। उनका सारा स्नेह, पूरी ममता एक ही केन्द्रबिन्दु पर जड़े रहेंगे—उनकी बेटी लीना, वह सात खून भी कर दे, तब भी माफ। एक घास होती है, जिसे छूने से भी कुष्ट हो जाता है, वह घास है लीना, उसे कभी मत छूना, मैं मूर्खा छू बैठी थी,

वही भोग रही हूँ। मुझे डर है कि कहीं तुम्हारे जीवन में भी वह प्राणघाती जहर न घोल दे।''

''लो यहाँ जेठानी-देरानी में यह घुल रही है। हम ढूँढ़ती फिर रही हैं।'' तब क्या ठीक ही कहा था मालती ने, दरवाजा तो बन्द था। यह कौन थीं और कहाँ से टपक पड़ीं?

''मालती, नई बहू को कुछ खिलाया-पिलाया?'' वह विराट्काय महिला कमर पर हाथ धरे उनके पास खड़ी हो गई।

''हमारी मामी जी हैं जया,'' मालती ने कहा, ''पैर छुओ इनके।''

जया पैर छूने उठी तो ममिया सास बीच ही में उसे रोक, गले का हार देखने लगी, ''अच्छा, तो यह सेट है मायके का, है तो भारी, सोना भी खरा दिख रहा है, तुम्हारी अम्मा का होगा, क्यों? अब कहाँ दिखती है ऐसी गढ़न। और क्या-क्या है री मालती? मुझे तो और सब यहीं का दीखै है!''

''चेहरा तो देख लिया है ना बहू का? फिर डार्लिंग मामी जी, गहने क्यों तौल रही हैं, कि कितने तोले के हैं? चेहरा देखिए, कितने तोले का है। आई है आज तक कोई ऐसी बहू, ननिहाल-ददिहाल में?''

मामी को भानजे बहू का यह ताना समझने में देर नहीं लगी। बेचारी दोनों बेटों की बहुएँ उनके मायके की समृद्धि देखकर ही लाई थीं, चेहरा देखकर नहीं।

''अरे भई'' वे बोलीं, ''हमने तो बेटों को लगाम पकड़कर रास में रखा। प्रेम-वेम का चक्कर कभी चलने ही नहीं दिया। उन्हें भी पर लग गए होते तो वे भी ले आते मनपसन्द सुन्दरी बहुएँ।''

जया का चेहरा म्लान हो गया, यह कैसा स्वागत हो रहा था उसका। ससुर एकाएक बेटे की शादी की रौनक-भरी महफिल के बीच से उठकर चले गए, सास ननद को लेकर अस्पताल चल दीं, और नौशा गायब।''

मामी भी चली गईं। मालती ने हँसकर म्लानमुखी जया के कन्धे पर हाथ धरा, ''सुनो जया, तुम इन बातों को सुन मुँह लटकालोगी तो हो चुका। इस घर की यही खासियत है, जो भी पहली बार यहाँ कदम रखता है, उसे जान-बूझकर बार-बार लंगड़ी देकर गिराने की कोशिश की जाती है। कोशिश हमेशा यही करना कि कोई गिरा न पाए, जमी रहना समझीं? मेरी तरह मैदान छोड़कर कभी भागना नहीं। लो, ये तकिया लगाओ और आराम से कमर सीधी कर लो।''

उसने चादर की सिलवट ठीक कर, जबरदस्ती जया को लिटा दिया।

वह बड़े संकोच से लेट गई तो उसे अपनी गहन क्लांति का बोध हुआ। पिछली रात भी वह गठरी-सी सिमटी घंटों जगती रही थी, उसके पहले भी कई रातों से वह कहाँ ठीक से सो पाई थी?

थोड़ी ही देर में मालती एक ट्रे में उसके लिए जलपान लेकर आ गई। अतिथियों का कोलाहल फिर मुखर हो उठा था। "लो, चाय पीकर फिर थोड़ी देर सो लो, शाम होते ही फिर तुम्हारी कवायद होगी, सब तुम्हें देखने आएँगी। रिसेप्शन तो होगा नहीं। चाचा जी ने मना कर दिया है। कहते हैं, कोई भी फिजूलखर्ची नहीं होने देंगे।' तब ही तो तुम्हारी सास का मूड और उखड़ गया है।"

चाय पीकर उसे फिर बच्ची की तरह जबरदस्ती लिटाकर मालती फिर चली गई। उसकी आँखें मुँदी जा रही थीं। न जाने कब उसकी आँखें लग गईं। किसी बच्चे की तीखी आवाज में रोना सुन वह हड़बड़ा कर उठ बैठी। अँधेरे कमरे में वह अकेली थी। मालती कहाँ गई? गहनों का बोझ और कामदार लहँगे की गरिमा से उसकी कमर टूटी जा रही थी। तब ही खट से बिजली जल गई। हँसती मालती ने उसके पास बैठ उसका हाथ थाम लिया, "यह हुई ना बुद्धिमानी की बात! अच्छी-खासी नींद निकाल ली दुल्हन! अभी-अभी ससुर जी का फोन आया था, उन्हें हैदराबाद जाना है। परसों लौटेंगे। सासू जी नानी बनने तक अस्पताल ही जमी रहेंगी, और हमारे देवर नौशा सेहरा उतार जो घर से गायब हुए हैं कि पता ही नहीं, कब लौटें। सासू जी का आर्डर है कि उन्हें घर पहुँचते ही फौरन से पेशतर अस्पताल भेज दिया जाए। सो देरानी जी, तुम कलेजा थामकर अकेली इस कमरे में लंबी साँसें भरती रहो।"

फिर वह हँसकर उसका गाल थपथपाकर बोली, "इस कमरे में रहें तुम्हारे दुश्मन। चलो, तुम्हें तुम्हारे कमरे में पहुँचा दूँ। जरा देख लो तो, तुम्हारे साहब ने क्या ठाठ से कमरा सजाया है। हाथ-मुँह धोकर ये भारी कपड़े उतार दो। मैं साड़ी निकालकर पलंग पर रख आई हूँ। चलो।"

वह चुपचाप मालती के पीछे-पीछे चलने लगी। कहाँ गया था नौशा? कहाँ गया उसका वह, कुछ ही घंटों पहले वह निर्लज्ज अधीर प्रणयी, जो सबकी नजर बचा बार-बार उसकी चूड़ियों-भरी कलाई मरोड़ ऐसा भोला बना जा रहा था, जैसे मुँह में दाँत ही न हों। तब क्या ताई ठीक कहती थीं?

कमरे की सज्जा देख वह ठिठककर देहरी पर ही खड़ी रह गई। कमरा क्या था, जैसे सुहागरात का कोई दामी फिल्मी सेट लगा था, चारों ओर बेला-जूही का चंदोवा, रेशमी पर्दे, उनके साथ-साथ जूड़ी लेसलगी पारदर्शी यवनिका, बृहत युग्म पर्यंक, उन पर करीने से बिछी दुग्ध धवल चादरें। आसपास लगे ऊँचे तकियों का जोड़ा, दीवारों पर लगा सजीला वॉल पेपर।

''यह रहा गुसलखाना, तुम आराम से नहा-धोकर तैयार हो लो, मैं जरा मेहमानों के चाय-नाश्ते का इन्तजाम देख आऊँ। मरी लीना को भी आज ही दर्द उठना था। मुझे तो लगता है कि खीझकर चले गये हैं।''

मालती लौटी तो जया अपनी भारी-भरकम पोशाक उतार, लाल शिफौन की चुनरी पहन चुकी थी। मंगलसूत्र को छोड़, उसने सारे आभूषण उतार दिए थे, अब तक जैसे हाथ-पैरों में हथकड़ी-बेड़ियाँ पड़ी हुई थीं।

''अरे यह क्या? सब गहने भी उतार दिए।'' मालती ने आते ही कमरे की सारी बत्तियाँ जला दीं।

''बहुत भारी लग रहे थे, मैं कभी कुछ नहीं पहनती हूँ।'' जया ने धीमे स्वर में कहा और आँखें झुका लीं।

''नहीं, आज तुम्हें सजाने का भार ससुर जी हमें सौंप गए हैं। कह गए हैं, 'बेटी, जया बहुत संकोची लड़की है, उसकी देखभाल तुम करना।' और हम क्या तुम्हें शादी के पहले ही दिन ऐसी नंगी-बुच्ची छोड़ सकती हैं?''

फिर एक-एक कर उसने सारे गहने जया को पहना दिए।

''यह लाल चुनरी मैं ही तुम्हारे लिए जयपुर से बनवाकर लाई थी। नई दुल्हन भला बिना गोटे-किनारे के सादी चुनरी कैसे पहनेगी, यही सोच हमने गोटा भी टँकवा दिया, कच्चे टाँके हैं बाद में खोलकर पहन सकती हो। कितनी सुन्दर लग रही हो तुम! आईने में चेहरा देखा है अपना, लो देखो।'' खींचकर उसने जया को आदमकद शीशे के सम्मुख खड़ी कर दिया। पर वह आँखें उठाकर अपना-अनचीन्हा प्रतिबिम्ब नहीं देख पाई।

मालती उसका खाना वहीं ले आई थी। ''देखो तो सास जी की नासमझी शादी की पहली ही रात को हमारे रसिया देवर को भेड़ा बनाकर अस्पताल ही में बाँध लिया। फोन आया है कि लीना की हालत ठीक नहीं है, शायद सिजैरियन करना पड़ेगा, मुन्ना को रोक लिया है।''

जया निःशब्द बैठी रही।

मालती फिर चालू हो गई, ''हमें तो लगता है कम्बख्त लीना, अपनी

इच्छाशक्ति से ही सिजैरियन करवा रही है, जिससे भाई को जबरन वहाँ रुकना पड़े और अपनी नई-नवेली का मुँह भी न देख पाए। मेरे साथ भी तो यही हुआ था। इस गृह का यही चलन है।'' उसने फिर कनखियों से देवरानी को देखा। उसके निर्विकार चेहरे पर न कौतहूल था न जिज्ञासा।

मालती फिर स्वयं ही गृह के अन्दर की व्याख्या करने लगी, ''अन्तर इतना ही है कि आज जचगी ने नौशे को रोका है, उस दिन मौत ने रोक लिया था। तुम्हारे तइया ससुर यानी मेरे ससुर जी ने इकलौते बेटे की बारात में इतनी पी ली कि बेहोश हो गए और फिर वह बेहोशी कभी नहीं टूटी। न जाने कितने डाक्टर बुलाए गए, कितने हकीम-वैद्य, रात-भर, इष्ट-मित्रों का ताँता लगा रहा और उसके बाद जानती हो क्या हुआ?'' व्यंग्य से मालती का उत्फुल्ल चेहरा म्लान हो उठा।

''डाक्टरों ने कहा, मैसिव हार्ट अटैक हुआ है। पौ भी नहीं फटी थी कि सब शेष हो गया। इसी कमरे में तुम्हारी ही तरह गहनों से लदी-फँदी हृदय में कौमार्य के संचित अरमान लिए, मैं नौशे की व्यर्थ प्रतीक्षा करती रही, जिसके कभी-कभार देखे गए सुदर्शन चेहरे की स्मृति को सैंत मेरा कैशोर्य यौवन में परिणत हुआ था। जिसकी भँवर काली चिकनी केशसज्जा पर मैं रीझी थी, जिसके लिए न जाने कितने मन्दिर-मजारों में मैंने मन्नते मानी थीं, उसे क्या उस रात देख पाई थी मैं? दूसरे दिन जब देखा तो मेरा कलेजा किसी ने मरोड़ दिया। मुँड़े सिर पर बँधा कोरे लट्ठे का चौकोर मनहूस कपड़ा, घुटनों तक की धोती और मुरझाया चेहरा। जहाँ ससुर जी ने चोला छोड़ा था, वहीं कुश का बिछौना बिछा, दीया जलाए वे चुपचाप सिर लटकाए बैठे थे। घाट से लौटे, अशौच में आकंठ डूबे उस सहचर पर फिर क्या मेरी छाया भी पड़ सकती थी?

''नई बहू को तेरहीं संपन्न होते ही मायके भेज दीजिए माँजी। पुरोहित ने मुझे मृत्यु दंड सुनाया था, 'बरसी तक, भैया जी बहू का स्पर्श भी न करें। यहाँ रहेंगी तो क्या पता, कभी कुछ ऊँच-नीच हो जाए, फिर वह बेहया पंडित मेरी ओर बड़ी कुटिलता से देख मुस्कराया, तो जी में आया था, उसकी बत्तीसी भीतर कर दूँ।

''पूरे दो दिन मैं इसी कमरे में भूखी-प्यासी पड़ी रही, यही लीना मेरे सामने चाय की ट्रे धम्म से पटक गई थी।

''न कुछ पूछा न कहा।

‘‘दोष क्या मेरा था?

‘‘मेरी सास तो इनके जन्म के दूसरे दिन गुजर गई थीं, तुम्हारी सास ने ही इन्हें पाला। ससुर नहीं रहे तो ये यहीं चले आए। यहीं से पढ़ा और यहीं से विवाह हुआ।

‘‘अशौच दूर होते ही तुम्हारी सास ने मुझे मायके भेज दिया, बोलीं, ‘अब साल-भर तक वहीं रहना। हम नहीं चाहते कि जिस डोली के उतरते ही यहाँ से अरथी उठी, उस डोली के द्विरागमन पर ऐसा ही कुछ और घटे।’ मैं स्तब्ध रह गई थी। अपढ़ लोग ऐसी बातें तो समझ भी सकती थी, पर ऐसे सुसंस्कृत-शिक्षित परिवार की सम्भ्रांत गृहिणी भी ऐसी मूर्ख बातें कह सकती हैं?

‘‘बरसी होने पर मायके ही में तुम्हारी शुद्धि होगी, तब तुम्हें लिवाने किसी को भेज देंगे।’ साल-भर तक फिर मैंने ससुराल के कुत्ते की भी झलक नहीं देखी। देखते-देखते एक साल बीत गया। पर मैं शुद्धि की राह देखती ही रह गई। फिर एक दिन वही कुटिल पंडित आया, बड़े आडंबर से मेरी शुद्धि हुई, विलंबित संकल्प में वह बेहूदा पंडित मेरा हाथ बार-बार थाम, न जाने कौन-कौन-से मंत्र बुदबुदाता रहा। मैं डरती-डरती ससुराल आई। हे भगवान्, कहीं फिर कुछ न हो। उसी दिन इसी लीना ने हँस-हँसकर बताया कि ‘भाभी, बड़ी देर कर दी, तोता तो कब का उड़ गया।’ मेरे पति कैंब्रिज चले गए थे।

‘‘चाचा जी न होते तो न जाने मेरा क्या होता। वे निरंतर मेरे अंगरक्षक बने, छाया-सा मुझे घेरे रहते। उनका मेरे प्रति वह स्नेह देख माँ-बेटी एक साथ सुलग उठीं। लीना ने माँ के कान भरना आरंभ कर दिया। मैं चाचा जी के कमरे में क्यों पूजन सामग्री जुटाने का बहाना कर जाती हूँ। क्या घर के सब नौकर मर गए हैं? फिर उसने शतयोजन व्यापी मिसाइल प्रक्षेपण आरंभ किया। इनकी चिट्ठियाँ आनी बंद हो गईं, तो मेरा माथा ठनका। चाची की सौत की-सी संदिग्ध दृष्टि मुझे भाले-बरछियों-सी ही मारात्मक लगने लगी।

‘‘चाचा जी दौरे पर जाते तो तीनों के लिए एक-सी साड़ियाँ लाते, पर शक्की माँ-बेटी, उस देवतुल्य व्यक्ति के निर्दोष उपहार में भी पक्षपात के तिनके खोजने लगतीं। ‘देखा ममी, भाभी की साड़ी की किनारी में ज्यादा जरी है।’ और फिर एक दिन तो लीना ने हद ही कर दी। चाचा जी की

पूजा के लिए मैं नहा-धोकर फूल ले जा रही थी, वही देने गई, रात-भर मैं लीना की जली-कटी सुनकर रोई थी, मेरी सूजी आँखें देख ही शायद चाचा जी ने कहा, 'बेटी, तुम्हें यहाँ बहुत तकलीफ है ना? फिर किसी ने कुछ कह दिया क्या?'

"मैं क्या कह सकती थी? कैसे कह सकती थी? उन्होंने बड़े स्नेह से मेरी पीठ पर हाथ रखा, और मैं अपना गह्वर रोक नहीं पाई। फूट-फूटकर रो पड़ी, उन्होंने मुझे छाती से लगा लिया, 'मत रो बेटी, मैं तो हूँ ना।'

"ठीक उसी समय लीना उग्र दृष्टि से मुझे देखती द्वार पर खड़ी हो गई। चाचा जी का प्रथम वाक्य शायद उसने नहीं सुना या सुनकर भी अनसुना कर दिया। फिर वह बिजली के वेग से मुड़ी और माँ के कमरे में चली गई।

"चाचा जी के निष्कपट हृदय में संभावित विस्फोट की सामान्य आशंका भी नहीं हुई थी कि विस्फोट हो गया और घर की चिन्नियाँ उड़ गईं। पर मैं तो माँ-बेटी को जानती थी, मैं लीना को देख उसी क्षण काँप उठी थी। हुआ वही, जिसका मुझे भय था। उस घटना का जलता लूका घर को भस्म कर तत्काल किसी प्राणघाती मूठ-सा विदेश की ओर भी प्रक्षेपित कर दिया गया। लीना का निशाना ठीक बैठा था। मेरी दुश्चरित्रता की विशद् में खूब नमक-मिर्च लगा कर उसने भाई को पत्र लिख दिया। पुत्री ही जब स्वयं पिता की चरित्र हत्या करने घातक गंडासा हाथ में ले, उसकी मूँडी दूर छटका दे, तो फिर प्रमाण या कैफियत का प्रश्न ही कहाँ उठ सकता था!

"वे फिर भारत लौटे ही नहीं। मैं स्वेच्छाचारिणी बनी ससुर की रखैल बनूँ या दूसरा विवाह करूँ, उनके ठेंगे से—यही उन्होंने लिखा था। मैं फिर उसी दिन बिना किसी से कुछ कहे मायके की ही साड़ी पहन चुपचाप निकल गई। बिना किसी के सामने सिफारिशी झोली फैलाए, आज अपने पैरों पर खड़ी हूँ—थैंक गॉड। पृथ्वी से मेरे दोनों पैर स्वयं ही उठ गए। मेरे जीजा फिलीपीन्स एयरलाइन्स में थे, उन्होंने राय दी कि मालती, तुम्हें ईश्वर ने विमांन परिचारिका बनने ही पृथ्वी पर भेजा है। मैंने वही किया। कुछ वर्ष कुवैत रही, अब लंदन में हूँ।"

जया अवाक् होकर उसे देख रही थी। अचानक ही यह प्रश्न उसके मुँह से निकल गया था :

"और आपके पति!"

मालती हँसती-हँसती उठ गई। "मेरे पति? कैसे पति? किसके पति? जिसने कभी मेरी देह का स्पर्श भी नहीं किया, बिना स्पर्श किए ही जिसने पोस्टमार्टम की झूठी रिपोर्ट पर दस्तखत कर मुझे फाँसी पर लटका दिया, वह क्या कभी मेरा पति हो सकता है? सुना है, किसी तलाकशुदा मेम से वहीं विवाह कर लिया है। मैंने न फिर कभी उसे देखा, न कभी देखूँगी।"

"देखो जया, मैं जानती हूँ, मुझे तुमसे यह सब पहले ही दिन नहीं कहना चाहिए पर जब किसी भुतहे घर में कोई नया किराएदार आता है, तो उसे आगाह कर देना उसका कर्तव्य हो जाता है, जिसे उसी घर में कभी अशरीरी प्रेतात्माओं ने आतंकित किया हो। ईश्वर करे, इस घर की प्रेतनी तुम्हारी खटिया वैसे न खड़ी कर दे, जैसे मेरी की थी, चलो जी हल्का हो गया तुमसे सब कहकर। अब चुपचाप सो जाओ। डर तो नहीं लग रहा है?"

वह जाने को उद्यत हुई फिर पलंग पर बैठी जया के मासूम चेहरे को देख, न जाने कैसे मोहाक्रांत होकर पलट गई। "मैं जानती हूँ, कि तुम सोच रही होगी, इतना अपमान हुआ, चरित्र पर लांछन लगा, फिर भी मैं क्यों यहाँ आई? मैं तो इस घर से पत्थर पलटाकर गई थी, जया, पर चाचा जी का पत्र आया। उनके इकलौते बेटे की शादी में मैं उनका निमंत्रण पाकर कैसे नहीं आती? एक उन्हीं ने तो मुझे इस घर में पिता का स्नेह दिया था।

"फिर एक बात और भी है। मुन्ना मेरा लाड़ला देवर रहा है, भले ही मैं उसकी भाभी न हूँ, जब उसने मुझे फोन किया कि भाभी, तुम नहीं आई तो मुझे काजल कौन लगाएगा? तो मुझे आना पड़ा। मैंने कहा भी था, 'मुन्ना, इस मनहूस कमरे में अपनी सोहागरात मत मनाना', पर बोला, कैसी दकियानूसी बातें करती हो भाभी। मैंने दीवारों का रंग-रोगन भी उखाड़कर दूर फिंकवा दिया है, देख नहीं रही हो। पूरी वुड पैनलिंग करवा दी है। अब किन्हीं पुराने घातक कीटाणुओं का खतरा नहीं रहा।"

एक लंबी साँस खींच, वह बड़ी ममता से उस कमरे को देखने लगी, जैसे अतीत के किसी अक्षत कोने में, अपनी इस अभिशप्त सोहागरात के छूट गए अस्थिपुंज को ढूँढ़ रही हो।

ऐसी ही लाल चुनरी पहनी थी, उसने भी, ऐसे ही भारी-भरकम गहनों से उसके अंग-प्रत्यंग झलमला रहे थे, ऐसे ही उसका घूँघट भी उठा-उठाकर देखने वालियाँ उसके कमनीय चेहरे की भूरि-भूरि प्रशंसा करती, दुहरी हुई जा रही थीं। बाहर की सामान्य-सी आहट में भी उसका कलेजा धड़कने लगता

था, किंतु प्रत्येक पदचाप की मरीचिका उसे कैसे छल गई थी! आज वही स्मित, पदचाप की वही भ्रामक छलना क्या इस भोली नववधू को भी अंत तक छलती ही रहेगी?

बड़ी देर बाद वह अतिथियों को विदा कर लौटी तो जया गठरी बनी, घुटनों पर चिबुक टिकाए बैठी थी।

मालती फिर उसे छोड़कर कहीं नहीं जा पाई। बड़ी रात बीते, मामी जी नई बहू के कमरे में झाँकी मारने आईं तो देखा, फूलों से सजी सेज पर जेठानी-देरानी गहन निद्रामग्न हो बेसुध पड़ी थीं।

सुना यही था माया ने कि कन्या को विदा कर जननी को बड़ी गहरी नींद आती है, पर उसकी आँखों में नींद कहाँ थी? कन्या की विदा के बाद जो अव्यवस्था प्रायः ही गृह को मलिन कर देती है, वह कहीं भी नहीं थी। गृह की सुव्यवस्था देख कोई कह भी नहीं सकता था कि कुछ ही घंटों पूर्व वहाँ विदाई का आयोजन संपन्न हुआ है। न कहीं पत्तलों का स्तूप, न कुल्हड़ों का अंबार। मंत्री जी ने अपने पाँच बारातियों के साथ थालियों में ही भोजन ग्रहण किया था और पौ फटने से पूर्व ही कन्या को विदा करा ले गये थे।

कैसे-कैसे अरमान थे! बेटी को स्टील का सेट देगी, सोफा, ड्रेसिंग टेबल, टी. वी., बिजली की मशीन, फ्रिज। जया बी. ए. में थी तब ही उसने धनतेरस में बेटी के दहेज के बर्तन खरीद लिए थे, एक बहनौत गोदरेज कंपनी में काम करता था। उसने स्टील की अलमारी लाकर रख दी थी। रजाई का बक्सा मेरठ से मँगवाकर रख लिया था, पर सब कुछ पड़ा का पड़ा ही रह गया था। इससे कहीं अधिक धूम-गरज से तो उनकी माली की बिटिया विदा हुई थी।

ताई के आक्रोश का तो अंत ही नहीं था, "यह भी कोई ब्याह-शादी हुई। यह कैसी सादगी है री छोटी, मैं कहूँ लल्ला के मुँह में जबान नहीं थी क्या? कोई आरिया समाज की सादी तो थी नहीं कि गले में माला डाली, सात फेरे लिए, पच्चीस रुपये जमा किए और हो गई शादी! फिर हमें क्या समझ लिया उस मंतरी ने। हम क्या ऐसे ही मरभुक्के हैं री छोटी, कि बिटिया को दहेज भी ना दे सकें। पता नहीं कैसे चुप रह गए तुम लोग। बड़े होंगे तो अपने घर के!"

विवाह के बाद, बंटी सूखा-सा मुँह लिए इधर-उधर डोल रहा था। "अरे इत्ती ही याद आ रही है बहन की, तो मिल क्यों नहीं आता?" ताई ने कहा तो वह तुनक गया। "हम नहीं जाएँगे वहाँ।"

"क्यों, जीजा ने सीधे मुँह बात नहीं की इसी से?"

ताई ने ताना मारा और कनखियों से देरानी को देखा।

फिर चौथे दिन ताई ने ही उसे जबरदस्ती जया को लिवाने भेज दिया था। साथ में मिठाई, फल, नारियल सब कुछ रखकर कहा, "देख, सबके पैर छुइयो जाकर, तू उनकी बहू का छोटा भाई है, जाते ही लिवाने की बात मती कहियो, वह भी उसकी नकचढ़ी सास से नहीं। ससुर से कहियो, समझा?"

फिर थोड़ी ही देर में वह अपना-सा मुँह लिए लौट आया, "नहीं आएगी अभी", माधव बाबू ने कहा, "जब उसकी ननद अस्पताल से घर आ जाएगी, तब खुद पहुँचा जाएँगे। उसकी ननद के लड़का हुआ है।"

"लो और सुनो, ननद को भी अभी ब्याना था? ननद को बेटा हुआ तो उसे क्यों नहीं भेज सकते? पंजीरी कुटवाएँगे क्या उससे?"

"ननद वहीं रहती है जिया, ससुराल में कुछ अनबन हो गई है। ठीक ही तो है, कैसे भेज सकते है अभी।" माया ने कहा।

श्यामाचरण ने भी समधी का पक्ष लिया। "ठीक है भाभी, इसी बीच चलो हम बनारस जाकर गंगा नहा आएँ, तुम्हारी इच्छा भी थी कि कन्यादान किया है, कहीं जाकर गंगा नहा आएँ। बंटी की भी तो तीन दिन की छुट्टियाँ हैं।"

"मैं नहीं जाऊँगा बाबू जी।" बंटी का पारा वैसे ही गरम था, बहन की नई ससुराल में उसे किसी ने भी मुँह नहीं लगाया था। माधव बाबू का दरबार लगा था, बहन को कई औरतें घेरे बैठी थीं, और जीजा ने तो बात भी नहीं की।

"यहाँ कैसे रहेगा? कौन खाना खिलाएगा रे तुझे?" ताई ने कहा।

"मुझे अपनी टीम के साथ खेलने बाराबंकी जाना है, चार दिन वहीं रहूँगा। आप लोग जाएँ।"

पहले मालती की ही नींद टूटी थी। कमरे के लेस लगे पर्दों को चीरते सूर्य की प्रखर किरणों ने उसकी बंद आँखों पर टार्च-सी चमका दी थी।

बाप रे बाप, कैसी नींद आ गई थी उसे, महीनों के आकाशी रतजगे की

नींद वह एक साथ पूरी कर रही थी। मामी जी खूब खरी-खरी सुनाएँगी अब! उन्हें तो उठते ही चाय चाहिए। लगता था, लीना ने अपना विषदंत गड़ा ही दिया था। उसे फिर भी एक क्षीण आशा बँधी रह गई थी, कि जैसे भी हो कार्तिक माँ को झाँसा देकर आ ही जाएगा, सुंदरी नववधू का आकर्षण उसे अंत तक चुंबक-सा घर खींच ही लाएगा।

बेचारी जया, उसने निद्रामग्ना शय्या संगिनी को देखा, कितना भोला चेहरा था लड़की का, गौर ललाट पर सेंदूर की बिंदी, उसी की कुहनी के मार से कपोल तक फैल गई थी। कंठ का हार कान के झुमके से उलझ, उठते-गिरते वक्ष-स्थल पर भुजंगप्रयात के छंद-सा उठ-गिर रहा था। लाल झीनी साड़ी के आँचल से उसने शायद सोते में चेहरा ढाँप लिया था। वही हवा से उड़कर नकाब की-सी यवनिका बन, उसकी खड्ग की धार-सी तीखी नासिका पर अटक गया था। उसी पारदर्शी रक्तिम आभा में उसके नाक की हीरे की लौंग जुगनू-सी चमक रही थी। वही तो यह हीरा, चाचा जी की फरमाइश पर ऐमस्टरडम से खरीदकर लाई थी। फिर उसी ने उसे एक दक्षिणी सुनार से त्रिकोणी गढ़न में गढ़वा दिया था। तीन जगमगाते सितारों के त्रिकोण में बँधी उस लौंग को देख, ईर्ष्या कातर लीना जिदिया गई थी, ''डैडी, यह लौंग मैं लूँगी। नई बहू के लिए आप दूसरी मँगवा लीजिएगा। मालती भाभी तो इधर डोमेस्टिक फ्लाइट में जाने वाली हैं।''

''नहीं,'' माधव बाबू ने छोटी-सी डिबिया जेब में धर ली, ''यह लौंग जिसके लिए बनी है, वही पहनेगी। यह सोहाग का पहला शगुन है, तुम्हें ऐसी ही मँगवा देंगे।''

आपादमस्तक अलंकृता जया को वह देखती सोचने लगी। क्या चाचा जी ने इस निर्दोष अनजान लड़की को, अपने उद्धत-उद्दंड पुत्र के सजीले पौरुष का चुग्गा बिखेरकर ही सोने के पिंजरे में सिर मारने के लिए बंदिनी बना लिया था? सुना तो यही था कि लड़की ने स्वयं ही कार्तिक को पसंद कर, अपनी स्वीकृति दी थी। पर बेचारी का क्या दोष? क्या उसने भी यही नहीं किया था? यही तो इस घर के सुदर्शन राजपुत्रों की खासियत थी? विष से भरे ऐसे ही एक स्वर्णघट को उसने भी तो स्वेच्छा से तृषार्त अधरों पर सटाया था।

बहुत दिनों बाद पति का वही विस्मृत चेहरा, उसकी आँखों में तैर उठा। क्या कहीं भी पाप की रेखा ने उस आनंदी चेहरे को विकृत किया था? कैसा

अद्भुत प्रणयी था वह। किन्तु जब अकारण ही उसके नवीन प्रेम प्रासाद का सहसा विध्वंस कर, वह सहसा धूमकेतु-सा अदृश्य हो गया तो उस विश्वासघात का आघात उसे कैसे निष्प्राण कर गया था। उसकी किस स्मृति को छाती से लगाकर वह दिन काट सकती थी? एक सामान्य-से अधर स्पर्श का पाथेय भी तो नहीं छोड़ गया था उसके लिए। चाहती तो वह भी प्रवंचक पति का पीछा कर विदेश जाकर उसकी धज्जियाँ उड़ा सकती थी। वहाँ नहीं भी जाती तो वह जब एक बार स्वदेश आया तो यहीं उसकी टाँग पकड़ उसे धरा पर पटक सकती थी। किन्तु, जब वह किसी विदेशिनी के प्रेम का बयाना, विवाह के पूर्व ही भर, मन वहीं रख केवल शरीर का ही क्षणिक आदान-प्रदान करने यहाँ आया था, तो क्या उसकी सूरत भी कभी देख सकती थी। कानून का सहारा ले, वह उसे बड़ी आसानी से अंकुश लगाकर रोक सकती थी, किन्तु विदेश की उस कठोर महाजनी तिजोरी में बंद पति के हृदय को वह छुड़ा पाती?

फिर एक बात और थी, भरी अदालत में वह बेहया यदि उसके चचिया ससुर से उसके नाजायज रिश्ते का मिथ्या प्रसंग भी छेड़ देता तो वह धरातल में धँस जाती, चचिया ससुर का उच्च मंत्रीपद फिर टिक पाता?

उसकी मौसेरी बहन छंदा के साथ भी, ऐसी ही प्रवंचना हुई थी, उसके प्रवासी पति की भी वहाँ एक विदेशी रक्षिता है, छंदा ने जब सुना तो उसकी बारात जनवासे से चल चुकी थी। विदा के बाद पति ने कहा था :

"छंदा, तुम्हें थोड़े दिन यहीं रहना होगा। तुम्हारे वीसा बनने में कुछ समय लगेगा, मैं जाते ही तुम्हें टिकट भेज दूँगा।" पति चला गया, छंदा रह गई, पोषिता पत्नी बनकर। महीनों बीते, साल भी बीत गए पर टिकट नहीं आया। धीरे-धीरे चिट्ठियाँ आनी भी बंद हो गईं। फिर दुःसाहसी छंदा एक दिन स्वयं वहाँ पहुँच गई, प्रवंचक पति को ही उसने नहीं ढूँढा, कानून की मदद से उसकी गर्दन भी दबोच ली। कुछ ही घंटों में उसने अपनी विदेशिनी सौत को झाड़ू मारकर भगा दिया था। आज वह दो-दो बेटों की माँ है।

"यह युग पति के चरणों की दासी बनने का नहीं मालती, पति को चरणों का दास बनाने का है। तुम फिर अपना पद पा सकती हो, बशर्ते तुम्हारी रीढ़ की हड्डी में ताकत हो। तुम फौरन यहाँ चली आओ। मैंने पता लगा लिया है, तुम्हारी सौत उसकी पत्नी नहीं रखैल है, उम्र में भी उसकी माँ लगती है, तुम्हारे यौवन और रूप का डायनामाइट उस अधटूटी दीवार

को पहली ही कड़क में ढहा देगा।''

पर मालती नहीं गई। कभी-कभी सोचती अवश्य है। वह कभी लौट आया तो क्या वह उसे स्वीकार कर पाएगी? वह लौटा भी तो फिर वह एक दूसरा ही अजनबी होगा, वह नहीं जिससे स्वर्ग सोपान पर पैर रखते ही उसे हृदयहीनता से नीचे ढकेल दिया था।

''इसे कहते हैं भाग्य'' मालती चौंककर मुड़ी, द्वार पर मुस्कराता कार्तिक खड़ा था। अभी भी वह विवाह का पीला रेशमी कुर्ता पहने था, ललाट पर रोली का लंबा तिलक धूसर पड़ने पर भी क्लांत चेहरे को उतना ही दर्शनीय बना रहा था, ''शादी की हमने, कवायद करी हमने, फेरे हमने लिए और सोहागरात मनाई हमारी भाभीजान ने।''

''श्श' मालती हँसकर अँगुली अपने ओठों पर धर फुसफुसाई, ''देखते नहीं, सो रही है, जग जाएगी।''

जया देवर-भाभी की ठिठोली से बेखबर, वैसी ही गहरी नींद में डूबी रही। लाल चुनरी का नकाब, अभी भी गहरे श्वास-प्रश्वास से काँप रहा था। स्वर्ण कंकण और चूड़ियों से भरी गोरी कलाई में विवाह का कलावा अभी बँधा था, एक सुडौल बाहु पलंग के नीचे लटकी थी, दूसरी पर बँधा बाजूबंद शिथिल होकर कुहनी तक खिसक आया था।

उस बाजूबंद में जड़े बघनखे को देख अनायास ही कार्तिक को उस भयानक रात की याद आ गई, तराई की उस खूँखार नरभक्षिणी के आतंक से पूरा सितारगंज ही डेलिगेशन लेकर उसके पास आया था, ''आप ही बचा सकते हैं साहब, हमारे बाल-बच्चों को, हमारी औरतों का दिन डूबे घर से निकलना दूभर हो गया है। दुधवा के शेरपार्क से भागी नरभक्षिणी है, कितने बनरक्षकों को चबा चुकी है, आप जैसा जाँबाज अचूक निशानेबाज पूरे इलाके में नहीं है। आपको चलना ही होगा।''

माधव बाबू जानते थे कि यदि बेटे ने उस शेरनी को मार दिया तो तराई के सारे वोट स्वयमेव उनकी जेब में चले जाएँगे, पर इकलौते जवान बेटे को उस खूँखार शेरनी के पेट में जाने दें, ऐसे मूर्ख नहीं थे वे। दो दुःसाहसी ऐंग्लो इंडियन शिकारियों को वह सिंहनी पहले ही चबा चुकी थी। ''नहीं, कार्तिक नहीं जा सकता, आप जिस शिकारी को चाहें बुला लें, पूरा खर्चा मैं दूँगा।''

पर कार्तिक को तो पिता से बगावत करने में ही आनंद आता था। वह लुक-छिपकर पहुँच ही गया था, पाठा बाँध दिया गया, मचान पर दो अनुभवी शिकारियों, कबाब, पराँठे, और क्षीणकटि की विदेशी आसव की बोतलों के साथ ही वह जम गया था। उसी अलभ्य सुरा की घूँट ने सितारगंज के उस पेशेवर शिकारी नूरमुहम्मद को वाचाल बना दिया था। "निशाना सूझ-बूझ से साधियेगा सरकार, मूँछें सफेद हो गईं, मचान पर बैठते-बैठते पर ऐसी चालाक शेरनी आज तक नहीं देखी। कब उछलेगी, कब अचूक निशाने से भी दामन बचाकर छिटक जाएगी, और कब झटककर, गर्दन दबोच खून चूस लेगी, इसका ठिकाना नहीं। मैं तो कहता हूँ हुजूर, जरूर पहले जन्म में कोई रंडी रही होगी बदजात। ठीक वैसे ही पहले अपनी सात फुटी लचीली मदमस्त काठी से शिकारी को मोहती है और फिर उसी तरह छलाँग लगा गर्दन दबोच उसका खून पी जाती है।"

कार्तिक, तब ही तो उस मुखर साथी को मचान पर साथ रखता था। ऐसी ही लच्छेदार बातें करता था हमेशा। सचमुच ही शेरनी आई तो पंचदशी की उस धौत चंद्रिका में उसकी मस्त चाल और सुनहली देह देख वह एक पल तो निशाना लगाना भी भूल गया था। पेड़ से बँधा पाठा करुण चीत्कार कर उठा और उसने साँस रोकर निशाना साधा। नारी हो या शेरनी, उसका अचूक निशाना क्या आज तक कभी चूका था?

ढोल-दमामे के साथ ही फिर उसका जुलूस निकाला गया था। कंठ में पड़ी थीं असंख्य पुष्पमालाएँ और कृतज्ञ ग्रामवासी उसके चरणों में लोट गए थे। "खाल आप तक पहुँचा दी जाएगी सरकार", पटवारी ने कहा था, "बघनखा भी।" वही बघनखा आज नववधू की बाँह में बाजूबंद में जड़ा उसे उस रात की याद दिला रहा था।

एक पल को कार्तिक, अपने उस मूर्तिमान रत्न की चमक से चौंधिया गया। धमनियों में बहते रक्त का वेग, सहसा तीव्र होकर असह्य हो उठा। जी में आया वहीं उसी क्षण, गहन निद्रामग्न उस नवीन सहचरी को बाँहों में भींच उसे जगा दे।

"क्या, अफीम खिला दी है इसे तुमने?" वह और निकट आ, झुककर उसे देखने लगा।

"अफीम तो अब तुम खिलाना मुन्ना, जाऊँ चाय ले आऊँ। यहीं बैठी

रही तो तुम मुझे कोसोगे। हद है, नई-नई बहू को ऐसे छोड़ गए। क्या कोई बहाना बना कर भी नहीं आ सके?''

''क्यों, कुछ कह रही थी क्या?''

''कहेगी क्या? जबान है भी इस बेचारी के मुँह में। और फिर तुम तो जानते ही हो मुन्ना, जबान होती भी तो इस घर में आते ही काट दी जाती।''

एकाएक वह जाते-जाते ठिठकी और उसने कार्तिक की बाँह पकड़ ली, ''खबरदार, जो तुमने कभी इस गरीब को धोखा दिया। याद रखना मुन्ना, धोखा देने वाला हमेशा धोखा खाता है।''

''अरे वाह, हमारी भाभी आसमान में क्या उड़ने लगीं कि कटी जबान भी अब कतरनी-सी चलने लगी है।''

''मजाक मत करो मुन्ना, तुम जानते हो, तुम्हारे घर पर एक-एक सदस्य बेहद शक्की है। जब चाचा जी और मुझे ही नहीं छोड़ा गया तो एक दिन इस बेचारी पर भी लाँछन लग सकता है। चाचा जी इस पर जान देते हैं, यह मुझे पता है, पर तुम्हारे यहाँ निश्छल स्नेह को भी वासना का चश्मा लगाकर देखा जाता है।''

उत्तेजित होकर मालती जोर से बोल पड़ी थी। हड़बड़ाकर जया उठ बैठी। ढीला बाजूबंद खनक से कलाई की चूड़ियों में उतरकर खनक उठा। कार्तिक अब अपने को नहीं रोक पाया, निर्लज्जता से गावतकिया हटा वह जया से सटकर बैठ गया। ब्रीडा का अंगराग जया के चेहरे को और भी मोहक बना गया।

''सॉरी जया, मैं रात नहीं आ पाया, लीना की हालत गंभीर हो गई थी, तीन बजे सुबह सिजैरियन किया गया। बेटा हुआ है।'' उसने फिर मालती की ओर मुड़कर कहा।

''लो, अब बोल फूटा, मामी जी से तो वह कह दिया होता, अब मैं कहूँगी तो भुनभुनाएँगी कि उनसे पहले न वह मुझसे कहा, जाओ कह आओ उनसे।''

''नहीं जी,'' वह और पैर फैलाकर बड़े आराम से पसर गया, ''अब तो हमारा भी बेटा हुआ होता तब भी हम अपनी नई दुल्हन को छोड़ किसी से कहने न जाते। जाओ तुम्हीं कह आओ और लौटते में बढ़िया चाय भी लेती आना।''

''डैडी को भी नहीं बताया?''

''डैडी हैं कहाँ जो बताता भाभी! मैं सीधा यहीं चला आ रहा हूँ। जिसे बताना हो खुद बताएँ।''

''अब कैसी है लीना? बच्चा कैसा है, उसकी ससुराल को फोन कर दिया?''

''अजी कैसी ससुराल? तुम जानकर भी अनजान क्यों बन रही हो भाभी डार्लिंग?'' वह सहसा तकिया छाती पर धर, जया के और पास खिसक आया। ''जाओ भाभी, फूटो अब, चाय ले आओ, हम अपनी बहू का चंद्रमुख तो ठीक से देख लें।''

''बड़े आए हैं मुँह देखने वाले। रात-भर तो नर्सों से फ्लर्ट किया होगा। मैं क्या तुम्हें नहीं जानती?'' बड़े लाड़ से उसे छेड़ती मालती चली गई।

नतमुखी जया बार-बार खिसकती पलंग की पाटी तक पहुँच गई थी, जितनी ही दूर वह खिसकती उतने ही निकट कार्तिक सरकता जा रहा था।

''जया, तुम नाराज हो ना? कोई बात नहीं। तुम्हारी सारी शिकायत हम मिनटों में दूर कर देंगे, यूँ।'' उसने हँसकर जया के पास हाथ ले जाकर चुटकी बजाई।

''कुछ नहीं कहोगी? तुम्हारी कसम, हमने दो बार भागने की कोशिश की, पर दोनों बार ममी ने पकड़ लिया। कहने लगीं, तुम मुझे छोड़कर कहीं नहीं जाओगे। तुम्हारे डैडी को भी आज ही जाना था? लीना का और है ही कौन? अब तुम्हीं बताओ मैं कैसे आता?''

''मैंने क्या कुछ कहा है?'' धीमे स्वर में जया ने कहा तो कार्तिक उछलकर बैठ गया। अब तक शरीर में दुबका प्रच्छन्न कामदस्यु सहसा फिर चैतन्य हो उठा। पालतू पिंजरे में बंद वनराज एक बार फिर वन्य नरभक्षी बन उठा। एक क्षण में उसने सकुची-सिमटी जया को अधैर्य से अपनी छाती से लगा लिया और अपने क्षुधातुर अधर, उसके काँपते अधरों पर रख दिए। पागलों की तरह वह उसे चूमने लगा। कपोल, ललाट, चिबुक उस आकस्मिक क्षणिक स्पर्श से काँप उठे। पागल हो गया था क्या? कोई भी आ सकता था, भाभी, मामी, द्वार तो खुला था। फिर भी क्यों नहीं छुड़ा पा रही थी जया अपने को, उस अधीर बाहुपाश से? क्रमशः निकट आती पदचाप का आभास पाते ही जया अपने को उस कठिन प्रणय पाश से मुक्त कर खड़ी हो गई, उत्तेजित कार्तिक दमे के पुराने रोगी सा हाँफ रहा था, जेठानी को देखते ही जया का समस्त रक्तचाप कपोलों पर आकर स्थिर हो गया।

"हूँ, अब समझी क्यों भेजा जा रहा था मुझे चाय लेने, क्यों देख लिया चंद्रमुख? क्यों जी देरानी, मुँह दिखाई भी मिली या नहीं?"

जया रुआँसी हो गई। छिः छिः, क्या सोचती होंगी वे। दोष तो कार्तिक का था। पर उसे भी क्या हो गया था।

"अच्छा भाभी, अब मजाक छोड़ो और बढ़िया चाय पेश करो, हमें भी, हमारी बेगम को भी।" वह शहनशाह की मुद्रा में पैर-पर-पैर धरकर लेटा ही रहा, जया बेचारी नीचे खड़ी थी।

"खड़ी क्यों हो, बैठो ना जया," मालती ने उसे हाथ पकड़कर बिठा दिया। "लो चाय लो, अपने हाथ से बनाकर लाई हूँ, यहाँ तो हरामखोर नौकर, पत्तियाँ उबाल-उबालकर काढ़ा बनाकर रख देते हैं।"

"मैं जरा हाथ-मुँह धो लूँ?"

"तो क्या अभी तक हाथ-मुँह भी नहीं धोया? कर क्या रही थी देरानी अब तक?" मालती दुष्टता से मुस्कराई।

"हमसे पूछो भाभी क्या कर रही थीं।" कार्तिक ने गंभीर मुद्रा बना ली, लजाती जया एक बार फिर रुआँसी हो गई।

"क्यों परेशान कर रहे हो बेचारी को? आओ तुम्हें गुसलखाना दिखा दूँ।"

गुसलखाने में जाकर जया हतबुद्धि-सी खड़ी ही रह गई थी। पुरुष के प्रथम अधर स्पर्श ने क्या उसका चेहरा ही बदल दिया था? सामने लगे दर्पण में जो प्रतिबिंब उसे छेड़ रहा था वह तो उसका नहीं लग रहा था। एकदम रक्तशून्य, पूरे ललाट पर फैली बिन्दी, मंगलसूत्र में उलझा झुमका। मुँह रगड़-रगड़कर धोने पर भी चेहरे की दहन नहीं गई, वहीं पर धरी कंघी उसने बालों पर फेरी। कार्तिक की देहसुगंध से पूरा गुसलखाना महक रहा था। कस्तूरी मृग की-सी वह मादक सुगंध, उस कंघी का स्पर्श उसे फिर अवश कर गया। इसी कंघी से वह बाल सँवारता होगा। इसी तौलिए से मुँह पोंछता होगा। अनजाने ही मोहक स्मित उसके कमनीय चेहरे को एक सर्वथा नवीन आभा से उद्भासित कर उठा। क्या उसका चेहरा पहले भी इतना ही सुन्दर था या इस दर्पण में ही कोई खासियत थी?

"अजी देरानी, सो गईं क्या गुसलखाने में? यहाँ तुम्हारे मियाँ बौराए जा रहे हैं, जल्दी निकलो।"

वह हड़बड़ाकर बाहर निकल आई। कार्तिक बड़े आराम से तकिया छाती

पर धर, गुनगुना रहा था। कैसा उस्तादी गला था उसका और कैसे स्वच्छ मोती से उजले दाँत। जया वहीं धरी कुर्सी पर बैठने लगी तो "हाँ हाँ, करती क्या हो, इतनी दूर नहीं, तुम यहाँ बैठोगी। हमारे पास, एकदम यहाँ।" उसने अपनी खुली छाती को ठोककर कहा, रेशमी कुर्ते पर लगे हीरे के बटन झकझक चमक रहे हैं, यह जया आँखें न उठाने पर भी देख पा रही थी।

बड़े ही अधिकार से उसकी चूड़ियों-भरी कलाई थाम कार्तिक ने अपनी खुली छाती पर दाब ली।

"लो, अब हाथ छोड़ो और प्याला पकड़ो। कलाई थामने को सारी रात पड़ी है।"

"अजी जैसी किस्मत है हमारी, कहीं आज रात भी लीना दूसरा जुड़वाँ बेटा पैदा न कर दे। देखो भाभी", वह जया का हाथ छोड़, एक झटके से उठकर बैठ गया और प्याला थामकर बोला, "तुम्हें हमारा एक काम करना होगा। है तो जोखिम का काम, पर तुम ही कर सकती हो।"

"कहिए।"

"हम दोनों आज ही हनीमून पर नहीं निकल गए तो फिर कुछ-न-कुछ अड़ंगा लग जाएगा। मैं एयर टिकट ले आया हूँ। मद्रास में मेरा एक दोस्त है, वहाँ जाकर फिर सोचेंगे कहाँ जाएँ। तुम्हें ममी से निबटना होगा; कह देना अस्पताल आने का भी हमें समय नहीं मिला।"

"बाप रे बाप! हमसे यह नहीं होगा मुन्ना, ममी खा जाएँगी मुझे। कहेंगी जरूर तुम सबकी मिलीभगत होगी।"

"कहने दो। हम जाएँगे आज ही, घर से बहुत दूर, फिर वहाँ जाकर जहाँ जया कहेगी। बोलो कहाँ जाना चाहोगी जया?" उसने फिर जया का हाथ पकड़, छाती पर दबा लिया।

"बोलो ना। काबुल, कंधार, लंदन, जर्मनी, फ्रांस या स्विट्जरलैंड?"

जया चुप रही।

"बता दो जया।" मालती उसके पास आकर बैठ गई। "अभी मैं यहाँ हूँ जहाँ कहोगी वहीं के टिकट बुक करवा सकती हूँ। कहाँ जाना चाहती हो?"

"तिरुपति।"

उसका धीमे स्वर में वह उत्तर सुन कार्तिक और मालती एक साथ चौंक पड़े।

"वाह," फिर मालती ने ही हँसकर चुहल से स्थिति संभाल ली। "यह तो ऐसा ही हुआ देरानी, कि कोई अतिथि के सामने छप्पन व्यंजन का थाल धर पूछे और क्या लाऊँ? और वह कहे खिचड़ी!"

"तिरुपति हनीमून मनाने जाने वाली शायद हमारी ही पहली जोड़ी होगी, क्यों भाभी? वहाँ प्रेम विवाह करने तो बहुत जोड़ियाँ जाती हैं पर प्रेम का पर्व शायद ही वहाँ किसी ने मनाया हो। क्यों न हम हनीमून के लिए चारों धाम हो आएँ जया?"

देवस्थान को लेकर कार्तिक की वह ठिठोली जया को अच्छी नहीं लगी, उसने खिसियाकर सिर झुका दिया।

"खैर, चलो जी, तिरुपति हो या मक्का-मदीना, हमारी बेगम हमारे साथ रहे, हम इसी में खुश हैं। तुम तैयार होकर एक सूटकेस में अपने कपड़े रख लो।"

और फिर जया को लेकर कार्तिक बिना माँ से मिले ही अपने हनीमून पर निकल गया था।

बनारस से लौटते ही ताई बंटी के सिर हो गई थीं :

"अरे अब तो उसकी ननद आ गई होगी। कहीं से फोन करके कुशल पूछ आ। कैसा कलेजा है तुम सबका, पराए घर में लड़की उबिया रही होगी। यह भी नहीं कि लिवा लाएँ।"

बंटी नहीं गया। "जिसे आना हो वह खुद आए। मैं नहीं जाऊँगा। बाबू जी से क्यों नहीं कहतीं ताई? कालेज से ही जा सकते हैं।"

एक बार फिर फल-मिष्टान्न की डाली सजाकर श्यामाचरण जया की ससुराल गए और सूखा-सा मुँह लिए लौट आए। "क्यों, क्या हुआ, नहीं भेजा?" ताई कमर में हाथ रखे उनकी प्रतीक्षा में देहरी ही पर जमी थीं।

"नहीं, दोनों घूमने गए हैं, कहाँ गए हैं, किसी को पता नहीं है। मुझे लगा, उसकी सास नाराज है।"

"अरे वह चोट्टिन तो माँ के गरभ से ही नाराज निकली होगी।"

"नहीं भाभी, गलती तो उन दोनों की भी है, यह कौन-सा तरीका है कि बिना माँ-बाप से पूछे घूमने निकल जाओ।"

"क्या चाय-पानी के लिए भी नहीं पूछा तुमसे?" सारे प्रश्न ताई ही पूछ रही थीं, माया चुपचाप खड़ी थी। पुत्री के विवाह के लिए उसने अभी भी

पति को क्षमा नहीं किया था और ऐसा लग रहा था कि कुछ न कहने पर भी वह कह रही हो, और ब्याहो बेटी को बड़े घ्रर में। खाओ अब ऊँची दुकान के फीके पकवान।

"कैसी बातें करती हो भाभी, मैं बेटी के घर का पानी भी पी सकता हूँ अब?"

जया के विदा होते ही ताई अपना रहा-सहा सामान भी उसी के कमरे में ले आई थीं। जहाँ भतीजी के लिए उन्होंने बिना प्रयास के हृदय परिवर्तन कर लिया था, वहीं घुन्नी देरानी से उनके संबंध गंगा में एक साथ डुबकी लगाने पर भी मधुर नहीं हो पाए थे।

"न जाने हर वक्त मुँह लटकाए रहती है तू छोटी!" वे गुमसुम बन गई देरानी को टोकती भी रहती थीं, "अरी घड़ी-भर हँस-बोलकर ही मन का बोझ हल्का हौवे है री। मुझे देख, कौन-सी मार नहीं पड़ी मुझ पर, बुरा-भला खा भी लेती हूँ, टेलीविजन भी देख लेती हूँ, किताब-अखबार भी पढ़ लेती हूँ और एक तू है जब देखो, तब काम और चुप्प। अरी कौन-सा ऐसा दुःख है तुझे? मालिक ऐसा देवता, बेटा ऐसा कि उट्ठ कहे तो उट्ठे बैठ कहे तो बैठे। एक मेरे थे सूपत कि सींग निकलने से पहले ही घुसियाने लगे थे। फिर तेरी लौंडिया को भी मुँहमाँगा वर मिल गया, इतने पर भी मुस्कराते न देखूँ तुझे कभी।"

माया बाल-पट्टी पर, चवन्नी-भर की बिंदी लगा, माँग-भर सिंदूर पहन, चूड़ियाँ खनकाती, गेहूँ भी फटकने लगती तो ताई को लगता, वह उसे ही जलाने, साज-सिंगार कर खनका रही है। एक लंबी साँस खींचकर वह कमरे में जाकर, दर्पण के सम्मुख खड़ी हो अपना चेहरा देखती। कैसा श्रीहीन चेहरा हो गया था। लाल रंग कितना पसंद था उसे, अब कभी क्या पहन पाएगी लाल साड़ी?

"मैं जरा बाजार जा रही हूँ जिया, दरवाजा बंद कर लीजिए।" हाथ में कई थैलियाँ-टोकरी लटकाए छोटी खड़ी थी।

"कुछ लाना तो नहीं है बाजार से? मुझे लौटने में देर हो जाएगी। आप खाना खा लें, पराँठे बनाकर कटोरदान में रख गई हूँ। सब्जी-दाल का भगोना गैस पर ही रखा है, दही जमा गई हूँ। आपके खाने तक जम जाएगा। आपको कुछ मँगाना है जिया?"

ताई मँगाना तो बहुत कुछ चाह रही थी पर वह कैसे? जी में आया कहे,

आठ आने की खट्टी-मीठी लेमनचूस ले अइयो, जैसे-जैसे शरीर बूढ़ा रहा था, जबान निगोड़ी बचपने पर उतर रही थी। कभी-कभी वह स्वयं ही गुकटी की दुकान से लेमनचूस ले, गाँठ में बाँध लाती, एक-दो बार तो चाकलेट भी वहीं मुँह चुरा चबा आई थी, पर, उसकी जीभ तो विलायती चाकलेट का स्वाद चख चुकी थी। जब कभी कोई आता, कनक माँ के लिए पूरा गट्ठर भेज देती। निगोड़े बंटी से छिपाना पड़ता, फिर भी लाख छिपाओ करमजला सूँघ-साँघ, साफ कर जाता।

"मैं जाऊँ जिया?"

"हाँ-हाँ, जा ना।" ताई ने चिड़चिड़ाए स्वर में कहा। मरी के मुँह से यह भी तो नहीं निकला कि जिया, चलो, तुम भी मेरे साथ घूम-टहल आओ। अरे रिक्सा पै तो जा ही रही थी। पर कहाँ, उसके भाग में तो अकेले पड़े-पड़े छत की बल्लियाँ ही गिनना लिखा था। जब से जया गई, खाने में कोई आनंद नहीं रह गया था। न जाने कैसी-कैसी उबली सब्जी-दाल बनाने लगी थी छोटी, लल्ला तो गऊ थे, जो सामने रख दिया, वही बिना मीन-मेख निकाले चर लेते थे। हाँ, बंटी कभी-कभी भुनभुनाने लगता, "क्या घास-फूस बनांकर रख देती हो अम्मा, जिस दिन से दीदी गई, एक दिन भी ढंग की सब्जी नहीं बनी।"

जया के जाते ही चौका ही नहीं, पूरा घर वीरान हो गया था। जया को ताई का बड़ा ख्याल था।

कभी-कभी उसे जबरदस्ती चाट खिलाने भी ले चलती थी। बेटे-बहू ने तो जैसे आँखें ही बंद कर ली थीं। आज, अपने समाज की बहू होती तो क्या उसे पराए घर में ऐसे छोड़ देती? कुछ तो अपने-पराए, भाई-बंदों की लोक-लाज होती। वैसे बड़ी बहू तो अपने ही समाज की थी, उसने कौन-सा कद्दू में तीर मार लिया। जब छोटे ने अपने मन का विवाह कर लिया और कभी-कभार उसे शादी-ब्याह, मुंडन में, अपने बिरादरी के नातेदारिनों के बिष बुझे ग्यंगबाण झेलने पड़ते तो वह फन उठाकर नागिन-सी ही डसने दौड़ पड़ती थी :

"अरी, तुम्हारी छातियों में क्यों साँप लोट रहा है। हमने तो देख-परख लिया है कि अपने समाज की बहू से ज्यादा सगी हमारी सुरजीत है। नित सोने से पहले मेरे पैर दबाती है।"

पर उसी सुरजीत ने जब साल-भर में पैंतरा बदल वे ही पैर पकड़ सास को नीचे पटक दिया तब भला बिरादरी कैसे चुप रह सकती थी। लल्लन की अम्मा उसे कैसी जली-कटी सुना गई थी, "क्यों जी बिरजू की अम्मा, सुरजीत अभी भी आती है क्या पैर दबाने? सुना, सरदार जी ने ईंटों का भट्ठा लगवा दिया है तेरे बेटे के लिए।"

कभी अपनी बेटी रंभा का रिश्ता इसी बेटे के लिए लाई थी लल्लन की अम्मा, बात लगभग पक्की भी हो गई थी कि बेटे ने पूरे खानदान की नाक कटवाकर रख दी। पहले गुरुद्वारा जाकर नाम बदला, फिर शादी कर ली। आज तो वह सिर से पाँव तक बदल गया। अपने ही बेटे को कभी-कभी नहीं पहचान पाती थी। कड़ी कलफ किए गए रंगीन साफे में उसके बेटे का वह भोला मासूम चेहरा कहीं खो गया था, जिस आठ अंगुल के ललाट को देख भागमल जोतसी ने भविष्यवाणी की थी, "बहू, तेरा बेटा इसी चौड़े ललाट से लाखों रुपया कमाकर तेरे चरणों में एक दिन डाल देगा।" वही ललाट पटियाला के साफे की भाँजों में दब-सिकुड़कर दो अंगुल का रह गया था, रुपया जरूर लाख-दो-लाख कमा चुका होगा पर अब तक माँ के चरणों में नहीं, पत्नी के चरणों में डाल रहा था रात-दिन।

इधर सुना था कि घर बनवा रहा है। दोनों बेटों के भी बड़े-बड़े केश रखवा दिए थे सुरजीत ने। कितनी साध थी कि कभी बेटों के बेटे हुए तो वह उन्हें मुंडन के लिए विंध्यवासिनी ले जाएगी, जहाँ कभी उसने अपने दोनों बेटों का मुंडन करवाया था। पर बेटों के बेटे तो बिना विंध्यवासिनी गए, उसे ही मूँड़ गए। पिछले महीने सुरजीत उससे मिलने आई थी, एक बार भी उस बंदी के मुँह से नहीं निकला कि अम्मा, अब चलो हमारे साथ, दाल-रोटी जो भी होगा, संग खाएँगे। उसे लगा, बेटे की एक नाल कटती है जब वह माँ की कोख से निकल धरती का स्पर्श करता है, और दूसरी नाल कटती है जब विवाह के बाद वह पत्नी का स्पर्श करता है।

फिर भी ताई कभी मृत्यु की कामना नहीं कर पाई थी। जीवन से उसे बेहद प्यार था। किसी के भी प्रेम का मधुर प्रसंग उसे अकारण ही गुदगुदा जाता, किसी के अनिष्ट की कामना उसने कभी नहीं की पर किसी परिचित परिवार में कोई अवांछनीय दुर्घटना घट जाती तो वह तत्काल वहाँ रस लेने पहुँच जाती। उस परिवार के अतीत की किसी चूक का प्रसंग छेड़-छेड़कर वह पुलकित हो उठती। "ठीक हुआ, अब लग गई ना नाक में छुरी!"

दूसरों के लिए कैसी-कैसी बातें कहीं थीं इसी किशोरी लाल ने। आरिया समाज के मंदिर गए थे पता लगाने कि कनक का ब्याह भी हुआ है या यूँ ही भाग गई है, आज उसी किशोरिया दाढ़ीजार की बेटी ने थूक चटा दिया बाप को। हमारी कनक ने तो हिंदू का ही हाथ पकड़ा था। इनकी तो जूते वाले बदरू के बेटे नियाज के साथ भागी है।

''छिः ताई'', जया ने टोक भी दिया था, ''कैसी गंदी बातें कर रही हो तुम। किशोरी चाचा ने तो खबर सुनते ही अचार के तेल में अफीम चाट ली थी। वह तो चुपचाप डाक्टर बुलाकर पेट में नली डाल सब उगलवा दी मन्नू भैया ने।''

''अरी अभी तो अफीम खाई, साल ही भर में उसी बेटी-दामाद को सिर पै न हगाएँ तो मेरा नाम बदल देना।'' उसने स्वयं ही कभी यही किया था, वह भूल गई थी ताई।

''यही आजकल दुनिया का कायदा है री। पहले थू-थू करेंगे, फिर उसी थूक को चाटेंगे, कहेंगे ये है, वो है, बहू ऐसी है कि लाखों में एक, ऐसा लड़का भला मिल सकता था अपने समाज में? ब्राह्मण नहीं है तो क्या हुआ? गुण से ही तो मानुस ब्राह्मण होता है, ऐसा ही तो कहा है हमारे सास्तरों ने।''

कभी ऐसे उदार विचारों की दलील देने वाली ताई दूसरों के इसी औदार्य की शतमुखी निंदा की जुगाली दिनों तक करती रहती।

थोड़ी देर तक देरानी की व्यर्थ प्रतीक्षा कर ताई चौके में चली गई। एक भगोने का ढकना पलट देखा, फिर दूसरे का। ठंडी मूँग की दाल पर मलाई-सी जम गई थी। दूसरे भगोने में आलू-परवल की रसेदार मिर्च-मसालाहीन सब्जी के तरल सात्त्विकी घोल में परवल के कुछ टुकड़े औंधी पड़ी नाव-से तैर रहे थे।

छिः उससे नहीं खाया जाएगा यह सब! पास ही गली में बिस्नु हलवाई का लौंडा कंचे खेल रहा था।

''अरे लल्ला, सुनियो जरा।'' ताई ने उसे खिड़की से बुला आँचल से एक रुपये का नोट खोलकर थमाया। ''जा अपने बाप से कहियो, एक रुपये की बालाई दे दे, और ले दस्सी तू लीजियो, भैया, जा दौड़ के ले आ जरा।''

थोड़ी ही देर में दस पैसे का उत्कोच ले, लल्ला बालाई का कुल्हड़ उसे खिड़की की सलाखों से थमा गया।

पटला बिछा, पालथी मारकर ताई बड़ी परिपाटी से थाली पोंछ-पाँछ खाने बैठ गई। फिर ताई को लगा, जैसा उनका भाग है, खाते ही वक्त कहीं छोटी न टपक पड़े। जया होती तो वह उसके लिए बालाई अवश्य ही बचा देती पर और किसी के लिए नहीं। बंटी भी एक ही चंट खा, खाली कुल्हड़ के अंजर-पंजर भले ही ताई पिछवाड़े गाड़ क्यों न आए, जासूसी कर वह किसी अनुभवी घाघ थानेदार की भाँति, कुल्हड़ की लाश बरामद कर ही लेता और फिर सबके सामने उसे अपदस्थ कर देता, "क्यों ताई, आज फिर बालाई खाई ना अकेले-अकेले?"

चटपट पराँठे के आखिरी गस्से से कुल्हड़ की करौंठी पोंछ-पाँछ ताई कुंडी खोल कुल्हड़ दूर झाड़ी में पटक आई, फिर कुल्ला कर अपने कमरे में लेट गई।

यह भी भला कोई जिन्दगी थी! खाया, पिया और पसर गए। न कहीं उठना-बैठना, न कहीं आना-जाना, जया अब आ भी गई तो कितने दिन मायके रह पाएगी। जैसे भी हो, अब उन्हें अपना प्रबन्ध करना ही होगा। देरानी के व्यवहार से वह जान गई थी कि जेठानी के आने से वह बहुत प्रसन्न नहीं है। जया के विवाह के एक दिन पहले ताई ने अपना बक्सा खोल रेशमी पोटली में बँधे अपने गहनों की मंजूषा जया के सामने खोली तो उसकी आँखें चौंधिया गईं। उस रत्नजटित स्वर्ण स्तूप को देख जया क्या, कोई जौहरी भी होता तो अवाक खड़ा रह जाता।

"हाय ताई, इतने गहने तुमने घर में रखे हैं? मैं कल ही अम्मा से कह उनके लॉकर में रखवा दूँगी। जानती हो, पिछले ही साल हमारे पड़ोस में मित्तल साहब के यहाँ चोरी हुई, उनकी बेटी मन्नू की शादी के ठीक तीन दिन पहले।"

"अरी चुप भी रह।" ताई ने जल्दी से द्वार बंद कर कुंडी लगा दी।

"तेरी ताई के गहने चुराने वाला चोर अभी पैदा नहीं हुआ, फिर मैं सैयद बाबा की मजार वाले मुजाहिद से फूँक डला लाई हूँ इस पोटली में, चोर ले भी गया तो खून उगलता हमारी ही देहरी पर पोटली के साथ गिर पड़ेगा। ले पसंद कर ले कोई-सा गहना, मेरी ओर से तेरी शादी का परजेंट।"

"नहीं ताई, तुम तो जानती हो, मैं गहने पहनती ही नहीं हूँ।"

"अरी हाँ-हाँ, जानती हूँ, यह भी जानती हूँ कि ससुराल के गहनों से तेरी गर्दन टूटने वाली है। पर मैं तो कुछ दूँगी ही ना तुझे। फिर क्यों न तू

अपनी पसन्द की चीज छाँट ले।''

''नहीं ताई, मुझे कुछ नहीं लेना है। बंद कर दो सब।''

''अरी, यही मेरा बैंक है, जब भी हाथ में पैसे आते, मैं गहने ही गढ़वाती। तब पैंतीस रुपये तोला सोना था री, फिर नब्बे हुआ।''

''तुमने क्या भाभियों को, कनक जीजी को कुछ भी नहीं दिया ताई?''

''तेरी भाभियों को दे मेरा ठेंगा। हाँ, बड़ी को दस तोला सोना जरूर दिया था, एक सेट खरीद लिया था बना-बनाया, अपना सोना बहा दूँ, ऐसी मूरख नहीं थी तेरी ताई, दिया होता तो जैसे बेटा हाथ से निकल गया, सोना भी निकल जाता।''

''छोटी भाभी को?''

''उसे दे मेरा ठेंगा।'' ताई ने अपना पुष्ट अंगुष्ठ जया के नाक के नीचे नचा दिया। यह सब कनक के लिए ही तो रखा था पर वही जब सोने में गोली दाग गई। अपने समाज में शादी की होती तो यह सब उसी का होता, जितना दिया था, वह भी तो नहीं रहा उसके पास।'' ताई ने एक लम्बी साँस खींच बड़े महत्व से गहनों को सहलाया।

''अब इस गहने का क्या करोगी ताई?''

''जो करूँगी वह सोच लिया है। कुछ तिरुपति के चढ़ावे में दूँगी, कुछ बदरीनाथ, ले छाँट जल्दी, कहीं तेरे बाबू-अम्मा आ गए तो मेरी खटिया खड़ी कर देंगे कि इत्ता गहना घर में रक्खे हो।''

''मुझे कुछ नहीं लेना है ताई।''

''तब मैं ही अपनी पसन्द की चीज दूँगी, कनक की नजर इसी रामनौमी पर थी, ले तू ही रख अब इसे, मैंने कभी बड़े शौक से गढ़वाई थी।'' अपनी पोटली में सबसे भारी वह आभूषण ताई ने उसके गले में डाल दिया और उस निष्कपट औदार्य से उनका चेहरा ऐसे दमक उठा जैसे वह गहना जया ने नहीं, स्वयं उन्हीं ने पहना हो।''

जया के मायके का हल्का-सा सेट भी उस स्वर्णाभूषण की गरिमा से भारी लगने लगेगा, नाभिस्पर्श करती उस भारी रामनौमी को देख सब महिलाओं की आँखें फटी-की-फटी रह जाएँगी। सब पूछेंगी, क्या यह तुम्हारी अम्मा ने दिया? और जया कहेगी, नहीं ताई ने। उसी क्षण ताई के औदार्य की चर्चा से जया की ससुराल की महिफल मुखरित हो उठेगी, वही क्षण ताई की विजय का होगा।

पहली बार कृतज्ञ दृष्टि से जेठानी को देख अल्पभाषिणी देरानी मुखरा

बन उठी थी। "जिया, इतना भारी गहना देकर तुमने हमारी गर्दन झुका दी, अब कम-से-कम इसकी ससुराल वाले यह तो नहीं कह पाएँगे कि हमने हल्का गहना दिया।"

माधव बाबू का स्वास्थ्य इधर ढीला चल रहा था, अबाध्य पुत्र के पैरों में उन्होंने बेड़ियाँ तो डाल दी थीं, किन्तु वह कुख्यात अपराधी की भाँति कभी भी कड़े-से कड़े प्रहरियों की आँखों में भी धूल झोंक, मिनटों में फरार हो सकता था। अपने निजी जीवन में भी कभी-कभी घोर नैराश्य उन्हें उधर असहाय बनाने लगा था। वे जानते थे कि वर्तमान समय समाज-इतिहास की दृष्टि से अत्यन्त शोचनीय संकटपूर्ण स्थिति से गुजर रहा है। जीवन-भर वे अपनी ईमानदारी को, दाँतों के बीच जीभ-सा ही सेंतते चले आए थे। किन्तु अब उनके सत एवं नैतिक जीवनयापन के लिए आदर्श और वास्तविक अभिज्ञता का वैमनस्य ऐसा तीव्र बनता जा रहा था कि उन्हें स्वयं भय होने लगा था। मानव समाज के इसी शांति विधान में दिन-रात जुटे रहने पर भी वे ईप्सित साफल्य प्राप्त नहीं कर पा रहे थे।

विरोधी दलों के नवीनतम आयुधों के सम्मुख उनके पुराने जंग लगे आयुधों की असमर्थता उन्हें पद-पद पर अशक्त बनाती जा रही थी। इसी अनिश्चितता, अधैर्य एवं अशांति से वे दिन-पर-दिन टूटते जा रहे थे। जिस अपनी राजनीतिक बिरादरी को वे जानते थे, वह कहीं पीछे छूट गई थी। वह नवीन बिरादरी कभी किसी सामान्य-सी ही त्रुटि को पकड़, उनका हुक्का-पानी बन्द कर सकती थी। लोभ, स्वार्थ, राजनीतिक क्षेत्र में अतिरिक्त मुनाफा अर्जित करने की महत्त्वाकांक्षा ने मनुष्य को यान्त्रिक और अमानुष बना दिया था। इस जटिल संकट से मुक्ति पाने के लिए उन्हें अपने को नये साँचे में ढालना होगा, यह वे जानते थे पर साथ ही यह भी जानते थे कि ऐसा वे कभी नहीं कर पायेंगे।

राजनीतिक सांप्रदायिक जटिलता कभी-कभी उनकी सांसारिक विमुखता को प्रबल रूप से उभार देती, जी में आता सब कुछ त्याग कर चुपचाप किसी ऐसे अरण्य में चले जाएँ जहाँ उन्हें कोई ढूँढ़ न पाए। उदासीना विलासिनी पत्नी का ठंडा व्यवहार, दुराचारिणी पुत्री की दुष्कीर्ति, समधी का उनके विरुद्ध अभियान, पुत्र का औद्धत्य, उनका रक्तचाप भयावह रूप से बढ़ा गए थे।

उन्हें लगता था कि कभी भी उनकी मस्तिष्क की शिराएँ फट सकती हैं। गृहशांति के लिए उनके हृदय में हाहाकार निरन्तर तीव्रतर होता जा रहा था।

जितनी ही बार गृह त्याग कर निरुद्देश्य होने की इच्छा तीव्र होती, उतनी ही बार नवीना पुत्रवधू का कमनीय, भोला चेहरा उनका कलेजा कचोटने लगता। उन्होंने तो उस मासूम लड़की के प्रति सबसे बड़ा अन्याय किया था, केवल अपनी स्वार्थपूर्ति के लिए ही तो वह खतरनाक जुआ खेला था। अब उसकी सुरक्षा करना उनका सबसे बड़ा कर्त्तव्य बन गया था। यद्यपि शक्की पत्नी के ओछे स्वभाव का एक बार अत्यन्त घिनौना परिचय वे पा चुके थे। अब उन्हें फूँक-फूँककर ही कदम रखना होगा। ठीक अपने अंगरक्षकों की भाँति सादी बहुरूप वेशभूषा में उनका साया निरन्तर जया को घेरे रहेगा, जिससे कोई भी उग्रवादी गतिविधि उसका अनिष्ट न कर पाए।

पंचनक्षत्र खचित होटल में पहुँचते ही जया घबड़ा गई थी। वह बेचारी तो आज तक कभी लिफ्ट पर नहीं चढ़ी थी। उस अनजाने, अपरिचित परिवेश में कार्तिक के सुखद साहचर्य ने धीरे-धीरे उसकी भीरुता का कोहरा स्वयं हटा दिया। वही उसके लिए परिधान का चयन करता उसे नाना नवीन अभिज्ञताओं का पाठ पढ़ाता और चार ही दिन में, उसने उसे नवीन शिष्टाचार की बारहखड़ी, बड़ी सहजता से रटा दी।

जिस सहचर की दूर की झलक ही मोहक थी, उसके निकट का साहचर्य कितना मधुर था, कितना मोहक। उसकी मुग्ध दृष्टि, उसका स्पर्श, उसकी आवाज ने जया को पूर्ण रूप से सम्मोहित कर लिया था, ठीक जैसे सर्प को देखते ही पक्षी स्तंभित हो, अवश बना स्वयं ही मृत्यु को वरण कर लेता है! कभी उसका वह अलमस्त प्रणयी उसे आधी रात को समुद्र तट से तट पर खींच ले जाता, कभी बिना किसी पूर्वसूचना के एक समुद्र तट से डेरा-डंडा उखाड़ किसी दूसरे समुद्र तट पर घास-फूस से छाई, वातानुकूलित आधुनिक पर्णकुटी पर खींच ले जाता। जया के सौंदर्य की कैसी अपरूप तहें खुलती जा रही थीं उस व्यक्ति के लिए।

वह नहाकर बाल खोले उसके सम्मुख खड़ी हँसकर पूछती, "ऐसे क्या देख रहे हो?"

"तुम्हें।"

"क्यों?"

उस 'क्यों' का उत्तर देने वह फिर शब्दों का सहारा लेने की आवश्यकता

नहीं समझता। घंटों जलसर्प-से एक-दूसरे से लिपटे वे युगल प्रेमी न जाने कब तक रूपाभसिकता पर पड़े रहते।

"मुझे तिरुपति ले चलोगे ना? तुमने वायदा किया था।"

"क्यों? कुछ मनौती माँगी थी क्या?"

वह लजाकर सिर झुका लेती। उससे क्या कहती कि उसने कौन-सी मनौती माँगी थी। बीस दिन न जाने कैसे बीस मिनट-से ही बीत गए। जितनी ही बार वह तिरुपति जाने का नाम लेती, उतनी ही बार कार्तिक उसे किसी नवीन वनस्थली में खींच घुमा-घुमाकर ऐसा अभिभूत कर देता कि वह सब भूल जाती।

देवस्थल की देहरी तक आकर भी वह देवदर्शन नहीं कर पाई, शायद उसी का दंड भी विधाता ने उसे अविलंब दे दिया।

"मेरे एक मित्र का फोन आया है, कुछ घंटों के लिए एयरपोर्ट में ही रुका है, तुम बहुत थक गई हो, यहीं आराम करो। मैं उससे मिल आता हूँ। देर भी हो तो घबड़ाना नहीं।"

फिर वह उसके लिए ढेर सारी पत्रिकाएँ खरीदकर रख गया था।

जया न जाने कब तक सोयी रही, ऐसी नींद उसे पहले कभी नहीं आई थी। बीस दिनों की निरंतर भागदौड़। सोने-जागने की अनियमितता, आज तक कभी न चखे गए देशी-विदेशी व्यंजनों का गरिष्ठ परिवेशन ही उसे शायद ऐसी अलस बना गया था। आँखें खोलना चाह भी रही थी, फिर भी पलकें मुँदी जा रही थीं।

फिर वह हड़बड़ाकर उठ बैठी। अचानक उस अँधेरे का एकांत, उसे भयभीत कर उठा। आज पहली बार वह उस कमरे में अकेली रही थी। बाहर के पीताभ प्रकाश की रुग्ण परछाईं, कमरे के बुझे झाड़फानूस पर प्रतिबिंबित होकर दीवारों पर विचित्र आकार बना-मिटा रही थी। उन पीताभ परछाइयों को देख वह स्वयं ही मुस्कराने लगी। अंधकार में वैदूर्यमणियों से निर्मित दीवारों पर, झरोखों से आकर गिरती हुई किरणों की परछाइयों की कल्पना कवियों की केवल कल्पना ही नहीं रही होगी, अवश्य कवि ने भी ऐसी ही परछाइयाँ देखी होंगी, जो बिल्ली की आखों की तरह पीली और भयंकर बन, गृहवधुओं को डराती थीं।

विभ्युर्विडालेक्षण भीषणाभ्यो
वैदूर्य कुड्येषु शशिर्द्युतिभ्यः

इतनी देर कैसे कर दी कार्तिक ने? कहीं कोई दुर्घटना तो नहीं हो गई? फिर वह एक झटके से उठी, बत्ती जलाई, हाथ-मुँह धोकर गुड़ीमुड़ी बन गई साड़ी बदली। आज वह एक नई पीली कांजीवरम् खरीदकर रख गया था, "सुनो जया, तुम आज शाम को यही साड़ी पहनोगी। हम फिर एक बढ़िया-सी तमिल फिल्म देखने चलेंगे। मैं चाहता हूँ कि सिनेमा हाल में लोग तुम्हारी सज्जा देख हृष्ट-पुष्ट फिल्म नायिका को भी देखना भूल जाएँ और तुम्हें ही मुड़-मुड़कर देखते रहें।"

गीले रूमाल में वह उसकी वेणी के लिए बेले का गजरा भी सैंतकर रख गया था। यत्न से शृंगार कर ताई की रामनवमी पहन खिड़की पर खड़ी हो गई।

सहसा द्वार की संगीतमय घंटी बजी, "जया, मैं हूँ, दरवाजा खोलो।" वह चौंकी, कैसी बदली-बदली आवाज थी; कहीं कोई चोर-उचक्का तो नहीं घुस आया।

"मैं हूँ कार्तिक, सो गई क्या?"

जया ने दरवाजा खोल दिया।

खिसियाई हँसी हँसता कार्तिक भीतर आ गया। "सॉरी जया वेरी सॉरी। कुछ देर हो गई।" कैसी विचित्र हँसी थी वह! दोनों आँखें जवा-पुष्प-सी लाल, रेशमी कुर्ते पर पान की पीक की टेढ़ी प्रश्न के चिन्ह की-सी लकीर, एक हाथ में बेले का गजरा।

"लो ताजी वेणी लाया हूँ तुम्हारे लिए, वह बासी वेणी खोलकर इसे लगा लो, लो, लेतीं क्यों नहीं!" उसे वेणी पकड़ाने वह लड़खड़ाता आगे बढ़ा तो भयभीत-चकित दृष्टि से उसे देखती जया दीवार से सट गई।

फिर सहसा दिग्भ्रांत-सा हो गया कार्तिक, स्वयं ही पलंग कर बैठ बड़बड़ाने लगा। "तेरे बाप ने भी कभी देखा था ऐसा होटल? ऐ! बोलती क्यों नहीं। हूँ तू वेणी लगाना क्या जाने! हाथ में छुरी-काँटा भी थामा था कभी? कल दाहिने हाथ में काँटा थामे, ऐसे गोड़ रही थी आमलेट को, जैसे तुम्हारे बाप उस दिन अपनी गुलाब की क्यारी गोड़ रहे थे...ऐसे..." और वह हाथ में वेणी हिला-हिलाकर, काल्पनिक काँटा थामे उसके अनाड़ीपन का अभिनय करने लगा। फिर एकाएक वह क्रोध से तनतना उठा, "आतीं क्यों नहीं? लो थामो गजरा और लगाकर हमें दिखाओ।" जबान अब एकदम ही लटपटा

गई थी।

"हम बुला रहे हैं, सुना नहीं? आज सुधा होती तो वह खुद भी पीती और हमें भी पिलाती, पर ये तो पिएँगी गंगाजल-ऐं? हनीमून को जाएँगी तिरुपति। तब सुन ले, तेरी जैसी बीसियों पिल्लियों को हमने सूँघ-सूँघकर दूर पटक दिया है।"

और फिर वह झूम-झूमकर गाने लगा :

कंकर मोहे लागी।
जइयै ना रे
कंकर लगिबे की
कछु डर नाहीं
गागर मोरी फूटि जइयै ना रे

"क्यों अब आती है या नहीं? ऐं भाग गई क्या? तब ठीक है।" नशा शायद तुंग पर पहुँच गया था, सदा का सुरीला कंठ, मदिरा के मद से बार-बार विकृत होकर फिसल रहा था।

गागर फूटिबे की
कछु डर नाहीं
चुनर मोरी भीजी जइयै
चुनर भिजिबै की
कुछ डर नांही
बलम मोरा रूठ जइयै ना रे"

हाथ की बेणी को दूर पटक, वह निढाल होकर पलंग पर ही लुढ़क गया और कुछ की क्षणों में खर्राटे लेने लगा।

बाहर की बूँदाबाँदी गर्जन-तर्जन के साथ तीव्र हो उठी थी। बीच-बीच में काँच पर चकमती बिजली की चमक जया के सफेद चेहरे पर पड़ रही थी। वह थरथराती दीवार से चिपकी आधी रात तक खड़ी रही। फिर उसने साहस कर बत्ती बुझा दी और सोफे पर ही लेट गई। कार्तिक के इस आकस्मिक रूप ने उसे बुरी तरह दहला दिया था।

किस सुधा की बात कर रहा था वह? क्या वही खूँखार, चेहरे वाली, लीना की मित्र सुधा तो नहीं, जो महिला संगीत के दिन उसे विचित्र दृष्टि से घूर रही थी? इतने दिनों तक जिस कार्तिक ने उसे पान के पत्ते-सा फेर, प्रेम का प्रथम मधुर पाठ पढ़ाया था, जिस जन्मजात प्रणयी ने उसे बड़े

लाड़-दुलार से हाथ पकड़ कर प्रेम के नंदनवन की कुंजवीथिकाओं में घुमा, स्वर्ग सोपान पंक्ति पर हुमक-हुमककर चलना सिखा दिया था, वही सहसा, कैसे उसे विनिपात की ओर खींच ले गया? ताई ने क्या ठीक ही कहा था, क्या पुत्र के इसी व्यसन की जानकारी के कारण ससुर ने उसे सर-माथे पर लिया था? अब वह यहाँ से अकेली भागना भी चाहे तो कैसे भाग सकती थी? उसने तो कभी हवाई यात्रा का टिकट भी नहीं खरीदा था? उसने शंकित दृष्टि से घोर निद्रा निमग्न सहचर को देखा घन-घन श्वास-प्रश्वास में उसकी छाती उठ गिर रही थी, रेशमी कुर्त्ते के बटन खुले थे, एक हाथ नीचे लटक गया था।

अब क्या करे? माधव बाबू को कहीं से फोन पर सब बता दे? अचानक उसकी आँखें भर आईं। पिता के अपमान की स्मृति उसे पागल बना गई। जो इतने ही दिनों में उसे ऐसे अपमानित कर पाया, उसके साथ किस भविष्य की आशा कर सकती थी वह? घर जाते ही उसे अब स्वयं अपने भविष्य की नवीन भूमिका संजोनी होगी। पति से निरंतर लांछित-अपमानित हो, गृह की चहारदीवारी में ही अपने भाग्य से समझौता वह कदापि नहीं करेगी। किस बात की कमी है उसमें? गर्व से उसकी गर्दन स्वयं सतर हो गई। जिसने इतनी दूर लाकर उसका ऐसा अपमान किया था, उसे अपनी देह का स्पर्श भी नहीं करने देगी वह। किंतु पिता से क्या कहेगी? माँ के सम्मुख अपनी इस पराजय की चर्चा भी कैसे कर पाएगी? उसके सरल धर्मभीरु माता-पिता क्या इस धक्के को सह पाएँगे? अभी तो उसका द्विरागमन भी नहीं हुआ था और फिर स्वयं माधव बाबू? उत्तेजना से उसकी मांसपेशियाँ तन गईं, चेहरा तमतमा उठा।

दिन चढ़ गया था। बैरा आकर चाय की ट्रे रख गया। उसे लगा काकदृष्टि से सोए कार्तिक की ओर देख हतभागा मुस्करा भी रहा था।

कार्तिक मदालस, बेसुध पड़ा था। बड़ी देर तक शॉवर की फुहारों के नीचे खड़ी रहने पर भी उसकी हाड़-मज्जा दग्ध करती तीव्र दहन शांत नहीं हुई। नवीन सहचर के एक-एक स्पर्श को वह जैसे रगड़-रगड़कर मिटा देना चाह रही थी।

नहा-धोकर, भीगे बालों को सुलझा वह पिता के दिए उसी मंत्र का पाठ करने लगी तो खिन्न-म्लान चित्त स्वयं शांत हो गया।

"जया" कार्तिक उठकर बैठ गया था। ध्यानमग्ना जया की तेजस्वी मूर्ति

ने उसके कंठ की पुकार कंठ ही में अवरुद्ध कर दी। वह इसे दूसरी बार पुकार नहीं पाया। किसी गहरी बेहोशी से सहसा चैतन्यावस्था में प्रत्यावर्तित रोगी की भाँति उसकी स्मृति धीरे-धीरे प्रखर हो उठी।

उसे नशे में क्या कहा था, यह उसे याद नहीं था, पर इतने दिनों के संयम का बाँध जब टूटा तो वह नशे की वेगवती धारा में डूबता-उतराता, लड़खड़ाकर ही होटल तक पहुँचा था, यह उसे याद था।

कमरे में दूर पड़ी वेणी को देखते ही धीरे-धीरे उसे सब याद हो आया। उसने बड़े दुलार से ही जया को पुकारा था, पर जब वह नहीं आई तो उसका पारा चढ़ गया था, यह भी याद था। फिर शायद नशा और गहरा गया था। पलंग से उतर वह सोफे पर, चित्रांकित-सी बैठी जया के एकदम नजदीक आकर उसे एकटक देखने लगा। इसी तेजस्वी मुद्रा ने तो उसे उस दिन मंदिर में भी निर्वाक् बना दिया था।

आज भी वह आश्चर्यचकित दृष्टि से देखता रहा। लाज से सिकुड़ी-सहमी वह सहचरी कहाँ खो गई जिसे वह इतने दिनों से देख रहा था? वह लड़की, जो कुछ ही दिनों में गहन विश्वास से उसके इतने निकट आ गई थी, कहाँ गई वह? जिसे जब चाहे, तब वह खींचकर छाती से लगा सकता था, कठपुलती की भाँति जिसके कंधों पर लगी डोर, स्वयं उसकी मुट्ठी में आकर सिमट गई थी, वह एकाएक उसकी पकड़ से एक ही रात में इतनी दूर कैसे छिटक गई? आगे बढ़ उसका स्पर्श करने में भी वह क्यों ऐसे सहम रहा था?

फिर बिना कुछ कहे, उसने बद्धपद्मासन में बैठी जया की गोद में अपना सर रख दिया था। एक झटके से उठकर वह दूर खड़ी हो गई। उसकी आँखों से आग की लपटें-सी निकल रही थीं। ''मुझे घर पहुँचा दीजिए, मैं अब एक पल भी यहाँ नहीं रुक सकती।''

उसके पतले अधर काँप रहे थे, भीगे बालों की लटें उसके शुभ्र ललाट पर पानी की बूँदे टपका गई थीं। या उत्तेजनाजन्य स्वदेकण, मुक्ता-से चमक रहे थे?

''अरे बाप रे बाप, इतना गुस्सा? मैं जानता हूँ तुम मुझसे बेहद नाराज हो, आई एम सॉरी जया, कल एक पुराना दोस्त मिल गया। माना ही नहीं, जबरदस्ती दो-तीन पेग लेने पड़े। उस पर जर्दे वाला पान खिला दिया कमबख्त ने। यकीन करो जया। आज से हाथ नहीं लगाऊँगा।''

''मेरे बाबू जी से इतनी ही नफरत थी तो क्यों गये थे आपके पिता जी

गिड़गिड़ाकर मेरा रिश्ता माँगने? मैं मास्टर की बेटी हूँ ठीक है, मैंने कभी छुरी-काँटा नहीं थामा, सुधा होती तो खुद ही पिलाती, तब क्यों नहीं ले आए, आप उसे?" प्राणांतक चेष्टा से ही वह आँख के आँसुओं को रोके रही, यह कार्तिक ने देख लिया था, पर वह इस आघात के लिए प्रस्तुत नहीं था। तब क्या वह नशे में यह सब कह गया था?

फिर वह तनतनाकर उठी और सूटकेस में अपने कपड़े ठूँसने लगी।

"आप आज की फ्लाइट से मुझे घर नहीं ले गए तो मैं अकेली ही चली जाऊँगी।" वह पलटी, उस सौम्य चेहरे की दृढ़ता में कभी भी संशय की गुंजाइश नहीं थी।

"इतनी जल्दी कैसे जा सकते हैं जया। कल के टिकट शायद मिल जाएँ। मैं वादा करता हूँ हम लौट जाएँगे। पर क्या तुम तिरुपति नहीं जाओगी? तुमने वहाँ कुछ माँगा था।" सिगरेट जलाकर बड़ी मोहक अदा से ओठों में दबाकर मुस्कराकर उसे वह छेड़ने लगा।

"नहीं जाऊँगी, जो माँगा था, वह क्या मिला मुझे?"

कार्तिक की लाख मान-मनुहार के बाद भी उसने पानी की बूँद भी नहीं घुटकी। सारी रात बिना खाए-पिए उसने उसी सोफे पर काट दी।

दूसरे दिन तड़के ही दोनों एयरपोर्ट पहुँच गए थे। लंबी उड़ान के बीच जया एक शब्द भी नहीं बोली। कार्तिक एक के बाद एक सिगरेट फूँकता चला जा रहा था। दो ही दिन पहले वह कैसे उसके होंठों से सिगरेट खींचकर दूर पटक देती थी।

"नहीं, अब मैं तुम्हें ऐसे कलेजा नहीं फूँकने दूँगी।"

और आज? पति के पार्श्व में बैठकर भी जया उन मेघखंडों के साथ उड़कर स्वयं अशरीरी मेघखंड बन गई थी।

वे उतरे तो एक अधिकारी आकर सूचित कर गया। "पंडित जी आपको लेने आए हैं। वी. आई. पी. लाउंज में आपकी प्रतीक्षा कर रहे हैं। आप चलें, सामान का टिकट दे दें, वहीं पहुँच जाएगा।"

"जया प्लीज," कार्तिक ने धीमे स्वर में कहा। "डैडी से कुछ मत कहना। आई प्रॉमिस, मैं आज से कभी छुऊँगा भी नहीं।" वह अपनी बात पूरी भी नहीं कर पाया था कि सामने खड़े माधव बाबू पर दोनों की दृष्टि एक साथ पड़ी। जया ने बढ़कर उनके पैर छुए तो उसके सर पर हाथ धरकर वे कहने

लगे, "कल रात ही मुझे मुन्ना का फोन मिला। मुझे आज ही दोपहर को भोपाल जाना था, अच्छा हुआ समय से फोन आ गया, मैंने दौरा रोक दिया।"

वे उन्हें लेकर कार में बैठ गए, फिर जया को अपने पास बिठाकर वे सहसा अंग्रेजी में बोलने लगे, "मेरे रुकने और स्वयं तुम्हें लेने आने का कारण और भी है। तुम्हारी सास कुछ नाराज हैं, तुम लोग शायद उन्हें बताए बिना ही चले गए थे, सोचा तुम्हें स्वयं यहाँ आकर आगाह कर दूँ। तुमसे कुछ बुरा-भला कह भी दें तो बुरा मत मानना। मुझे विश्वास है, तुम उनका गुस्सा झेल लोगी।"

जया कुछ नहीं बोली, कार्तिक ने न पिता के पैर ही छुए, न एक शब्द ही कहा, इसी से शायद माधव बाबू पुत्रवधू को ही माध्यम बना, अबाध्य बेटे की ओर भी बीच-बीच में अर्थपूर्ण दृष्टि से देखते जा रहे थे, उस मूर्ख से कुछ कहना व्यर्थ था।

इसी व्यक्ति ने उससे इतना बड़ा छल किया। पत्नी का उग्र स्वभाव पुत्र की उद्दंडता, कुव्यसन जानकर भी यही व्यक्ति तो उसे बहू बनाकर लाए थे, क्या केवल उग्रतेजी पत्नी की जली-कटी झेलने और पुत्र का अपमान सहने? फिर भी इसी निरीह व्यक्ति को देखते ही, उसके क्रोध की तरंगें, क्यों बार-बार हृदय की कगार पर ही पछाड़ खा-खाकर लौटी जा रही थीं? क्यों वह जबान नहीं खोल पा रही थी? क्या-क्या कहा था उनके मदालस बेटे ने उससे? कैसे अपमान किया था उसका? पर घर के मलिन वस्त्रों की पोटली धोनी ही होगी तो घर ही पर जाकर धो लेगी, चलते चौराहे पर नहीं।

कार बरसाती में रुकी, गार्ड ने सलामी दी। मंत्री जी की प्रतीक्षा में खड़े चार-पाँच खद्दर टोपी धारी चमचे, निरर्थक खीस निपोड़े दो सूटकेस थामने टूट पड़े, किंतु स्वागत के लिए भीतर से कोई नहीं निकला। न सास न ननद। वह ससुर के पीछे-पीछे सर झुकाए भीतर पहुँची, तो पूरा घर भाँय-भाँय कर रहा था। लगता था, सब गृहवासी कहीं घूमने चले गए हैं।

"लीना," माधव बाबू ने पुकारा। उस पुकार में उनका आक्रोश प्रखर हो उठा। कार का शब्द सुनकर भी नई बहू को लेने कोई नहीं आया, इसी से शायद उनका पारा चढ़ गया था। उनकी पुकार की गर्जना सुन, रोते बच्चे को चुप कराती आया बाहर निकली, "बड़ी मेम साहब और बेबी दोनों जनी कहीं बाहर गई हैं सरकार।"

माधव बाबू का चेहरा तमतमा उठा, यही समय मिला घूमने को? यह

जानकर भी, वे बहू-बेटे को लेने एयरपोर्ट गए हैं, चन्द्रा लड़की का हाथ पकड़, घूमने चल दी?

चन्द्रा की यही अबाध्यता कभी-कभी उनके हाड़-मांस जला देती थी। जब से मुन्ना का विवाह हुआ, वह जान-बूझकर पति से ऐसा ही प्रतिशोध ले रही थी। उन्होंने जाने से पहले दोनों से साथ चलने का अनुरोध भी किया था। चन्द्रा ने तो उत्तर ही नहीं दिया। लीना ने कंधे झटकाकर कहा, ''मुझे हेयर सेट कराने जाना है, मेरा अशोका में पहले से एपॉइंटमेंट है।''

''बेटी, तुम अपने कमरे में जाकर सुस्ता लो, मैं तुम दोनों के लिए वहीं चाय भिजवाता हूँ।''

जया कमरे में पहुँची तो कार्तिक पलंग पर पहले ही जाकर लेटा, सिगरेट का ऊर्ध्वमुखी धुआँ छोड़ता न जाने किस सोच में तन्मय था। पहले उसने जया को नहीं देखा, देखते ही उचककर बैठ गया। ''थैंक्स जया। तुमने डैडी से कुछ नहीं कहा। मैं तो कार में ही बैठा-बैठा काँप रहा था। कहीं तुमने कुछ कह दिया होता तो डैडी मुझे वहीं पर कार से नीचे उतार देते। मुझे तो लगता है, द ओल्ड मैन इज इन लव विद यू।'' अपनी रसिकता से उसने जया को गुदगुदाने की चेष्टा की।

''चुप करो।'' वह इतनी जोर से गरजी कि वह सहम गया, ''मुझे ऐसे ओछे मजाक सुनने की आदत नहीं है। तुम क्या सोच रहे हो, मैं घर पहुँचकर भी चुप रहूँगी? आज ही डैडी से सब कुछ कहकर घर चली जाऊँगी, तुम चाहो तो सुधा को शौक से घर ला सकते हो।''

''जया प्लीज'', उसने बढ़कर उसका हाथ थाम लिया।

एक झटके से उसका हाथ झटक जया खिड़की के पास खड़ी हो गई।

विष्णु बड़ी शिष्टता से बार-बार खाँसकर चाय की ट्रे रख गया। एक प्लेट में गरम-गरम जलेबियाँ थीं, यही कार्तिक का प्रिय नाश्ता था।

''वाह, देखो क्या गर्म-गर्म जलेबियाँ हैं, खाकर देखो।'' उसने टप से एक जलेबी उठाकर मुँह में धरी और गरम रस ने उसकी लोलुप जीभ को दग्ध कर दिया। वह ऊपर गर्दन उठा, मुँह ही मुँह में उष्ण को शीतल करता बोला, ''बाप रे बाप, लगता है तुम्हें मनाने डैडी ने सीधे कढ़ाह से गर्म जलेबियाँ उठाकर भेज दी हैं, वाह!'' वह फिर बड़ी बेहयाई से एक के बाद-एक-जलेबियाँ दागता चला गया।

कभी यही निर्लज्ज हँसी, जया के कठोर मन को उसके न चाहने पर भी

बाँध लेती थी। आज चाहने पर भी उस हँसी की मोहकता को वह देख नहीं पा रही थी। नीले कामदार कुर्ते में उसकी मनोज की-सी वह छटा, किसी भी नारी को मोह सकती। रस ले-लेकर अँगुलियाँ चाटता वह बार-बार जया को चिढ़ाने की-सी मुद्रा में देख बड़ी दुष्टता से मुस्कराता जा रहा था।

"सकल पदार्थ यहि जग मांही, करमहीन नर पावत नाहीं। क्यों, है ना जया? अभी भी समय है, चख के देखो जरा। हमें तो भई गर्म-गर्म चीजों में ही मजा आता है, ठंडी होतीं तो हमने अब तक उठाकर दूर फेंक दी होतीं।"

ओफ कैसा ओछा व्यक्ति निकला यह। वितृष्णा से उसे देखकर जया गुसलखाने में घुस गई।

बड़ी देर बाद वह, निकली तो देखा, वह नाश्ता कर जा चुका था।

उसका गला प्यास से सूख रहा था पर उसने चाय नहीं पी, इस घर का पानी भी नहीं घुटक पाएगी वह अब! उसके जी में आ रहा था, वह कार्तिक की अनुपस्थिति में चुपचाप बाहर निकल जाए और रिक्शा लेकर अपने घर पहुँच जाए! न जाने कब तक वह कुर्सी पर मूर्तिवत बैठी, यही सोचती रही। उसे अकेली आई देख पास-पड़ोस वाले क्या कहेंगे। अम्मा भले ही कुछ न पूछे, ताई तो उसकी बखिया उधेड़कर सब जान लेंगी। देखते ही देखते पूरे मोहल्ले में खबर फैल जाएगी कि वह ससुराल से लड़-झगड़कर महीना बीतते-न-बीतते हमेशा के लिए मायके आ गई है। पान की गुमटी से लेकर हलवाई की दुकान तक लोग उसी को लेकर मनगढ़ंत बातें करेंगे। "ठीक हुआ, बहुत बड़ी जगह हाथ मारने गए थे श्यामा बाबू, अपना-सा मुँह लेकर लड़की को लिवा लाना पड़ा।"

विष्णु चाय की ट्रे लेने आया तो वह उठकर प्याले-प्लेट, लापरवाही से बिखर गए जलेबी के टुकड़े ट्रे में धरने लगी।

"अरे आप छोड़ दीजिए सरकार, हम उठा लेंगे।" विष्णु ने कहा, फिर एक कोरा प्याला देखने लगा।

"लगता है भैया जी ने चाय नहीं पी। मैं तो भूल ही गया था, जलेबी के साथ वे चाय नहीं पीते, दूध पीते हैं। आपके लिए एक प्याला और बना दूँ बहू जी?"

उस संबोधन से वह चौंकी। अभी-अभी इसी संबोधन से तो वह मन-ही-मन मुक्ति पा चुकी थी। "नहीं। मैं नहीं पियूँगी।"

"माँजी और बेबी आ गई हैं सरकार, बड़े सरकार ने कहा है, आपको

बता दूँ।''

एक पल को सास की आगमनी की सूचना उसे कंपा गई, न जाने अब क्या-क्या सुनने को मिलेगा।

''जया बेटी, देखो तुम्हारे बाबू जी आए हैं।'' माधव बाबू ने नीचे से पुकारा तो एक क्षण को ससुराल के सारे अदब-कायदे भूल, सिर बिना ढाँके ही तेजी से सीढ़ियाँ उतरती नीचे पहुँच गई।

श्यामाचरण का चेहरा पुत्री को देखते ही खिल गया, ''कैसी हो बेटी?''

पिता के पैर छूते ही उसके कंठ में गह्वर-सा अटक गया, बड़े यत्न से उसने रुलाई घुटक ली। सहसा ससुर की उपस्थिति का आभास उसे फिर छुई-मुई बना गया।

''तुम्हारी ताई ने मुझे तुम्हें लिवाने भेजा है। कह रही थीं, मैं तुम्हें साथ नहीं लाया तो खुद लिवाने चली आएँगी।''

''यहाँ किसी जंगल में थोड़े ही ना पड़ी है समधी जी, अभी तो पहुँचे ही हैं, एक-दो दिन में भेज देंगे।''

सास का स्वर हथौड़े-सा बजा। जया भूल ही गई थी कि वह लौटने के बाद पहली बार सास को देख रही है। फिर उसे अपनी भूल का आभास हुआ, उसने झुककर सास के पैर छुए।

''अरे भई, चाय-वाय भिजवाओ जल्दी। बैठो-बैठो श्यामा, असल में ठीक ही कह रही हैं तुम्हारी समधिन। ये लोग अभी-अभी पहुँचे हैं।'' जया मूर्तिवत् खड़ी थी, मन-ही-मन उसे सास का असमर्थन क्षुब्ध कर गया, कौन अँधेर कर दिया बाबू जी ने? कौन लड़की विवाह के तुरंत बाद मायके जाने को नहीं तरसती? ताई, अम्मा, छोटे भाई के लिए उसका मन न जाने कैसा करने लगा। जी में आया बिना किसी से कुछ पूछे, उसी क्षण बाबू जी का हाथ पकड़कर चल दे।

''कार्तिक अपने किसी दोस्त से मिलने गया है।'' माधव बाबू स्वयं ही खिसियाई कैफियत देने लगे। नौकर चाय की ट्रे में नाना मेवे-मिष्टान्न रखकर चला गया।

''लो भाई श्यामा, गर्म-गर्म चाय लो।''

''क्षमा करें।'' श्यामाचरण ने बड़ी विनम्रता से हाथ जोड़कर कहा, ''मैं कुछ लूँगा नहीं, मुझे अब आज्ञा दें, कार्तिक शायद देर में आएँ, मुझे आज

एक टैब्युलेशन के लिए कॉलेज जाना है।''

वे उठ गए, चन्द्रा का मुँह और फूल गया। स्वयं जाकर उसने श्यामाचरण को प्रभावित करने, विशेष रूप से जलपान की सामग्री संजोई थी। चाँदी की तश्तरी में काजू की बर्फी, पिश्ते की लौंज, फिर एक दिन पहले ही कोई कुवैत से कलेवर सहित अधखुले नमकीन पिश्ते का थैला दे गया था, वह भी जान-बूझकर मुट्ठी भरकर प्लेट में बिखेर द्रिये थे। मास्टर ने चखना तो दूर, ऐसे पिश्ते कभी देखे भी नहीं होंगे, पर उस अभागे ने तो आँखें उठाकर तश्तरी की ओर देखा भी नहीं।

''क्या कुछ भी नहीं लेंगे?'' उसके स्वर की रुखाई पानी में तेल-सी तैर उठी।

''जी नहीं, कैसे ले सकता हूँ?'' श्यामाचरण की सरल हँसी, चन्द्रा के कलेजे में छुरी की फाल-सी धँस गई।

''बेटी की ससुराल में अब क्या पानी की घूँट भी घुटकना मेरे लिए उचित होगा? मुझे आज्ञा दें। मैं चलूँ जया, हम तुम्हारी राह देखेंगे।''

तब ही जया एक बार बाप की मुँहलगी जया बन उठी। ''बाबू जी, मैं भी चलूँगी आपके साथ।'' उसने कहा। ऐसे ही वह बचपन में श्यामाचरण का कुर्ता पकड़कर मचलने लगती थी। बाबू जी, हमें भी ले चलिए बाजार।

अचकचाकर श्यामाचरण ने विवश दृष्टि से माधव बाबू को देखा जैसे पूछ रहे हों, आप कहें तो इसे साथ ले जाऊँ।

''ठीक है, हो आओ बेटी।'' माधव बाबू ने बड़े स्नेह से उसका कंधा थपथपाया और उठ गए। ''विष्णु, ड्राइवर से कहो, बहूरानी को जरा छोड़ आए। हमारे जाने में अभी पूरा घंटा है, पहुँचाकर लौट आएगा।''

चन्द्रा का चेहरा स्याह पड़ गया, बित्ते-भर की लड़की का ऐसा दुःसाहस?

''कैसी बातें कर रहे हैं आप।'' वह आगे बढ़ी तो उसका तेवर देख लगा, वह बहू का हाथ पकड़कर खींच लेगी। ''ऐसे कैसे जा सकती है, द्विरागमन होगा तो कायदे से होगा। जाएगी तो कार्तिक भी साथ में जाएगा, फल-मिठाई साथ रखनी होगी, मुहूर्त निकलवाना होगा, तब ही तो जाएगी।''

''अरे हाँ-हाँ भई, मैं तो यह सब जानता नहीं। सोचा, बेचारी को माँ-भाई की याद आ रही होगी, न हो तो घंटा-दो घंटा मिल ही आए। यह याद ही नहीं था कि बहू पहली बार मायके जा रही है। कोई बात नहीं बेटी, हम अभी पंडित को बुलवाकर मुहूर्त निकलवाएँगे और श्यामा को खबर भिजवा देंगे।''

जया का चेहरा उतर गया। उसे पहली बार लगा, अब उसे अपने मत-अमत को व्यक्त करने का कोई अधिकार नहीं रहा।

माधव बाबू ने काकदृष्टि से पुत्रवधू का म्लान चेहरा देख लिया था। मन-ही-मन एक अज्ञात आशंका उन्हें तब से सहमा रही थी जब कार्तिक और जया के साथ एयरपोर्ट पर उतरे थे, लड़की के चहरे पर यह म्लान छाया कैसी थी?

मुन्ना कुछ भी कर सकता था, फिर उन्होंने स्वयं ही तो यह जुआ खेला था। किस मुँह से अब उससे कुछ पूछ सकते थे?

''कार्तिक आते ही कहाँ चला गया, क्या तुम्हें भी कुछ नहीं बता गया बेटी?'' उन्होंने पूछा तो जया ने सिर हिला दिया।

चन्द्रा ने फौरन, अनुपस्थित बेटे का मोर्चा सम्भाल लिया, ''कहीं गया होगा, फिर ये दोनों जब गए तो हमें तुम्हें बता कर गए थे?''

माधव बाबू ने आग्नेय दृष्टि से पत्नी को घूरा, ''क्यों गड़े मुर्दे उखाड़ रही हो चन्द्रा। मैंने ही इन्हें भेजा था, मैं ही कार्तिक से कह गया था कि शादी होते ही तुम दोनों कहीं घूम आना। देख तो रही थी, घर मेहमानों से भरा था। फिर लीना...''

उनकी बात को बीच ही में टोक चन्द्रा तुनककर बोली, 'बस-बस, लीना के बारे में आपने सोचा ही कब था। वैसी हालत में एक मुझी पर तो छोड़कर चले गए थे सब, तब से ये अब आई है। इतना भी नहीं हुआ कि मौत के मुँह से लौटी ननद का हाल ही पूछ ले।''

जया ने अपनी सहमी दृष्टि सास की ओर उठाई।

''कैसी बातें कर रही हो आज चन्द्रा, देख तो रही हो अभी-अभी आई है। नहा-धोकर चाय पी होगी और फिर मैंने ही उसे श्यामा के आते ही नीचे बुला लिया। जाओ जया, तुम अपने कमरे में जाकर आराम करो।''

वह चुपचाप उठकर चली गई। कमरे में पहुँची तो उसका चित्त खिन्न हो गया। जिस सास ने उसके प्रभावशाली ससुर के सामने ही उसे व्यर्थ उपालंभों से चीर दिया था वह एकांत में क्या उसकी बोटी-बोटी नहीं नोच लेगी? सास ने तो अपने पति के सामने अपनी भड़ास निकाल ली पर वह जिनसे कुछ कह सकती थी क्या उनसे कह पाएगी कि उनके अपदार्थ बेटे ने, उस अनजान शहर में उसका कैसा अपमान किया था? क्या समझ लिया था उसे? वह, उनकी तुलना में नगण्य पिता की पुत्री है, क्या इसी से जिसके

जी में आए, वही उसे उठाकर पटक सकता है? क्या वह यह समझता है कि उसके मंत्री पिता के दिए दामी उपहारों ने उसे गृह की क्रीत दासी बना दिया है? देख लेगी वह भी, अब उसे छूकर तो देख ले जरा। उसकी आँखों में क्षोभ और क्रोध के अंगारे दहक उठे। कौन कहेगा वह इस घर की नई बहू थी। घर में सास भी थी, ननद भी, फिर भी उसे अकेली ऐसी छोड़ दिया गया था, जैसे वह पिंजरे में बन्द नई-नई पकड़ी सिंहनी हो।

कार का शब्द सुन वह चौंकी, तब क्या कार्तिक आ गया था?

वह उठकर खिड़की पर खड़ी हो गई, अभी तक शांत पड़ी जनहीन सड़क मुखर हो उठी थी। उसने देखा, माधव बाबू के पीछे-पीछे अनुचर, मिलने वाले प्रतीक्षार्थियों की एक लम्बी कतार चींटियों-सी रेंग रही थी। वे कार में बैठे और कार चली गई।

"आपको माँ जी नीचे बुला रही हैं; सहारनपुर वाली बुआ जी आई हैं।"

आया ने आकर कहा तो वह घबड़ाकर ऐसे चौंक उठी कि आया को भी हँसी आ गई। "डर गईं बहू जी?"

"नहीं, मैंने तुम्हें देखा नहीं। तुम चलो, मैं अभी आती हूँ।"

इस सहारनपुर वाली बुआ के बारे में वह ताई से बहुत कुछ सुन चुकी थी। "बस, उस बिसनौटा से बच कर रहियो जया। बड़ी आगलगौनी है, जब से भाई मंतरी बना, खुद परधान मंतरी बनी हवा में उड़े है। मैं अपने भाई से कह के ये करवाय दूँगी, वो करवाय दूँगी। विधवा है। पर कौन कहेगा उसे विधवा। कुर्ती के भीतर विलायती बॉडी पहने है, भाभी देती है उतरन। जहाँ गई वहीं महाभारत मचाया। पहले देरानी के घर में धुंध मचाए रही, दोनों बहुओं का चूल्हा अलग कर दिया। फिर छोटे भतीजे के उहाँ गई, बेटवा-बहू को लड़ा दिया। अब बिटिया-दामाद कने हैं, अपनी इस फुफिया सास से बच के रहियो बिट्टी।"

उसकी ससुराल में सहारनपुरी बुआ कहलाती थी। उसकी शादी में वे नहीं आ पाईं, पैर का टखना टूट गया था। "अच्छा ही हुआ।" मालती ने कहा था। "मुझसे पहले ही दो-दो हाथ हो चुके हैं। इन्हीं ने तो तुम्हारी सास को मेरे खिलाफ भरा था।" उन्हीं बुआ जी की अदालत में आज जया की पहली पेशी थी। शायद इसी से उसने जाने से पहले आईना देखा, कंघा उठाकर बाल ठीक किए। सोच ही रही थी कि साड़ी बदले या न बदले, कि दूसरा बुलौआ आ गया।

वह नीचे उतरी और थमकर खड़ी रह गई। इस भूलभुलैया-सी कोठी के कोष्ठ-प्रकोष्ठों की ज्यामिती वह अब भी नहीं समझ पाई थी। किस कमरे में होंगी बुआ जी?

तब ही एक भारी गले की हँसी स्वयं संधान थमा गई।

''हमसे पूछो, क्यूँ कुछ नहीं खाया मास्टर ने। अरे हमको तो सब पता है, जिसने जिनगी-भर कंडे पर सिंकी भौरी खाई हो, वह भला तुम्हारा नमकीन पिश्ते खाता भी कैसे'' जया के पैर वहीं जड़ हो गए, उसकी आँखों में आँसू झलक उठे। छिः-छिः उसके सरल बाबू जी को लेकर उसके जाने से पहले ही जहाँ ऐसा ओछा हँसी-ठट्ठा चल रहा था, वहाँ जाकर अब क्या करेगी, वह उल्टे पैर लौटने को थी कि कार्तिक आ गया।

''अरे यहाँ खड़ी-खड़ी क्या कर रही हो?'' उसका वही प्रश्न सुनकर बुआ बाहर आ गईं। सफेद कड़े कलफ की गई चिकन की साड़ी, जेब लगी कुर्ती के महीन मलमल से झाँकती लेस लगी कंचुकी, गले में दुलड़ी भारी सोने की चेन, कानों में हीरे के टॉप्स जो सोने की पतली-सी चेन के सहारे टिके झकझक कर रहे थे। हाथों में सोने की भारी चूड़ियाँ और ओठों पर पान-जर्दे की सुवासित रक्तिम रेखा। ठीक ही कहा था ताई ने। ''अरी एकदम थानेदार लगे है, तेरी फुफिया सास। जब लोगों ने कहा कि विधवा होकर भी कैसे पान खा लेती है, तो खुद ही कहती फिरने लगी कि पेट में गैस की शिकायत रहती थी। किसी वैद ने बताया कि तम्बाकू के साथ पान खाया करो, कोई शौक थोड़े ही ना है खाने का!''

''अरे आ गया तू! मैं इत्ती दूर से तेरी बहुरिया देखने आई हूँ, आज तो तुझसे नेग लूँगी, तेरे बाप से अलग। आओ-आओ बहू, तुम्हारा चाँद-सा मुँह तो उजाले में ठीक से देख लूँ! वाह, बहू तो तू आला ले आया रे!''

जया का चेहरा अभी भी तमतमा रहा था, पिता का अपमान वह भूल नहीं पा रही थी। बुआ उसे बाँह पकड़कर भीतर खींच ले गई।

''तू भी आ रे बजरबट्टू! जरा दोनों को एक साथ बिठाकर परछन तो कर लूँ।'' फिर उन्होंने दोनों की निछावर कर, वहीं पर हांडी-सा मुँह फुलाए बैठी चन्द्रा को थमा दी। थमाने से पहले दस के नोट फहराकर स्पष्ट भी कर दिया कि पूरे दस रुपये की परछन है। ''लो भाभी, अपनी आया को दे देना'' फिर बटुआ खोला। उन्होंने नवरत्न के पेंडेंट जड़ी सोने की चेन जया के गले में डाल दी। ''क्यों बेटी'', वे फिर जया की ओर पूरी तरह मुड़ गईं,

"तुम्हारी ताई भी तो अब तुम्हीं लोगों कने रहती हैं, क्यों ना?" जया ने कुछ उत्तर नहीं दिया।

"कहाँ-कहाँ घूम आए तुम लोग? क्यों रे मुन्ना, इत्ता भी नहीं हुआ कि वहीं से बुआ को भी बहू दिखला लाऊँ! आना पड़ा हमें ही। मुबारक हो भाभी, सुंदर बहू और नाती एक साथ बटोर लाई तुम। एक हमारी हैं चंदरबदनी। सात बरस हो गए। एक चूहा भी नहीं जना।"

बुआ को अपनी छोटी बहू से एक यही शिकायत नहीं थी। उसके घोर कृष्णवर्ण को भी अनदेखा कर वे उसके पिता के ओहदे को देखकर ही लाई थीं पर कुटिल समधी ने दिया-लिया नहीं तो उसी दिन से वे चंदरबदनी कहकर पुकारने लगीं।

वे कुछ कहने जा ही रही थीं कि सज-धजकर लीना आ गई। बुआ ने एक पल में परिस्थिति भाँप ली। न भाई-बहन ही आपस में बोले, न लीना ने नई भाभी से ही कुछ कहा।

"ममी, मैं जरा कमांड हॉस्पिटल जा रही हूँ, रिनी के कल लड़की हुई है, शाम तक लौटूँगी।"

"क्यूँ री" बुआ ने चट से टोक दिया, "दिन-भर बच्चे को भूखा मारेगी क्या?"

"मैं उसे दूध नहीं पिलाती बुआ, बोटल से पीता है। आया पिला देगी।"

"इसे दूध उतरा ही नहीं बीबी जी", चन्द्रा बोली।

"अरी जाने कैसी हो तुम लोग, खूब दलिया पिलाती, पंजीरी खिलाती, हमें तो बाल्टियों दूध उतरता था, जरा देर हुई पिलाने में तो कपड़े भींग जाते थे। गिल्टियाँ बँध जाती थीं।"

लीना बटुआ हिलाती चली गई तो बुआ ने एक बार फिर प्रश्नों की बंदूक जया पर तान दी। "और बता बहू, कित्ते भाई-बहन हैं तेरे? श्यामा को तो हमने बचपन में ही देखा था। न तेरी अम्मा को देखा। हाँ, तेरी ताई अलबत्ता सादी-ब्याह में मिलती रहती थी। कैसा हुआ बेचारी के साथ, दोनों बेटों ने सुना, दूध की मक्खी-सा निकाल फेंका उसे। लड़की ने एक ब्याह किया और फिर उसे छोड़कर किसी हब्शी के घर बैठ गई है सुना। एक बेटा सरदारनी ले आया। चलो बहू, तुम लोगों का समधियाना सरदारों में हो गया। अब ट्रांजिस्टर बम नहीं फूट सकते तुम्हारे यहाँ!"

फिर सहारनपुर वाली बुआ स्वयं ही हँसने लगी। जया का चेहरा लाल

पड़ गया। क्या बिगाड़ा था उसने किसी का। क्यों सब उसके पीछे हाथ धोकर पड़ गए थे। कार्तिक ने शायद उसका चेहरा देखकर भाँप लिया था कि वह बुआ की बातों से बुरी तरह आहत हुई है। "चलो जया, मेरे कपड़े निकाल दो। मैं नहा लूँ।" उसने कहा और उठ गया।

"अरे जा। खुद निकाल ले मुन्ना, हम अभी बहू को नहीं छोड़ेंगे।" उन्होंने बनावटी दुलार से जया का हाथ पकड़ अपने और निकट खींच लिया।

"मुझे क्षमा करें। मेरे सर में दर्द हो रहा है।" जया ने बड़ी बेरुखी से अपना हाथ छुड़ा लिया और उठ गई। उसके पीछे-पीछे कार्तिक भी चला गया। दोनों पहली ही सीढ़ी पर थे कि बुआ का स्वर फिर स्पष्ट होकर तिर आया।

"अरे बाप रे बाप। ऐसी कौन-सी बात कह दी हमने भाभी, जो तुम्हारी बहू बिदककर चली गई। और मुन्ना को देखो, कैसा बदल गया दो दिन में! अरे पहले हम कहीं जातीं तो हमारे पीछे-पीछे आँचल पकड़ बुआ-बुआ करता फिरता था। भैया कह रहे थे, मेरी बहू गाय है, गाय। मुँह से बोल ही नहीं फूटता। होगी गाय पर इत्ता जान लो भाभी, है मरखन्नी।"

चन्द्रा ने क्या कहा, वह सुन नहीं पाई। तेजी से सीढ़ियाँ फाँदती अपने कमरे में जाकर कटे पेड़-सी पलंग पर गिर गई। कार्तिक कमरे में पहुँचा तो उसकी देह सिसकियों से काँप रही थी।

यही तो कार्तिक सह नहीं पाता था। औरतों का यह पिल्ल-पिल्ल रोना देख वह हमेशा भड़क उठता था। "मेरी समझ में नहीं आता, कौन-सी ऐसी बात हो गई जो तुम रोने बैठ गई। बुआ की हमेशा की आदत है, खुद भी हँसती रहती हैं, दूसरों को भी हँसाती रहती हैं। खुशदिल हैं बुआ। और फिर उन्होंने कोई ऐसी बात कही भी नहीं।"

बिफरी सिंहनी-सी जया उठकर बैठ गई। उसकी आर्द्र पलकों पर अभी भी आँसू की बूँदे उलझी थीं, आँखों में क्रोध की लपटें उठ रही थीं। "मैं यहाँ यह सब सुनने नहीं आई हूँ। पहले तुमने मेरा अपमान किया और आज तुम्हारी बुआ ने। मैं अब यहाँ एक पल भी नहीं रुक सकती, लो, दे देना ये सब अपनी माँ को।"

एक-एक कर वह ससुराल के सारे आभूषण उतार-उतारकर पलंग पर पटकने लगी। फिर उसे याद आया, उसके शरीर पर वस्त्र भी तो ससुराल

के ही थे। अपना सूटकेस उथल-पुथलकर उसने मायके की ही एक साड़ी निकाली और गुसलखाने में चली गई। मुँह धोने पर भी आँखों की लालिमा वह नहीं मिटा पाई थी। कार्तिक उसे देख बड़ी दुष्टता से मुस्कराया, "एक बात है, रोने के बाद तुम और सुंदर लगती हो। क्यों, गुस्सा कुछ ठंडा हुआ? लो ये मंगलसूत्र पहन डालो। यह तो पति के लिए पहना जाता है ना?"

"नहीं, मैं आज किसी के लिए कुछ नहीं पहनूँगी। देख लो ठीक से, कहीं बाद में तुम्हारी खुशदिल बुआ जी या माँ मुझे चोरी के इल्जाम में न पकड़वा दें", हाथ में सूटकेस लिए वह चप्पल पहन ही रही थी कि द्वार पर माधव बाबू खड़े हो गए।

"क्या बात हो गई बेटी? कैसी चोरी के इल्जाम की बात कर रही हो? इस गधे ने तुमसे कुछ कह दिया या उसकी मूर्ख माँ ने? सच कहता हूँ मुन्ना जी में आता है तुम सब कफनखसोटों को छोड़कर कहीं दूर भाग जाऊँ।" फिर उन्होंने लपककर द्वार बंद कर दिया।

"आओ बैठो जया।" उन्होंने बड़े स्नेह से उसे हाथ पकड़कर पलंग पर बिठा दिया।

"क्यों, तुमने यह सब गहने उतारकर पलंग पर फेंक दिए हैं बेटी? बताता क्यों नहीं मुन्ना? तुम्हारी शादी को अभी महीना-भर भी नहीं हुआ। क्यों तुम सब मेरी इज्जत उतारने पर तुले हो? मरे साँप को मारना पाप होता है, बेटी, बताओ मुझे, क्या बात हो गई?"

"मैंने क्या किया?" कार्तिक झल्ला पड़ा।

जया फिर खड़ी हो गई। "आप इन्हीं से पूछिए", उसने शांत स्वर में कहा, 'शराब पीकर उस होटल में आधी रात को लौट, मेरे बाबू जी के लिए इन्होंने जो अपशब्द कहे वह इन्हीं के मुँह से सुनिए।" उसका कंठस्वर न काँप रहा था, न क्रोध से विकृत होकर बेसुरा ही हुआ। "इन्होंने कहा कि सुधा होती तो वह स्वयं भी पीती और इन्हें भी पिलाती। मैं जा रही हूँ, आप शौक से उसी सुधा को ले आइए। मैं आपको विश्वास दिलाती हूँ। मैं कभी कोई आपत्ति नहीं करूँगी। मैं अनाथ नहीं हूँ। मेरे भी माँ-बाप हैं, घर है, अपने पैरों पर खड़ी हो सकूँगी, ऐसा दृढ़ विश्वास भी है मुझे।"

माधव बाबू जैसे एकदम स्तब्ध होकर गूँगे बन गए थे, इतने बड़े आघात के लिए वह प्रस्तुत नहीं थे। कैसी अद्‌भुत लड़की थी यह। न क्रोध न उत्तेजना, न आँखों में आँसू, न भय। एक क्षण को वह स्वयं ही भूल गई

थी कि जिस उदार-निर्दोष व्यक्ति से वह जिरह कर रही थी वह उसके ससुर हैं। उन्हें मंच पर सबके सामने उसने अभिनन्दन कर कभी माला पहनाई थी।

''हे भगवान्'', माधव बाबू का चेहरा सफेद पड़ गया। एक पल को वे कुर्सी पर निष्प्राण-से होकर ढुलक गए।

''मुझे क्षमा करें, मैं जा रही हूँ। आपको विश्वास दिलाती हूँ। फिर कभी इस चौखट पर पैर नहीं रखूँगी। मैं आपका दिया सामान लौटा रही हूँ। आपसे एक विनती है।'' वह फिर उसी क्षण को चुप हो गई, फिर दूसरे ही क्षण उसने गर्दन सतर कर ली और उस अष्टभुजा की-सी तेजस्वी मुख मुद्रा ने पिता-पुत्र को एक साथ निर्वाक् बना दिया। ''आप देश के सर्वशक्तिसम्पन्न मंत्री हैं, मेरी इस अशिष्ट मुखरता के लिए कभी मेरे निरीह पिता को दण्डित न करें।''

वह चलने लगी तो माधव बाबू एक झटके से उठ गए। ''नहीं, तुम ऐसे नहीं जा सकतीं जया। पहले मेरी पूरी बात सुन लो। मैं आज तुमसे सब कहना चाहता हूँ, फिर भी तुम जाना चाहोगी तो मैं वचन देता हूँ मैं तुम्हें नहीं रोकूँगा। कहाँ जा रहे हो मुन्ना, बैठो।''

उन्होंने पुत्र को आग्नेय दृष्टि से देखा, ''मैं चाहता हूँ तुम भी सब सुन लो कि तुम्हारा अभागा बाप क्या-क्या झेल रहा है। मैं जानता हूँ, मैंने तुमसे बहुत बड़ी छलना की है बेटी। सब कुछ जानकर भी मैंने इसके लिए तुम्हारा रिश्ता माँगा, मुन्ना शराब पीता है, इसकी बदनाम मित्र मंडली कैसी है, सुधा जैसी आवारा लड़की से इसकी मित्रता है—सब कुछ जानकर भी मैंने तुम्हारे रिश्ते की बात क्यों सोची? तब सुन लो जया कहीं मेरे उद्विग्न मन में तुम्हें देखकर पहली बार एक क्षीण आशा का अंकुर उगा था। शायद तुम्हारा रूप, तुम्हारा शील-स्वभाव, इस हुँडेल को बाँध ले। पर देख रहा हूँ, यह मेरी भूल थी, भयंकर भूल, पर बेटी, अब तुम्हें मेरी लाज रखनी ही होगी।'' उनका गला रुँध गया, मोहाविष्ट होकर वे उसके पैर पकड़ने झुके तो जया हड़बड़ाकर उठ गई।

''तुमसे आज कुछ नहीं छिपाऊँगा। प्रधानमंत्री आजकल मुझसे रुष्ट हैं, मेरे जीवन-भर की निष्ठा, ईमानदारी, देशभक्ति उनकी दृष्टि में केवल मेरा ढोंग है, निरा पाखंड।'' वे उत्तेजित होकर दमे के रोगी-से हाँफने लगे थे।

''सुना है नए मंत्रिमंडल में इस बार मुझे शामिल नहीं किया जा रहा है। आज तक इन बच्चों ने अपने बाप को कभी बिना ताज के नहीं देखा है।

देखा होता तो ऐसी हरकतें नहीं दुहराते। जब भी इन्होंने कोई जघन्य अपराध किया, मेरे प्रयत्न न करने पर भी मेरे पद के छत्र ने इन्हें बचा लिया।

''बने रहने के बाद सहसा नीचे ढकेल दिए जाने से बड़ा आघात और कोई नहीं होता। पहले तो कोठी जाएगी, यह शान-शौकत, यह झंडा लगी गाड़ी, आसमान में परिंदों-सी स्वच्छंद उड़ान, दरवाजे पर खड़े ये बंदूकधारी द्वारपाल, सब चुटकियों में साफ हो जाएँगे। तब ये चेतेंगे। इस आसन्न विपत्ति के क्षणों में यदि तुम भी, शादी के महीना भी बीतते न बीतते, हाथ में सूटकेस लटकाए ऐसे चली गईं तो मेरे तन का आखिरी वस्त्र भी छीनकर मुझे चौराहे पर नंगा कर जाओगी बेटी।''

जया एक शब्द भी नहीं बोली। कार्तिक खिड़की का पर्दा खोल, बाप की ओर पीठ कर खड़ा हो गया।

''प्रेस से मैं पहले ही दुश्मनी मोल ले चुका हूँ।'' माधव बाबू ने कुर्त्ता की जेब से रूमाल निकाल माथे का पसीना पोंछा। अचानक उनका उत्तेजित स्वर गहन क्लांति में डूबा क्षीण हो उठा, ''पत्रकार इधर जासूस बने मेरी कोठी के हर पेड़ के तने के पीछे अपनी कलम की भरी बंदूक लिए छिपे बैठे हैं, कब मौका लगे और कब उग्रवादियों के-से सधे निशाने से मुझे चित्त कर दें। वे जानते हैं कि मुन्ना ही दुर्बल अंग है। इसी पर गोली चलाकर वे मुझे जमीन पर गिरा सकते हैं। तुम अब इसकी अर्धांगिनी हो जया, तुम्हीं इसे बचा सकती हो। तुम भले ही कल मायके चली जाओ पर आज, ऐसे नहीं। और वचन दो बेटी, श्यामा से तुम इस नालायक की बात नहीं कहोगी।''

कार्तिक को पिता का यह संबोधन तिलमिला गया। आहत सर्प की भाँति वह फन उठाकर फुफकार उठा, ''अब समझ आता है डैडी। ममी ने मालती भाभी के लिए जो कहा था वह ठीक ही था।'' फिर गुस्से में तनतनाया वह बाहर चला गया।

थोड़ी देर तक माधव बाबू हतप्रभ-से बैठे ही रहे। माँ के किस गर्हित आक्षेप की बात कर वह उन्हें अपमानित कर गया था और भविष्य की किस घिनौनी संभावना की चेतावनी वह उन्हें दे गया था, वे समझ गए। ऐसे वातावरण में जया जितनी जल्दी मायके चली जाए, उतना ही उसके हित में था और उनके भी। ''ठीक है बेटी, तुम तैयार हो लो, मैं गाड़ी निकलवाता हूँ'', वे उठकर चलते-चलते फिर रुक गए, ''अब किसी से कुछ कहने की जरूरत

नहीं। जब इस बेहूदे का दिमाग ठिकाने आयेगा, जब यह नाक रगड़कर तुम्हें सम्मान सहित लेने आएगा तब ही तुम आना।''

उदार ससुर का थका, म्लान चेहरा देख जया के जी में आया, वह न जाए पर फिर कार्तिक की उद्दंड मुखमुद्रा, सास का फूला मुँह, ननद का कंधे झटकने वाली अहंकारी मुद्रा, सहारनपुरी बुआ की आग उगलती जिह्वा का स्मरण आते ही उसने उसी क्षण निश्चय ले लिया, इस अमानवीय घुटन-भरे परिवेश में वह एक क्षण भी नहीं रहेगी। सूटकेस में मायके से मिले वस्त्र रखकर ही वह चुपचाप बाहर निकल गई। अपने सारे आभूषण एक पोटली में बाँधकर उसने नीचे उसकी प्रतीक्षा में खड़े ससुर को थमा दिए।''

''मैंने मायके से मिले गहने भी इस में रख दिए हैं।''

माधव बाबू मुँह खोलकर कहना चाह रहे थे, ''इन्हें ले जाओ जया, इन पर अब तुम्हारा ही अधिकार है, तुम्हारी सास का नहीं।'' पर वे समझ गए उस तेजस्विनी लड़की से कुछ कहना व्यर्थ होगा।

कार में चढ़ने से पहले जया ने झुककर ससुर के पैर छुए तो उसकी दृष्टि द्वार पर पड़ी, कमर में दोनों हाथ धरे चन्द्रा उन दोनों को आग्नेय दृष्टि से घूरती खड़ी थी।

माधव बाबू की भड़कीली कार गली के नुक्कड़ पर खड़ी होते ही, पूरे मुहल्ले में भूकम्प-सा आ गया। पटापट खिड़कियाँ खुलने लगीं, कुछ कौतूहली बच्चे पूरी गाड़ी की परिक्रमा कर काँच से भीतर झाँकने लगे।

''मैं पहुँचा दूँ सरकार, लाइए सूटकेस मुझे दीजिए'', ड्राइवर ने सूटकेस लेने को हाथ बढ़ाया, ''नहीं, मैं चली जाऊँगी, तुम गाड़ी ले जाओ डैडी को जाना है।'' वह चली गई और उसके आगे-आगे जा रहे कुछ बच्चों ने भागकर उसके घर में खबर पहुँचा दी कि जया दीदी आ गई है।

ताई आटा गूँध रही थी। वैसे ही आटे के सने हाथ से बाहर आ गई। बाबू जी कॉलेज से लौटकर कहीं घूमने निकल गए थे। अम्मा मन्दिर गई थी।

''अरी ले, बिना कुछ खबर दिए अकेली चली आई, दामाद नहीं आए?''

''मैं आज ही तो लौटी हूँ, तुम्हें देखने का इतना मन किया कि ऐसे ही भाग आई।''

''अरी भीतर आ'', ताई ने लपककर उसे हाथ पकड़कर भीतर खींच

लिया और कुंडी चढ़ा दी, ''देख रही है कैसे दीदा फाड़े देख रही है अगरवालिन, पर क्यों री बिट्टी तेरी सास क्या किरिस्तान है ससुरी जो. बिना तेरे साथ कुछ धरे नंगी-बुच्ची भेज दिया? अरे एक-आध गहना पहनाकर तो भेज दिया होता।''

''मैंने ही कुछ नहीं पहना ताई। अम्मा, बाबू जी, बंटी सब कहाँ चले गए?''

''आते ही होंगे, ले तू बैठ, मैं चाय बनाऊँ जल्दी, और सुना कहाँ-कहाँ घूम आई?'' ताई ने पटला खींचकर उसे बिठा दिया। फिर सधे हाथों से चाय बनाने लगीं। खूब गाढ़ी-गाढ़ी ढेर-सा दूध डली अमृत-सी इसी चाय के लिए तो वह तरसकर रह गई थी। उस चाँदी के सेट में उस फीकी-सी चाय की एक बूँद भी आज तक वह कंठ तले नहीं उतार पाई।

उसने एक घूँट चाय पी ही थी कि कुंडी खटकी।

''ये जरूर पड़ोस की अगरवालिन होगी'', ताई ने फुसफुसाकर कहा, ''चीनी माँगने का बहाना बनाकर तुझे ही देखने आई होगी। अरे रुको जी, खोलती हूँ।''

''तुम बैठो ताई, ''मैं जा रही हूँ।'' जया ने द्वार खोला तो हाथ में पूजा की टोकरी लिए अम्मा खड़ी थी!

''अरी तू? कब आई? चेहरा ऐसा उतरा क्यों है री?''

''आज ही तो लौटी हूँ अम्मा, जिद कर चली आई।''

''तेरे बाबू जी को तो कोरा ही लौटा दिया तेरी सास ने, उन्हीं के साथ भेज दिया होता,'' माया बार-बार तीखी नजर से पुत्री का कुम्हलाया चेहरा देखती जा रही थी। इतने ही दिनों में कैसी पराई हो गई थी लड़की, ''कार्तिक नहीं आए?''

''अरी छोटी, न दामाद ही आए न कोई और, अपना बुकचा अपने ही हाथ में लटकाए चली आ रही थी बिट्टी!''

''मैंने ही ड्राइवर को मना कर दिया था ताई। वह तो कह रहा था, सूटकेस पहुँचा देगा।''

''क्यों री ससुराल के ठाठदार ड्राइवर मायके का छोटा-सा मकान न देख ले यही सोचकर वहीं से भगा दिया क्या?'' ताई ने हँसकर कहा तो जया ने एकदम बात बदल दी, ''कुछ खाने को नहीं दोगी ताई, बहुत भूख लगी है।''

''हाय राम, अरी छोटी, मैं भी कैसी पागल हूँ। कोरी चाय थमा दी

लौंडिया को, जा जरा नुक्कड़ से गरम-गरम तिकोने तू ही ले आ।''

''नहीं अम्मा, बासी पराँठा नहीं है?''

''ये लो, मोती चुगकर जी नहीं भरा लौंडिया?'' ताई ने हँसकर कटोरदान से पराँठा निकाल उसमें एक भरवाँ करेला रख उसे थमा दिया, ''न जाने क्यों आज मुझे सुबह से ही लग रहा था तू आएगी बिट्टी। इसी से करेला बचाकर रख दिया था। बंटी भतेरी ताक-झाँक कर रहा था कि हाथ लगे तो पेल ले। ले खा के देख, तुझे बहुत पसन्द है ना मेरे हाथ का करेला।''

अम्मा न जाने उसे कैसी दृष्टि से देख रही थी, जैसे आँखों-ही-आँखों में उसका एक्सरे उतार रही हो। क्या वह जान गई थी कि जया का द्विरागमन वह द्विरागमन नहीं है, जिसमें ससुराल से आई लड़की के चेहरे पर नए गृह में पहुँचने का उल्लास सहस्र किरणों में फूट उठता है। श्यामाचरण पुत्री के आने का समाचार पाते ही भागकर उसके लिए गरम इमरती ले आए। बचपन से ही जया की इमरतियों के प्रति दुर्बलता को वे जानते थे?

''कहाँ-कहाँ घूम आई बेटी? कैसा लगा हवाई जहाज में। तू तो पहले कभी बैठी नहीं थी, डर तो नहीं लगा?''

बड़ी रात तक ताई, अम्मा, बाबू से बतियाते जब वह अपने कमरे में गई तो ताई पूजा करने गई थीं। अकेले कमरे में अब तक जिस अतीत को वह भूल चुकी थी, उसका एक-एक दृश्य फिर उसकी आँखों के सामने तैरने लगा। कार्तिक की क्रुद्ध मुखमुद्रा, सास का फूला चेहरा, सहारनपुरी बुआ के कुटिल तेवर, बटुआ झुलाती अहंकारी ननद का मौन कटाक्ष और माधव बाबू की निरी, करुण, याचना-भरी दृष्टि, ''तुम आज ही चली जाओ बेटी, किसी से कुछ पूछने की जरूरत नहीं।''

कैसे छिपाएगी, कब तक छिपाएगी अपनी यह व्यथा, कहीं तो यह मन पर धरा बोझ उतारना ही होगा। अभी दो-चार दिन तो कोई कुछ नहीं कहेगा, पर फिर तो पूछेंगे ही। क्या उत्तर देगी उनको? गृहकलह से बचने ही माधव बाबू शायद अपनी किसी गुमनाम यात्रा पर निकल गए थे। सहारनपुरी बुआ ने गृह की परिस्थिति देख अपने उसी दिन लौटने का प्रस्ताव स्वयं रद्द कर दिया था।

''अब तुम्हें ऐसी हालत में छोड़कर हम कैसे जा सकती हैं भाभी! शादी न हुई, हँसी-खेल हो गया। ऐसी आप खुद बहू तो हमने आज तक नहीं

देखा, न सास से पूछा, न मालिक से। दबाया, बुकचा और चल दी मायके। यह सब उस चकचढ़ी ने तुम्हें नीचा दिखाने को किया है भाभी। जिससे पास-पड़ोस निन्दा करे कि यह भी कैसी बहू भेज दी, न मिठाई, न फल, दस्तूरी।''

''अच्छा ही हुआ चली गई बुआ'', लीना अपनी पारदर्शी नाइटी में प्रायः निर्वस्त्र-सी वहाँ बैठ गई।

''डैडी को अपने किए का फल मिल गया। लाख समझाया था, पर हमसे पूछा तक नहीं। ऐसा और कौन मिल सकता था उस छोकरी को, सब गहने-कपड़े बाँध-बूँधकर ले गई।''

''अय सच?'' बुआ की कुटिल आँखें काँच-सी चमक उठीं, ''हाय राम, तीन तोले की तो चेन हमने ही दी थी। हमारा कहना मानो तो आज अभी कार लेकर जाओ और सब वापिस ले आओ भाभी। मजाक है कोई?''

''नहीं'', चन्द्रा उठ गई, ''ले जाने दो बीबी, अजी चालीस-पचास हजार का गहना ही तो ले गई, हम तो यही कहेंगे कि हम सस्ते में छूट गए।''

''नहीं ममी, तुम कुछ भी कहो, मैं तो अभी जा रही हूँ, देख लेना लेकर अभी-अभी नहीं आई तो...''

बुआ को बहुत दिनों बाद ऐसा नाटक देखने को मिला था। स्वयं उनके गृह में कलह का ऐसा एक क्षण भी नहीं जुट पा रहा था। इसी से तो वह ऊबकर चली आई थीं। चंदरबदनी को न जाने क्या हो गया था, बार-बार छेड़े जाने पर भी वह सास की क्रुद्ध मुट्ठी पर फन नहीं मारती थी। यहाँ तो आते ही उसके कलहप्रय क्षुधित चित्त की मुँहमाँगी खुराक जुट गई थी।

जीन्स पहने लीना जब अपने लेस लगे रूमाल से नाक ढाँप श्यामाचरण का घर ढूँढ़ती पहुची तो दिन डूब चुका था। श्यामाचरण आराम कुर्सी पर अधलेटे अखबार देख रहे थे। ताई दोनों पैर फैलाए दीवार का सहारा लिए अपने खुले बालों में जया से खुटका लगवा रही थी, गजब का खुटका मारती थी लड़की। माया चावल बीन रही थी।

कुंड़ी खोलने माया ही उठी, एक क्षण को लीना को देख वह पहचान नहीं पाई। कौन हो सकती थी यह लड़की। जया की सहेलियों को तो वह जानती थी, उनमें से कोई भी ऐसी मर्दानी वेषभूषा में नहीं दिखी।

''मैं लीना हूँ, आपने शायद मुझे पहचाना नहीं।''

''अरे आओ-आओ बेटी।'' श्यामाचरण ही हड़बड़ाकर उठे और अलगनी

से कुर्ता उतारकर पहनने लगे।

जया अचकचाकर उसे देखती रही।

यह कैसे आ गई यहाँ?

''बैठो बेटी।'' श्यामाचरण ने कुर्सी खिसका दी।

''मैं बैठने नहीं आई हूँ।'' लीना का कठोर स्वर सुनते ही जया का कलेजा धक-धक कर उठा। जिस बात को वह अपने सरल परिवार से बड़ी प्राणांतक चेष्टा से छिपा गई थी, केवल इसलिए कि उसके सरल बाबू जी इस आघात को सह नहीं पाएँगे, उसे एक उजड्ड लड़की के मुँह से सुनकर कैसा लगेगा। कितनी बड़ी भूल हो गई थी उससे। उसने स्वयं यह सब कुछ कह दिया होता तो वह किसी दयालु संवेदनशील डाक्टर की भाँति रोगी को उसकी असाध्य बीमारी का सत्य धीरे-धीरे उद्‌घाटित करती, रोगी की अवस्था और समय देखकर, पर लीना क्या कभी ऐसा करेगी?

''क्या बात है बेटी, माधव बाबू की तबीयत तो ठीक है ना?'' श्यामाचरण जैसे अब भी कुछ समझ नहीं पा रहे थे।

''उनकी तबीयत कैसी है यह आप अपनी बेटी से पूछिए, जो बिना किसी से कुछ कहे भाग आई है।''

''क्या बात कर रही है लौंडिया, साफ-साफ कह।'' ताई उत्तेजित होकर ऐसे उसकी ओर बढ़ी, जैसे वह अबाध्य छोकरी के मुँह पर झापड़ रख देगी।

''हमारे घर से मिले सारे गहने लेकर भागी है यह, न ममी से कुछ कहा, न मुन्ना से। यही डाका डालने को शादी की थी तो मुँह खोल हमसे माँग लेती, हम बिना बहू बनाए ही इसे कुछ दे देते।''

जया का तन-बदन सुलग उठा। कुछ कहने जा रहे पिता को उसने एक हाथ से पीछे हटा दिया।

''यह काम तुम्हारे खानदान में होता होगा। तुम्हारे डैडी ने ही मुझे खुद अपनी कार में बिठाकर यहाँ भेजा था या नहीं, जाकर उनसे पूछ आओ। रही गहनों की बात, व्यंगात्मक हँसी से उसके चेहरे की मुद्रा ऐसी हो गई जैसे न थूकने पर भी, उसने कमर पर हाथ धरे देहरी पर खड़ी अपनी इस उद्दंड ननद की ओर पच्च से थूक दिया हो। ''सारे गहने-साड़ियाँ मैं अपने हाथों से आपके डैडी जी को सौंप आई थी, यहाँ तक कि मायके से मिला एक छल्ला भी साथ नहीं लाई हूँ। जाओ और घर जाकर एक-एक चीज लिस्ट से मिला लो।''

लीना के चेहरे पर जैसे किसी ने झाड़ू मार दी, ताई, अम्मा और श्यामाचरण किंकर्तव्यविमूढ़-से जया को देख रहे थे।

आज तक घर में किसी ने भी शांत-सौम्य जया का यह रौद्र रूप नहीं देखा था।

लीना तेजी से बाहर निकल गई।

ताई बौखला गई थी। उसकी अपनी कोख की जाई पर भी चोरी का ऐसा लांछन लगा होगा, तब भी वह शायद इस तरह नहीं तिलमिलाती, ''क्या हो गया री जया, तूने हमें तो ना बताई यह बात। सास ने दहेज न मिलने के लिए कुछ कह दिया क्या?''

''नहीं।'' अपना संक्षिप्त उत्तर देकर वह अपने कमरे में चली गई।

ताई का कौतूहल बाँध तोड़ गई नदी की भाँति उफन रहा था, वह जया के कमरे की ओर जाने लगी तो श्यामाचरण ने रोक दिया, ''भाभी, अभी उसे अकेली छोड़ दो, कुछ मत पूछो, लड़की ने कहीं गहरी चोट खाई है नहीं तो घर आए मेहमान को ऐसे नहीं कहती।''

''अजी मेहमान कहाँ थी रंडी। शहर कोतवाल बनकर आई रही चोट्टी। जभी मैंने कही थी लल्ला, ऊँची दुकान के फीके पकवान पर हाथ मत मारो, उस वक्त तो तुम्हें बड़ी माख लगी।''

उस दिन फिर घर में चूल्हा नहीं जला। श्यामाचरण एक प्याला चाय पीकर ही, कॉलिज चले गए, माया तो जैसे एकदम गूँगी बन गई थी। एक ताई ही अपने-आप बड़बड़ाती माधव बाबू को कोस रही थीं। ''ऐसे मंतरी-संतरी भतेरे देखे होंगे हमने। अपनी बिटिया ने तो कुल उजागर किया है। कौन नहीं जानता उनके घर की बात। पेट से थी यही हर्राफा, उसी में फिर, वह तो बिटवा हुआ, बिटिया होती तो बाप से फेरे फिर गए होते।''

माया गाल पर हाथ धरे शून्य दृष्टि से न जाने क्या देख रही थी। जेठानी की अनर्गल बकबक का एक शब्द भी जैसे उसके कानों में नहीं जा रहा था। ''तभी तो ससुर पटक गया है मायके। अरी मैंने जया को लाख समझाया था कि बिटट्रो, इस खानदान की नस-नस पहचाने हूँ मैं। पर वो तो उस बबुए पर रीझ जो गई थी।''

थोड़ी ही देर में जया तैयार होकर बाहर आ गई, उसके सौम्य-संयत

चेहरे पर कुछ ही घंटों पूर्व हुई मनहूस नौटंकी की एक शिकन भी नहीं थी।

"ताई, मैं जरा काम से जा रही हूँ।" ताई हड़बड़ाकर चप्पल डाल, उसके साथ जाने को खड़ी हो गई।

"कहाँ जा रही है तू? मैं आज अकेली ना जाने दूँ तुझे।"

"ताई", जया ने उन्हें हाथ पकड़कर बिठा दिया। "मैं क्या कोई बच्ची हूँ? तुम कहाँ-कहाँ जाओगी मेरे साथ? मुझे यूनिवर्सिटी जाना है, वहाँ दो-तीन काम हैं, न जाने कितनी देर लगे। अम्मा, मेरे लिए खाने को मत रुकना, मैं वहीं कुछ खा लूँगी।"

वह चली गई तो ताई सिर थामकर बैठ गई। " न जाने कहाँ गई लौंडिया, कहीं कुछ उल्टा-सीधा न कर बैठे। नास हो इन नासपीटों का कैसी लड़की थी और कैसी सूरत बना दी हरामियों ने। मैंने उस दिन भतेरी कही कि बिट्टो, चौथ का चाँद मत देखियो आज, बस चट्ट से खिड़की खोल देख लिया और बोली, 'ले ताई, देख लिया, अब देखूँ कैसी चोरी लगती है मुझे। तेरी इन उल्टी-सीधी बातों को तेरे दिमाग से निकालना चाहती हूँ। ताई।' ले अब निकाल लाड़ो, ताई की उल्टी-सीधी बातें।"

माया को उस आघात ने एकदम ही अवश बना दिया था, वह तो उसके भाग अच्छे थे जो घर के लोग वहाँ थे, आस-पड़ोस का कोई नहीं था, नहीं तो चुटकियों में यह खबर फैल जाती कि जया ससुराल के गहने चुराकर भागी है। जब से लीना उसकी देहरी पर जहर उगल गई थी, माया ने चाय की एक घूँट भी कंठ तले नहीं उतारी थी। जहाँ एक ही दिन पहले वह घर आई महिलाओं को जया की हवाईयात्रा का विवरण सुनाती फूली नहीं समा रही थी, वहीं उसके उस आनंदोदधि की गगनचुंबी तरंगों ने उसे अकस्मात् कगार पर पटक छार-छार कर दिया था।

"मैं तो जा रही हूँ छोटी, भले ही अनवरसिटि के बाहर घंटों बैठना पड़े। अकेली ना छोड़ूंगी लौंडिया को! अरी, तेरा कैसा कलेजा है छोटी, जरा बहला-फुसलाकर पूछती तो सही, सास से ही लड़ाई हुई है या उस कतिकवा से लड़-झगड़कर चली आई है? शादी से पहले तो पान के पत्ते-सा फेर रहा था मुआ।"

लीना घर नहीं गई। बुआ से कहकर आई थी, गहनों के साथ-साथ मुँहजोर चोर की भी मुश्कें बाँधकर ले आएगी। पर यहाँ तो उल्टे चोर ने ही सीनाजोरी

से कोतवाल को नंगा कर दिया। हद है डैडी, इतनी बड़ी बात सबसे छिपा गए। उसे भले ही न बताते, उससे तो उन्होंने बात करना छोड़ दिया था, पर ममी को तो बता सकते थे। आज उसे सबके सामने ऐसे अपमानित तो न होना पड़ता। फिर, अपनी कार को उसने अपने प्राणघाती अमल के अंकुश से विवश हो पान की गुमटी की ओर मोड़ दिया। इसी दुकान से वह वर्षों से अपनी खुराक जुटाती आ रही थी।

पहिए लगी दुकान पर एक स्कूटर चालक, अपना स्कूटर टिकाए, बुभुक्षित दृष्टि से पान वाले को देख कुछ कह रहा था, और वह उसे बुरी तरह झाड़ रहा था, ''गाँठ में धेला नहीं और शौक पालेंगे अमीरजादों का। जा भाग, मतौना उधार का सौदा नहीं करता।''

अचानक उसकी दृष्टि कार की स्वामिनी पर पड़ी।

''मातादीन'' आँख पर लगे धूप के चश्मे को उतार हाथ में लट्टू-सा घुमाती लीना ने गाड़ी खचाक् से रोक दी।

मातादीन एक छलाँग लगाकर उसके पास पहुँच गया।

''आज बहुत दिनों में आईं सरकार, आप ही को याद कर रहा था, कल ही पाकिस्तान से ताजा माल आया है पर बड़े चक्कर में फँस गए हैं बिटिया।''

''क्यों, क्या हो गया? पहले हमारी चीज लाओ; गला सूख रहा है।''

''अभी लाया सरकार, जरा इस कमीने को भगा दूँ, साले पीठ में आँखें लिए आ जाते हैं। कल कौन जासूस बहुरूपिया भेद लेने आ जाए; ठीक नहीं। वैसे ये बहुत पुराना ग्राहक है। अबे भाग बे मुर्गी के, देखता नहीं पुलिस की बहुत बड़ी हाकिम आई हैं पान खाने?''

किसी रुग्ण कुत्ते-सी चुँधियाती आँखों से मिटमिटाता सहमा-सा वह चालक, अपना स्कूटर रथ-सा हाँकता अदृश्य हो गया। इधर-उधर देख मतौने ने न जाने किस अदृश्य कोने से एक पैकेट निकाल, लीना को थमा दिया।

''क्या बताऊँ सरकार, आप ही लोगों का सहारा है, बाल-बच्चे भूखों मर जाएँगे।'' वह दोनों हाथ जोड़, रुआँसे स्वर में गिड़गिड़ाने लगा। ''परसों तीन छोकरे आए। कहने लगे, हम इस्टूडैंट हैं, मुँहमाँगे दाम दिए और हमने खुराक थमा दी, वैसे खटका हमें हुआ था, इस खुराकी के ग्राहकों की तो हम आँखें पहचान लेते हैं सरकार। पर सोचा नए-नए मुल्ला होंगे, इसी से आँखें अभी टटका हैं, हमें क्या, दाम मिल गए, चीज दे दी, वह निकले छापामार खुर्राट, सो हमें जहाँ पता लगा, हम बचा-खुचा स्टाक जमुना में बहा आए। सिरिफ

आपके-भर की छिपा ली थी।''

लीना—''तो क्या इसके बाद हमें नहीं दोगे?''

''देंगे कैसे नहीं सरकार, आपका नमक खाया है, पर हमें कहीं सर छिपाने का ठट्टर जुटा दीजिए। एक बार मंतरी जी इशारा-भर कर दें। सब सालों की सिट्टी-पिट्टी गुम, हम जिनगी-भर आपकी सेवा करते रहेंगे।''

लीना पर्स से कागज निकाल, अपनी मृत्युंजयी खुराक-भर सिगरेट बना रही थी। एक सेकेंड को उसकी उतावली अँगुलियाँ रुक गईं। ''मैं डैडी को कैसे कह सकती हूँ मतौने, वे मंत्री हैं।''

''हम आपको दो ऐसे मंतरियों के नाम बता दें बिटिया, जो खुद अफीम की खेती करते हैं, नेपाल-पाकिस्तान से बोरे भर-भर माल, उनकी कोठी के खाद के बोरों के साथ धरा है, अरे छापा मारना है तो वहाँ मारो, हम गरीबों के मुँह का निवाला क्यों छीनते हो? पर छोटे मुँह बड़ी बात हम कैसे कह सकते हैं?''

पहली ही फूँक के साथ जैसे लीना की बुझी आँखों के दीयों में किसी ने तेल डाल दिया। उसका चेहरा खिल गया। ''देखो मतौने, डैडी से तो मैं नहीं कह सकती: थोड़े दिन दुकान बंद कर हमारी कोठी पर चले आओ, हमारे यहाँ चार-चार माली हैं, पाँचवें तुम सही। मेरे कमरे के बाहर बारामदे में कुछ रबर प्लांट लगे हैं, मैं ही उनकी देखभाल करती हूँ, उन्हीं में अपना माल छिपा सकते हो। किसकी हिम्मत है जो छापा मारे। इस गुमटी को उखाड़ आज ही वहाँ चले आओ।''

मतौने ने उसके पैर पकड़ लिए, ''आपने मेरे बाल-बच्चों को बचा लिया सरकार, भगवान करे आपकी तलब बनी रहे, मेरे बच्चे पल जाएँगे सरकार।''

लीना का मन, गृहकलह से मलिन घर में जाने को नहीं हुआ। अभी तो उसका उत्फुल्ल चित्त हवाई घोड़े पर सवार होकर बादलों में उड़ रहा था। जी में आ रहा था जोर-जोर से गाए, नाचे और फिर उस अलस निद्रापाश में डूब जाए, जहाँ न अतीत की स्मृतियाँ झाँक सकती थीं, न वर्तमान की चिंताएँ।

तेजी से कार निकाल वह घर पहुँची और धड़धड़ाती सीढ़ियाँ पार कर अपने कमरे की चिटखनी चढ़ा, पलंग पर लेट गई। अब वह जिस आनंदलोक में पहुँच गई थी वहाँ वह निःशंक थी, निर्भय।

जब से जया लौटी थी, पूरे घर में एक मनहूस सन्नाटा छा गया था। अम्मा, ताई, बाबू जी किसी ने भी उससे कुछ नहीं पूछा, पर फिर भी वह मन-ही-मन एकदम टूट गई थी। इतना अपमान, इतनी लाँछना सहने के बाद, वह अब उस गृह में कभी पाँव नहीं रख सकती थी। जैसे भी हो, उसे अब अपनी राह स्वयं बनानी होगी। किन्तु एक ही शहर में रहकर क्या वह अपने दुर्भाग्य के इस प्रकरण को अपने ही तक सीमित रख पाएगी? एक-न-एक दिन तो लोग जान ही लेंगे कि द्विरागन के लिए मायके नहीं आई है, निष्कासित होकर ही यहाँ प्रत्यावर्तन हुआ है। उसके आने का समाचार सुनते ही उसकी सहपाठिनियाँ उससे मिलने आएँगी। क्या कहेगी उनसे? विपत्ति के ऐसे विषम क्षणों में, एक ताई ही उसका सहारा थीं।

इधर वह प्रायः अँधेरा होते ही अपने कमरे का दरवाजा बन्द कर स्वयं बंदिनी बन जाती, अम्मा खाने के लिए बुलाने आतीं तो उन्हें उसका एक ही उत्तर मिलता, ‘‘मुझे भूख नहीं है अम्मा, तुम लोग खा लो।’’ एक दिन ताई ने द्वार भड़भड़ाकर आफत कर दी। द्वार खोला तो देखा, अपना बोरिया-बिस्तर-खटिया लेकर खड़ी हैं। ‘‘अरी मैं तो ना छोड़ूँ तुझे अकेली, तू भले ही आधी रात को मुझे बाहर धकेल दे। मैंने कह दी है री, आज से यहीं सोएगी तेरी ताई।’’

मन्दिर जातीं, तो जबरदस्ती उसे अपने साथ खींच ले जातीं, फिर एक दिन मन्दिर के एकांत में ही उन्होंने उसका कंधा थपथपाकर कहा, ‘‘देख बिट्टो, जो होना था सो हो गया, तेरा तो अब वह कुछ बिगाड़ नहीं सकते, तू किसी दूसरे शहर में अच्छी नौकरी ढूँढ़ ले, यहाँ रहेगी तो दिन-रात यही सब सोचती रहेगी। अभी तो किसी को कानों-कान कुछ पता नहीं लगा है।’’

शायद ठीक ही कह रही थीं ताई, इस शहर में रहकर उसका सड़क पर अकेली जाना भी खतरे से खाली नहीं था। न जाने कब उससे टकरा जाए जिससे मोह का बंधन वह प्राणांतक चेष्टा से तोड़ने की चेष्टा कर रही थी। अब वह भाग्य की करागार में आबद्ध असहाय बंदिनी ही तो थी। कार्तिक ने जिस अकथ्य भाषा और कदर्य भंगिमा में उसका अपमान किया था, उसे वह चेष्टा करने पर भी भूल नहीं पा रही थी। रात को आँखें बन्द करती तो पति का वही रौद्र रूप उसकी आँखों के आगे आ जाता। उसे लगता मूलतः प्रत्येक मनुष्य के हृदय में कहीं-न-कहीं गुहामानव छिपा रहता है। उस दिन मदालस कार्तिक में उसका वही रूप मुखर हो उठा था। सुन्दर चेहरा

भी क्रोध आने पर कितना वीभत्स लग सकता है यह अनुभव उसे जीवन में पहली बार हुआ। लाल-लाल आँखें, तने तेवर, फड़कते ओठ और धारा- प्रवाह गालियाँ। पर क्यों वह अभी भी उसके स्वप्नलोक में दुःसाहसी दस्यु बना धँसा चला आ रहा था? उसकी हँसी उसकी नशीली आँखों की रेशमी पलकें, यत्न से मैनिक्यूरड उसकी किसी नर्तकी की-सी लचीली अँगुलियाँ कुछ भी तो नहीं भूल पा रही थी अब तक, जहाँ अपमान-लाँछना की स्मृति उसे तिक्तता से भर उठती, वही उसी निर्दयी पति का विस्मृत स्कंध स्पर्श उसे रह-रहकर विचलित कर उठता। कभी कहीं उसे फिर मिल गया और उसे छू-भर लेगा तो वह उसके प्रणय प्रवाह में तिनके-सी ही असहाय बन बह जाएगी। इसी सम्भावना से वह अपने को बचाना चाह रही थी, उसके लिए उसे शहर छोड़ना ही होगा।

माधव बाबू राजनीति के सुदक्ष खिलाड़ी थे। वे उसे कभी नहीं छोड़ेंगे। लीना, जो अनर्थ कर गई थी, उसका उन्हें शायद पता नहीं लगा होगा, नहीं तो वे स्वयं उसके चरणों पर माथा रख देते। कभी-कभी उसे स्वयं अपने पर झुंझलाहट होती, जिस गाँव से रिश्ता ही टूट गया उससे यह कैसा बचकाना मोह? नहीं वह अब अतीत की एक भी स्मृति को अपने पास नहीं फटकने देगी। उसके भय से वह बाहर निकलना भी क्यों छोड़ दे? आखिर कर ही क्या लेंगे वह? घसीटकर निर्धूत केशा पत्नी को साथ नहीं ले जा सकता।

कहीं दूर तक घूमकर शायद उसके संतप्त चित्त को शांति मिले। अम्मा, ताई महीने का सामान लेने बाजार गई थीं, बाबू जी कॉलेज, बंटी पहले ही दिन मैच खेलकर आया था, वह घर ही पर छुट्टी मना रहा था। उसने बंटी से कहा, ''बंटी, मैं काम से जा रही हूँ। थोड़ी देर हो जाए तो अम्मा से कहना, मुझे ढूँढ़ने किसी को न भेजे। मैं 6 बजे तक आ जाऊँगी।'' अपनी इस आपदमस्तक बदल गई दीदी को बंटी ने सहमी दृष्टि से देखा, कहाँ जा रही थी वह? ताई बार-बार उससे कह गई थी, ''जया को कहीं अकेले न जाने देना, कहीं जाए तो तू चला जइयो साथ में।''

''दीदी, मैं चलूँ तुम्हारे साथ?'' उसने डरते-डरते पूछा। जया की कठोर मुखमुद्रा देख वह उसे सहमी दृष्टि से देखने लगा।

''नहीं'', और वह निकल गई। कैसा आश्चर्य था कि आज उसके पैर, उसे स्वयं असहाय सूखे पत्ते-सा उसी अरण्य में उड़ाए लिए जा रहे थे, जहाँ उस दिन उसे कार्तिक जबरन अपनी कार में बिठा, उड़ा ले गया था। तब

कहीं उसके अशांत हृदय में उसी से मिलने की व्यर्थ आशा उसे वहीं खींच रही थी।

ग्रीष्म संध्या, आसन्नप्रसवा जंगली हिरनी-सी, अलस-उद्‌भ्रांत हो उठी थी। तेजी से चल रही जया की साड़ी का आँचल, पीले सूखे पत्तों को बुहारता लगभग नीचे गिरा जा रहा था, पर उसे जैसे होश ही न था। नींद सी में चल रही उन्मना जया चली ही जा रही थी। तप्त हवा का झोंका, वनमर्मर से मिल एक मिश्रित वनज सुगंध से उसके कपोलों को सहला गया। वनकोट में लौट रहे क्लांत वनपाखियों का कलकूजन, उस उष्णता को सहसा स्निग्ध कर गया। पश्चिमाकाश से रेंगती अरुणिमा पूरे वन-वनांतर को रंग गई, उसी मुहूर्त में जया को लगा उसने सबको क्षमा कर दिया है, स्नेहशील ससुर को, दबंग सास को, सहारनपुरी बुआ को, उद्धत ननद को और उसे, जिसे एक बार देखने की मूर्ख ललक उसे उस अरण्य में खींच लाई थी। तीव्र आनंद से उसकी आँखें चमक उठीं। उत्तेजना से उसके पतले नथुने फड़क उठे। कार्तिक, कार्तिक कहाँ हो तुम?

हड़बड़ाकर वह उसी गहन वन की एक शिला पर बैठ गई, धीरे-धीरे अँधेरा सघन हो रहा था। यहाँ कोई भी नहीं ढूँढ़ पाएगा उसे, यह उसका अपना एकांत था, यहाँ किसी प्रकार का व्याघात, उसके मन की सहसा पाई शांति को विनष्ट नहीं कर पाएगा। दोनों आँखें बन्द कर वह अतीत की स्मृतियों से सुख के वे अमूल्य क्षण, बीन-बीनकर पलकों में दबाने लगी। कार्तिक और उसके बीच अदर्शन के अंतराल ने ही क्या उसे, उसके लिए ऐसे व्याकुल कर दिया था?

आज तक पत्थर के अभेद्य बाँध से बाँधा गया हृदय का वेग, गलित उष्ण लावा-सा छिटककर उसे दग्ध करने लगा। उसकी दोनों आँखों से अश्रुधार उसके कपोल सिक्त करने लगी। आज तक उसे रोने के लिए भी तो एकान्त नहीं जुट पाया था। अम्मा, बंटी, ताई या बाबू जी निरंतर उसे अपनी सशंकित दृष्टि के घेरे में बंदिनी ही तो बनाए रखते थे, कहीं उनकी आत्मसम्मानिनी दंभी आहत बेटी अकेले में कुछ कर न बैठे। किन्तु कहाँ गया आज उसका आत्मसम्मान, आज यहाँ कोई नहीं था, वह जी भरकर जब तक चाहे तब तक रो सकती थी, चाहे तो सिसककर, बिलखकर, चीख-चिल्लाकर। मन अचानक फूल-सा हल्का हो गया था। अब वह तैयार थी, कार्तिकहीन, बंधुबांधवहीन नवीन जीवन के लिए।

अंतःसलिला किसी क्षीण कलेवरा नदी की ही भाँति अब वह अपने हृदय की अंतर्तम तलहट को भी स्पष्ट देख पा रही थी। हुआ कुछ भी नहीं था, उसने जुआ खेला था और वह हार गई। आपात अतप्तता की गहराई में अभी भी उस विस्मृत सम्बन्ध की जो आर्द्रता रह गई है उसे भी वह एक-न-एक दिन मिटा ही लेगी।

दौरे से आकर माधव बाबू सीधे अपने कमरे में चले गए थे। नौकर से कह दिया था कि कोई भी आए तो कह दे, उनकी तबीयत ठीक नहीं है, वे किसी से नहीं मिलेंगे। घर के चारों फोनों के रिसीवर उठाकर अलग रख दिए गए। वे अपने कमरे में पर्दे खींचकर चुपचाप लेट गए।

कई दिनों से छाती की बाईं ओर विचित्र दर्द, बाँहों तक रेंगता उन्हें बेचैन किए दे रहा था। कल भाषण देते उन्हें लगा, वे मंच पर ही गिर पड़ेंगे। सर दर्द से फटा जा रहा था और वर्षों से भाषण देने की कला में प्रवीण उनकी जिह्वा बीच-बीच में लड़खड़ाने लगी थी। शायद रक्तचाप ही अचानक भयावह रूप से बढ़ गया था। बिना किसी से कुछ कहे, अपना दीर्घ दौरा बीच में स्थगित कर वे घर लौट आए थे। किन्तु कैसा घर? घर अब था ही कहाँ, बार-बार गुरु की बहुत पहले दी गई एक ही चेतावनी उनके ओठों पर आ रही थीं :

माता नास्ति पिता! नास्ति
नास्ति बंधु सहोदरा
अर्थ नास्ति गृहं नास्ति
तस्मात् जाग्रत जाग्रत

अब आदर्शी गुरु ही जैसे प्रतिपल उनके सिरहाने खड़े कानों में यह गुरुमंत्र फूँक रहे थे। तस्मात् जाग्रत जाग्रत। जागते रहो माधव, जागते रहो।

बार-बार जया का वेदनाक्लिष्ट मासूम चेहरा, उनके कलेजे को मथ रहा था। न्यायप्रिय माधव बाबू की नाक के नीचे ही उस निरीह लड़की के साथ कितना बड़ा अन्याय हो गया और गृहकलह के भय से, वे हाथ बाँधे खड़े देखते रहे। उसे जाने कैसे दिया? वहीं धरातल में धँस क्यों नहीं गए? क्या कहते होंगे उनके सरल समधी।

डरती-डरती चन्द्रा न जाने कब से उनके सिरहाने खड़ी उन्हें एकटक देख रही थी। "तबीयत ठीक नहीं है क्या?"

वे चुपचाप आँखें बंद किए पड़े रहे। गृह का एक-एक सदस्य आज उन्हें अपना प्राणघाती शत्रु लग रहा था, उन्हीं सबकी मूर्खता ने ही तो उनके यत्न से ढूँढे गए रत्न को गँवा दिया था। वह आत्मसम्मानी लड़की अब कभी नहीं लौटेगी।

"बोलते क्यों नहीं? आखिर क्या हुआ है, सुबह से प्रधानमंत्री के यहाँ से दो बार फोन आ चुका है।"

माधव बाबू, पूर्ववत् निश्चेष्ट पड़े रहे। पत्नी की सूचना ने कलेजे के दर्द को और प्रखर कर दिया। वे जानते थे, प्रधानमंत्री का फोन क्यों आया था? उनके हितैषी उन्हें पहले ही आगाह कर चुके थे। विपत्ति कभी अकेले नहीं आती, पूरी बिरादरी को ही लेकर आती है। पर उन्हें अब किसी का भय नहीं था। वे अब स्वयं मुक्ति चाहते थे। राजनीति से ही नहीं संसार से मुक्ति।

"मुझसे नाराज हैं क्या? मैंने क्या किया?" एक बार स्वर को मंद्रसप्तक में उतार, चन्द्रा ने पति के सिरहाने बैठ अपनी गुदगुदी हथेली उनके ललाट पर धर दी, "मैं क्या करती बताइए; लीना की उतावली तो आप जानते ही हैं, चट से वहाँ गहने माँगने चली गई, पर दोष न उसका था, न मेरा। आपने भी तो हमें नहीं बताया कि वह गहने आपको दे गई। फिर धेले-टके के गहने तो थे नहीं।"

"क्या? लीना जया से गहने माँगने गई थी? क्या सोचा तुम माँ-बेटी ने कि वह गहने चुराकर मायके भाग गई? बुलाओ लीना को, किससे पूछ कर गई थी वहाँ?" उनके रौबीले कंठ की गर्जना से पूरी कोठी काँप गई। "जैसी खुद है वैसा ही सबको समझती हे, जया के पैर की धोवन के बराबर नहीं है तुम्हारी बेटी समझीं?"

इस बार चन्द्रा तमककर खड़ी हो गई, "बस, मैं अब और कुछ नहीं सुनना चाहती। तीन कौड़ी के दलिद्दर मास्टर की यह कुलच्छनी लड़की, जब से इस घर में आई सब कुछ उलट-पुलट हुआ जा रहा है। कार्तिक घर से ही गायब है, लीना का बच्चा बराबर बीमार चल रहा है और आज रही-सही कसर पूरी करने प्रधानमंत्री का फोन।"

"क्या आज तक कभी नहीं आया प्रधानमंत्री का फोन? तुम क्या सोचती हो, प्रधानमंत्री ने मुझसे त्यागपत्र देने को फोन कर कहने के लिए ही मुझे याद किया है?" वे उत्तेचित होकर बैठ गए और समस्त क्रोध उनकी लाल-लाल

आँखों में खून बनकर उतर आया, ''बुलाकर लाओ अपनी उस सिरचढ़ी बेटी को, पूछता हूँ, क्या कहा उसने जाकर।''

चन्द्रा पति का चेहरा देखकर सहम गई, दूसरे ही क्षण अपने स्वर को संयम के अंकुश से साध, वह विनम्र स्वर में कहने लगी, ''आप, लेट जाइए प्लीज, आपकी तबीयत ठीक नहीं है, मैं गर्म चाय लाती हूँ।''

''नहीं; मुझे नहीं चाहिए तुम्हारी चाय, लीना को बुलाओ।'' वे बार-बार अपने हठीले जिद्‌दी दुराग्रह को दुहराने लगे।

''सुनिए'', चन्द्रा ने शांत स्वर में कहा, ''लीना अभी-अभी सोई है, रात भर उसका बच्चा रोता रहा है। अभी-अभी आँख लगी है। जगते ही आपके पास भेज दूँगी।''

माधव फिर निढाल होकर लेट गए। छाती का दर्द असह्य होता जा रहा था। नित्य शांत निरुद्वेग रहने वाले चेहरे पर जैसे किसी ने मुट्‌ठी-भर भस्म पोत दी थी। चन्द्रा मन-ही-मन बुरी तरह भयभीत हुई जा रही थी। दाहिनी आँख लगातार तीन दिन से फड़क रही थी, कामरत बिल्लियों का मनहूस जोड़ा, कई दिनों से रात-भर विलाप कर रहा था। घर का अल्सेशियन कुत्ता भी कई बार रह-रहकर आकाश की ओर मुँह किए बिना वजह हू-हू कर रोने लगा तो उसका कलेजा भय से हिम हो गया। कहीं उन्हें कुछ हो गया तो वह अपनी उस अकर्मण्य सन्तान का क्या करेगी! पुत्री और उसका विकलांग बेटा, पतिगृह से निर्वासिता लीना अब क्या कभी ससुराल लौट पाएगी? उस पर गृहत्यागी कुपुत्र!

जहाँ पति के अन्य सहयोगी मंत्री अपने संक्षिप्त शासन काल में भी लाखों की अटूट संपत्ति जोड़ निश्चिंत हाथ-पर-हाथ धरे ऐसे बैठे थे कि राम राजा हो या रावण राजा, उनका कोई क्या बिगाड़ लेगा। वहीं पर पति का इतना वर्षों का सुदीर्घ मंत्रीपद भी उन्हें सामान्य-सी समृद्धि से भी विभूषित नहीं कर पाता था। न उसके पास रहने को मकान था, न बैंक बैलेंस। गाँव के पुश्तैनी मकान में जाने का प्रश्न ही नहीं उठता था। आज तक जिस गाँव का मुँह भी बच्चों ने नहीं देखा, वहाँ क्या कभी रहने की बात भी सोच सकते थे वे?

इस पर भी क्या पुरस्कार मिला पति को? उनकी निष्ठा का, उनकी देशसेवा का, त्याग का! जवानी जेल में कटी, घोर विपन्नता में पराश्रयी बन जेठ-जेठानी की धौंस सही, सहते-सहते चन्द्रा का क्षणस्थायी यौवन, पद्‌मपत्र

में चमकता जलबिंदु-सा न जाने कब ढलक गया, पर फिर पति के मंत्रीपद ने उसके अतीत की समस्त व्यथा धो-पोंछकर बहा दी थी। संतान उसे कभी कोई सुख नहीं दे पाई, पर महत्त्वाकांक्षी चन्द्रा ने भाग्य से कभी हार नहीं मानी थी। उसके मूर्ख पति बीच में टाँग न अड़ाते तो शायद गृह का कुलदीप, दप्प से ऐसे असमय ही नहीं बुझ जाता, दीपक में तेल रहे, बाती सुपुष्ट हो, तब भी उसे बीच-बीच में सरकाना पड़ता है। यह माधव बाबू नहीं जान पाए। पुत्र की ओर से धीरे-धीरे उदासीन होते चले गए थे। सुधा का विवाह हुआ होता तो वह उस दुर्दांत अश्व की लगाम थाम उसे साध लेती। आज वह उस घर की बहू बनी होती तो कम-से-कम इस दुर्दिन में समृद्ध समधी का तो सहारा होता। अब उस सड़ियल मास्टर समधी से आशा ही क्या हो सकती थी, ''आप मंगते बाम्हना, द्वार खड़े जिजमान!''

उन्होंने एक बार सुधा के रिश्ते के साथ, कार्तिक को अपनी गाजियाबाद वाली कोठी द्वाराचार में देने का आश्वासन भी दिया था, ''मेरी तो ले-देकर यही एक संतान है माधव बाबू, यही मेरी बेटी है और यही बेटा, जो कुछ मेरा है सब इसी का है। मैंने सोच लिया है कि विवाह होते ही मैं कार्तिक को अपनी फैमिली टिंबर फैक्टरी लगा बाहर भेज दूँगा। मेरे साढ़ू कैनाडा में हैं। सरकारी नौकरी में अब धरा ही क्या है।'' पर बीच में ही न जाने किस कुघड़ी में माधव बाबू ने जया को देख लिया और उसके चिकने-चुपड़े चेहरे पर फिसल गए।

कभी-कभी उसका शक्की स्वभाव उसे नाना शंकाओं से उद्भ्रांत कर देता। पुरुषों का क्या ठिकाना, वे कब उम्र का वक्त-बेवक्त देखते हैं। जब पहले दिन वह अपने माता-पिता के साथ आई थी कैसी मुग्ध दृष्टि से देख रहे थे उसे! जया को ये खिलाओ, वो खिलाओ, और फिर वह बहुमूल्य सेट! ऐसा हार क्या उन्हें पहले अपनी पत्नी के कंठ में नहीं डालना चाहिए था? और आज वह चली गई तो खाट पकड़ ली। माना लीना ने कुछ बुरा-भला कह ही दिया और अनजाने में उससे कुछ भूल हो गई तो क्या उस दुकौड़िए मास्टर के भेजे में इतनी बुद्धि नहीं थी कि लड़की का कान पकड़, खुद ससुराल पहुँचा आए? वह पति के लिए चाय लेकर लौटी तो देखा वे दर्द से तड़प रहे हैं।

''क्या हो गया? कहाँ दर्द है, ऐसा क्यों कर रहे हैं आप?'' वह व्याकुल होकर दाईं-बाईं करवट बदल रहे पति के आर्त्त वेदनाक्लिष्ट चेहरे पर झुक गई। ''हे राम, अब क्या करूँ! घर में कोई है भी तो नहीं'', स्वगत बड़बड़ाती

चन्द्रा विह्वल हो उठी। फिर उसे सहसा याद आई कि लीना तो अपने कमरे में ही सो रही है। वह भागकर गई और गहरी नींद में अचेतन लीना को झकझोर दिया, "लीना, लीना, उठ देख डैडी को क्या हो गया है; हाथ-पैर पटक रहे हैं।"

पर लीना की नींद क्या स्वाभाविक नींद थी। उसके कान में कोई ढोल-ढमाके भी पीटता तो भी शायद वह नहीं जागती। उसे तो नशे की गोलियाँ किसी सुदूर दिव्यलोक में खींच ले गई थीं। "हूँ" कहकर उसने एक बार मदालस आँखें खोलीं फिर करवट बदलकर सो गई।

गुस्से में उसे धकेलकर चन्द्रा बाहर निकल गई। माधव बाबू से मिलने आए कुछ व्यक्ति प्रतीक्षा में सोफे पर ऊँघ रहे थे। दीर्घ समय तक बैठे रहने की क्लांति उन ऊबे चेहरों पर ऐसे उभर आई थी कि सबके चेहरे एक ही-से लग रहे थे।

"सुनिए" चन्द्रा का स्वर सुन सब एक साथ जागकर खड़े हो गए। पता नहीं किस भाग्यशाली का बुलावा भेजा था मंत्री जी ने।

"मंत्री जी की तबीयत अचानक खराब हो गई है। आप लोग कुछ व्यवस्था कीजिए, ऐंबुलैंस बुलाइए या इसी कार में चन्द्रा का स्वर रुँआसी घबड़ाहट में डूब गया।

बाहर किसी की काली कार खड़ी थी। फिर जैसे पूरे घर में भूंकप आ गया। मिनटों ही में माधव बाबू को अस्पताल पहुँचाया गया, बदहवास-सी चन्द्रा साथ थी। देखते-ही-देखते प्रेस रिपोर्टर, अस्पताल का बरामदा घेर कर खड़े हो गए।

खटाखट कलम चलने लगी। घर में इतना कुछ हो गया पर लीना नींद में बेहोश पड़ी थी और कार्तिक न जाने कहा निरुद्देश्य घूम रहा था।

चन्द्रा का अनुमान ठीक था; डाक्टरों ने उसके संदेह की पुष्टि कर दी थी। माधव बाबू को दिल का दौरा ही पड़ा था। वह भी मैसिव लैफ्ट वैडेंक्यूलर फेलियर। दो दिन ऑक्सीजन में रखने पर ही कुछ चैन मिला पर अभी चेहरा रक्तशून्य लग रहा था।

अस्पताल के कैरीडोर में मेले की-सी भीड़ लगी थी। स्वयं प्रधानमंत्री आकर उन्हें देख गए थे और उनके आने के बाद, माधव बाबू की कुशल-क्षेम पूछने वालों की पंक्ति और गहन हो उठी थी। दूरदर्शन के कैमरे इधर-उधर चील-से

मँडराने लगे थे।

प्रधानमंत्री की आगमनी ने मंत्री जी की बरखास्तगी की अफवाह को रुई के फाए-सा उड़ाकर धर दिया था। खफ़गी होती तो स्वयं देखने थोड़े ही ना आते। निश्चय ही उनकी रोगमुक्ति उन्हें अब सेंटर में पहुँचा देगी। जिस तरुवर को पर्णविहीन सूखा ठट्ठर बनता देख चतुर पक्षीदल उड़कर विलीन हो गया था, वह फिर उसी की डाल पर कलकूजन कर पंख फड़फड़ाने लगा। कोई टोकरी-भर फल ला रहा था, कोई पुष्प-गुच्छ।

खिसियाई-सी लीना पिता को देखने जब आई तो उन्हें होश आ चुका था। पर चन्द्रा ने बाहर ही रोक लिया, "तुम मत जाओ बेबी, तुझसे बेहद नाराज हैं।"

"क्यों, क्या किया है मैंने?"

"तू मुन्ना के ससुराल जो चली गई थी गहने माँगने।"

"ओह शिट" लीना बाहर ही कुर्सी पर धप्प से बैठ गई। "मुन्ना भी नहीं आया क्या? कहाँ ग़या है, कुछ पता है?"

"उसका किसे पता हो सकता है बेबी," एक लंबी साँस खींचकर चन्द्रा ने छलछलाई दृष्टि से पुत्री को देखा, "आज तीसरा दिन है। पता नहीं कहाँ पड़ा है, सब उसी को पूछ रहे हैं।"

"डैडी कुछ बोले क्या?"

"हाँ, बस जया-जया की ही रट लगाए हैं। हम सब मर गए हैं उनके लिए।"

माँ-बेटी बातें कर ही रही थीं कि कार्तिक आ गया। पुत्र का सूखा-कुम्हलाया चेहरा देख चन्द्रा का हृदय ममत्व से छलक उठा। हाय, कैसी सूरत हो गई थी लड़के की। जब से गया शायद कुछ खाया-पिया भी नहीं।

"कब हुआ, कैसे हुआ?" उसने माँ से पूछा तो उसके कुछ कहने से पहले ही डाक्टर बाहर आ गए।

"सुनिए, माधव बाबू बार-बार किसी जया को बुलाने के लिए कह रहे हैं। आपकी पत्नी हैं क्या जया?"

"जी हाँ।"

"तो फिर आप उन्हें आज ही ले आइए। शायद उन्हें देखकर उनकी चिन्ता दूर हो। उनका किसी के लिए ऐसे चिंतित होना, इस हालत में ठीक नहीं।"

प्रस्ताव मात्र से ही कार्तिक का बुझा चेहरा खिल उठा, अभी-अभी अपने कमरे में जाकर, जिसकी स्मृति ने उसे व्याकुल कर दिया था, उसी को लाने का प्रस्ताव किसी ने तो किया।

वह जाने को उद्यत हुआ ही था कि लीना ने लपककर उसकी कलाई थाम ली। "नहीं, तुम नहीं जाओगे मुन्ना।"

"क्यों?"

"इसलिए कि गए तो जूता खाकर लौटोगे, तुम्हारी पत्नी अब कभी नहीं लौटैगी। पूछो अम्मा से।"

वह आश्चर्य से कभी माँ और कभी बहन को देख रहा था। चन्द्रा ने फिर उसे हाथ पकड़कर एक निभृत कोने में खींच लिया। वह क्या बता रही थी वह लीना समझ गई। सनकी-झक्की भाई पर उस अवांछनीय जानकारी की कुछ भी प्रतिक्रिया हो सकती थी, लोगों के सामने ही वह उसे दो हाथ भी धर सकता था। वह चुपचाप बाहर निकल गई, "मैंने तुम्हें सब कुछ बता दिया है मुन्ना, तुम्हारे जी में आए तो वहाँ जाओ, पर मेरी राय में तुम्हारा वहाँ जाना ठीक नहीं होगा। न हो तो ड्राइवर को एक चिट्ठी लेकर भेज दो। खबर तो देनी ही होगी, लोगों की नजर में तो अभी भी वह हमारा समधियाना है।"

विवाह ने उसे कितना बदल दिया था वह तब ही समझ पाया, जब आँधी के वेग-सी जया उसके पार्श्व से सहसा तिरोहित हो गई। आज पहली बार वह पत्नीविहीन कमरे में गया, सब कुछ वैसा ही था, डबल बेड के दो तकिए, ड्रेसिंग टेबल पर धरी जया की कंघी, परफ्यूम, यहाँ तक कि हाथ की कई काँच की चूड़ियाँ भी वहीं खोलकर रख गई थी। शादी का कामदार लहँगा, गोटा-किनारी लगी लाल ओढ़नी, जिसकी गोट में उलझ गई अपनी सीको घड़ी की चेन छुड़ाने में वह पसीना-पसीना हो गई थी, कार्तिक ने ही कार में उसकी पसीने से तर गुदगुदी सुकोमल कलाई को गोटे के बन्धन से छुड़ाकर चूम लिया, आज वही क्षणिक मधुर स्पर्श, तीखी खंजर बनकर उसके कलेजे में भीतर तक धँस गया।

ओफ! सामान्य-सी अविवेकी ठोकर ने ही उसे कितना नीचे गिरा दिया था। कैसी अद्भुत सुगन्ध थी उसकी देह की। नारी देह परिमल तो उसके लिए कोई अजुबा नहीं था। न जाने कितनी सुकोमल, सुडौल गौरी-साँवली कलाइयाँ आज तक उसके हाथों में आकर सरक गई थीं, और कैसी-कैसी

सुगन्ध क्रिस्चीन डियौर, गुच्ची, जौय, लौरे किन्तु ऐसी दिव्य सुगन्ध से क्या इतिपूर्व उसके पारखी नथुने ऐसी विवश फड़कन में फड़के थे?

जीवन में पहली बार उसने ऐसी स्वाभाविक ब्रीड़ा में लाल गुलाबी पड़ रहे कपोलों की अनूठी छवि देखी थी, जैसे किसी लज्जा वन मणिपुरी अपूर्व सुन्दरी नृत्यांगना के गौर मुखमंडल पर नेपथ्य से कोई अभ्यस्त मंच संचालक, लाल गुलाबी रोशनी का घेरा डाल रहा हो। उसके पहले ही स्पर्श से थरथर पत्ते-सी काँपने लगी थी लड़की।

और फिर उस दिन होटल में उसका एक सर्वथा नवीन तेजस्वी रूप, कंधे पर हाथ नहीं धरने दिया था उसने, जबकि घोर नशे की लड़खड़ाहट में भी वह उसे बाँहों में बाँधने को व्याकुल हुआ इधर-उधर लड़खड़ा रहा था। और उसके पहले महाबलीपुरम् के समुद्रतट पर जब वह उसे जबरन खींचकर लहरों के बीच खड़ा कर दे रहा था, कभी हँसती, कभी खिलखिलाती कभी उत्तुंग तरंगों से भयत्रस्त होकर उससे लिपटी जा रही उस अद्वितीय सहचरी को उसने अपनी ही मूर्खता से सदा के लिए खो दिया था। समुद्रतट पर सिमटती-सिकुड़ती, कभी निकट आती, कभी दूर जाती, शंकराभरणम् की-सी उस चपल नर्तकी को वह कभी बाँहों में नहीं समेट सकेगा।

चार ही दिनों में उसकी नित्य जीवन अभिनव छटा को देख, वह आकंठ प्रेमोदधि में डुबकियाँ लगा रहा था कि उसके हृदय में अब तक ताक लगाए बैठा शैतान विद्रोह कर बैठा। उसने आज तक बिना मूल्य चुकाए ही सब कुछ पाया। पिता के पद की मुहर थी उसकी राजमुद्रिका, कपड़े, जूते, दवा, सिगरेट, सिनेमा, थियेटर, हवाई यात्रा के टिकट, फाइव स्टार होटलों में सुदीर्घ आवास, सब कुछ ही तो उसे आज तक बिना मूल्य मिलते रहे। यही भूल हो गई थी उससे, विवाहित जीवन के सुख को भी उसने बिना मूल्य के ही पाने की चेष्टा की थी। वह नहीं जानता था कि प्रत्येक सांसारिक वस्तु में विधाता अदृश्य प्राइस टैग लगाकर धरे रहता है। मान-सम्मान, प्रेम, मैत्री सब कुछ पाने के लिए, पहले कुछ-न-कुछ देना पड़ता है। इस संसार में बिना पल्ले का खरचे, कुछ जुटता नहीं फिर यह तो वह देश है जहाँ श्मशान घाट में चिता की लकड़ियों का भी मोल-भाव चलता है।

उसका नपुंसक क्रोध, भीतर-ही-भीतर उसकी बोटियाँ नोचने-चिंचोड़ने लगा। थोड़ी देर तक वह कुछ सोचता रहा, फिर तेजी से सीढ़ियाँ उतरकर कार में बैठ गया। एक बार उसने उसी ओर कार मोड़ी जिधर उसका

लगाम-जीनविहीन चित्त भागा चला जा रहा था। फिर स्वयं ही उसने रास्ता मोड़ लिया। नहीं, वह नहीं जाएगा। वह समझ गया था कि उसके जाने पर भी वह अब कभी नहीं लौटेगी। उसी का अपराध होता तो वह शायद मानिनी का मान भंग भी कर लेता, पर हरामजादी लीना जो अपराध कर आई थी, उसके लिए जया के उदारपद-पल्लव पर माथा रगड़ने पर भी वह उसे कभी क्षमा नहीं कर पाएगी। फिर भी एक क्षीण आशा का अंकुर, बार-बार उसके हृदय में उगा चला आ रहा था। डैडी की तबीयत का समाचार शायद उसके कठोर हृदय को द्रवित कर दे।

आधी रात को विष्णु ही आकर उसे बता गया था कि डैडी की तबीयत में कुछ सुधार है, सूप दिया गया है, माँ जी रात वहीं रहेंगी, बेबी घर लौट आई है।

बड़ी रात तक कार्तिक बत्ती जलाकर यूलिसिस पढ़ता रहा, लीना ने उसे पिछले जन्म-दिन पर दी थी।

बार-बार एक ही पंक्ति को पढ़ते-पढ़ते उसके जी में आया, भागकर वह जया को बाहों में भर उसके कान से अधर सटाकर उसके नन्हे झुमके की चिलमन से वही पंक्ति का अमृत फूँक दे :

''कम माई फ्रैंड्स, इट्स नौट टू लेट टु सीक ए न्यूअर वर्ल्ड।''

ताई ने तेल की पूरी शीशी ही शायद जया के बालों में उड़ेल दी थी, ''अरी, ये न जाने क्या सीखी हो तुम लोग, न कनक बालों में तेल डाले न तू! सत्यानाश कर दिया है उसने भी बालों का। क्या अजगर की-सी चोटी बनती थी, हाथ में नहीं आती थी। अब कभी कंघी भी नहीं छुआती बालों से हतभागी, भैंस की पूँछ—सा बुरुश लिए झाड़ती रहती है बाल।''

बंटी पिछली बार खेलने बम्बई गया तो एक बड़ी-सी शैंपू की शीशी ले आया था, जया ने घिस-घिसकर तेल की चिकनाहट छुड़ाई फिर तौलिए में ही जटाजूट लपेट धुले कपड़े तार पर सूखने फैलाने लगी। सहसा उसकी दृष्टि खुले दरवाजे पर पड़ी, ससुराल का वर्दीधारी ड्राइवर हाथ में लिफाफा पकड़े खड़ा था।

बड़े अदब से सैल्यूट मारकर उसने चिट्ठी थमाकर कहा, ''माँ जी ने दी है, कार लाया हूँ सरकार, और फिर उसी अदब से वह बाहर जाकर खड़ा

हो गया।

वह बन्द लिफाफा लिए भीतर चली आई। ताई आँगन में बैठी माला जप रही थीं। जया ने लिफाफा ताई की गोदी में डाल दिया।

''क्या है री? किसकी चिट्ठी आई है?-

जया ने कोई उत्तर नहीं दिया, बालों को गीले तौंलिए से मुक्त कर वह अँगुलियों से बाल सुलझाने लगी। ताई ने जप बीच में ही स्थगित कर जल्दी-जल्दी लिफाफा खोला और चिट्ठी पढ़ने लगीं। वैसे भी वे जप को सुविधानुसार स्थगित करती रहतीं, ''बेटी, सेम में चार आलू काट लेना, ''बंटी मेरी पूजा में चप्पल पहन भीतर न आना।'' ''लल्ला, तुम्हारा दूध आले में धरा है।'' आदि-आदि। बंटी कभी-कभी टोक भी देता, ''यह कैसा जप करती हो ताई, बीच-बीच में बोलती जाती हो फिर आँखें बन्द कर जप करने लगती हो। भगवान् के यहाँ तुम्हारे नम्बर जरूर कटते होंगे।''

''चुप कर, मन-ही-मन तो जप करती रहती हूँ, भगवान तो कहते ही हैं, सच्चे मन से मुझे चाहे कहीं पूज लो।''

''तुम कुछ भी कहो ताई, मन तुम्हारा कहीं और रहता है।''

''चल भाग, मैं कुछ भी करूँ तुझे क्या।''

चिट्ठी पढ़ते ही ताई उत्तेजित होकर खड़ी हो गई, ''अरी छोटी, सुन जरा।'' ''सब्जी छौंक रही हूँ जिया, क्या है?'' देरानी की झल्लाहट उत्तर में स्पष्ट हो उठी।

ताई भड़क उठी, ''अरी भाड़ में जाए तेरी सब्जी, बाहर आ जल्दी।''

जया के निर्विकार चेहरे पर चिट्ठी में क्या लिखा है, किसने भेजी है जानने की कोई जिज्ञासा नहीं उभरी, ''क्या बात है भाभी, किसकी चिट्ठी है?'' बाबू जी का स्वर सुनते ही जया अपने कमरे में चली गई।

''जया की सास की है, मंतरी को दिल का दौरा पड़ा है। वैसे, इन मंतरियों का दिल होवै ही कहाँ है जो दौरा पड़ेगा। सुना 'जया-जया' की रट लगाए हैं, डाक्टरों का कहना है कि इसे देख लेंगे तो ठीक हो जाएँगे, गाड़ी भेजी है लेने। हूँ, बैठ जाए ऐसा दिल, हमें क्या, हमारी लड़की को घर से निकाला तब नहीं लगाई 'जया-जया की रट!''

''धीरे बोलो भाभी, ड्राइवर बाहर खड़ा सब सुन रहा है।''

''अरे सुन ले ससुरा, और जाके लगा आए उस कंकाला से। हम क्या कोई गलत बात कह रही हैं। टोले-मुहल्ले में मुँह दिखाने काबिल नहीं रखा,

नंगी-बुच्ची लड़की को खोटे सिक्के—सा लौटा दिया। भगवान के यहाँ देर है अँधेर नहीं लल्ला, जो जैसा करेगा वैसा ही भरेगा!''

श्यामाचरण का चेहरा चिट्ठी पढ़ते ही गम्भीर हो गया। अभी तक किसी को कानों-कान पता नहीं था कि जया किस अपमानजनक परिस्थिति में मायके आई है। यदि एक बार अभी चली जाए तो लोगों को कुछ सन्देह नहीं होगा। उस पर माधव उनके पुराने सहपाठी थे। उन्हें यदि कुछ हो गया तो वे कभी अपने-आप को क्षमा नहीं कर पाएँगे कि उनकी बेटी को बार-बार बुलाया और उन्होंने उसे वहाँ नहीं जाने दिया। सोचने में और निर्णय लेने में उन्हें कभी समय नहीं लगता था!

''बेटी'' जया के कमरे की देहरी पर खड़े होकर उन्होंने पुकारा।

गीले बाल पीठ पर फैलाए जया चुपचाप तख्त पर बैठी थी। चार ही दिन में लड़की कितनी दुबली हो गई थी। पिता की आवाज सुनकर वह न जाने किस दिलस्वप्न से चौंककर मुड़ी।

''माधव बाबू को दिल का दौरा पड़ा है, वे तुम्हें ही याद कर रहे हैं। तुम्हारी सास ने तुम्हें लिवाने गाड़ी भेजी है। तुम स्वयं समझदार हो जया, मेरी राय में तुम्हारा वहाँ एक बार जाना जरूरी है। उन्हें कुछ हो गया तो लोग यही कहेंगे की बहू को बुलाया, फिर भी वह नहीं आई।''

जया कुछ नहीं बोली, न हाँ, न ना।

श्यामचरण ने आगे बढ़कर उसके कंधे पर हाथ धरा, वह काँप रही थी, ठीक वैसे ही जब कुश के साथ उसका अँगूठा कार्तिक को थमाया था। ''मैं नहीं जाऊँगी बाबू जी।'' उसके क्षीण स्वर में भी कठोर दृढ़ता थी।

''नहीं बेटी, तुम्हें थोड़ी देर के लिए वहाँ जाना ही होगा। मैं तुम्हारे साथ चलूँगा। मैं तुमसे वायदा करता हूँ बेटी, मैं तुम्हें अपने साथ ही लौटा लाऊँगा, कुछ बातें ऐसी भी होती हैं, जया,'' उनका स्वर सहसा गम्भीर हो उठा, ''जिन्हें न चाहने पर भी लोक लज्जा के लिए कलेजे पर पत्थर धर कर निभाना पड़ता है, जल्दी कपड़े बदल लो, ड्राइवर बाहर खड़ा है।''

''चलिए, मैं ऐसे ही चलूँगी।'' कंठ का विद्रोही स्वर और प्रखर हो उठा।

पीठ पर फैले कटिस्पर्श करते काली घनघटा—से केश, पीली साड़ी, पीला ब्लाउज, कलाई में बहुत पहले पिता की दी गई एच.एम.टी. की घड़ी। ससुराल की दी गई कीमती घड़ी भी वह वहीं पटक आई थी। न ललाट पर बिन्दी

न माँग में सिन्दूर।

ताई जया की इस आकस्मिक ससुराल यात्रा के लिए प्रस्तुत नहीं थी, आश्चर्य से उनकी आँखें फटी ही रह गईं। जया ने अपने मूर्ख पिता का यह दुराग्रह चुपचाप मान कैसे लिया। वैसे तो बेहद गुस्से में ही जा रही थी लड़की, न साड़ी बदली, न सिन्दूर—टिकुली ही लगाई, पर चली क्यों गई।

बाप-बेटी द्वार से ही निकले तो ताई चट से चौके की ओर भागीं। देरानी आटा गूँध रही थी, उन्होंने उसे झकझोर दिया, "अरी छोटी, तेरा तो यह हाल है कि भगवान न करे इस घर से किसी की अरथी भी उठेगी तो तू आटा ही गूँधती रहेगी, अरी रोक लल्ला को बौरा गए हैं क्या? कसाई की तरह गाय-सी बेटी को रस्से से बाँध खींचे लिए जा रहे हैं। मान लो यह सब जया को बुलाने की ही चाल हो, पकड़-वकड़ वहीं रोक लेंगे जया को और क्या पता सास-ननद मिलकर जला-वला ही दें। आजकल तो बड़े-बड़े घरों में भी यही सब हो रहा है। जा भागकर रोक ले छोटी, मेरा जी न जाने कैसा घबरा रहा है।"

"नहीं, माया ने जेठानी का हाथ झटक दिया। "उनके कलेजे में ठण्डक पड़ने दो जिया, उन्हीं ने तो उसे कुएँ में धकेला है। लड़की हाथ-पैर मार-मारकर हिम्मत से बाहर निकल आई और फिर वहीं धाकिया रहे हैं तो धकियाने दो। किसकी हिम्मत है जो उन्हें रोके।"

"आय, ऐसी कठोर माँ तो भगवान किसी को न दे। कैसा पत्थर का कलेजा है री तेरा, कहीं लाश ही न लौटे उसकी! अरे इन मंतरियों का क्या ठिकाना, चित भी इन्हीं की रहती है, पट भी। अरी, अखबार तो तू भी पढ़ती है, कितनों के मुँह में तो नित करखा लगता रहता है। अभी कल ही था न जाने कहाँ का एक एम.एल.ए.रंडी के कोठे पर पकड़ा गया पर क्या बिगड़ा उसका, रंडी जेल भेज दी गई और वह मुआ मूँछों पर ताव देता घूम रहा है।" ताई ने धप्प से जमीन पर बैठकर, आँचल आँखों पर धर लिया और सिसकने लगीं। उस रुदन में कहीं भी बनावट का लेश नहीं था।

श्यामाचरण जया को लेकर पहुँचे तो अस्पताल के स्वच्छ-सुघड़ कारीडोर में दो-तीन छोकरे-से रंगरूट डाक्टर, गले में आला डाले घूम रहे थे। मन्त्री जी का प्राइवेट कक्ष ढूँढ़ने में श्यामाचरण को प्रयास नहीं करना पड़ा।

ऊर्ध्वगामी लिफ्ट के लौहकपाट खुलते ही सामने उनकी दृष्टि पड़ी। बैंच पर देखने वाले कई गण्यमान्य व्यक्ति ठसीठस होकर बैठे थे। एक-दो सिगरेट फूँकते चहलकदमी कर रहे थे। कमरे के बाहर लटकी तख्ती पर कठोर आदेश था, ''कृपया मरीज को डिस्टर्ब न करें।''

एक पल तो श्यामाचरण दुविधा में ठिठके खड़े ही रहे। उस आदेश की अवहेलना कर जया को भीतर ले जाएँ या पहले डाक्टर की अनुमति ले लें। इतने में ही मरीज को देखकर डाक्टर स्वयं बाहर निकल आए, ''मन्त्री जी बहू जी को कई बार याद कर चुके हैं, आइए।'' वे जया के साथ भीतर जाने लगे तो मौका पाकर प्रतीक्षारत घिंघियाती भीड़ भी उनके साथ हो ली।

''नहीं,'' विष्णु बड़ी अशिष्टता से दोनों हाथ फैलाकर खड़ा हो गया। ''डाक्टर साहब हमको सख्त मनाही कर गए हैं, कि भीतर कोई न जाने पाए।''

''अरे भई, हम कुछ बोलेंगे नहीं, बस एक झलक देखकर चले आएँगे। एक धृष्ट—सा मुच्छंदर नेता, पान गुलगुलाता आगे बढ़ आया।''

''मुझे माफ करें आप लोग, मेरी नौकरी चली जाएगी, माँ जी आती ही होंगी।'' ''बार-बार कह गई हैं कि विष्णु भीतर सिवाय खास रिश्तेदारों के और कोई न जाने पाए।''

''तब उन्हें कैसे जाने दिया?''

''वह उनके खास रिश्तेदार ही हैं, साहब,'' विष्णु ने विजयदीप्त स्वर में हँसकर कहा, ''मन्त्री, जी के समधी और बहू हैं।''

''चलो भाई, फिर चलें।'' हताश स्वर में वही नेता कहने लगा ''विजिटर्स बुक में नाम दर्ज करवा देते हैं और क्या।'' एक ही पल में बेंच खाली हो गई।

स्वच्छ-सुघड़ कमरा गुलाब के ताजा फूलों की सुगन्ध से महक रहा था। सिरहाने की मेज पर, माधव बाबू के गुरु की तस्वीर रखी थी उसी के पास जल रही धूमकाठी की कुंडलाकार धूम्ररेखा पूरे कमरे में फैल रही थी। कितना शाँत निर्विकार लग रहा था माधव बाबू का चेहरा। कौन कह सकता था कि उन्हें तीन ही दिन पूर्व असह्य कलेजे के दर्द ने लगभग निष्प्राण कर दिया था। अस्ताचलगामी सूर्य की-सी धूमिल दीप्ति, उन्नत नासिका, ओठों पर लगी सन्तुष्ट स्मित की क्षीण रेखा जैसे सपने में ही किसी बिछुड़े प्रियजन को सामने खड़ा देख रहे हों। एक हाथ छाती पर धरा था, दूसरा नीचे लटक

रहा था। नहीं, ऐसी गहरी नींद से उन्हें जगाना उचित नहीं होगा।

सहमी-सी जया पिता की आड़ में खड़ी, एकटक ससुर के क्लाँत चेहरे को देख रही थी। श्यामाचरण ने मुड़कर पुत्री को देखा, वह जैसे होकर भी नहीं थी। ससुर को कैसी स्नेहविगलित दृष्टि से देख रही थी लड़की! उसके उस सहमे चेहरे पर क्या उसकी जन्मकुण्डली का दशम बृहस्पति ही उतर आया था? शत्रुनाशक, राज्य में सम्मान, विचारों की स्वतन्त्रता, भाग्यवति एक कुटुंबप्रिया! उन्होंने धीरे से ध्यानमग्न पुत्री को कुहनी से ठसकाकर मौन प्रस्ताव किया, 'चलो, अब घर चले!'

अस्पताल के उस बड़े-से कमरे में एकदम असहाय-निःसंग से पड़े ससुर को छोड़ने में क्या उसे कष्ट हो रहा था? क्या उसके नारीसुलभ संस्कार उसके पैरों को उलझाकर वहाँ रोक रहे थे? तब ही माधव बाबू ने आँखें खोलीं और सामने खड़े श्यामाचरण के उद्विग्न-चिन्तित चेहरे पर उनकी दृष्टि पड़ी।

''कैसी तबीयत है अब?'' माधव बाबू का शिथिल—नीचे लटका हुआ हाथ यत्न से उठाकर श्यामाचरण ने अपने हाथ में थाम लिया। ''आप नहीं तुम कहो श्यामा, वैसे ही एक बार पुकारो मुझे जैसे तुम मुझे स्कूल जाने के लिए हाँक लगाते थे, माधव जल्दी चलो, पहली घंटी बज गई है।'' आज तो लग रहा है श्यामा, कभी भी छुट्टी की घंटी बज सकती है। अच्छा हुआ जो तुम आ गए, कितना कुछ कहना है तुमसे,'' वे फिर क्लान्त निढाल हो गए।

''आप बोलिए मत, आपको बोलना मना है ना,'' श्यामाचरण ने अपने हाथ में थामा मित्र का हाथ पलँग पर धर दिया।

''जया नहीं आई? एक बार आ जाती तो मैं उससे माफी माँग लेता। पर वह कैसे आएगी? कभी नहीं आएँगी।'' उसकी आँखों की कोर में आँसू अटककर रह गए, कंठ अवरुद्ध हो गया।

''कैसी बातें कर रहे हो माधव, तुम बुलाते और जया कैसे नहीं आती? यह देखो आई तो है, इधर आ बेटी, प्रणाम कर अपने ससुर को।''

जया निःशब्द आकर उनके पास खड़ी हो गई। कुछ क्षणों तक माधव बाबू उसे एकटक देखते रहे। कैसा अद्भूत रूप था इस लड़की का। आकाश से सद्यः अवतरित किसी गन्धर्व कन्या को ही वे देख रहे थे क्या? पीली साड़ी में उसका निर्लिप्त उदासीन चेहरा और भी पीला लग रहा था। वर्षा के मेघ-सी सजल आँखें माधव बाबू से चार होते ही झुक गईं।

''कैसी हो बेटी?'' उन्होंने हाथ उसकी ओर बढ़ाकर उसकी अँगुलियाँ थाम लीं। जया कुछ भी उत्तर नहीं दे पाई।

''बैठो,'' उन्होंने उसे खींचकर अपने बेड से लगी तिपाई पर बिठा दिया।

''मैं तुम्हें बता नहीं सकता कि आज मैं तुम्हें देखकर कितना खुश हूँ। मैं तो सोच रहा था अब तुम्हें शायद देख भी नहीं पाऊँगा, इससे पहले की कोई आ जाए, तुमसे एक ही बात कहना चाहता हूँ बेटी, मैंने अनजाने में तुम्हारे साथ बहुत बड़ा अन्याय किया है, मुझे माफ कर देना,'' बिना चश्मे की उनकी आँखें कितनी बड़ी लग रही थीं और जया को पहली बार लगा कि पिता और पुत्र के स्वभाव में धरती—आकाश का अन्तर होने पर भी चेहरे में अद्‌भुत साम्य था। उस सजल—स्नेहपूर्ण दृष्टि ने जया को एक क्षण के लिए गहरे अस्वस्तिबोध से भर दिया। अब तक वह एक शब्द भी नहीं बोली थी, ''मैं अब चलूँ?'' उसने धीमे स्वर में पूछा।

''नहीं, नहीं,'' उद्विग्न होकर माधव बाबू ने उसका हाथ कसकर पकड़ लिया, जैसे किसी हठीले बालक ने अपना छीना जा रहा प्रिय खिलौना कसकर दबा लिया हो।

''श्यामा, जया को आज यहीं रहने दो। तुमसे हाथ जोड़कर विनती करता हूँ। जया बेटी, आज मुझे छोड़कर कहीं नहीं जाना।''

जया ने विवश दृष्टि से पिता को देखा, श्यामाचरण अजीब पसोपेश में खड़े ही रह गए। उसे यहाँ छोड़कर घर गए तो घरनी चीर देगी, भाभी बोटियाँ नोच लेंगी और स्वयं जया, आखिर वह क्या चाह रही थी, जाना या रहना? उन्हें उस पर गुस्सा भी आ रहा था। कहाँ तो आने के लिए तैयार नहीं थी और अब उन्हें ''नरो वा कुंजरो वा'' की स्थिति में डाल, चुपचाप बैठी थी। आखिर क्या चाह रही थी मूर्ख लड़की!

''श्यामा, मैं समझ रहा हूँ, जैसा अपमान कर इस बेचारी को निर्वासित किया गया है उसके बाद तुम उसे मेरे पास छोड़ोगे भी कैसे? ठीक है जा बेटी, मैं तुझे अब नहीं रोकूँगा?''

जया उठकर खड़ी हो गई, एक बार फिर माधव बाबू के पैर छूकर वह पिता के साथ बाहर निकल गई। जिस लिफ्ट की प्रतीक्षा में पिता—पुत्री खड़े थे उसके कपाट खुलते ही जिन्हें देखा उन्हें देख, दोनों को एक साथ बिजली का-सा नंगा तार छू गया। नीली रेशमी साड़ी में युवती-सी लग रही उसकी सास के पानदोख्ता से रंगे विलासी अधर, क्रूर व्यंग्य में तिर्यक् हो उठे पति

की हालत में सुधार और प्रधानमन्त्री की कृपादृष्टि ने ही शायद दो दिन पूर्व के अवसन्न उतरे चेहरे को पूर्ववत् अहंदीप्त बना दिया था। श्यामाचरण ने विनम्रता से समधिन का अभिवादन किया पर उन्हें अवज्ञापूर्ण दृष्टि का डंक दे, वह उतावली से पति के वार्ड की ओर चली गई। पीछे-पीछे कंधे पर शान्तिनिकेतनी का झोला लटकाए लीना मंथर गति से चली गई। दोनों ने एक बार भी पिता—पुत्री को ठीक से देखने की चेष्टा नहीं की।

एक क्षण पूर्व, स्नेही ससुर के दुलार-भरे आग्रह को निर्मोही पदाघात से ठुकरा घर चले आने का जो अपराधबोध जया को क्षुब्ध कर उठा था, वह सास-ननद के ओछे व्यवहार से स्वयं धुल गया। अच्छा ही हुआ जो वह चली आई। कलहप्रिया सास कुछ अप्रिय प्रसंग छेड़ बैठती तो अनावश्यक कलह, सुर की हालत बिगाड़ ही सकता था। एक बार उन्हें स्वयं जाकर देखना उसका कर्त्तव्य था, अब उन्हें कुछ भी हो गया तो उसे पश्चात्ताप तो नहीं होगा।

घर लौटी तो ताई ने उससे बात भी नहीं की, अम्मा तो वैसे भी कम बोलती थीं। रात-भर वह करवटें बदलती रही। बार-बार माधव बाबू की छलछलाई आँखें शिकारी कुत्ते—सी उसका पीछा कर रही थीं, यदि उन्हें कुछ हो गया तो क्या होगा री छोटी? माँ से ताई को कहते वह सुन चुकी थी, ससुराल के अशौच के बहाने तो इसे वहाँ भेजना ही पड़ेगा। कम-से-कम तेरहीं तक तो उसे वहाँ रहना ही पड़ेगा। पर कैसे भेजेंगे इसे शेर की माँद में?

चन्द्रा को देखते ही माधव बाबू ने वितृष्णा से मुँह फेर लिया, बड़े संयम से ही चन्द्रा ने अपने को रोका था। कल वह उसके आँचल तले छिपने को तरस रहे थे, आसन्न मृत्यु की संभावना ने उन्हें उसके आँचल से चिपका दिया, वह घर जाने लगी तो निरीह बालक की भाँति उसका हाथ पकड़कर कहने लगे थे, तुम सब सामान यहीं मँगवा लो चन्द्रा, मुझे छोड़कर कहीं मत जाना, कहीं नहीं।"

"कहीं क्या? अब कहीं कुछ नहीं होगा तुम्हें।" दृढ़ स्वर में कहे अपने कथन का समर्थन करने चन्द्रा ने पति का हाथ कसकर पकड़ लिया था। पत्नी की बद्ध मुष्टिका में अपने अधर में रख दिए थे माधव बाबू ने। आज उन्हीं ने वितृष्णा से उसे देखते ही मुँह फेर लिया। थोड़ी देर में पति का हृदय फिर अपनी ओर मोड़ ले गई थी छोकरी! पर उसने स्वयं ही तो अपने

पैरों पर कुठाराघात किया था। क्या जरूरत थी उसे बुलाने की। उसके मुन्ना, के लिए अभी भी क्या लड़कियों की कमी थी? बने रहें माधव बाबू, उनकी एक तर्जनी का आदेश ही बीसियों रिश्ते जुटा सकता था।

पन्द्रह दिन अस्पताल में बिताकर माधव बाबू सकुशल घर लौट आए थे। सुना जा रहा था, शीघ्र ही उनका आह्वान सेन्टर में करेंगे। बाहर संसद सदस्य, इष्ट-मित्रों का दल मधुमक्खी-सा भिनभिनाने लगा था। धूमधाम से सत्यनारायण की कथा भी सुनी जा चुकी थी। उज्जैन के महाकाल में महामृत्युंजय का जय तो चल ही रहा था। शहर के प्रसिद्ध तान्त्रिक अघोरानन्द धूनी जमाकर दस दिनों से महायज्ञ करा रहे थे। माधव बाबू की पाँचों अँगुलियों में भाग्यविरोधी कष्टकारी मारक ग्रहों से जूझने विभिन्न रत्नों की अँगुठियाँ जगमगाने लगी थी। सुधा बिना किसी से पूछे स्वयं ही बोरिया-बिस्तर लेकर, उनकी सेवा में जुट गई थी। रोगमुक्त होकर भी माधव बाबू को चैन नहीं था। यह तो नहीं चाहा था उन्होंने। एक पल को जिसे देख उनका म्लान चित्त उत्फुल्ल हुआ था, वह फिर पकड़ से दूर चली गई थी। कार्तिक फिर बिना किसी से कुछ कहे गायब हो गया था। माधव बाबू अभी भी पुत्री से नहीं बोल रहे थे। सुधा लाख उनकी सेवा करे, उस लड़की की उपस्थिति ने उन्हें कभी प्रसन्न नहीं किया था।

राजनीति से उन्हें स्वयं वितृष्णा हो गई थी। वे मन-ही-मन समझ गए थे कि जो खेल उन्होंने खेला था, जिसके दाँव-पेंच उन्होंने कभी यत्न से कंठस्थ किए थे, उनके लिए अब नवीन राणनीति में कोई स्थान नहीं था। चेष्टा करने पर भी वे अपनी गाँधीवादी विचारधारा को बदल नहीं पा रहे थे। उनका यह दृढ़ विश्वास था कि भारतीय जीवन के मूल्य, पाश्चात्य मूल्यों से भिन्न हैं। भारत, ग्रामीण सभ्यता से अपने को कभी विच्छिन्न नहीं कर पाएगा। सामाजिक रचना, सदैव ग्रामों ही में केन्द्रित रहेगी, उसी में उसका हित है। पश्चिमी देशों की सर्वथा भिन्न परिस्थितियों में पनपी पाश्चात्य टेकनौलोजी, क्या भारत में कभी सफलता से लागू हो पाएगी? कई बार अपनी बुजुर्गी राय दे चुके थे, कि श्रीमान् ऐसा करने से हम देश की शक्ति को थोड़े ही हाथों में केन्द्रित कर देंगे। पर हर बार उनकी शंका को हँसकर उड़ा दिया गया था। जाने किस युग में जी रहे हैं आप माधव बाबू।

उनके विचारों पर गम्भीरता से विचार करने का किसी को समय ही कहाँ था? समय होता भी तो शायद चारों ओर मँडराते कर्णपिशाची सिद्ध उन्हें

विचार करने ही कहाँ देते? माधव बाबू समझ गए थे कि अब, देश के नवीन चौखटे में उनके रंग उड़े चित्र के लिए कोई स्थान नहीं रह गया। चुपचाप खिसक जाने में ही उनका हित है। यदि जान-बूझकर मक्खी निगलते रहे तो एक दिन ऐसा भी आएगा, जब वे एक ऐसी अंधी गली में पहुँच जाएँगे, जहाँ से फिर बाहर निकलने का कोई रास्ता नहीं रहेगा। किन्तु नहीं, ऐसा वे कदापि नहीं होने देंगे। उन्होंने जीवन में अनेक त्याग कर ही यह पद प्राप्त किया था। अपने निर्भीक विचारों के निष्कंप प्रदीप की लौ उन्हें जीवन-भर जलाए रखनी होगी।

जब-जब वे अपने ऐसे सहकर्मियों के विषय में सुनते, जो देश की करोड़ों की सम्पत्ति उदरस्थ कर मूँछों पर ताव देते निगरगण्ड घूम रहे थे तो उनका चित्त खिन्न हो उठता। क्या इसी स्वतन्त्रता के स्वप्न उन्होंने देखे? एक दाक्षिणात्य प्रदेश के लोकायुक्त ने एक यातायात मन्त्री को भरी सभा में नंगा कर दिया था, जिन्होंने प्राइवेट बस मालिकों से डेढ़ लाख रुपए का उत्कोच डकार लिया था। प्रमाण सहित पकड़े जाने पर उन पर अब दिन-रात कीचड़ उछाली जा रही थी कि उन्हें कठोर-से-कठोर दण्ड दिया जाए, किन्तु कौन-सा दण्ड मिला था उन्हें? वहीं के स्वास्थ्य मन्त्री ने भी बिना डकार के दो लाख रुपए गटक लिए थे।

छिः-छिः, क्या हो रहा था यह, गाँधी जी के देश में? क्या यही सब देखने उन्हें जिन्दा रहना होगा? अकेले ही वे क्या कर लेंगे, स्वस्थ परिवेश को पुनः कैसे लौटा पाएँगे? यह कैसी अराजकता फैल गई थी पूरे देश में। वर्ग-वर्ग की शक्ति को, श्रेणी-श्रेणी की शक्ति को विनष्ट करने में संलग्न थी, मनुष्य का जीवन टके के मोल बिक रहा था, नैतिकता श्रीहीन होकर दर-दर भीख माँगने लगी थी, बस बन्द, बाजार बन्द, रेल बन्द, पथ बन्द। इस चक्रव्यूह से वीर से वीर निडर अभिमन्यु भी कैसे निकल पाएगा?

माधव बाबू रोग शय्या पर पड़े-पड़े यही सब सोचते-सोचते कभी विह्वल हो उठते। कठिन व्याधि के एकान्त ने उनके चित्त को दर्पण-सा चमका दिया था, उसमें वे अब अपने नवीन गणतन्त्र का पूरा चेहरा स्पष्ट देख पा रहे थे। उनके समय की पार्टियों का ध्रुपदी विन्यास अब सदा के लिए विलीन हो गया है, अब देश के शब्दकोश में केवल दो ही महत्त्वपूर्ण शब्द रह गए हैं, आक्रमणकारी और आक्रांत! दलों के निजी स्वार्थ ने जनसाधारण के दुःख-दर्द की ओर से आँखें मूँद ली हैं।

ठीक भी तो था। वे इस पथ पर आए थे कठिन संघर्ष कर, पुलिस की निर्मम लाठियाँ सहकर, जेल की यातना भोगकर। एक बार तो जेल प्रवास में खूनी पेचिश उनकी जान ही ले लेती, भला हो उस सहृदय जेलर का, जो नित्य अपने घर से बेल का मुरब्बा उन्हें चटा-चटाकर बचा ले गया था। परिवार के मोह की बेड़ियाँ काटकर ही वे लोग देशसेवा का व्रत ले पाए थे और यह नवीन दल? उन्होंने कभी स्वयं भिक्षान्न जुटाकर उदर पूर्ति की थी। प्रचार-प्रसार से वे हमेशा दूर रहे, आज भी उन्हें दूरदर्शनी पट पर अपनी प्रतिछवि देखने की कोई लालसा नहीं थी।

किन्तु, दलीय गोष्ठियों में उन्हें अब लगने लगा था कि वे किसी अभिजात वर्ग की गोष्ठी में अपनी वर्षो पुरानी, कीड़े की खाई जीर्ण जवाहर वास्कट पहनकर चले आए हैं। न अब उस वास्कट में वह चमक रह गई हैं, न उनके अहिंसात्मक मटके के रेशमी कुर्ते में यह दमक! उन्हें एक क्षण को भी किसी हीनभावना ने त्रस्त नहीं किया तिस पर चौबीसों घंटे उनके विनम्र चेहरे पर लगा सात्त्विकी तेज का अंगराग, आँखों की पैनी दृष्टि तेजस्वी नरसिंह की-सी मुखमुद्रा अभी भी उनके शत्रुओं को भी सहमाकर रख देती। किन्तु इधर पुत्र की कुख्याति ने वह तेजस्वी चेहरा मलिन कर दिया था।

"हम राजनीतिज्ञों के दो ही शत्रु होते हैं माधव बाबू, हमारे बेटे या हमारे दामाद" मित्र की बहुत पहले दी गई सीख उनके कलेजे में फाँस बनी चुभी रह गई थी। निश्चय ही कार्तिक में अपने अकर्मण्य मामाओं के जीन्स आए थे, ऐसा अपूर्व रत्न थमाया था उन्होंने और हतभागा उसकी कद्र नहीं कर पाया।

"कैसी तबीयत है डैडी?" सुधा आँधी के सुगन्धित झोंके-सी आकर उनके सिरहाने खड़ी हो गई, हाथ में ग्लैडोलाई का बड़ा-सा गुच्छा था, हल्के नीले रेशम की साड़ी, उसी रंग के बाँह-विहीन ब्लाउज से निकले उसके गौर भुजदण्ड पर एक सुवर्णमण्डित अनन्त भुजंगाकार वलय बना लिपटा था, नन्हे-से फन पर, दो आँखें बने हीरे झकझक चमक रहे थे।

"आज मेरा जन्मदिन है डैडी, आपका आशीर्वाद लेने आई हूँ।" हँसकर वह उनके सम्मुख हाथ जोड़कर खड़ी हो गई।

"सुखी रहो।"

"बस यही?" उसने अपनी मराल ग्रीवा तिर्यक् कर पूछा, "अच्छा घर-वर मिले, यह नहीं कहेंगे?"

''अवश्य मिलेगा बेटी।''

''पर कैसे मिलेगा डैडी? आप ही ने दोनों मेरे हाथ से छीनकर किसी और को दे दिए हैं।''

माधव बाबू का क्षण-भर पूर्व का उत्फुल्ल चेहरा सहसा गम्भीर हो उठा। वे कुछ नहीं बोले।

''आप नहीं जानते डैडी, आपने मेरे साथ कितना बड़ा अन्याय किया है। आप जानते थे कि मुन्ना मुझसे ही विवाह करना चाहता है, आप ही नहीं, ममी, लीना सब जानते थे और किसी को इस रिश्ते पर आपात्ति भी नहीं थी। आप ही ने किसी को कुछ करने का भी समय नहीं दिया।'' उसका स्वर क्रोध से काँप उठा, माधव बाबू को लगा, उस दबंग लड़की के भुजदण्ड का सुवर्ण मण्डित विषधर, प्रतिपल चिरी जीभ लपलपाता उन्हें डसने बढ़ रहा है।

''क्या मुन्ना दूधपीता बच्चा था? उसने आपत्ति क्यों नहीं की?'' उत्तेजित होने पर भी उनका स्वर उतना ही संयत, उतना ही धीमा था।

''वह मूर्ख था, किन्तु जानते हैं, अब अपनी मूर्खता का कैसा मूल्य चुका रहा है? पिछले तीन दिनों से मेरे यहाँ पड़ा है। दिन-रात नशा कर अपना दुःख भुला रहा है ईडियट। और उेग हैं कि किसी को यह चिन्ता भी नहीं है कि वह कहाँ है, कैसा है।''

तुम जा सकती हो सुधा, मेरी अवस्था ऐसी नहीं है कि मैं तुम्हारे ऊल-जलूल प्रश्नों का उतर दे सकूँ।''

नहीं, उत्तर आपको देना ही होगा, अभी इसी क्षण। हम दोनों उस विवाह को विवाह नहीं मानते, कल ही हम आपकी की गई भूल का प्रायश्चित्त कर रहे हैं। कल बंसत पंचमी है, हमने स्थिर किया है कि हम विवाह करेंगे। सब कुछ ठीक हो गया है, आर्यसमाज मन्दिर में कल शाम 5 बजे हमारा विवाह होगा। मैं तो आती भी नहीं, पर पापा ने कहा, 'आखिर कार्तिक के पिता हैं, तुम्हें स्वयं जाकर उन्हें बताना चाहिए।''

अचानक माधव बाबू को लगा, उनका रुग्ण मृतप्राय हृदय, धड़कता उनके जिहवाग्र पर आ रहा है, वे जोर से चीखे, ''इसे बाहर करो।''

भागकर चन्द्रा आ गई, सुधा का तमतमाया चेहरा और पति की रक्तशून्य सूरत देख वह बुरी तरह डर गई।

''क्या बात है? क्यों चीखे आप? क्या हो गया है इन्हें?'' उसने क्रुद्ध

दृष्टि से फिर सुधा को देखा। निश्चय ही इसी सिरफिरी ने कुछ ऐसा-वैसा कह दिया होगा।

माधव बाबू ने रुग्ण दृष्टि से पत्नी को देखकर उसके दोनों हाथ कसकर पकड़ लिए और बच्चों की तरह सिसकने लगे, "ऐसा अनर्थ मत होने देना चन्द्रा।" सुधा एक क्षण उन्हें देखती रही, फिर इससे पहले कि चन्द्रा उससे कुछ पूछती वह द्वार पर खड़े विष्णु को धकियाती, तीर-सी बाहर निकल गई। पति की पूरी बात सुन, चन्द्रा स्वयं ही कार लेकर सुधा के घर से, नशे में अचेत पुत्र को घर ले आई थी। अपने ही हाथों से उसे पलँग पर लिटा, द्वार पर ताला डाल दिया था। "आप चिन्ता न करें।" उसने पति के दोनों हाथ अपने हाथों में थाम लिए थे, "आप चिन्ता न करें, मैंने डाक्टर साहब को बुला लिया है।"

"मुझे अपनी चिन्ता नहीं है चन्द्रा।" वे क्षीण स्वर में कहने लगे तो साँस फूलने लगी।

"मैं जानती हूँ आपको किसकी चिन्ता है। ऐसा नहीं होगा, मूर्ख है सुधा। कार्तिक को अपने पिता की गरिमा के बारे में भी तो सोचना होगा। अच्छा हुआ, वक्त पर पता लग गया। राम-राम, पूरे शहर में कैसी छीछालेदर होती आपकी। देश के वरिष्ठ मन्त्री हैं आप।"

डाक्टर आए और मरीज की नब्ज हाथ में लेते ही उनकी मुखमुद्रा गम्भीर हो गई। "लगता है आपने फिर मिलने वालों को समय दे दिया।" उन्होंने चन्द्रा की ओर देखकर पूछा।

"मैंने आपसे बार-बार कहा था, कैसा ही जरूरी काम क्यों न हो, माधव बाबू किसी से बात नहीं करेंगे। इसी से मैं इंटेंसिव केयर से इन्हें हटाना नहीं चाह रहा था। आप जिद कर घर ले आईं। कल रात तो मैं देखकर गया एकदम ठीक थे। अचानक यह दर्द फिर कैसे शुरू हो गया?"

क्या कहती चन्द्रा? पति के हृदय के दर्द का गोपनीय सूत्र कैसे थमा सकती थी डाक्टर को? रात-भर वह बिना खाए-पिए पति के सिरहाने ही बैठी रही थी। माधव बाबू गहरी नींद में अचेत थे। फिर भी चिन्तातुर चन्द्रा, बार-बार उनकी नाक के पास हाथ धरती, कभी धीरे से पास जाकर उनकी धड़कन सुनती। गृहकलह ने उस निरीह गृहस्वामी की कैसी हालत कर दी थी। कहीं उन्हें कुछ हो गया तो वह कभी अपने को क्षमा नहीं कर पाएगी। उसी ने तो सुधा को भीतर जाने दिया था। किन्तु वह क्या जानती थी कि

वह सिरफिरी लड़की ऐसा बेहूदा प्रस्ताव लेकर उनके पास जा रही है।

एक ओर पति नींद में अचेत थे, दूसरी ओर बंद कमरे में पुत्र। एक बार कुर्सी पर ही बैठे-बैठे उसे क्षणिक झपकी आई तो लीना का बच्चा बड़ी जोर से रोया। वह चौंककर जग गई। पर्दे से सूर्य की प्रथम किरण, सुधा के लाए पुष्पगुच्छ पर पड़ी। उसके जी में आया उस गुलदस्ते को नोचकर दूर पटक दे। एकाकएक उसे वे सब बातें याद हो आई जो क्षणिक झपकी में डूबकर वह भूल गई थी। कार्तिक को वह उसी के कमरे में बन्द कर आई थी, खिड़की एकदम नीची थी, कहीं अभागा कूदकर फिर वहीं न चला गया हो। वह उठी, एक दृष्टि माधव बाबू पर डाली और तेजी से कार्तिक के कमरे की ओर चली गई। दरवाजे की दरार से उसने झांककर देखा, उसकी शंका निर्मूल थी, सिर से पैर तक चादर लपेटे वह गहरी नींद में सो रहा था।

ताई ने जया से अब तक कुछ नहीं पूछा था, पर मन-ही-मन, उनका कौतूहल बाँध तोड़कर बह रही वेगवती नदी-सा ही उफन रहा था।

''क्यों री लौंडिया,'' वे रात को पूजा निबटाकर सोने आईं तो देखा जया मुर्दे-सी लेटी, एकटक छत की बल्लियों को देख रही है।

''क्यों, क्या कहा मंतरी ने, माफी-वाफी माँगी या नहीं?'' जया ने कोई उत्तर नहीं दिया।

''अरी अब कुछ भी कहे, पिघलियो मती, यहाँ आकर नाक रगड़े ससुर! किए का फल भोग तो रहा है। अभी देखना, तेरी सुपनखा सास खुद न आए तुझे बुलाने तो मेरा नाम बदल देना।'' जया फिर भी चुप रही।

इस बार ताई उसके शांत चेहरे को देख झल्ला उठीं, पर दूसरे ही क्षण वह स्वयं पिघल गईं। हाय, इत्ता-सा मुँह निकल आया था लड़की का। भीतर-ही-भीतर न जाने कौन-सा दुःख धुला रहा है बेचारी को। वे उसके सिरहाने बैठ उसके रूखे बालों पर बड़े ममत्व से हाथ फेरने लगीं।

''कतिकवा मिला रहा है?''

जया चुप रही।

''अरी ऐसी भी क्या मनहूस चुप्पी साधे बैठी है तू। कुछ बोलती क्यों नहीं? क्या बहुत मन है ससुराल जाने का? तुझे शरम आ रही है तो मुझसे कह, मैं लल्ला जी से कहूँगी, कल ही पहुँचा आएँगे तुझे।''

अब जया बिफरी शेरनी-सी उठ बैठी।

"मैं कभी नहीं जाऊँगी वहाँ, कभी नहीं।" फिर दोनों हाथों से मुँह ढाँप वह फफक-फफककर रो पड़ी। ताई ने उसे छाती से लगा लिया।

"रो मती बच्ची, तेरा रोना देख कसम से हमारा कलेजा ना जाने कैसे कसमसाने लगता है। आज तक तो तुझे कभी रोते देखा नहीं हमने, बिट्टी जो होना था, सो हो गया। तुझमें कौन-सी कमी है? भगवान् ने चाहा तो तू भी एक दिन कलट्टर-कमिस्नर बन उन हरामजादों को धूल चटा देगी।"

"ताई, चल हम कहीं बाहर चले जाएँ। तू कहती थी ना बैंगलोर में तेरी बहन है? वहीं चल ताई।"

"क्यों नहीं बिट्टो, वहीं चलेंगे। न जाने कितनी बार बुला चुकी है जुगनू, बहुत बड़े अफसर थे हमारे बहनोई रघुवरदयाल, रिटैरी पर भी ठसक बीस से उन्नीस नहीं पड़ी हैं! बरसों हो गए उन्हें देखे। अरी ठीक कही तैने। कल ही लल्ला से कहूँगी। तेरा भी जी बहल जाएगा। अरी वह तो मुझे हवाई जहाज का टिकट भेजने को भी कह रही थी। मैं ही कभी नहीं जा पाई। जाती भी कैसे, तेरे ताऊ को छोड़कर कहीं जा ही कैसे सकती थी।"

श्यामाचरण भाभी का बचकाना प्रस्ताव सुनकर प्रसन्न नहीं हुए। रघुवरदयाल के परिवार के विषय में बहुत कुछ सुन चुके थे। जिस बहन के पति ने अपनी बड़ी साली के उतने बड़े दुःख में भी एक सामान्य-सा संवेदना का शिष्टाचारी पत्र नहीं भेजा, वहाँ वे भाभी के साथ जया को कैसे भेज सकते थे।

फिर एक बात और भी थी। रघुवरदयाल से वे कुछ वर्ष पूर्व मिल चुके थे। रघुवरदयाल पत्नी सहित किसी विवाह में सम्मिलित होने आए थे। भाभी स्वयं रुग्ण पति को छोड़, बहन से मिलने गई थीं। आकर उन्होंने कहा था, "एक ही दिन को आए हैं। शाम ही की फ्लाइट से लौट जाएँगे," फिर भी श्यामाचरण ने यह सोचकर कि भाई से मिलने अवश्य आएँगे जलपान की व्यवस्था ही नहीं कि, स्वयं बुलाने भी गए थे। उन्हें देखते ही वे समझ गए थे कि वह अहंकारी व्यक्ति कभी उनका निमन्त्रण स्वीकार नहीं करेगा। दामी सूट, अँगुलियों से नाना रत्नों की दमकती अँगूठियाँ, अधरपुट से दबी पाइप, बार-बार पैर हिलाकर दिखाए जा रहे जूतों, की चमक और नकली दाँतों की नकली हँसी।

"ओह थैंक्स श्यामाचरण जी, पर वहाँ आकर अब करेंगे क्या? सुना अब आपके भाई साहब तो किसी को पहचानने की अवस्था में भी नहीं रहे,

उन्हें देखकर दुःख ही होगा। फिर आज शाम साढ़े 6 बजे की फ्लाइट से ही हमें जाना है, 5 बजे रिपोर्टिंग टाइम है। उन्होंने कलाई पलटकर घड़ी श्यामाचरण की ओर कर दी, ''देखिए ना, चार बज ही गए हैं।''

भाभी की बहन जुगनू, को उन्होंने पहले भी देखा था किन्तु आज वही टिमटिमाती जुगनू चमचमाता सितारा लग रही थी। बहुमूल्य कांजीवरम् साड़ी, झुरी पड़े चेहरे पर नाना प्रलेपों की मरीचिका, अंग-अंग पर दमक रहे आभूषण।

''आप ठंडा लेंगे या गरम?''

हँसकर उसने पूछा तो श्यामाचरण हाथ जोड़कर उठ गए थे। ''जी कुछ नहीं।''

'आप ठंडा लेंगे या गरम' पूछने वालों को देख उन्हें हमेशा यही लगता था कि वे न ठंडा पिलाना चाहते हैं न गरम, अतिथि की 'कुछ नहीं' उत्तर सुन वे प्रसन्न ही होते हैं। जो मन से कुछ पिलाना चाहता है। वह ऐसा प्रश्न कभी पूछता नहीं।

ऐसे ओछे परिवार में वे अपनी सीधी-सादी पुत्री को कैसे भेज सकते थे। फिर अभी उसका घाव ताजा था, सामान्य-सी ठेस भी उस गुम चोट को असह्य बना सकती थी। उस मर्यादाहीन परिवार के दोनों कुलदीपकों की कीर्ति भाभी उन्हें बहुत पहले स्वयं सुना चुकी थीं।

''किस्मत फूटी है जुगनू की, लल्ला नाम के दो-दो बेटे हैं, एक लार्सन एण्ड टूब्रो में है, दूसरा वोल्टाज में, पर एक्को नहीं है कटे पै मूते वाला। न माँ को पूछें न बाप को। बड़े गोल्डी ने अपने ही अफसर की बीवी को रखैल बनाकर रख लिया है, छोटा क्राफ्टी सचमुच ही क्राफ्टी निकला, लाखों का दहेज समेट किसी मारवाड़ी उद्योगपति की हथिनी-सी बेटी को ब्याह लाया था, न माँ को बुलाया न बाप को।''

यह ठीक था कि अब दोनों बेटे कभी माँ-बाप से मिलने नहीं आते थे। फिर भी गृह के संस्कार तो वही थे, मिट्टी तो वही थी, जहाँ ये लोग पले थे, ऐसी संस्कारहीन मिट्टी से उनकी सरला पुत्री अछूती ही रहे, इसी में उसका हित था, रघुवरदयाल पुराने आई.सी.एस. थे। इसी से अब भी वे आई.ए.एस., आई.पी.एस की नई वर्णव्यवस्था में अपने को सर्वोच्च ब्राह्मण मानते थे। मुँह में चौबीसों घंटे पाइप दबा रहता, तड़के ही गोल्फ खेलने चले जाते, बोतल और सोड़ा सिरहाने धरा रहता। वार्धक्य जर्जर हृदय को नित्य जौगिंग का च्यनवप्राश खिला, नियमपूर्वक दौड़ने चले जाते।

"अजी हमने वर्तमान प्रधानमन्त्री के नाना के साथ गोल्फ खेली, जनरल करियप्पा हमारे लंगोटिया यार रहे, अब हम आज के इन छोकरे अफसरों में कैसे उठ--बैठ सकते हैं!" बारात आने से पूर्व ही बारातियों की महफिल में बैठे उन्हें प्रभावित करने ईरान-तूरान की हाँक रहे थे।

"हमें गवर्नर बनाने तो ये लोग हाथ धोकर पीछे पड़ गए थे, पर हम इतने मूर्ख नहीं हैं, ऐसी कठपुतली बनना हमारे बल-बूते की बात नहीं है और फिर हमें क्या कमी है? दोनों बेटे ऊँची जगह पर हैं, बैंगलोर में हमारा फार्म है, ब्रिज और गोल्फ, बस ये दो ही शौक हैं, हमारा दिन कब और कैसे कट जाता है, हमें पता नहीं लगता।"

श्यामाचरण उस खोखली महफिल से चुपचाप उठकर बाहर चले गए थे। किन्तु, आज यह प्रस्ताव धर भाभी ने उन्हें दुविधा में डाल दिया। क्या करें? जया को उसके साथ भेजें या नहीं? वे जानते थे कि जया, जीवन के कठिन दौर से गुजर रही है। यहाँ रहने पर वे जल में रहकर मगर से बैर नहीं कर पाएँगे। आखिर जया थी तो उन्हीं की बहू, फिर उन्होंने नहीं भेजा तो कानून के लम्बे हाथ कभी भी उसे ससुराल घसीट सकते थे। फिर, भाभी के कथनानुसार जया स्वयं भी ससुराल के मोह की बेड़ियाँ नहीं काट पा रही है। सोच-विचार के बाद, वे इसी निष्कर्ष पर पहुँचे कि दूर भेजना ही उसके हित में होगा। सुना था, माधव बाबू की हालत में भी अब सुधार है और वे अस्पताल से घर चले आए हैं।

अपना सूटकेस हाथ में लटकाए जया ताई के साथ स्टेशन जाने लगी तो माया रोने लगी।

"रोती क्यों है छोटी? क्या विलायत लिए जा रही हूँ तेरी बेटी को?" ताई ने डपट दिया, "अरे वहाँ तनी घूम--घामकर मन बहल जाएगा, फिर महीना पन्द्रह दिन में तो हम लौट ही आएँगी।"

रघुवरदयाल स्वयं अपनी मर्सिडीज लेकर स्टेशन आए थे, काली गाड़ी पानी के तालाब से निकाली सद्यःस्नाता भैंस-सी चमक रही थी।

कार चली--दक्षिण वातास ने जया के अतीत को एक बार फिर जीवन्त कर दिया, वैसे ही परिचित यायावरी चेहरे, लुंगी पहने इधर-उधर जा रहे राहगीर, इडली-डोसा-कॉफी की मिली-जुली सुगन्ध-ऐसी ही एक छोटी-सी दुकान में उसे कार्तिक जबरदस्ती स्टील के गिलास की कॉफी पीने खींच ले गया था।

रघुवरदयाल का फार्म हाउस वास्तव में दर्शनीय था। रहते भी उसी राजसी ठाठ में थे, बरे-बटलर, नाक के दोनों पलड़ों पर हीरे की लौंग चमकाती आबनूसी चेहरे वाली दासियाँ और पुष्पों के वैभव से झूमता उद्यान, बंदगोभी–से गुलाबों को देखते ही ताई लोट-पोट हो गई थी। ''अरी गुलाब देख जया, लखनऊ में तो हमारे ठाकुर जी फूलों को तरस जाते हैं।''

एक बड़े से हवादार कमरे में उनके रहने की व्यवस्था की गई थी। ''यही हमारा गेस्टरूम है जीजी, ऐसी फरफराती हवा चलती कि पंखा चलाने की भी जरूरत नहीं पसन्द आया आपको? अभी एक पलँग और डलवा देंगे।''

''पलँग का अब क्या होगा? यह पलँग ही तो पूरा जहाज है, इसमें एक क्या दस भतीजियाँ मेरे साथ सो सकती हैं।'' ताई मुग्ध होकर विराट् पलँग की लम्बाई-चौड़ाई देख रही थी।

''ठीक ही कहा है आपने'' रघुवरदयाल हर दस मिनट में एक-न-एक ओछी बात कह ही देते थे, ''जब सुना कि सर मिर्जा इस्माइल अपना कुछ सामान बेच रहे हैं, हमने फोन किया और पहुँच गए। कहने लगे 'डोयल, कैसी बातें करते हो। तुमसे भला यह बेचने-खरीदने का रिश्ता है, जो जी में आए, ले जाओ।'' हम इसी पलँग पर रीझ गए, देखो भाभी, छूकर देखो, निखालिस शीशम है, उन पर यह नक्काशी देख रही हो हाथी दाँत की? सुना है पूरे भारत में ऐसी दो ही पलँगें हैं, एक मेरे पास, दूसरी हैदराबाद निजाम के पास!''

जुगनू तो जया को देखते ही लट्टू हो गई थी। कैसा रूप था लड़की का! काश, ऐसी रूपवती बहू उसके बेटों को भी नसीब हुई होती। सुना, ऐसी लड़की को भी शादी के महीना भी बीतते न बीतते ससुराल वाले मायके पहुँचा गए थे। वही दुःख भुलाने तो जीजी बेचारी इतनी दूर से आई है। रघुवरदयाल सीधे मुँह किसी से बात नहीं करते थे, पर जया की भुवनमोहिनी हँसी की मूठ, उन पर भी चल गई थी। गोल्फ खेलने तो जया को साथ ले जाते, क्लब जाते तो उसे जबरदस्ती कार में बिठा लेते।

''जीजी, भगवान ने हमें बिटिया नहीं दी, अब हमारी हालत पर तरस खाकर साक्षात् लक्ष्मी को छप्पर फाड़कर भेज दिया है। अब तुम भले ही लौट जाओ, जया यहीं रहेगी।''

उन्होंने एक दिन कहा तो ताई को भय हुआ, कहीं ऐसा न हो कि सचमुच ही जया को रोक लें, अपने कई मित्र परिवारों से भी रघुवरदयाल ने

जया का परिचय करवा दिया था। कुछ ही दिनों में जया में आश्चर्यजनक परिवर्तन हो गया था, उसकी झिझक–संकोच स्वयं न जाने कहाँ विलीन हो गए। रघुवरदयाल मजलिसी तबीयत के रईस थे, आए दिन डिनर देते और फिर उनके डिनर में कभी ऐरे-गैर नत्थू-खैरे आमन्त्रित नहीं होते थे; साहित्यिक थियेटर के रंगकर्मी राजनीतिक बड़ी हस्तियाँ, संगीतज्ञ, राजे–रजवाड़े अर्थात् समाज की मलाई की ही गोष्ठी वहाँ जमती थी।

रघुवरदयाल अहंकारी थे किन्तु उनका अहंकार भित्तिहीन नहीं था, बेशकीमती कालीन, ऐंटिक फर्नीचर, दर्शनीय मूर्तियों का संकलन देख लगता अतिथि सालारगंज म्यूजियम के चक्कर लगाते मुग्ध पारखी दृष्टि से कला का संग्रहीत वैभव देख रहे हैं। कहीं हाथ में नवनीत का गोला लिए शिशु कृष्ण की 16 वीं शताब्दी की मूर्ति, कहीं सैंडस्टोन की बनी उमा महेश्वर के नीचे लिखी पट्टी, दसवीं शताब्दी। कहीं राजपूत सिरमौर स्कूल की शिव-पार्वती की मूर्ति, इन सबकी देख-भाल का भार अब उन्होंने जया को सौंप दिया था, आज तक वे स्वयं उनकी देख-भाल करते थे, मजाल था जो किसी भृत्य का धूल पोंछने का डस्टर उन्हें छू तो ले।

उनकी कटलरी, बोन चबाया डिनर-सेट, चाँदी, के डिकैंटर की देख-भाल, संचय में ही उनका जीवन बीत गया था। उससे आधा समय भी यदि उन्होंने पुत्रों के लालन-पालन में लगाया होता तो आज शायद उनके मुँह की लगाम ऐसे नहीं छूट जाती। उन नवीन परिवेश में जया ने अपने को ऐसे ढाल लिया था कि स्वयं ताई दंग रह गई थी।

''बिट्टो'' एक दिन उन्होंने एकान्त में फुसफुसाकर कहा, ''तू ता अब छुरी–काँटे से ऐसे खाने लगी है, जैसे जिन्दगी-भर ऐसे ही खाती आई हो। डर नहीं लगता तुझे की कहीं काँटा जीभ ही को न छेद दे। मुझे तो ये शिवजी का तिरसूल लगै है री!''

जया को हँसी आ गई, रघुवरदयाल न जाने कब पीछे से आकर खड़े हो गए, ''क्या बात है जीजी? क्या कह रही हो, जया का यहाँ मन तो लग गया है ना?''

''सो तो लग गया है लल्ला, पर अब तुम अगले हफ्ते तक हमारा टिकट मँगवा दो। छोटी पर बहुत काम पड़ा होगा। फिर जया की भी यूनिवर्सिटी खुल जाएगी, इसे वहाँ रिसर्च के लिए कुछ पहले आने को कहा है लल्ला ने।''

"अजी नहीं, हम हर साल एक बड़ी पार्टी करते हैं, उसे निबटाकर ही जाओगे तुम लोग। रिसर्च तो तुम यहाँ भी कर सकती हो जया, यहाँ हम सबको जानते हैं।"

"अरे नहीं, ऐसा भला कैसे हो सकता है? पराया धन है जया, इस पर अब क्या अकेले हमारा ही हक है?"

ताई को यह नवीन प्रस्ताव जरा भी अच्छा नहीं लग रहा था।

बड़ी सालाना पार्टी की तैयारियाँ फिर बड़े जोर-शोर से आरम्भ हो गई थीं। चार-चार माली बगीचे की झाड़ियों की हजामत में जुट गए थे। हेज न एक इंच छोटी रहे न बड़ी। लॉन में बने मेहँदी की झाड़ी के आकर्षक, मयूर, हाथी, घोड़े संगमरमरी फौवारे की रंगीन धार। नीले-पीले-ऊदे लाल गुलाबों की अनोखी सज्जा को रह-रहकर सँवारा जा रहा था। प्रत्येक अतिथि की कुर्सी पर अतिथियों के नाम के कार्ड झूल रहे थे। सूप बनाने के लिए मायसोर महाराजा का पुराना अनुभवी खानसामा बुलाया गया था। मद्रास के चोला होटल से तन्दूरी नान बनाने एक चेफ को मोटी रकम का बयाना पहले ही दे दिया गया था। उधर कढ़ाई का गोश्त बनाने में पटु अब्बदुर्रज्जाक दिल्ली से उड़कर आ गया था। जब से वह फेस्टिवल आफ इन्डिया में अपनी दक्ष पाककला निपुण अँगुलियों से गोश्त भंज विदेशियों के हृदय विजित कर लौटा था, वह केवल हवाई यात्रा ही करने लगा था। बहुत महँगे पारिश्रमिक की माँग की थी उसने, पर रघुदयाल भी पारखी जौहरी थे, पत्थर उम्दा हो तो वे दाम देना भी जानते थे। हाथी के कान-सी चौड़ी रूमाली रोटियों को हवा में उछाल, तत्काल परिवेशित करने में पारंगत कारीगर को दस दिन पहले ही लखनऊ से बुला लिया गया था। मिठाई एयर बोर्न होकर उसी दिन कलकत्ता से वैसे ही आएगी जैसे सदा आती थी। किसी पार्टी की ऐसी आगमनी न कभी ताई ने देखी थी न जया ने। पान की गिलौरियाँ स्वयं बनाएँगी,

"अजी हमसे बढ़िया बीड़ा कोई चौरसिया बना ले तो हम अपना हाथ काट डालें हाँ, अच्छा केवड़ा और दूधिया कत्था जरूर मँगवा लेना रघुवर।" मगही पान का पूड़ा पहले ही बनारस से मँगवाकर फ्रिज में धर लिया गया था।

खुले लॉन में ही शामियाना लगा था, वहीं बज रहे नादस्वरम् की मधुर ध्वनि रेंगती सीधी जया के कमरे तक चली आ रही थी। जुगनू स्वयं एक धानी साड़ी निकालकर उसे दे गई थी। "यह पहनकर चटपट तैयार हो लो

जया। तेरे पास ऐसा ब्लाउज है ही। एक-एक हल्का-सा सेट भी रख गई हूँ पन्ना—मोती की हैदराबादी पचलड़ है, अक्का अभी वेणी गूँथ कर दे जाएगी। जरूर लगा लेना, यहाँ फूल न लगाना अपशकुन माना जाता है।''

''यह साड़ी बड़ी चटक हैं मौसी, मैं अपनी ही पहन लूँ?'' ऐसी भड़कीली साड़ी तो उसने शादी के दिन भी नहीं पहनी थी। ''नहीं, यही साड़ी पहनेगी। मैं इस उमर में भी यह पहने हूँ, देख, फिर यही एक कोरी साड़ी धरी थी मेरे पास। एकदम सोबर धानी रंग है।''

जुगनू चली गई, पर जया खिड़की थाम खड़ी-खड़ी न जाने किस सोच-विचार में डूबी रह गई। पिछले 6 महीने में विधाता ने उसके सरल जीवन को कैसे-कैसे वैविध्य से भर दिया था। कहाँ घर की धुली, घर ही की कलफ लगी साड़ियाँ, जिन्हें वह यदा-कदा, सड़क पर खड़े ठेले वाले की इस्त्री से प्रेस करवा बक्से में ऐसे सहेजकर रखती थी कि भांज न आए और फिर अम्मा से इस्त्री की अठन्नी माँगनी पड़े और कहाँ हाथ में भी न उठ पा रही इस पराई साड़ी का वैभद! फिर यह हैदराबादी पचलड़ी के पाँच नगदार लोलक, झुमकों की जड़ाऊदार छतरी। क्या-क्या पहन सकती थी वह और फिर क्या कोई उसकी शादी हो रही थी!

एक हल्की-सी मुस्कराहट स्वयं उसके ओठों पर आकर उसी क्षण तिरोहित हो गई। कैसा विवाह? विवाह तो उसका हो गया था। जीवन के जिस परिच्छेद को वह बिना पढ़े पलटना चाह रही थी, वही बार-बार फड़फड़ाकर, उसके सामने खुला जा रहा था और उतनी ही बार, विधि का अदृश्य हस्त उसकी गर्दन दबाकर कह रहा था—ले पढ़ इसे, ध्यान से पढ़, बार-बार पढ़

कहाँ होगा वह! कैसे होंगे माधव बाबू! उनकी करुण दृष्टि को वह भूल नहीं पा रही थी। क्या कहते होंगे, लोग की मृत्युशथ्या पर पड़े ससुर को छोड़कर वह घूमने निकल गई है।

''अरी तू अभी तक तैयार नहीं हुई?'' भड़कीली साड़ी में दमकती जुगनू पान का बीड़ा गुलगुलाती, उसके सामने खड़ी थी।'' मेहमान आते ही होंगे, कर क्या रही थी तू अब तक? जल्दी तैयार होकर नीचे जाना। तेरे मौसा जया-जया कर बौराए जा रहे हैं।''

जया तैयार होकर दर्पण का सम्मुख खड़ी हुई। बड़ी उदासीनता से की गई ढीली चोटी पीठ पर डाल उसने फिर अपना चेहरा देखा। एक क्षण को वह अपना प्रतिबिम्ब देख स्वयं अचकचा गई। क्या यह उसी का चेहरा था?

छिः-छिः ऐसी भड़कीली साड़ी में उसे देख, ताई क्या कहेगी जैसे भरतनाट्यम की कोई सजी-धजी नर्तकी ही रंगमंच पर खड़ी हो! एक पल को उसी के प्रतिबिम्ब के साथ एक अदर्शी चेहरा व्यंग के मुस्कराने लगा। रूमाल? किसी का परिहासपूर्ण प्रश्न अतीत के अन्तराल को छू उसके कानों में बज उठा। उसकी आँखें डबडबा आईं। नहीं, कैसे छल सकती थी वह अपने हृदय को, किसी भ्रामक छलना से।

वह उसे भूली नहीं थी। मन के किसी कोने में उस क्षणिक प्रणय का अंकुर अभी भी नहीं मुरझाया था। वे क्षणिक मधुर स्पर्श, उस मोहक बाहुबन्धन की अमिट स्मृति, सदा अमिट ही बनी रहेगी। वह संसार के किसी भी कोने में हो, जीवन-भर उस सप्तपदी के चिरंतन फेरे उसे अदृश्य पावन अग्नि के चारों ओर घुमाते रहेंगे।

''क्या अभी बहुत छोटी हो, जीवन में तुमने देखा ही क्या है? तुम्हारे सिरफिरे माँ-बाप ने तुम्हारा जीवन नष्ट कर भी दिया तो क्या तुम नया जीवन आरम्भ नहीं कर सकतीं!''

एक बार गोल्फ खेलकर लौट रहे रघुवरदयाल ने उससे कहा था। वह उन्हीं के साथ सामने की सीट पर बैठी थी।

''मैं तुम्हें तलाक दिलवाकर रहूँगा। और तुम एक बार फिर नया जीवन आरम्भ करने के लिए स्वतन्त्र होगी। तुम नौकरी करना चाहो तो मैं अभी तुम्हें चोला में रिसेप्शनिस्ट की नौकरी दिलवा सकता हूँ। चिदंबरम् मेरा मित्र है, वही पूरे होटल का मालिक है, उसका बेटा शेखर लाखों में एक है। पिछले पाँच वर्षो से स्टेट्स में है, ऐनशियण्ट हिस्ट्री और कल्चर में मास्टर्स डिग्री हासिल की, फिर कैम्ब्रिज चला गया, वहीं उसे जॉन रौक फेलर तृतीय की स्कॉलरशिप मिली है, जीनियस है लड़का। बेचारे के साथ भी कुछ-कुछ तुम्हारे जैसा ही हुआ। अपनी ही किसी अमेरकिन छात्रा से उलझ गया, और वहाँ की लड़कियाँ भगवान बचाए उनसे। चटपट तीन ही महीने के प्रेम के बाद शादी भी कर ली, तीसरे ही दिन डाइवोर्स हो गया। मैं चाहता हूँ कि तुम उससे एक बार मिलो। मेरी पार्टी में वह आ रहा है जया।''

जया के जी में आया, उसी क्षण ताई को लेकर घर भाग जाए। छिःछिः, क्या सब सोच लिया था मौसिया ने। शायद बाबू जी ने ठीक ही कहा था, ''जया तुम्हारे साथ जाना चाहती है तो मुझे कोई आपत्ति नहीं है भाभी, पर बुरा मत मानना, तुम्हारे बहनोई के घर में मर्यादा नाम की कोई चीज शायद

है ही नहीं।''

जया सीढ़ियों से उतरी तो एक साथ बीसियों अतिथियों की आँखें उस पर जड़ गईं, ठीक जैसे कोई अशरीरी अप्सरा आकाश से अवतरित हो रही हो।

''आओ—आओ बेटी,'' रघुवरदयाल स्वयं अन्तिम सोपान पर चढ़ उसकी बाँह थाम ऐसे उतार लाए जैसे वह काँच की गुड़िया हो।

''फ्रेंड्स, मीट माई वार्ड जया। कहिए, है ना मेरी मूर्तियों में सबसे सुन्दर संग्रह?''

सबने तालियाँ बजाकर उनकी गर्वोक्ति का समर्थन किया। जया का चेहरा लाल पड़ गया। उसे उस नाटकीय संवाद से ऐसी वितृष्णा हुई की जी में आया रघुवरदयाल का हाथ छुड़ा अपने कमरे में भाग जाए।

''इनसे मिलो जया, डॉ. शेखर वरदराजन्'' एक श्यामवर्णी दीर्घ देही आकर्षक युवक ने, उससे हाथ मिलाने को अपना चौड़ा पंजा बढ़ाया, जया ने दोनों हाथ जोड़ दिए।

''हा-हा-हा,'' रघुवरदयाल ने जोर से ठहाका लगाया।'' यह तुम्हारी एंशियण्ट हिस्टरी का सबसे एंशियण्ट नमूना है शेखर, किसी से हाथ-वाथ नहीं मिलाती।''

एक सोफे पर ताई सिकुड़ी-सिमटी बैठी थीं, जुगनू ने उन्हें अपनी एक रेशमी साड़ी ही जबरदस्ती नहीं पहनाई, अपने सोने के कंकण पहना बाएँ हाथ में घड़ी भी बाँध दी थी। उस सर्वथा नवीन परिवेश में ताई बेचारी छुईमुई हुई जा रही है देख, जया शेखर को वहीं छोड़ ताई के पास बैठ गई थी।

''अच्छा हुआ तू आ गई बिटिया। मैं तो यहाँ पसीना—पसीना हुई जा रही थी। देख रही है, मरी औरतें भी फकाफक सिगरेट फूँक रही हैं, जुगनिया के हाथ में भी गिलास है, देख।''

जया को हँसी आ गई, अधरपुट खुलते ही उसकी मोती-सी उजली दंतपंक्ति को कोई मुग्ध दृष्टि से देख रहा है, यह उसने नहीं देखा, पर रघुवरदयाल की घाघ दृष्टि ने देख लिया। वे आगे बढ़ आए, ''अरे यहाँ क्या कर रही हो जया, आओ तुम्हें कुछ और लोगों से मिला दूँ। चिदम्बरम् यही है जया, तुम्हें इसे नौकरी देनी ही होगी। ऐसे रत्न को मैं अब दक्षिण से उत्तर नहीं जाने दूँगा।'' भड़कीली सूट में लाल टाई लगाए घोर कृष्णवर्णी

कुटिल काले चेहरे की घाघ आँखें दप से जल उठीं—"श्योर-श्योर डोयल, तुम कहो तो आज ही एपोइंटमेंट लेटर थमा दूँ"

बड़ी देर तक हँसी कहकहे, ड्रिंक्स चलते रहे। ताई उबियाकर कब की उठकर जा चुकी थीं, उन्हें यह सब ही-ही, ठी-ठी अच्छी नहीं लग रही थी। शेखर दूर ही बैठा रहा, जया के निकट आने की उसने सामान्य-सी चेष्टा भी नहीं की। रघुवरदयाल ने आवश्यकता से कुछ अधिक ही चढ़ा ली थी, सुरा और औदार्य उन्हें और वाचाल बना गया था। "जया बेटी, कल शेखर तुम्हें मायसोर घुमा लाएगा।"

ताई ने चलते-चलते वह प्रस्ताव सुन लिया था। वे बड़बड़ाने लगीं, "घुमा लाएगा ना और कुछ। हमारे घर की लड़कियाँ ऐसे अनजान लड़कों के संग नहीं घूमतीं—थोड़ी ही देर में जया भी सिरदर्द का बहाना बना उठ आई थी।

ताई का मूड एकदम बिगड़ गया, "जानती है जया, क्या कह रहे थे रघुवीर? कह रहे थे, यह शेखर हमारी जया के लिए बहुत अच्छा रहेगा, जिन्दगी-भर राज करेगी। लो और सुनो, हिन्दू घर की लड़की क्या दुबारा फेरे ले सकती है?" जया चुपचाप पड़ी रही, उसका चित्त खिन्न हो उठा, क्यों चली आई थी यहाँ?

"चल ताई, अब लौट चलें," उसने फिर पार्श्व से लेटी ताई का हाथ पकड़ ऐसी उतावली से कहा जैसे ताई के हाँ कहते ही वह सामान बटोरकर स्टेशन चल देगी। पर दूसरे ही दिन, रघुवरदयाल जया के पीछे हाथ धोकर पड़ गए थे कि उसे होटल की नौकरी के लिए हामी भरनी ही होगी।

माधव बाबू की तबीयत में आश्चर्यजनक सुधार होने लगा था। नहीं वे मरेंगे नहीं, अपनी दृढ़ इच्छाशक्ति से ही जीवित रहेंगे। उन्हें अभी बहुत कुछ करना है। पहले अपने जीवन की सबसे बड़ी भूल का प्रतिकार करेंगे। कार्तिक ने अभी तक एक बार भी उनकी कुशल-क्षेम भले ही न पूछी हो, निरुउद्देश्य इधर-उधर डोलना स्वयं ही छोड़ दिया था। दिन में भी अपने कमरे में पड़ा रहता। यह एक बहुत अच्छा लक्षण था। नहीं तो उस बनबिलाव का पैर कभी घर में आज तक टिका था? लीना, अपने बेटे को माँ के पास छोड़, अहमदाबाद चली गई थी, वहीं से बिजनेस मैंनेजमेंट करेगी। चन्द्रा दिन-भर उसके विकलांग पुत्र की देखभाल में लगी रहती।

माधव बाबू मन-ही-मन निश्चय कर चुके थे कि तबीयत में सुधार होने पर वे स्वयं समधियाने जाकर पुत्रवधू को घर ले आएँगे और फिर दोनों को बाहर भेज देंगे। नरभक्षिणी सुधा से बेटे को बचाने का अब एक यही उपाय था। किन्तु कभी-कभी मन के आहत व्रण की व्यथा उन्हें रह-रहकर सालने लगती। उनकी बीमारी में श्यामा फिर उन्हें दुबारा देखने नहीं आए। इसका अर्थ ही था कि उन्होंने अभी समधी को क्षमा नहीं किया है।

पुत्र के समस्त दुर्गुणों को जानकर भी वे इतना जान गए थे कि जया के प्रति दुर्व्यवहार का पश्चात्ताप उसे अब मन-ही-मन घुला रहा है। पहले दिन-रात उसके कमरे में लड़के-लड़कियों का जोगीड़ा पर्व चलता रहता था। अब कोई झाँकने भी नहीं आ रहा था। लीना से उसकी बोलचाल अभी भी बंद थी, यहाँ तक कि उसने बहन से राखी भी नहीं बँधवाई थी। स्पष्ट था कि जया के अपमान के लिए उसने अभी भी बहन को क्षमा नहीं किया था।

द्विप्रहर की रौद्रोज्ज्वल आभा पूरे कमरे में फैल गई थी। आराम कुर्सी पर अधलेटे माधव बाबू दोनों हाथ सर के पीछे बाँध, आँखें, मूँदे चुपचाप मन-ही-मन जाने किस सोच में डूबे थे। चन्द्रा लीना के पुत्र को गोद में लिए न जाने कब आकर पीठ पीछे खड़ी हो गई थी। सहसा बच्चा चिहुँका और चौंककर माधव बाबू अपने दिवास्वप्न से जग गए।

"क्या बात है चन्द्रा, आज ये इतना रो क्यों रहा है?"

"कब नहीं रोता? सारी रात रोया है। इसी से आँख देर से खुली। सुना है बाराबंकी में एक डॉ. वाजपेयी हैं, बहुत अच्छे होमियोपैथ हैं, आप कहें तो एक बार उन्हें दिखा लाऊँ?"

माधव बाबू ने उदासीन दृष्टि से दौहित्र को देखा। दुबले-पतले टिट्िभ-सी टाँगों वाले उस रिरियाते नन्हें माँस-पिण्ड के प्रति क्यों उन्हें ममत्व प्रेरित नहीं करता कि एक बार गोदी में उठाकर दुलारा लें। न जाने कैसा झुर्री पड़ा बुड्ढ़ों का-सा चेहरा था बच्चे का। कभी उनकी ओर देखता तो भयमिश्रित वितृष्णा से उनका हृदय काँप उठता, न जाने कैसी अभियोगपूर्ण चावनी थी उस बच्चे की। जैसे उनके विरोधी पक्ष के किसी सशक्त शत्रु की घातक दृष्टि हो। एक-से-एक दामी विदेशी कंबलों में लिपटा वह राजसी शिशु कितना दरिद्र लगता था, कितना असहाय! न माँ का स्नेह, न पिता का वात्सल्य, न दादा-दादी की दयादृष्टि, न नाना का दुलार। एक नानी ही थी जो उसे बंदरिया के मृत छौने-सा छाती से लिपटाए यह मानने को तैयार नहीं थी कि

वह जीवित होने पर भी मृत निष्प्राण माँस-पिंड मात्र है। क्या भविष्य होगा उस अभागे का? बड़े-से-बड़े बाल रोग विशेषज्ञ उसे देख अपना निर्णय दे चुके थे। मेरुदण्डहीन यह बालक कभी अपने पैरों पर खड़ा नहीं हो सकेगा। जीवन-भर ननिहाल की परिधि में केंचुए-सा रेंगता रहेगा और जननी के अनाचार ऋण शोध करता रहेगा। एक दिन, उंन्होंने खीझकर कह दिया था, ''ऐसे बच्चे को जीने का कोई अधिकार नहीं होना चाहिए। तो मरसी किलिंग को बुरा नहीं समझता।''

बस, चन्द्रा ने रो-रोकर आसमान सर पर उठा लिया था। बड़े कष्ट से ही वे उसे मना पाए थे। वह तो अच्छा था, लीना वहाँ नहीं थी; न जाने किस झोंक में यह बात उनके मुँह से निकल गई थी। था तो उन्हीं की पुत्री का पुत्र। उन्हीं का रक्त तो उसकी धमनियों में बह रहा था। वे कैसे उसकी मृत्यु की कामना कर बैठे? उस पर भविष्यवाणी ने उन्हें और सहमा दिया था। ऐसा अभिशप्त दीर्घजीवी जातक क्या पूरे घर को अल्पजीवी नहीं बना देगा?''

''क्यों, आप कहें तो एक बार इसे बाराबंकी दिखा लाऊँ? सुना है, वे कहीं आते-जाते नहीं। जिसे दिखाना हो घर पर ही दिखाना पड़ता है।''

''चली जाओ चन्द्रा, मैंने क्या आज तक तुम्हें किसी काम के लिए रोका है? लेकिन मुझे नहीं लगता कि कोई इसके लिए कुछ कर पाएगा।''

''आपकी यही आदत मुझे अच्छी नहीं लगती। जो काम मैं करने की सोचूँगी, आप पट से भांजी मार देते हैं। हटाइए, मरे यह अभागा, कहीं नहीं ले जाऊँगी।''

झुंझलाकर, रो रहे बच्चे को गुस्से में उठाकर वह चली गई। मन-ही-मन उन्हें पत्नी पर तरस ही आ रहा था। बेचारी की महत्त्वाकांक्षा का कैसे अन्त हुआ था। वे जानते थे कि उसने इकलौती बेटी के विवाह के कैसे सुनहले सपने देखे थे। ''मेरा दामाद या तो आई.ए.एस. होगा या इंजीनियर।'' लीना स्कूल ही में थी, तब से वह उसके विवाह की कल्पना का जाल बुनने लगी थी। ''देख लीजिएगा, कैसा दामाद छाँटती हूँ मैं। ऐसी धूम—गरज की शादी करूँगी कि बस—''

आज जब माँ की महत्त्वाकांक्षा को रौंदती, उसकी जिद्दी अड़ियल बेटी, स्वयंवर रचा स्वयंवर कक्ष में ही जयमाल को नोच-नाच विकलांग पुत्र को माँ की गोद में पटक किसी अन्य अन्तरिक्ष में विलीन हो गई थी, तो चन्द्रा का

झुँझलाना ठीक ही था। सुदीर्घ अवधि तक मन्त्रीपद के हिरण्मय आसन पर आरूढ़ रहने पर भी प्रभुता मद उन्हें अंहकारी नहीं बना पाया। किन्तु चन्द्रा पहली ही घूँट में मदालस हो गई थी। आज उसी मद का नशा एकदम उत्तर चुका था और उसे किसी शराबी का सा उतरा नशा उतना ही चिड़चिड़ा बना गया था, उतना ही अधीर।

जब डॉक्टरों ने उन्हें चलने-फिरने की अनुमति दे दी, तो वे नहा-धोकर पहले मन्दिर गए फिर ड्राइवर से कहा, "भैया की ससुराल चलो।"

"पर सरकार, वहाँ तो गाड़ी नहीं जाएगी, आपको चलना पड़ेगा।"

"तो कौन हमारे जूते घिस जाएँगे चलो।"

रास्ते में कार रोक उन्होंने मिठाई का बड़ा-सा डिब्बा बँधवाया। अभी इसी कार में जया को लेकर लौट आएँगे। आज अच्छा दिन भी है। योग भी अच्छा है। बुधवार और त्रिपुष्कर योग। पहुँचते ही उन्होंने पहले ड्राइवर को भेज दिया कि जाओ, देखकर आओ पण्डित जी घर पर हैं या नहीं।

ड्राइवर मुँह लटकाए लौट आया, "घर पर तो ताला पड़ा है सरकार, पड़ोस में पूछा था। माँ जी मन्दिर गई हैं। बहू जी अपनी ताई के साथ बैंगलोर गई हैं और पण्डित जी इम्तहान लेने इलाहाबाद।"

बैंगलोर? बैंगलोर किसके पास गई होगी जया? एक क्षण तो उनका विद्रोही चित्त बगावत को उद्यत हुआ। उनकी बहू थी वह, बिना उनसे पूछे इतनी दूर भेजने की हिम्मत कैसे हुई श्यामा की! क्या अधिकार था उसका अब पुत्री पर? पर दूसरे ही क्षण उन्हीं का अपराधी अन्तर्मन उनसे कैफियत माँगने लगा तुम्हारी बहू? कैसी बहू? तुमने अपनी आँखों के सामने उसे लांछित, अपमानित होकर मायके जाने दिया। वही बहू जिस पर, आभूषण लेकर मायके भागने का मिथ्या दोषारोपण करने तुम्हारी उद्धत पुत्री स्वयं वहाँ जाकर उसे खरी-खोटी सुना आई!

"चलो, घर चलो," अपना क्लान्त सिर कार की सीट पर धर वे निढाल होकर आँखें मूँदे पड़े रहे। कल उनकी राजदरबार में पेशी थी। पता नहीं उनके भाग्य का ऊँट किस करवट बैठे। एक ओर गृहकलह की अशान्ति उन्हें सहमा रही थी। सुना था कि उनके विरोधी पक्ष के कुछ शत्रुओं का गुट उनके पुत्र के अतीत की कुछ कालिख फिर कहीं से बटोर लाया है, इधर प्रतिष्ठित सहकर्मियों की भी जीर्ण तुरपनें उघाड़ी जा रही थीं। उन्हीं की

बिरादरी के दो ऐसे मन्त्री जो महीना-भर पहले विश्वस्त, सहयोगी बने मूँछों पर ताव देते हवा में उड़े जा रहे थे, सहसा धोबी पछाड़ की पटखनी खा गए थे। यही नहीं, उनकी सतर मूँछें भी उखाड़कर ऐसी पटक दी गई थीं कि एक को तो भेजा गया सुदूर पश्चिम बंग और दूसरे आयुर्विज्ञान संस्थान में अपने भग्न हृदय की मरम्मत करा रहे थे।

जीवन—मध्याहन में उनके भाग्य में भी न जाने क्या-क्या देखना बदा है। आज जब बुलौआ आया तो उनके वयस्क मेरुदण्ड को प्राक्तन स्मृतियों की सिरहन कँपा गई थी। यह बुलौआ तब ऐसी विपन्न उत्तेजना से उनके जीर्ण हृत्पिण्ड को ऐसे नहीं कँपाता था। न तब ऐसी आँचलिक विच्छिन्नता ने ही देश को पीड़ित किया था। और न ऐसी धर्मांधता ने। न युवकों में ऐसा विध्वंसी नैराश्य था। न मौलिक चिन्तन का ऐसा दिवालियापन। उन्हें सम्मान से बुलाया जाता, उनकी अनुभवी राय को बड़े विश्वास से सुना जाता। अतीत के वे महत्त्वपूर्ण अध्याय उनकी आँखों के सामने खुलते चले गए।

तब स्वतन्त्रता संग्राम के पथ पर उन्होंने कदम धरा ही था। हृदय में था अदम्य उत्साह और विपुल आशा। समाजतन्त्र की नीति निर्धारण एवं निर्वाह में नित्य नवीन दृष्टिकोण की भूमिका संजोने में वे अपनी नव-विवाहिता पत्नी को भी भूलकर रह गए थे। चन्द्रा रूठकर, पितृगृह के दीर्घकालीन प्रवास पर चली गई थी। तब की समस्याएँ आज की-सी क्षुद्र-संकीर्ण समस्याएँ नहीं थीं कि वेतन वृद्धि से राजकोष के रिक्त होने का ही भय था। सबसे बड़ी बात, देश ने कंगाल-भिक्षुक बन, विदेशी सत्ता के सम्मुख झोली फैलाकर भीख माँगना नहीं सीखा था। समाजवाद की अन्तः सारशून्यता ने उन जैसे निःस्वार्थ देश सेवियों को तब भयत्रस्त नहीं किया था। जनता जातनी थी कि देश के सभी कर्णधार, वास्तव में साफ-सुथरे निष्ठावान् देश सेवक भी हैं। आज की पृष्ठपोषकता या दुर्नीति से तब के शासक भी अपरिचित थे, शासित भी। आज राष्ट्र की धज्जियाँ उड़ा देश के प्रहरी उस रक्षक का कैसे विश्वास करें, जो स्वयं निर्लज्ज भक्षक बन गया है।

उन्हें याद है कि कैसे उन्होंने अपने साथियों के साथ महीनों वन-अरण्यों में नमक की डली से सूखी रोटी खाकर, देश की लड़ाई लड़ी थी। पर जो कभी स्वयं दाता थे, वे आज उद्योगपतियों के शरणापन्न हो स्वयं भिक्षुक बन गए हैं। आज तक उन्होंने अपनी निष्ठा पर आँच नहीं आने दी। किन्तु अब लपटें धीरे-धीरे उनकी ओर बढ़ती चली आ रही थीं। वे चुपचाप असहाय

बने केवल तमाशबीन बने रह गए थे। इस बार वे निश्चय कर चुके थे कि जाकर सीधे कह देंगे—"मुझे अब मुक्ति दीजिए श्रीमन्—बहुत हो चुका। मुझे अब राजनीति से संन्यास लेने की अनुमति दें—"पर जब भी वे मन-ही-मन अपना दृढ़ संकल्प दुहराते, त्यागपत्र लेकर जाने की सोचते उतनी ही बार लगता कि आखिर उनका भी तो कुछ कर्त्तव्य था। घर के बड़े-बूढ़े लाख बातों से अपमानित हों, क्या अपनी संतान को जीवन के जटिल चौराहे पर अकेले छोड़, गृह त्याग वानप्रस्थ लेना उन्हें शोभा देता है?

बहुत पहले कहीं पढ़ी पंक्तियों को उन्होंने कभी एक कागज पर लिख मेज पर लगे काँच के नीचे दबा दिया था। उठते-बैठते बाहर—भीतर जाते वे जितनी ही बार उन पंक्तियों को देखते, झुका मेरुदण्ड फिर सतर हो जाता—इट टेक्स करेज टू आन्सर ए काल/इट टेक्स करेज टू गिव योर आल इट टेक्स करेज टू रिक्स योर नेम/टू बी रेडी टू स्टेकफार अनॉदर मैन्स सेक/ इट टेक्स करेज टू बी टू...

जब जीवन में विरसता आने लगे, तब समझ लेना चाहिए कि हम स्वयं कहीं-न-कहीं कर्त्तव्य से विमुख हुए हैं। जो व्यक्ति कर्मठ होगा, अपने लक्ष्य के प्रति जिसे सच्ची लगन होगी, उसके जीवन में कभी विरसता आ ही नहीं सकती। इधर स्वयं उन्हें अपने जीवन में एक रिक्तता का अनुभव होने लगा था। कहाँ चूके थे वे? किसके लिए जिएँ अब परिवार के लिए? किन्तु परिवार अब था ही कहाँ? स्वयं ही तो खण्ड-खण्ड होकर बिखर गया था देश के लिए।

उनका वह देश, जिसके लिए वे कभी अपना सर काट हथेली पर धर सकते थे, जिसके लिए वे अपने परिवार के मोह के बँधन काट, हाथ में लुकाठी लिए फक्कड़ बने निकल पड़े थे—कहाँ था वह देश? जनसेवा ज्ञानार्जन का अर्थ ही था ऐसा ज्ञानार्जन जो केवल अपने खोखले पांडित्य को आकर्षक चौखट में मढ़ लोगों को प्रभावित कर सके—और सद्भावना प्रचार केवल वोट बैंक से भुनाने वाला चेक मात्र रह गया था। इसी से अपना आदर्शविहीन जीवन उनके लिए ऐसा शव बोझ बन गया था, जिसका वहन वे किसी विवश श्मशान यात्री की भाँति कर रहे थे। अपना पेट तो कौआ भी भर लेता है। वे मन-ही-मन स्थिर कर चुके थे कि राज दरबार की पेशी में वे निर्भीक होकर वही सब कह देंगे, जो उन्हें बहुत पहले कह देना चाहिए था। शासक के वैद्य, गुरु और मन्त्री सदा हाँ में हाँ मिलाते हैं तो शीघ्र ही शासन का शरीर,

धर्म और कोष क्षीण हो जाता है।

शरीरं धर्म कोषेभ्यः क्षिप्रं स परिहीयते-

उन्हें अपनी निर्भीक सम्मति देनी ही होगी। भले ही उन्हें पदभार से मुक्त कर दिया जाए। घृणा और भय से मुक्त होने पर ही तो आत्मबल का उदय होता है। आज उन्हें एक बार फिर साहस कर अपने उस खोए आत्मबल को पाना होगा। सबसे पहले उन्हें श्यामाचरण के प्रति अपने हृदय में उफन रही कटुता और क्रोध की वेगवती धारा को शान्त करना होगा। मनसा-वाचा शान्त होकर पुत्रवधू के प्रति किए गए अन्याय का अहिंसात्मक प्रतिरोध करना होगा। भले ही उन्हें स्वयं बैंगलोर जाना पड़े। अपनी रूठी गृहलक्ष्मी को जैसे भी होगा वे ले आएँगे। परसों श्यामा इलाहाबाद से लौट आएगा। उसी दिन बैंगलोर का पता उससे माँग लाएँगे। बिना किसी को बताए ही वे बैंगलोर जाएँगे। बिना अपने मरे स्वर्ग नहीं दिखता।

पार्टी को पूरे आठ दिन बीत गए थे। किसी नृत्य दल की दूसरी पार्टी का भी आयोजन होने लगा था और रघुवरदयाल रिजर्वेशन का नाम ही नहीं ले रहे थे, एक दिन ताई ने तुनककर अपना सामान बाँध लिया–''अरी जुगनिया, लगता है तुम्हारे साहब को तो हमारे रिजर्वेशन कराने का टैम मिलेगा नहीं। मैंने जया को स्टेशन भेज दिया है। कल के टिकट लेने गई है। रिजर्वेशन न हुआ तो न सही, खड़ी-खड़ी चली जाएँगी। सप्तमी को सास जी का सराध है–हमारा पहुँचना जरूरी है।''

''तो तुम चली जाओ ना जीजी। जया को यहीं छोड़ जाओ। इन्होंने उसकी नौकरी की बात भी पक्की कर ली है।''

अब ताई को गुस्सा आ गया।

''अरी कैसी बातें करती है तू! पराए घर की बहू है। वह भी मंतरी की। चाहे तो अभी हमारी-तुम्हारी छाती में संगीन घुसेड़ उसे साथ ले जाए।''

अजी जाने भी दो जीजी। ऐसे मन्त्री बहुत देखे हैं हमने। मन्त्री होंगे अपने घर के। अपने बहनोई को तुमने कुछ कम समझा है जीजी? उनकी भी पहुँच बहुत ऊँची है। फिर अब तुम्हारा-हमारा जमाना थोड़े ही ना है कि ससुर ने एक घुड़की लगाई, और बहू चट घूँघट काढ़ ससुर के पीछे-पीछे चल दी, याद है जीजी, उन्नाव में उस बार तुम्हारे ससुर कैसे गरज-तरजकर ऐन बृहस्पति के दिन तुम्हें भूखी–प्यासी घसीट ले गए थे?''

''याद क्यों नहीं है री जुगनिया, सब याद है। वही धक्का तो बाबू जी

को ले गया, कहाँ देख पाई थी फिर उन्हें?"

एक दीर्घश्वास घनस्तनी ताई की विराट् छातियों को हिला गया। एक तो मादों का महीना। उस पर बीपै। गौने के बाद पहली बार वह मायके आई थी। फिर गौने के बाद पहले रौना होगा, फिर ठौना—तीनों बार तुम्हारी अम्मा हमारा जोड़ा भेजेगी। सास ने उसे लिखा-पढ़ाकर भेजा था।

अम्मा कितनी गिड़गिड़ाई थी। "आज तो बीपै हैगा समधी। उस पर काला महीना। कुछ दिन बाद हम खुद पहुँचाएँगे।"

"नहीं," ससुर गरजे थे—"अब्बी इसी वक्त लेकर जाएँगे हम।"

बीपै के दिन तो माता पारबती दक्ष गृह से विदा हुई थीं और फिर कभी नहीं लौटीं। पर ससुर जी जिद पर उतर आए थे, हारकर अम्मा ने झुमकी महाजन के यहाँ गिरौ धरी और जल्दी-जल्दी ठौने का सामान जुटाया था। ससुराल पहुँचते ही सास का रौद्र रूप देखकर सहम गई थी।

"इतना ही शौक था बिटिया को छाती से लगाए रखने का तो बियाव काहे किया! हम क्या कोई विनती—चिरौरी करे गिए रहे?"

कितना कुछ सहा था उसने। शायद उसके कैशोर्य की वही सहिष्णुता यौवन में धीरे-धीरे बिलीन होती प्रौढ़त्व में स्वयं उद्दण्डता में परिणत हो गई थी। ससुर की मृत्यु के पश्चात् सास के एक-एक अन्याय का प्रतिशोध, उसने ब्याज सहित उतार लिया था। गू-मूत में पड़ी बुढ़िया कभी-कभी चिरौरी करती रो-रो पड़ती।

"बहू, तनी हमार खटिया धूप में डारि दे—इहाँ शरीर ठण्ड से ऐंठा जात हैं..."

"चुप्पे पड़ी रहो, पहले सब काम निबटा लूँ, तब डाल दूँगी।"

"अरी, गोड़ गिरूँ, मेरे पैर ऐंठे जा रहे हैं।"

"कभी ऐसे ही सौर में मेरे पैर ऐंठे जाते थे अम्मा। तुमसे कहती थी, जरा गरम चाय पिला दो अम्मा, मैं ऐंठी जा रही हूँ और तुम कहती थीं, चुप्पी बैठी रहो बहू, तुम क्या आज पहली बार जच्चा बनी हो?" बुखार हो या परसूत बिगड़े—बस एक वही रसमूल काढ़े की पुड़िया घोल-छान थमा जाती थी हमें।"

आखिर ऊबकर सास को देवर के यहाँ पटक आई थी ताई। जैसा किया है बुढ़िया ने वैसा भोगे। फिर उसी के पति क्यों मातृऋण शोध करें? देवर भी तो उन्हीं का बेटा था। हाँ, जुगनू भागवान थी। न सास, न ससुर, न

ब्याहने को, उघाने को ननदें। अभी तक राज कर रही थी। एक औलाद ही उसकी ससुर कमीनी निकली। पर सब सुख तो विधाता किसी को नहीं देता।

जया टिकट लेकर आ गई—''बुधवार का रिजर्वेशन मिल गया ताई।''

वह ताई को टिकट थमाने लगी तो रघुवरदयाल बाहर निकल आए, ''यह क्या, तुम खुद ही स्टेशन चली गई?''

''करती भी क्या, तुम तो हमें कभी जाने नहीं देते, रघुवर।'' ताई बोली।

''ऐसी भी क्या जल्दी थी? अभी तो आप लोगों ने मायसोर भी नहीं देखा।''

''अजी छोड़िए भी।'' जुगनू ने तुनककर कहा, ''जब इन्हें हमारे यहाँ तकलीफ ही थी तो रुकेंगे भी कैसे।''

''कैसी बातें कर रही है री तू जुगनिया, इत्ते आराम से रखा तैने, पर हम तो हफ्ते—दस दिन के लिए ही आई थीं। देखते-ही-देखते पूरा महीना बीत गया।'' ताई ने छोटी बहन के कन्धे पर हाथ धर उसे पास खींच लिया, ''और फिर अभी तो पूरा हफ्ता पड़ा है, जहाँ घुमाना हो घुमा दीजियो।''

दूसरे दिन रघुवरदयाल का फोन पाते ही शेखर अपनी लम्बी गाड़ी लेकर आ गया। नाना पकवानों की टोकरी, थर्मस-भरी कॉफी, फल-मेवे लेकर। घर-भर मायसोर देखने निकल गया था। कहीं, हरीतिमा, कहीं विचित्र मानवाकार चट्टानें और नारियल के दीर्घदेही पेड़। एक दुर्गम चट्टान के शिखर पर बने किसी प्राचीन मन्दिर के पास ही शेखर ने गाड़ी रोक दी थी।

''यहाँ छायादार वृक्ष भी हैं, पानी भी भूख भी लग रहा है सर। यहीं विश्राम कर लें।''

वहीं दरी बिछा जुगनू ने खाने की टोकरी खोल ली। क्या-क्या लाई थी खाने को? रात बड़ी देर तक जागकर ताई ने कितना कुछ बना लिया! कचौड़ियाँ, कई तरह की स्वादिष्ट सब्जियाँ, रायता, सोंठ और गाजर का हलुआ। नित्य इडली-साम्बर की एकरसता से ऊबी शेखर की दक्षिणी जिह्वा, वह सब चख सहसा शतकण्ठी प्रशंसा में मुखर हो उठी।

''ऐसे खाना तो पहले कभी नहीं खाया सर, क्या कहते हैं इसे?''

वह रायते को कचौड़ी में लपेट सोंठ में डुबो-डुबोकर बड़ी नजाकत से मुँह में धर गया था।

''रायता।'' ताई ने कहा।

''फायदा? रियली फैण्टास्टिक।''

''फायदा नहीं रायता, शेखर, वैसे यह तुम्हारे लिए फायदा भी बन सकता है।'' बड़ी गूढ़ व्यंगात्मक दृष्टि से उन्होंने नतमस्तक जया को देखा।

उसका ढीला जोड़ा स्वयं शिथिल कबरी बन पीठ पर बिखर गया था। दोनों कानों में झूल रहे झुमके, हर गस्से के साथ हिल रहे थे—जुगनू ने चलते-चलते उसके बालों में मोगरे की वेणी टाँक दी थी—शिथिल जूड़े के साथ वह पृष्पगुच्छ स्वयं ही कानों के पास आकर अटक गया था। ठीक जैसे दूरदर्शनी उद्घोषिकाएँ कभी-कभी पूर्वाभ्यास दक्षता से कानों के ऊपर अटका लेती हैं।

रायते का 'फायदा' उच्चारण सुनकर भी वह मुस्कराई थी। किन्तु रघुवरदयाल का प्रच्छन्न-गूढ़ व्यंग्य उसे फिर गम्भीर बना गया। बार-बार क्यों ऐसी बचकानी कुचेष्टा कर रहे थे मौसिया? शेखर भी क्या सोचेगा। निश्चय ही उस उसके अतीत के विषय में रघुवरदयाल सब बता चुके होंगे। तब ही तो बीच-बीच में वह उसे कैसी सदय दृष्टि से देख रहा था।

'शेखर, हम यहीं लेटेंगे। न हो तो तुम जया को वह मन्दिर दिखा लाओ। मैं वहाँ गया हूँ एक बार। बड़ा सुन्दर व्यू मिलता है वहाँ से।''

अनमनी-सी जया ने ताई की ओर देखा-ताई कभी इस प्रस्ताव का समर्थन नहीं करेगी।

''कितनी सीढ़ियाँ हैं मौसी, मैं नहीं चढ़ पाऊँगी''—उसने फिर स्वयं ही कहा। ''न चढ़ पाओ तो लौट आना।''

रघुवरदयाल ने महाउत्साह से उसे हाथ पकड़कर खड़ी कर दिया।

''उठो शेखर, टेक यूअर कैमरा, वहाँ बनी नदी की मूर्ति दर्शनीय है जया। काले पत्थर की है। किस सेन्चुरी की होगी शेखर?'' वे जया को शेखर की विद्वता का परिचय देने के लिए उद्विग्न हुए जा रहे थे।

''मन्दिर को देख तो पाँचवीं-छठी शताब्दी का स्थापत्य लगता है सर।'' कन्धे पर कैमरा डाल उसने बंकिम ग्रीवा कर जया से कहा, ''आइए।''

''ताई का फूला मुँह देख, रघुवरदयाल ने हँसकर कहा, ''देख रही हो जीजी, कैसी जोड़ी जँच रही है। शेखर जैसा लड़का दीया लेकर ढूँढ़ने पर भी नहीं मिल सकता—क्या नहीं है उसके पास। कुल, शिक्षा, धन—वैभव, एक कोठी बैंगलोर में, दूसरी मद्रास में। तीसरी ऊटी में और चौथी कोचीन में। कोचीन में इसकी ननिहाल है और इनके यहाँ बेटी ही बाप के जायदाद की

हकदार होती है। फिर, शेखर वहाँ उनकी इकलौती बेटी का इकलौता बेटा है।''

ताई की ओर उन्होंने फिर कनखियों से देखा। किन्तु उनके निर्विकार चेहरे पर उत्साह की एक भी रेखा उभरती न देख, फिर वे चालू हो गए :

''मायसोर में ही इनका बहुत बड़ा अस्तबल बना है। वहाँ ऐसे-ऐसे घोड़े बँधे हैं कि अश्वप्रेमी मायसोर महाराज भी ललचा जाते हैं। उस पर घर में कोई नहीं। केवल दो ही प्राणी, बाप और बेटा। शादी होगी तो जया राजरानी बनकर राज करेगी।''

''सुनो रघुवर,'' ताई का चेहरा तमतमा उठा था, ''तुम ये हवाई किले तो बाँधो मती। कान खोलकर सुन लो। जया का ब्याह हो चुका है और लड़का भी ऐसा है देखने में। पर इत्ता भी बता दूँ, जया हमारी ऐसी लड़की है कि जिसका अँगूठा एक बार पकड़ लिया तो पकड़ लिया। कुछ समझ में आया रघुवर? अब चाहे तुम जया को उसके साथ मन्दिर दिखाने भेजो या मस्जिद।''

कठिन सोपान पंक्ति की आधी चढ़ाई पार कर ही जया धप्प से सीढ़ी पर बैठ गई।

सर के ऊपर औदार्य से फैले नीलाकाश की उज्ज्वल नीलाभ आभा उसकी नीली साड़ी के रंग को और प्रगाढ़ बना रही थी। कर्णपृष्ठ पर लगी मोगरे की वेणी अवनत हो कलियों में मुँद गई थी।

शेखर ने कंधे से कैमरा उतार लिया, ''प्लीज, आप जरा इधर देखेंगी?'' जया के अपदस्थ हो उठने से पूर्व ही मोहक छवि क्लिक से कैमरे में बन्द हो गई थी।

''सुनिए, मैं थक गई हूँ, अब मन्दिर तक नहीं जा पाऊँगी।''

शेखर ने बड़े ही मोहक दुष्टता से मुस्कराकर कहा, ''यहाँ पर आकर दर्शन नहीं करेंगी तो शायद मन्दिर के देवता नाराज हो जाएँगे, सुना क्रुद्ध होने पर कभी-कभी अनिष्ट भी कर बैठते हैं।''

यह कैसा इतिहास दुहरा रहा था विधाता। ऐसा ही तो किसी ने ऐसे ही अरण्य स्थित मन्दिर के लिए उसके कानों में फुसफुसाकर कहा था। अब और क्या अनिष्ट हो सकता था उसका? उस बार दर्शन करने पर भी तो एक ऐसे ही उग्रतेजी आशुतोष अपने नाम को व्यर्थ का उसका सर्वनाश कर

गए थे।

"नहीं, मैं लौट रही हूँ, आपका जी चाहे तो आप दर्शन कर आइए," सीढ़ियों पर मछली-सी फिसलती वह नीचे उतर गई।

कुछ देर तक शेखर वहीं खड़ा सीढ़ियाँ उतरता उस सनकी संगिनी को देखता रहा। कैसी गढ़न थी उसकी, जैसे साँचे में ढली हुई मूर्ति हो। उसके मुख की सरल रेखाओं में, आकृति की निर्भीक गढ़न में, पैरों की दृढ़ता पर न जाने कैसा अद्भुत आकर्षण था कि उसे देख शेखर को प्रतिपल लग रहा था, वह सौन्दर्य के उदधि में उठती–गिरती उत्ताल फेनिल तरंगों को ही देख रहा है। ऐसी रूपसम्पदा आँखों में नहीं समेटी जा सकती। फिर रघुवरदयाल के सम्भावित प्रस्ताव ने उसे और बौरा दिया था। एक बार वह उसके पिता की नौकरी स्वीकार कर ले। फिर उस रत्न को हथियाना उसके बाएँ हाथ का खेल होगा।

उसने एक बार फिर मुड़कर शिखर स्थित मन्दिर को देखा। मन-ही-मन आँखें मूँद कर मनौती माँगी। क्षमा करना देव, आज बिना दर्शन किए ही लौट रहा हूँ। आपकी कृपा रही तो एक-न-एक दिन उसे लेकर ही आपके चरणों में पत्र-पुष्प अर्पित करने आऊँगा। आकाश की नीलिमा मन्दिर के गोलाकार गुंबद को अपनी सुकुमार भुजाओं में भर चुकी थी। रघुवरदयाल उसे जया के दुर्भाग्य की पूरी कहानी सुना चुके थे। कैसा मूर्ख रहा होगा उसका पति जो ऐसी विश्वसुन्दरी रति को भी सहेजकर नहीं रख पाया, कोई बात नहीं, जिसे उसने खो दिया। उसे वह एक-न-एक दिन पाकर ही रहेगा।

"तुम कितने आकर्षक हो शेखर" कभी उसकी विदेशिनी मुग्धा-अभिसारिका डोरोथी ने उसकी नग्न लोमश छाती पर अपनी सुनहली केश-राशि फैलाकर कहा था। तुम्हें निर्निमेष देखती हूँ तो लगता है तुम्हारा पूरा चेहरा शरीर, तुम्हारी आँखें किसी आन्तरिक शक्ति से स्पंदित हो रही हैं। बस, तब ही मैं अपने को रोक नहीं पाती हूँ। अपना सर्वस्व तुम्हें समर्पित करने को व्याकुल हो उठती हूँ, शेखर। संसार की कोई भी नारी तुम्हारे पौरुष की कभी अवमानना नहीं कर पाएगी।"

आज डोरोथी बहुत पीछे छूट गई थी, वह अतीत के बन्धन से पूर्णतया मुक्त था। अनागत की कमनीय कल्पना का स्वप्न जाग्रत से कहीं अधिक मनोरम था, कहीं अधिक सुखद। उसे विश्वास था कि वह जीवन की देहरी पर ठोकर खाकर गिर पड़ी इस लड़की को उठाकर सदा के लिए अपने

बाहुबन्धन में बाँध लेगा।

वह नीचे पहुँचा तो रघुवरदयाल उसे लेने अधैर्य से आगे बढ़ आए। ''क्यों, जया कैसे तुम्हारे बिना लौट आई? मन्दिर तक नहीं ले गए उसे?''

''जी नहीं, कहने लगीं, बहुत थक गई हैं।''

''देखो शेखर, बुध को ये लोग वापिस जा रहे हैं। मैं चाहता हूँ, तुम इनके जाने से पहले अपना प्रस्ताव रख दो।''

कार्तिक के कमरे में चाय की ट्रे पहुँचाने गए विष्णु ने ही चन्द्रा को खबर दी थी कि भैया अपने कमरे में नहीं हैं। इतनी सुबह कहाँ गया कार्तिक, कहीं फिर सुधा के घर तो नहीं भाग गया? क्या करे? पति को बता दे या उसके घर लौटने की प्रतीक्षा करे? नहीं, उन्हें कुछ नहीं बताएगी। अभी भी उन्हें ठीक से नींद नहीं आ रही थी। जैसी धमकी सुधा दे गई थी, उसके बाद पुत्र का पुनः पलायन उनका तनाव निश्चित रूप से बड़ा देगा। वह पहले लीना को सुधा के घर भेजेगी, यदि वहाँ हुआ तो स्वयं कान पकड़कर ले आएगी। लीना ग्यारह बजे से पहले उठती ही कहाँ थी! वह तो अच्छा था, वह तीन दिन पहले ही अपने कुठ कागज लेने अहमदाबाद से घर लौट आई थी।

''लीना-लीना, उठ, जल्दी।'' उसने पुत्री को झकझोरा।

'ओह, सोने भी दो ममी, क्या हो गया?''

''अरी उठ तो जरा, कार्तिक फिर कहीं चला गया है।''

''तो जाने दो ना, कब तक बाँधकर रखोगी, वह क्या कोई बच्चा है?''

''मैंने तुम्हें बताया तो था बेबी, तेरी वह किरंटी सहेली, तेरे डैडी को कैसी धमकी देकर गई है। मुझे डर है कहीं मुन्ना को वह सचमुच ही न फाँस ले। अनर्थ हो जाएगा बेटी, तेरे डैडी इस धक्के को कभी बरदाश्त नहीं कर पाएँगे। तू जल्दी कपड़े पहनकर अभी चली जा, वहाँ हो तो मुझे फोन कर देना, मैं स्वयं सँभाल लूँगी।''

''मैं उससे बात नहीं करूँगी ममी, तुम कहती हो तो चली जाती हूँ।'' थोड़ी ही देर में लीना फोन के बदले स्वयं आकर सब बता गई थी।

''वहाँ नहीं है। सुधा ने मुझे भीतर आने को भी नहीं कहा, मैंने पूछा, मुन्ना है?'' तो बोली, 'हाँ मेरी जेब में है।' दरवाजा मेरे ही मुँह पर धाड़ से बन्द कर दिया।''

''अरी क्या पता भीतर ही छिपा हो अभागा, फिर से घण्टी बजाकर

भीतर जाकर देख तो आती।''

''नहीं था वहाँ।'' बड़ी अशिष्टता से कहकर वह फिर बिस्तर में घुस गई, ''मैंने पल्टू से पूछा था, वह मुझसे कभी झूठ नहीं बोल सकता। कहने लगा भैया तो यहाँ आए ही नहीं। साहब दौरे पर हैं, घर में अकेली मेमसाब और बेबी हैं।''

पुत्री की बात सुन चन्द्रा चुपचाप बाहर निकल आई, तब कहाँ गया वह? उसका ऐसे घर से बिना कुछ बताए निकल जाना कोई नई बात नहीं थी। पर इस बार उसका जाना चन्द्रा के लिए कभी भी कोई नई विपत्ति ला सकता था। पति ही उसे पूछ बैठें तो क्या कहेगी उनसे?

किन्तु माधव बाबू उद्धत पुत्र की हाजिरी बहुत कम ही लेते थे।

बहुत दिनों बाद पति के चेहरे पर रोगमुक्ति की काँति देख चन्द्रा का चित्त हल्का हो गया। लगता था, पति इस झटके से पूरी तरह उबर गए हैं। गुरु के चित्र को प्रणाम कर वे दरबार की पेशी के लिए निकल गए। उनके जाते ही चन्द्रा ने डिकी को फोन किया। असलम मुन्ना का अभिन्न मित्र था। विधायक के इसी कुख्यात पुत्र का नाम मुन्ना के नाम के साथ कभी जुड़ उसकी नींद हराम कर गया था। उस अज्ञात घर्षिता युवती की लाश के साथ दोनों मित्रों के नाम एसेम्बली में एक साथ उछले थे। वही मुन्ना का अता-पता बता सकता था।

'तुम्हें पता है असलम, मुन्ना कहाँ है? कल रात तो घर ही पर था। सुबह बिना कुछ कहे न जाने कहाँ चला गया।''

उसने स्वर को सयत करने की चेष्टा की पर असहाय रूदन का वेग उसके कठ को अवरूद्ध कर गया।

''आप घबड़ा क्यों रही हैं आण्टी? आज क्या वह पहली बार ऐसे गया है? हम लोग जब भी जाते है, घरवालों को बताकर नहीं जाते।'' फोन पर ही उसकी अशिष्ट हँसी सुन चन्द्रा के जी में आया वह वहाँ होता तो आला उसके सिर पर पटक देती।

''मैंने सोचा, शायद तुम्हें पता हो। तुम जानते हो असलम, उसके डैडी की तबीयत ठीक नहीं हैं मैसिव हार्ट अटैक से उठे हैं। वह पूछेंगे तो मैं क्या कहूँगी?''

''कह दीजिएगा वह अपने किसी दोस्त की शादी अटैण्ड करने नेपाल गया है। मैं भी आज वहीं जा रहा हूँ, कुछ मैसेज हो तो दे दीजिए।''

"कह देना वह फौरन चला आए। उसके डैडी की तबीयत अभी भी ठीक नहीं है।"

जाने के दिन शेखर स्वयं ही उन्हें स्टेशन पहुँचाने आ गया था। उसके हाथ में दो बड़े—से पैकेट थे। एक ताई के लिए, दूसरा जया के लिए।

"आप यह सामान्य-सा उपहार ग्रहण करेंगी तो मुझे बड़ी प्रसन्नता होगी मैडम," वह विनम्रता से झुककर ताई के सम्मुख दोहरा हो गया।

ताई का चेहरा खिल गया। आज जीवन में पहली बार किसी ने उसे मैडम कहा था। क्या होगा उसमें? वहीं उस पैकेट को तत्काल खोलने ताई का अधीर चित्त उछलने लगा। "अरे यह सब क्या है बेटा?" उन्होंने कहा।

"आपने इतना स्वादिष्ट खाना खिलाया मैडम, इसे कृतज्ञता का एक तुच्छ धन्यवाद ही समझ लीजिए।"

जया को पैकेट थामने में बेहद संकोच हो रहा था। सामान्य—से परिचय के बूते पर वह कैसे कुछ उपहार ले सकती थी।

"प्लीज, आप इसे एक हितैषी मित्र की भेंट समझकर स्वीकार कर लीजिए।" कितना लम्बा था वह, ऊपर आँखें उठाकर देखने में भी गर्दन दुखने लगती थी।

"ले लो बेटी, इतने स्नेह से दे रहा है...तुम्हारे क्षणिक प्रवास की यह एक सुखद स्मृति ही सही।" रघुवरदयाल ने लम्बी साँस खींचकर ऐसे कहा, जैसे मुकद्दमा जीतते-जीतते हार गए अपने चित्त को दिलासा दे रहे हों।

स्टेशन पर खड़े मौसिया, जुगनू मौसी, शेखर से ताई बतिया रही थीं। ट्रेन चली और अधीर शेखर क्रमशः गतिमान होती गाड़ी के साथ, बदहवास भागता अपना समस्त शिष्टाचार, लोकलाज भूलकर रह गया। एक ही बार जया की दृष्टि उस पर पड़ी और वह पागल—से भाग रहे उस नित्य के संयमी-गम्भीर व्यक्ति को आश्चर्य से देखती ही रही।

"कहीं मरा गाड़ी के नीचे न आ जाए।" ताई भी उसे ही देख रही है, यह उसे पता नहीं था।" "अब देख, मुझे यह थमा गया, न जाने क्या है इसमें।" पैकेट को खोलकर ताई ने साड़ी निकाल ली, राख के रंग की भारी कांजीवरम की जरीदार कन्नी देख ताई प्रसन्न हो गई। "कम-से-कम सात सौ की तो होगी। क्यों री? देख असली जरी की किनारी है। अब भला इस उमर में मैं पहनूँगी इसे?" ताई मुँह से तो यही कर रही थीं, पर जी में आ

रहा था— वहीं, उसी क्षण उसे पहन डाले।

"देखूँ री, तुझे क्या दे गया है?"

जया ने बड़ी उदासीनता से पैकेट ताई को थमा दिया। उतावली से पैकेट खोल ताई ने साड़ी निकाली तो मुँह खुले का खुला ही रह गया। "ये तो डेढ़-दो हजार से कम की ना लगे है मुझे। ऐसी तो तेरे बियाह में भी मंतरी ने एक्को नहीं दी, देख।" ताई ने भाँज खोलकर अपनी पुष्ट जाँघों पर जरीदार आँचल फैला दिया।

पर जया उदास दृष्टि से खिड़की के बाहर तेजी से भाग रहे पेड़, छोटे-छोटे स्टेशनों को देखती रही।

"अरी इधर देख, ये साड़ी तो वैसी ही लगे है जैसी कलंडर की लक्ष्मी जी पहने मुस्कियाती हैं।" सचमुच ही भारी साड़ी, उठ नहीं रही थी।" बड़ा समझदार लौंडा निकला री, न कोई खास जान—पहचान न मिलना—मिलाना, बस, एक ही दिन जरा पिरेम से पका, बनाकर खिला दिया तो डबल खवाई दे गया।"

जंया चुपचाप मूर्ति—सी अचल बैठी रही। ताई फिर चालू हो गई, "है तो काला, पर रामपंचायतन की तस्वीर के रामजी के चेहरे का नक्सा है एकदम। अरे ये चिट्ठी भी रख गया है। पढ़ तो क्या लिखा है?" जया को बन्द लिफाफा थमाने पर भी वह वैसी ही बुत बनी बैठी रही।

मन-ही-मन न जाने कैसा अपराध बोध उसे गहन ग्लानि में डुबा रहा था। ट्रेन के पीछे बदहवास भाग रहे शेखर को वह जैसे अभी भी गाड़ी के पीछे-पीछे भागता देख पा रही थी। यह भी कैसा अन्याय था विधाता का—जिसे उसने कभी सामान्य—सी ढील भी नहीं दी, जिससे कभी ढँग से बात करने में भी उसे भय होता था कि कहीं कलाई पकड़ते—पकड़ते पहुँचा न पकड़ ले वही क्यों उसके पीछे ऐसा पागल बन उठा था!

"अरी कैसी लड़की है तू, बहरी हो गई है क्या? मैं कहती हूँ, पढ़ तो सही, क्या लिख है इसमें? जया ने बड़े बेमन से चिट्ठी निकाली।" न कोई सम्बोधन, न उसका नाम : "तुम्हारे दुर्भाग्य के बारे में सब कुछ सुन चुका हूँ। एक बार ठोकर खाने का यह अर्थ कदापि नहीं है कि तुम दूसरी बार भी ठोकर खाओ। मैं जून में विदेश लौट रहा हूँ। यदि तुम मुझे स्वीकार कर सको तो मैं अपने को भाग्यशाली समझूँगा। तुम्हारे भूतपूर्व ससुर यदि मन्त्री हैं तो मेरे मामा भी मुख्यमन्त्री हैं और ईंट का जवाब पत्थर से दे सकते हैं।

यह सब तुम मुझ पर छोड़ दो। तुम्हें चुटकियों में तलाक मिल जाएगा। तुम्हारे उत्तर की प्रतीक्षा में तुम्हारा अनन्य प्रशंसक–शेखर''।

''क्या लिखा है री?'' ताई ऐसे कौतूहल से उछलने लगी, जैसे एक साथ सहस्र पिस्सू काट रहे हों। जया ने कुछ न कहकर खुली चिट्ठी उन्हें थमा दी। ''लो और सुनो, मैं क्या अंग्रेजी पढ़ सकूँ जो लिखा है।''

''मुझसे शादी करना चाहता है–उसके मामा मन्त्री हैं तलाक दिलवा देंगे।'' व्यंग्य से उसके ओंठ विद्रूपपूर्ण हँसी में तिरछे हो गए। ताई भड़क गई, ''आया है बड़ा तलाक दिलाने वाला, मुँहझौंसा काजी–कलमुँहा, रावण का नाती।'' जया हँस पड़ी, ''साड़ी पाकर तो कह रही थीं, ताई, कि रामपंचायतन का राम लगता है तुम्हें, अब रावण का नाती लगने लगा!''

''अरी चुपकर, मुझे क्या पता था कि पेट में दाढ़ी है लौंडे के। क्या समझ लिया है हमें? तेरे बाबू जी सुनेंगे तो क्या कहेंगे? यही सब कराने बुलाया होगा मेरे बहन–बहनोई ने, यही तो कहेंगे लल्ला! तू उनसे जिकर मत करिया बिट्टो।'' ''तू पागल हो गई है क्या ताई? मैं क्यों कहने लगी।'' जया ने घर जाकर माँ से भी कुछ नहीं कहा, किन्तु शेखर को अपना उत्तर देने में उसने विलम्ब नहीं किया था। कहीं ऐसा न हो उसका वह अधीर प्रशंसक वहीं टपक पड़े।'' मेरा विवाह हो चुका है, तलाक लेने या देने में मैं विश्वास नहीं करती। –जया'

''अच्छा हुआ तुम वक्त पर आ गईं बेटी,'' बाबू जी उसे देखकर प्रसन्न हो गए थे। ''मैं आज ही तार करने जा रहा था।''

जया का कलेजा जोर-जोर से धड़कने लगा, ससुराल से कोई बुलाने तो नहीं आ गया था, या क्या पता स्वयं कार्तिक ही आ गया हो!

''तुम्हारे फार्म भरने की आखिरी तारीख पन्द्रह है।''

''कैसा फार्म?'' ताई ने पूछा। ''तुम कहती थीं न भाभी, इसे कलक्टर–कमिश्नर बनाना है, उसी इम्तहान की तारीख।''

पुत्री की प्रतिभा पर उन्हें अगाध विश्वास था, आज तक प्रत्येक परीक्षा में उसने प्रथम स्थान पाया था। इसमें भी कभी पीछे नहीं रहेगी। थोड़े दिनों के लिए वह अपने अतीत को भूल–बिसर, दिन-रात परीक्षा की तैयारी में जुट गई।

पण्डित जी की पुत्री ससुराल न जाकर आई.ए.एस. की तैयारी कर रही है, लगता है कुछ दाल में काला है। पड़ोसियों में कानाफूसी होने लगी थी। बड़ी अच्छी जगह हाथ मारने गए थे, ऐसा तो होना ही था। एक दिन ताई ने किसी को कहते सुन लिया और उसे वहीं चीरकर धर दिया था।, ''हाँ-हाँ, यह होना था, आजकल किस घर की बहू-बेटियाँ नौकरी नहीं करतीं? किसी घर में छिनालगिरी तो नहीं कर रही है वह। सास-ससुर की रजामंदी से ही इम्तहान की पढ़ाई, अपने बाबू जी से पढ़ने मायके आई है। तुम सबके पेट में क्यों दर्द हो रहा है जी?''

किन्तु घाघ दाई से भला पेट कहीं छिपता है? उस मुहल्ले की प्रत्येक गृहिणी घाघ दाई थी। सबसे विकट थी श्यामबिहारी सक्सेना की घरैतिन और राधे अग्रवाल की घरवाली मुटक्की अगरवालिन। विष्णु की विधवा भाभी अग्रवाल और सक्सेना दोनों के यहाँ बर्तन धोती थी, उसी ने मन्त्री जी के घर की जूठन, मुहल्ले-भर में फैला दी।''

''हमारा देवर मन्त्री जी के यहाँ बरसों से काम कर रहा है।'' उसी ने बताया कि ''भैया जी दूसरी शादी करने जा रहे हैं। रोज मंतरी और मंतराइन जी की खिच-खिच चल रही है—रोज बिटवा को ताला में बन्द किए रहे। मौका मिला तो खिड़की से कूदकर नेपाल भाग गया।''

ताई ने जैसे ही यह खबर सुनी, वह मुँह लटकाए देवर के कमरे में जाकर चुपचाप खड़ी हो गईं, ''कुछ सुना तुमने लल्ला!''

''क्या बात है भाभी?'' श्यामा ने हाथ का अखबार उठाकर मेज पर धर दिया। ''सुना, वह मूडीकाटा कतिकवा कहीं और बियाह करने जा रहा है।'' श्यामाचरण का चेहरा फक पड़ गया, तो यह खबर सच थी? उनसे कल ही उनके एक मित्र मुरली ने ऐसा ही कुछ कहा था।

''अच्छा है, जया ने अभी यह सब नहीं सुना, भगवान् करे, इम्तहान खत्म होने तक न सुने। पर तुम कुछ करो लल्ला। ऐसा अनरथ मत होने देना।'' भाभी की बात को अधूरा काटकर, श्यामाचरण ने खिन्न स्वर में कहा, ''मैं क्या कर सकता हूँ भाभी, मैं एक अदना-सा मास्टर हूँ और वे हैं देश के एक सर्वशक्तिमान मन्त्री, उस पर उनका बेटा सरकारी नौकरी में भी नहीं है, जो इस शादी करने पर नौकरी जाने का डर हो।''

''पर कानून का डर तो होगा लल्ला। मंतरी हैं तो अपने घर के। तुम कर क्या नहीं सकते, जाकर इतना तो पूछ सकते हो कि क्या बात सच है?''

"कहीं जाकर कुछ पूछने की जरूरत नहीं है ताई," दरवाजे पर परीक्षा देकर लौटी जया खड़ी थी। उसका चेहरा क्रोध से तमतमा रहा था। अपनी उस कभी कुछ न कहनेवाली शान्त पुत्री का वह उग्र रूप देखकर श्यामाचरण दंग रह गए। न जाने कब से पर्दे के पीछे खड़ी वह सब सुन रही थी।

"एक नहीं चार शादियाँ करें। तब भी वह मेरा अब कुछ नहीं बिगाड़ सकते, बाबू जी—आप चिन्ता न करें, मैं नहीं चाहती कि आप कभी उन टुच्चों की देहरी लाँघें।"

ताई को जैसे साँप सूँघ गया, हाय, यह क्या कर बैठी वह। पति के पास तखत पर बैठी माया आँखें पोंछती उठकर चौके में घुस गई। क्रिकेट का बैट लेकर विजय के मूड में झूमता बंटी लौटा तो घर की मनहूस चुप्पी देखकर सहम गया।

"क्या हो गया है आज सबको अम्मा, क्या दीदी का पर्चा बिगड़ गया?" उसने चौके में जाकर माँ से फुसफुसाकर पूछा।

"पर्चा नहीं बिगड़ा, तेरी दीदी का भाग्य ही बिगड़ गया है बंटी, सुना है, तेरे जीजा दूसरी शादी करने जा रहे हैं।"

"क्या कहा? किसने कहा? जरूर ताई ही ऐसी बेहूदी खबर कहीं से लाई होंगी।"

"चुप कर, सुनेंगी तो अभी रोना-धोना शुरू कर देंगी, तू क्यूँ पड़ा रहता है उनके पीछे?"

जैसे कार्तिक के सम्भावित विवाह की खबर विष्णु के घर का भेदी विभीषण बन उस मुहल्ले में पहुँचा गया था, वैसे ही, औदार्य से उसकी भाभी ने जया को कलेक्टरी के इम्तहान में बैठने की खबर उसे थमा दी थी।

"सुन लिया आपने?" चन्द्रा ने विदेश के दौरे से लौटे माधव बाबू को घर में कदम रखते ही, वह खबर सुना दी थी, "आपकी बहू आई.ए.एस. की परीक्षा में बैठ रही है—हूँ, रहें झोंपड़ी में, ख्वाब देखे महलों का। इत्ते अच्छे-अच्छे स्कूलों में पढ़कर भी हमारा मुन्ना नहीं आया था तीन-तीन बार बैठने पर भी। फेल जरूर होगी।"

माधव बाबू को पहली बार लगा, तीर उनके तरकश से निकल गया है। वह प्रतिभाशालिनी लड़की कभी किसी परीक्षा में, मुँह की नहीं खा सकती थी, और जहाँ एक बार अफसरी की घूँट कण्ठ से नीचे उतरी, फिर उसे

वापस लौटाने का प्रश्न ही नहीं उठता था। अभी कुछ भी नहीं कर सकते, दूसरे ही दिन जापान जाना है, लौटते ही लंका और फिर पाकिस्तान।

लीना अहमदाबाद से फिर बोरिया-बिस्तर उठाकर घर लौट आई थी। ''क्यों लौट आई है तू?'' माँ ने पूछा तो उसने निर्लज्जता से खीस निपोड़ दी, ''आई ऐम हुक्ड मदर, कसम खाकर कहती हूँ ममी, मैं खुद नशे की तलब से ऊब गई हूँ पर क्या करूँ, लाचार हूँ, जहाँ खुराक खत्म होती है, जी में आता है कमरे की सारी चीजें तोड़-फोड़कर फेंक दूँ। वहाँ जब मैं देखती कि सब लड़कियाँ आराम से सो रही हैं, एक मैं ही बेचैन करवट बदल रही हूँ तो मैं जलन से बौरा जाती। अब मैं ऐसी अंधी सुरंग में बन्द हूँ ममी, जहाँ से बाहर निकलने का कोई रास्ता, कभी ढूँढ़ नहीं पाऊँगी। एक दिन ऐसे ही तलब ने पागल बना दिया, मैंने उपद्रव मचा दिया। मुझे तो कुछ याद नहीं है, पर लड़कियाँ बता रही थीं कि मैंने किसी के बाल खींचे, किसी को चिकोट लिया–सिंक पर लगा आईना तोड़ दिया और सारे कपड़े उतारे, सड़क पर नंगी भागने लगी...''

चन्द्रा ने दोनों हाथ, कानों पर धर लिए, ''बस कर, मुझे अब और कुछ नहीं सुनना है।''

लीना हँसी, ''जानती हो, इसे हम अपनी भाषा में क्या कहते हैं? जब नशा-पानी खत्म हो जाता है और हम पागलों की-सी हरकतें करने लगते हैं तो कहते है कोल्ड टर्की हैज हिट हर'...मेरा भी अमल-पानी खतम है मदर डार्लिंग निकालो तो 225 रुपए फिर।''

उसी बेहयाई से माँ की कमर से चाँदी का गुच्छा निकाल उसने सेफ खोला, खटाखट माँ के पर्स से नोट निकाले और कार लेकर निकल गई।

फिर, माधव बाबू की अनुपस्थिति में एक और दुर्घटना घट गई थी। इधर चन्द्रा ने अपनी मुट्ठी कसकर बन्द कर ली थी। नित्य नवीन गुप्त कोने में चाबी का गुच्छा छिपाने लगी थी, लीना पैसों के लिए गिड़गिड़ाती तो वह निर्ममता से मुँह फेर लेती। एक दिन उसने देखा, माधव बाबू को आगरे में उपहार में मिला ठोस चाँदी का ताजमहल गायब है। भागकर अपने जौहरी के यहाँ पहुँची तो पता लगा–बेबी ही स्वयं आकर उसे बेच गई है।

''बहन जी'' जौहरी ने धीमे स्वर में फुसफुसाकर कहा, 'बरसों आपका नमक खाया है, एक बात कहूँ, बुरा तो नहीं मानोगी?''

चन्द्रा समझ गई, वह क्या कहने जा रहा है। उसने सिर झुका लिया

हाय यह धरती फट क्यों नहीं जाती। जिस दुकान से उसने आज तक लाखों का माल खरीदा था वहाँ उसे सरे बाजार बे-आबरू होना पड़ेगा।

"बेबी की यह आदत ठीक नहीं है। उस पर माधव बाबू का नाम खुदा है मान लीजिए—किसी अनजान दुकान में बेचने चली जाती तो कल ही अखबारों में छीछालेदर हो जाती, हम तो आपके पुराने ताबेदार हैं, हमने उठा पालिश कर ज्यों तो त्यों धर दिया कि आप आएँगी तो थमा देंगे—ये लीजिए।"

फिर भी वह वाचाल जौहरी अपनी ताबेदारी का लाख दम भरे, उसने क्या किसी से कहा नहीं होगा? चलते-चलते फिर जौहरी ने छुरी भोंक ही दी थी—

"देखिए बहन जी, हमारी दुकान पर रेड़ पड़ा तो हम मन्त्रि जी के पास गए थे, उन्होंने हमें खोटे सिक्के-सा लौटा दिया—कहने लगे—भई वित्त मंत्री आजकल शेर बनकर घूम रहे हैं। जिसे जब चाहे घसीटकर दबोच लें—बड़े ईमानदार आदमी हैं उनके मुँह का गस्सा छीनना हमारे बस की बात नहीं, हमने कहा, चलिए कोई बात नहीं—हम भी मन्त्रियों की दुखारी रग को पकड़ना जानते हैं, चाहता तो आप हम यही ताजमहल की बात शहर-भर में फैला मंत्री का सिंहासन डिगा सकते थे, पर हम नियत के साफ आदमी हैं, बहन जी, यह सब नहीं करते, हाँ, इतना जरूर कहेंगे कि अपनी लड़की को जरा सम्हालकर रखिए।"

गुस्से से थरथर काँपती चन्द्रा कार में बैठकर भी देर तक काँपती रही थी। एक दो कौड़ी के जौहरी की यह हिम्मत! पर जौहरी का क्या दोष, सोना तो उसी का खोटा था।

वह ताजमहल तो लौटा लाई, पर फिर नित्य की खुराकी जुटाने, लीना घर की छोटी-मोटी चीजें किसी पेशेवर जेबकतरे की दक्षता से गायब करने लगी। अपने नन्हें बेटे के लिए उसके हृदय में जरा भी ममता नहीं थी। उसे नित्य आया के भरोसे छोड़कर वह घर से सुबह नौ बजे निकल जाती और रात को नौ बजे लौटती उसे लेने और पहुँचाने आए उसके अनजान सुदर्शन साथियों को देख चन्द्रा का डरा-सहमा हृदय भय काँप उठता। कहीं छोकरी शरीर की फेरी लगाने तो नहीं जाती? कैसी माँ थी वह? जननी की इसी उदासीनता से ऊबकर तीन-तीन आयाएँ नौकरी छोड़कर जा चुकी थीं—फिर उस कालरात्रि का स्मरण कर चन्द्रा अभी भी सिहर उठती थी।

उस दिन, सुबह की निकली लीना, रात के बारह बजे लौटी तो चन्द्रा ने ही घर खोला था—साथ में खद्दरधारी एक लम्बा-चौड़ा खबीस था। ''हाय ममी'', उसने हँसने की चेष्टा की किन्तु अधर पक्षाघात के सद्यः झटके खाए रोगी के अधर-से ही टेढ़े हो गए थे, मुँह से अनवरत लार टपक रही थी। एक प्रकार से लछ़खड़ाती ही वह अपने कमरे में चली गई थी—ठीक जैसे कोई सीधी दुम लिए लँगड़ा कुत्ता भाग रहा हो कि किसे काटूँ किसे दबोचूँ।

''कहाँ गई थी तू? कौन था वह? क्या हालत बना रखी हैं तूने!'' चन्द्रा का कण्ठ रुद्ध हो गया था...

वह सहसा पुरानी जीर्ण दीवार-सी भरभराकर जमीन पर गिर पड़ी—चन्द्रा उठाती, इससे पहले ही वह मिरगी की रोगिणी-सी ऐंठने लगी...

''लाओ-लाओ, कहीं से भी लाओ—मेरा गला सूख रहा है—दो मुझे''—ओह तो यही उसकी भाषा में टर्किंग थी। चीखती-चिल्लाती बेहया छोकरी को उसने किसी तरह कमरे में खींच-खाँचकर कुण्डी लगा दी, कुछ देर तक वह चीखती रही, फिर स्वयं शांत हो गई।

भोर होने से कुछ पहले ही चन्द्रा ने धीरे से द्वार खोलकर झाँका और रक्तकुण्ड में पड़ी पुत्री को देख, उसके मुँह से जोर की चीख निकल गई थी। फिर उसने बड़ी चेष्टा से अपने को संयत किया था। वह क्षण व्यर्थ चीखने-चिल्लाने का नहीं, प्रत्युत्पन्न मति को झकझोरने का था।

अपनी दोनों कलाइयों को भाई के रेजर से चीर वह स्वयं कोल्ड टर्की के पन्जे से मुक्त हो गई थी। और कोई होता तो शायद वह वीभत्स दृश्य देख मूर्छित हो ढेर हो जाता। किन्तु चन्द्रा ने दाँत भींचकर रुलाई रोक ली। फिर उसने वही किया जो एक बुद्धिमति स्त्री को करना चाहिए था। पति के पद का भय दिखा, पुलिस को झाँसा देने से क्या लाभ। उसने स्वयं आई. जी, को फोन कर सब कुछ सच-सच बता दिया।

''मैं चाहती हूँ उन्हें विदेश में यह खबर न दी जाए। आप तो जानते हैं, अभी-अभी गम्भीर बीमारी से उठे हैं। भारत लौटने पर मैं ही उनसे सब कुछ कह लूँगी। इतनी ही कृपा कीजिए कि पोस्टमार्टम जल्दी से जल्दी हो जाए और बॉडी हमें हैण्ड ओवर कर दें।''

आई.जी. भी इस हिम्मती मर्दानी महिला का साहस देख दंग रहे गए थे, न आँखों में आँसू, न व्यर्थ का हिस्टीरिकल विलाप, यद्यपि उसकी सूजी लाल आँख बता रही थीं कि वह रात-भर रोई है। एक कठिन अग्नि परीक्षा से ही

उसे गुजरना पड़ा था। कितनी ही बार व्यर्थ की पूछताछ अखबारी रिपोर्टरों की अनावश्यक घुसपैठ उसे पागल बना ही गई थी। आज तक जिस गृह की छींक-खाँसी का शब्द भी बाहर कोई नहीं सुन पाया था उसी घर की उधड़ी तुरपन पलट, आज कोई भी उसका असली कलेवर देख सकता था।

पुत्र पर उसे पहली बार बेहद गुस्सा आया था, पति नहीं थे तो उसको सहारा देने बेटा ही घर पर होता। किन्तु विपत्ति कैसी ही कठिन क्यों न हो, वह घड़ी भी कट जाती है। धीरे-धीरे लीना की मृत्यु को एक महीना बीत गया। माधव बाबू बीमारी के बाद पहली बार इतने लम्बे दौरे पर गए थे। खबर आई भी कि वे बुधवार को लौटेंगे—कार्तिक का कुछ पता नहीं था। क्या कहेगी उनसे? कैसे कहेगी? बचपन से ही बेबी उनकी आँखों की तारा थी। कलेजे का टुकड़ा। कौन-सी उसकी ऐसी जिद थी, जिसे बाप ने पूरा नहीं किया, कैशोर्य के आते-आते वह पिता से दूर होती गई और फिर उसके यौवन ने तो पिता को दूर पटक दिया। महीनों से बाप-बेटी में बोलचाल बन्द थी।

उस दिन माधव बाबू को लेने वह स्वयं ही एयरपोर्ट गई थी, कहीं घर आने से पहले ही उन्हें कोई लीना की मृत्यु का दुःसंवाद न दे दे। वह बताएगी भी तो ऐसे कौशल से कि उनके लिए वह आघात दुःसह न बन जाए। वी.आई.पी. लाउंज से ही उसने पति को प्लेन की सीढ़िया उतरते देखा तो कलेजा धक-धक कर उठा। कैसी सूरत हो गई थी महीने ही भर में। आँखों के नीचे स्याह घेरे, धँसे कपोल देख वह डर गई। ऐसा लगा, पति नहीं धीरे-धीरे उनका कंकाल ही उसकी ओर बढ़ता आ रहा है। बिना एक शब्द बोले वे चन्द्रा के साथ कार की ओर चलने लगे। चन्द्रा ने ही काँपते कण्ठ को स्थिर कर पूछा था..."आपकी तबीयत ठीक नहीं रही क्या?"

उस प्रश्न का सीधा उतर न दे वे स्वयं वही प्रश्न पूछ बैठे, जिसका उसे भय था। "कैसे हुआ यह सब?"

चन्द्रा ने उन्हें पूरी घटना सुना दी।

"तुमने ठीक ही किया चन्द्रा जो पुलिस में खबर कर दी। ऐसी बात छिपाने से और भयानक बन उठती है। उसकी ससुराल से कोई आया था क्या?"

"नहीं, मैंने उसी वक्त फोन कर दिया था।"

"क्या कहा?"

''उसके ससुर ने ही फोन उठाया था, 'हमारे लिए तो वह आज नहीं बहुत पहले ही मर चुकी थी।' ''

''मुन्ना की कोई खबर नहीं मिली?''

''नहीं।''

कार में बैठते ही माधव बाबू फिर गुमसुम हो गए थे। रात को बड़ी देरन तक मिलने वालों का ताँता लगा रहा। चन्द्रा ही उन्हें जबरदस्ती फाइलों के स्तूप से विलग कर खींच लाई थी। ''फिर पलँग पकड़ने का इरादा है क्या? चलिए अब खाना खा लीजिए। एकदम चेहरा उतर गया है। सोचती हूँ आज न हो तो एक-आध नींद की गोली खा लीजिए।''

''तुम भूल रही हो चन्द्रा'', माधव बाबू की करुण हँसी चन्द्रा के हृदय में तीखी बरछी—सी धँस गई, ''इस युग में हम माँ-बाप नींद की गोलियाँ नहीं खाते, हमारे बच्चों को खानी पड़ती हैं—वे सोना भूल गए हैं, हमें तो अभी भी बिना गोलियों के ही नींद आ जाती है। ''

जया ने प्रथम स्थान प्राप्त किया था, प्रत्येक समाचारपत्र-पत्रिकाओं में उसकी तस्वीर छपी थी। अनेक पुरुष प्रतियोगियों को पछाड़ नारी की इस अभूतपूर्व विजय की प्रत्येक पत्र ने शतमुखी प्रशंसा की थी, साथ ही इस बात का भी उल्लेख किया था कि वह माधव बाबू की पुत्रवधू है। सब कुछ जाननेवाले भी जान-बूझकर माधव बाबू की कोठी में बधाई देने पहुँच लड्डू भी खा गए थे। संध्या होते ही स्वयं माधव बाबू मिठाई का बड़ा-सा डिब्बा लेकर जया को बधाई देने जाने लगे तो उन्होंने पत्नी से भी आग्रह किया, ''चन्द्रा, तुम नहीं चलोगी?''

''नहीं, जिसके अलक्षणी पैर मेरे घर में पड़ते ही मेरा बेटा और बेटी एक साथ मुझे छोड़कर चले गए, मैं उसे बधाई देने नहीं जा सकती।''

''चन्द्रा'' माधव बाबू ने बड़े दुलार से उसके कंधे पर हाथ धरा इधर पत्नी की म्लान मुखछवि देख उन्हे उस पर बेहद तरस आने लगा था। कितना कुछ सहा था बेचारी ने। सब ही तो उसे अकेली छोड़ गए थे, बेटा, बहू, बेटी, स्वयं वे। उधर लीना का मातृहीन पुत्र जन्म-जन्मांतर का शत्रु बना उसका जीवन दूभर किए दे रहा था। जब से वे लौटे तब से यही देख रहे थे कि बच्चा जब देखो तब री-री कर रिरियाता रहता था। कन्धे पर उस लोथड़े को डाल थपथपाती चन्द्रा इधर से उधर घूमती रहती थी। न जाने

अभागे की कैसी निशाचरी प्रवृत्ति थी कि सारी रात न खुद सोता था, न किसी को सोने देता।

"चन्द्रा, तुम पढ़ी-लिखी हो, मेरे साथ देश-विदेश घूम आई हो, फिर भी ऐसी दकियानूसी बातें करती हो कोई स्वयं अलक्षणी नहीं होता, परिस्थितियाँ ही मनुष्य को अलक्षणी बनाती हैं। क्या हमने स्वयं जया के साथ अन्याय नहीं किया? तुम उसकी जगह होतीं, मैं तुम्हारे साथ विवाह के एक महीना बीतते न बीतते–ऐसा दुर्व्यवहार करता जैसा मुन्ना ने उसके साथ किया, तुम पर चोरी का झूठा लांछन लगा तुम्हें अपमानित किया जाता, तो क्या तुम भी रूठकर मायके नहीं चली जातीं? मेरा कहना मानो और व्यर्थ का गुस्सा थूक दो–चलो–"

"नहीं," चन्द्रा ने दृढ़ स्वर में कहा और पति का हाथ जोर से झटक दिया, "आप ही जाइए जूती खाने, मुझे अपनी इज्जत प्यारी है।"

बहुत दिनों बाद श्यामाचरण के गृह में आनन्द का उत्सव उमड़ा पड़ रहा था। ताई बिना किसी को बताए पिछवाड़े की साँकल खोल खटखट चप्पल खटकाती बाजार निकल गई थी और जया के लिए एक पीली रेशमी साड़ी खरीद लाई थी। श्यामाचरण पूरी एक किलो मिठाई तुलवा लाए थे, दोनों देवर–भाभी अपने-अपने गुप्त उपहारों के साथ द्वार पर ही टकरा गए।

"अरे भाभी, कहाँ गई थीं तुम, क्या लाने?"

"जहाँ तुम गए थे लल्ला, जया ने इत्ती बड़ी परीक्षा पास की है, कुछ ईनाम तो उसे देना ही होगा–"

बंटी बिना माँ से पूछे अपनी पूरी खिलाड़ी टीम को जलपान के लिए न्यौत आया था–सिर झुकाए उसी के लिए माँ की फटकार झेल रहा था–"किसने कहा था तुझसे कि सबको न्यौत आ?"

जिसके लिए वह जोरदार आयोजन हो रहा था, वह चुपचाप खाने की मेज की धूल पोंछ रही थी। न उसने सुबह से बाल ही बनाए थे, न कपड़े ही बदले।

"ले अब जा तो, चटपट नहा–धोकर यह साड़ी बदल ले। रंग पसन्द आया तुझे?" ताई ने महाउत्साह से नई साड़ी की भांज खोल उसके कंधे पर बिखेर दी।

"यह क्या ताई, इतनी कीमती साड़ी क्यों खरीद लाई, आखिर आज यह

सब क्या हो रहा है?'' जया असन्तुष्ट मुद्रा में कन्धे पर साड़ी डाले ही उठ गई।

''लो, यह पूछती है क्या है आज? अरी बावली, इत्ता बड़ा इम्तहान पास किया हैगा तैने और हमें तो इस बात की खुशी है बिटिया, कि तेने अगरवालिन के मुँह पै झाड़ू फेर दी—बड़ी हाँकती थी कि हमारा लल्ला एम.एस.सी. में फस्ट आया है, आई.ए.एस. में बैठा है, इस साल उसमें भी फस्ट आएगा—सो सुना कहीं नाम नहीं है। सारे घर में मातम छाया है, साँस भी नहीं ले रहा है कोई। हम दो बार झाँक आई। हमारा तो कलेजा ठण्डाय गया बिट्टो।''

''छिः ताई, कैसी बातें करती हो! किसी का बुरा हो गया और तुम्हें खुशी हो रही है?''

''अरी, हम तो हमेशा उन लोगों का बुरा देख खुसी होवे हैं जो भकुए हमारे घर की खुशी से जलते-भुनते रहते हैं। जब से तू आई है मरी यही अगरवालिन रोज एक बार पूछने आ जाती है कि जया कब ससुराल जा रही है। अच्छा हुआ, ठीक हुआ। क्या खाकर पास होगा उसका बेटा। सूरत-सकल भी हैगी हाकिम बनने की! जा तू नहाने जा, कहीं कोई आ न जाए—बँटिया तो पूरी पंगत न्यौत आया है। आज सुबह से ही मरा कौआ भी छत पर बैठा काँव-काँव लगाए है। कंधी भी मेरे हाथ से गिर गई, जरूर कोई मेहमान आ टपकेगा।''

नहा धोकर-जया आई तो ताई की बत्तीसी खुल गई, ''देख छोटी, कैसी पसन्द है मेरी, पीला रंग ही तो इसपे फबे है। अरी, एक-आध गहना ही पहन लेती।'' फिर उसी क्षण एक लम्बी साँस लेकर ताई बोली, ''पहने भी कैसे। मरी मंतराइन तो सब गहना नीचे दाबे, मुरगी के—से अण्डे से रही है। रुक जा, मैं अपने झुमके ले आऊँ।''

जया के लाख न-न कहने पर भी ताई ने अपने जड़ाऊ झुमके उसके कानों में डाल दिए।

''हाय ताई, बहुत भारी है, कान तो फटे जा रहे हैं।''

जया ने खोलने की चेष्टा की तो ताई ने हाथ पकड़कर रोक लिया, ''इसी से तो सोना इत्ता महँगा हो गया है री—पहले हमारी गर्दन ही भारी हार से टूट क्यों न जाए, मजाल थी जो हम यह कह दें कि भारी है। एक साथ अस्सी तोला पहनकर सादी-बियाहों में गई हूँ मैं, करधनी, कानों में मगर, तिलड़ी, चंदन हार, आधा-आधा किलो के पाजेव—एक बार जड़ाऊ छपका

भी बना लाए थे तेरे ताऊ—बस, तेरी दीदी जल-भुनकर खाक हो गईं, मैं पहनकर उनके पैर छूने गई तो बोलीं, 'ये भी भला बहू-बेटियों के पहनने की चीज है, ऐसा छपका तो रंडियाँ पहनती हैं।' हमने भी नोच-नोचकर छपका दूर पटका और रानी कैकई बनी पड़ी रही कोपभवन में न काम किया, न धंधा—मरते दम तक खूब कस-कसकर बदला लिया बूढ़ी से। तेरी अम्मा की तरह नहीं थी कि अंगुली दिखाई तो कुम्हड़ बतिया—सी कुम्हलाय गई। सोना महँगा न हो तो क्या करे, जब दो तोले—भर के झुमके पहनने में ही आजकल की लड़कियों के कान फटे जाते हैं। इसी से सोना भी कहने लगा है—हमारी कदर कर हमें पहनना न जानो तो पहनो इस्टील—गिलट के गहने।''

फिर अपने हाथों से उसके गीले बाल सुलझाकर ताई उसके लिए नाश्ता लेने जा रही थीं कि द्वार खोलकर माधव बाबू द्वार पर खड़े हो गए थे।

जया अचकचाकर खड़ी हो गई। श्यामाचरण हतबुद्धि—से बैठे ही रह गए। बंटी छलाँग लगाकर खिड़की से ही कूदकर हवा हो गया। निश्चय ही आज खूनखराबा होगा माया ने समधी को देख लिया था पर वह बाहर नहीं निकली—

''क्यों बेटी, भीतर आने को नहीं कहेगी?'' माधव बाबू ने हँसकर कहा। कैसी दिव्य हसी थी उनकी सरल—निष्कलुष। भोले दंतहीन शिशु की—सी ही हँसा—जया खड़ी ही रही, उसने सिर झुका लिया मन-ही-मन वह समझ रही थी कि उसे बढ़कर पैर छूने चाहिए जैसे हमेशा छूती थी किन्तु अतीत का अपमान उसके अन्तः करण का प्रहरी बना लाठी लिए खड़ा हो गया ''खबरदार जो आगे बढ़ी, कैसे बेआबरू होकर इनके घर से निकली थी इतनी जल्दी सब भूल गई?''

श्यामाचरण ने ही आगे बढ़कर कहा, ''आइए ना भीतर''

ताई उन्हें बराबर आग्नेय दृष्टि से भस्म कर रही हैं, शायद उन्होंने देख लिया था, वे भीतर आए पर खड़े ही रहे। ऐसी शुष्क अभ्यर्थना के लिए तो वह घर से प्रस्तुत होकर ही आए थे। जया की ओर उन्होंने कनखियों से देखा, वह मूर्तिवत् खड़ी थी। एक मनहूस चुप्पी ने वातावरण को बोझिल बना दिया। कौन कह सकता था कि क्षण-भर पूर्व यह गृह किसी मांगलिक उत्सव की-सी आभा से उद्भासित था। फिर माधव बाबू ने ही हँसकर स्थिति सम्हाल ली थी।

''तुम्हे बधाई देने ही आया था जया, डरो मत, तुम्हें लेने नहीं आया हूँ,

आता भी किस मुह से। लो मुँह मीठा करो''

उन्होंने डिब्बे से लड्डू निकाल, उसकी ओर बढ़ाया, किन्तु उसने हाथ नहीं बढ़ाया। घर के लोग न होते तो वह इस देवतुल्य व्यक्ति का आदेश शायद ऐसी अशिष्टता से न ठुकराती। स्वयं अपनी ही अशिष्ट अभद्रता उसे डंक दे उठी। छिः छिः कैसे उद्धत हँसी के साथ वह उनकी बातें सुनी की अनसुनी कर रही थी।

एक खिसियाई-पराजित दर्दशून्य हँसी के साथ माधव बाबू ने वह मिठाई फिर डिब्बे में धर, तखत पर खिसका दी और श्यामाचरण की ओर मुड़कर बोले, ''मैं जानता हूँ श्यामा, तुमने मुझे आज भी क्षमा नहीं किया है। मैं तुम्हें दोष नहीं दे सकता, तुम्हारी जगह मैं होता तो शायद मैं भी यही करता, पर मैं तुम्हें यही विश्वास दिलाने यहाँ आया था कि मैंने कभी सपने में भी तुम्हारी पुत्री का बुरा नहीं सोचा। खैर, छोड़ो ईश्वर करे तुम्हारा भविष्य उज्ज्वल हो बेटी।'' पुत्रवधू को दिया आशीर्वाद उनके अवरुद्ध कंठ ही में खोकर रह गया और फिर वे बिना एक क्षण रुके बाहर निकल गए।

आसपास की खिड़कियों से अन्तःपुरिकाएँ उन्हें देख रही हैं, इसका उन्हें ध्यान ही नहीं था। देश का ऐसा सुख्यात मन्त्री बेटे की ससुराल से ऐसे गर्दन झुकाए निःसंग निकलकर जा रहा है–इतना ही दो और दो मिलाकर चार बनाने के लिए पर्याप्त था। अगरवालिन एक क्षण को पुत्र की असफलता की गहन वेदना भी भूल गई। वह भागकर पति को बुला लाई थी। ''देखा, कैसे पिटे जुआरी–से सिर झुकाए जा रहे हैं माधव बाबू–ठीक हुआ, अब उस छोकरी के पैर क्या जमीन पर टिक सकते है? लात मारकर भगा दिया ससुर को, छिः-छिः।'' देखते ही देखते पूरे मुहल्ले में खबर फैल गई थी कि माधव बाबू मिठाई लेकर बहू को बधाई देने आए थे, पन्द्रह मिनट में इत्ता–सा मुँह लिए लौट गए। कार तक पहुँचाने समधियाने का कुत्ता भी साथ नहीं गया।

दूसरे ही दिन विरोध पक्ष के एक पीत पत्रकारिता के लिए कुख्यात दो पृष्ठीय अखबार ने यह चटपटी खबर भी छाप दी कि माधव बाबू आई.ए.एस. की परीक्षा में उत्तीर्ण अपनी पुत्रवधू को बधाई देने गए किन्तु उन्हें उल्टे पाँव लौटना पड़ा। सुना गया है कि उनके पुत्र एवं पुत्रवधू के सम्बन्धों में दरार आ गई है और सम्भवतः पुत्र का रिश्ता कहीं और करने की सोच रहे हैं। उनके किसी शत्रु ने, उस अखबार की कतरन उनकी पत्नी

के नाम भेजने में अविलम्ब तत्परता भी दिखा दी थी।

माधव बाबू की चाय की ट्रे के साथ ही फिर चन्द्रा ने वह कतरन ऐसे रख दी, जैसे प्याला उठाते ही उनकी दृष्टि उस पर पड़ जाए। नित्य वह स्वयं उन्हें चाय बनाकर प्याला थमाती थी, उस दिन वह नेपथ्य में ही रही। पर्दे की आड़ में वह चुपचाप देख रही थी कि पति पर, उस चुरकट की कैसी प्रतिक्रिया होती है। माधव बाबू ने कतरन उठाई, फिर पढ़ते ही ऐसे मोड़—माड़कर दूर पटक दी, जैसे किसी उत्पाती पिस्सू को मसलकर दूर फेंक दिया हो।

भाड़ में जाए ऐसी सहिष्णुता।

गुस्से में पैर पटकती, वह पति के सामने तनकर खड़ी हो गई।

"क्यों, अब हो गया कलेजा ठंडा! न आप वहाँ नाक कटाने जाते न हमारे घर का मैला ऐसे गली-कूचों में बिखरता। न आप वहाँ नाक कटाने जाते न हमारे घर का मैला ऐसे गली-कूचों में बिखरता। क्या कहेंगे लोग, छिः-छिः।"

"चन्द्रा," माधव बाबू के ठंडे आवेगहीन कंठस्वर में न उतार था, न चढ़ाव, "तुम जानती हो, मुझे लोगों के कहने पर कभी कोई चिन्ता नहीं होती—मैं हमेशा वही करता हूँ जिसके लिए मेरा मन गवाही देता है।"

"तब क्या यही गवाही दी थी आपके मन ने कि बेटे की ससुराल जाएँ और नाक कटाकर लौट आएँ? शरम नहीं आती आपको? हमें कहीं मुँह दिखाने लायक नहीं रखा..." वह क्रोध से काँप रही थी। मैं अपने बेटे की ससुराल गया था चन्द्रा—और तुम जानती हो ऐसे दो कौड़ी के अखबार सिवाय कीचड़ उछालने के और करते ही क्या हैं—मेरा कोई अपमान नहीं हुआ। सब बकवास है।"

"हाँ, और शायद यह भी बकवास ही है कि बेटी की मौत का ऐसा वज्र गिरा हम पर कोई आया आपके समधियाने से? गमी में तो दुश्मन भी चले आते हैं जी—क्या उनका कोई कर्त्तव्य नहीं था?"

"हम कौन-सा कर्त्तव्य निभा पाए हैं उनके साथ? हटाओ, ऐसी बेकार की बातों में जी छोटा न करो। मैं हमेशा यही मनाऊँगा कि लड़की जहाँ रहे सुखी रहे।"

माधव बाबू के जाते ही श्यामाचरण को गहन अपराध बोध ने क्षुब्ध कर

दिया था। अखबार वह भी पढ़ चुके हैं। छिः छिः, घर आए अतिथि, वह भी ऐसे महिमामय निष्कपट व्यक्ति के साथ ऐसा व्यवहार क्या उचित था? कम-से-कम दरवाजे तक पहुँचाने तो चले गए होते, और जया? मूर्तिवत् खड़ी ही रह गई थी। लड़की ने न पैर छुए, न सिर पर पल्ला खींचा, इतनी दूर से मान–अपमान को भुलाकर मैत्री का हाथ बढ़ाने आए बाल्यकाल के उस सरल सखा का कैसा अपमान कर बैठे थे! माधव बाबू के जाते ही पूरे घर को जैसे साँप सूँघ गया था। ताई अलग चौके में बड़बड़ा रही थी, ''क्या कहा था मैंने? एक न एक दिन मंतरी जरूर आएगा—वही हुआ—अब तेरा मुँह क्यों लटका हुआ है री जया? ऐसा खुशी का दिन भी दुस्मनिया चौपट कर गया।''

माया, चुपचाप प्लेटे पोंछ-पोंछकर मेज पर धरती जा रही थी। अब तक वह एक शब्द नहीं बोली थी। उसका यही संयमित गांभीर्य उसका सबसे बड़ा गुण था। जेठानी इसी मौन को देख, उसे कई बार घुन्नी की उपाधि से भी विभूषित कर चुकी थी। परनिन्दा, ताई का पाचकचूर्ण थी, वह किसी की राई का पुराण लेकर बैठती तो माया कोई न कोई बहाना बनाकर चली जाती। उसकी उदासीनता ताई की हाड़-मज्जा भस्म कर उठती।''

''न जाने किस मिट्टी की बनी है तू छोटी—अरी बोल-बतिया कर ही तो जी हल्का होवे है, एक तू है सब पेट में, सब पेट में। जल्दी-जल्दी प्लेट पोंछ और सिल पै उड़द घसका दे, मैं बड़े बनाऊँ।''

''ला ताई, मैं एक मिनट में मिक्सी में पीस दूँ, दाल फेंटनी भी नहीं पड़ेगी।'' जया ने उड़द की परात अपनी ओर खींच ली। पिछली बार कनक जीजी उसके लिए मिक्सी, फूड प्रोसेसर, भाप की इस्त्री न जाने क्या-क्या ले आई थी।

''नहीं बाबा, मुझे तुम्हारी मिक्सी-फिक्सी अच्छी नहीं लगती, ऐसी पतली पिट्ठी के बड़े बने हैं भला?''

ताई के-से बड़े भला बना भी कौन सकता था। अपनी चौड़ी हथेली पर पानी लगाए देखते ही देखते दाल फैला छन्न से कढ़ाई में छोड़तीं तो एक-एक बड़ा फूलकर बताशा हो जाता।

बंटी की मित्रमंडलों बड़ों पर टूट पड़ी थी—और देखते ही देखते डोंगे के डोंगे खाली हो गए थे।

जया ने प्रस्ताव रखा था कि ताई की बहू को बच्चों सहित बुला लिया

जाए, सीतापुर था ही कितनी दूर।

'खबरदार जो उस चोट्टिन को बुलाया, कभी झूठे मुँह भी उसने पूछा कि हम कहाँ हैं? कैसी हैं?''

रात को चीजें सम्हालते, धरते दसे बज गए। ताई का नित्य का नियम था कि वे सोने से पहले, हाथ-मुँह धोतीं, सुबह की चाय का सरंजाम सजातीं, तब कहीं सोने जातीं। वह सोने जा रही थीं कि किसी ने द्वार खटखटाया। ''कौन आ गया अब इत्ती रात गए, लगता है आज सोने को नहीं मिलेगा। देख तो बिट्टो।''

जया ने ही द्वार खोला और द्वार पर जिसे खड़ा देखा, तो देखते ही वह पीछे हट गई।''

''हाय, बड़ी मुश्किल से ढूँढ़ पाया।'' हाथ में स्काई बैग लिए शेखर ने हँसककर कहा।

''हे भगवान, यह कहाँ से टपक गया, अब क्या होगा?'' जया मन ही मन काँप गई।

''कौन है री? बोलती क्यों नहीं?'' ताई साड़ी उतारकर अपने नित्य के परिधान पेटीकोट ही में बिस्तर में घुस चुकी थीं, बाहर कैसे आतीं।

''अरी चुप क्यों हैं, कौन है इत्ती रात को?''

''आई एम सॉरी, आज फ्लाइट दो घंटे लेट थी,'' शेखर अप्रस्तुत होकर खड़ा ही रह गया। आवाज सुनकर बंटी की धोती पहने ही श्यामाचरण बाहर चले आए।

''कौन है बेटी? कोई रास्ता भूल गया है क्या? कहिए मैं आपकी क्या मदद कर सकता हूँ?''

फिर तो शेखर गजब ही कर बैठा था...सौम्याकृति उस अपरिचत मेजबान के सम्मुख वह साष्टांग दंडवत् की मुद्रा में लंबायमान हो गया था, आश्चर्य से श्यामाचरण उसे देखते ही रह गए थे।

''बाबू जी, ये शेखर हैं, जुगनू मौसी के यहाँ मिले थे।''

''आओ-आओ बेटा, भीतर आओ,'' परिचय पाते ही श्यामाचरण ने स्नेहपूर्ण स्वर में कहा।

जया अपने कमरे में चली गई, ताई आफत किए थीं, ''मुँह सी दिया था क्या किसी ने?'' वे उसे देखते ही बरस पड़ी।

''मेरे तो हाथ–पैर ठंडे पड़ गए अभी परसों ही तो कोई ऐसे घंटी बजा

रामचरण के घर घुस आया और उसकी बहू को तमंचा दिखा तिजोरी लूट ले गया।'' दरवाजा खोलने से पहले पूछ लिया होता।''

''पूछ लिया था ताई।''

''कौन था?''

''शेखर।''

''आंय शेखर?'' ताई ने चटाक से उठकर साड़ी लपेट ली, ''यहाँ कैसे आ गया मुआ?''

''मैं क्या जानूँ ताई?'' जया झुंझला पड़ी, ''जाकर तुम्हीं पूछ आओ ना उससे।''

ताई के साथ-साथ माया भी बाहर आ गई। उन दोनों को देखते ही वह सिरफिरा अतिथि फिर वही कवायद कर बैठा।

''कैसे आ गए शेखर?'' ताई ने बड़ी रुखाई से पूछा, ''कोई मीटिंग-ऊटिंग रही का?''

''जी नहीं, आप लोगों से मिलने चला आया—चार दिन की छुट्टियाँ थीं, इस ओर कभी आया भी नहीं था, सोचा घूम ही लूँगा।''

''अच्छा किया बेटा, पर हमारा घर तो देख रहे हो—बहुत छोटा है, तुम्हारा घर तो हमने देखा है, तुम्हें यहाँ तकलीफ ही होगी—''

ताई ने कहा तो जया की छाती से जैसे मन-भर का बोझ उठ गया। चौबीस घंटे उसके साहचर्य की कल्पना से ही वह काँप गई थी। कितनी बड़ी आँखें थीं—बाप रे बाप, लग रह था डगर-डगर पुतलियाँ घुमाता प्रतिपल, उसे ही निगल रहा है।

''रात बहुत हो गई है सर,'' उसने अत्यन्त दीन-विगलित स्वर में कहा, ''मैं इस शहर में एकदम अनजान हूँ। अगर आज रात-भर यहाँ सोने की अनुमति दे दें, सुबह होते ही मैं किसी होटल में चला जाऊगा।''

''क्यों नहीं बेटा, घर तुम्हारा है, पहले हाथ-मुँह धोकर कुछ खा-पी लो।'' श्यामाचरण ने कहा तो ताई मन-ही-मन जल-भुन गई।

खा-पी लो। सब्जी तक तो बची नहीं, क्या नमक से रोटी खिलाएँगे उसे?

''जी मैं प्लेन ही में खाकर आया हूँ। फ्लाइट लेट थी, वहीं डिनर सर्व कर दिया गया था।'' ताई एक प्याला काफी बनाकर थमा गई थी—बार-बार उसकी आँखें पर्दे की ओर जा रही हैं, यह भी ताई ने देख लिया था। कमरे

में पहुँचते ही वे एक बार फिर अपने पेटीकोट की नाइटी से उतर चहकने लगीं, ''क्यों, आया है ससुर इत्ती दूर, समझ गई हैं—लगता है तेरे पीछे हाथ धोकर पड़ गया है। पता नहीं, कैसे मति मारी गई है रघुवर की, आखिर हमारे घर की मर्यादा का तो कुछ ख्याल किया होता, अरी, छोटा भी होता तो कह देते बंटिया का कोई दोस्त है पर अब इस ऊँट को कहाँ छिपाएँ—देखना, इसे देखते ही मुहल्ले में हल्ला मच जाएगा।''

सुबह एक प्याला काफी पीकर ही, जब वह एक रात का पाहुना, अपना बैग कन्धे पर लटकाए, किसी होटल की खोज में निकल गया तो घर-भर ने चैन की साँस ली।

माया बुद्धिमती थी। सब उस विचित्र अतिथि की आगमनी की अटकलें लगा रहे थे। एक वह ही सब कुछ समझकर भी चुप थी। जेठानी का बर्राना सुन फिर जानने को कुछ बाकी नहीं रह गया था। सरल श्यामाचरण को कुछ पता नहीं था।

''देखो कैसा समझदार लड़का है, इत्ते बड़े घराने का बेटा है—पर दो दिन की पहचान से ही तुम्हें मिलने यहाँ चला आया—''

ताई कहीं स्वयं ही बाबू जी को उसके प्रस्ताव के बारे में न बता दे, यह सोच जया गाय—सी काँप रही थी। ताई के पेट में क्या पानी कभी पचता था? 'मत कहना—मत कहना', औरों से कहेंगी पर खुद ही सब कुछ उगल देंगी।

क्या कहेंगे बाबू जी? कहीं यह न सोच बैठें कि उसी का बढ़ावा पाकर वह यहाँ आया है।

दूसरे दिन अपने कुछ कागज लेने उसे यूनिवर्सिटी जाना था, ''अम्मा, मुझे शायद लौटने में देर होगी—मेरा खाना रख देना।''

उसने कहा तो माया ने शंकित दृष्टि से उसे देखा—कहीं उसी से मिलने जा रही है वह? वहीं काम में उसे पूरा दिन लग गया था—लौटने लगी तो उसे सहसा लगा, उसे बेहद भूख लगी है, सुबह एक प्याला चाय पीकर ही तो वह घर से निकल गई थी—वह सोच ही रही थी कि कहीं जाकर कुछ खा—पी ले कि 'हाय' सुनकर चौंकी—उसके सम्मुख, रात का वहीं अवांछित अतिथि खड़ा था।

''मैं आप ही के घर जा रहा था, अच्छा हुआ आप यहीं मिल गईं, चलिए न कहीं कुछ बैठकर ठंडा पी लें। गला प्यास से सूख रहा है।'' वह हँसा।

हे भगवान्, क्या उन आँखों से उसके भूले अतीत का प्रणयी ही झाँक रहा था। वे ही शब्द, प्यास से सूख रहे कंठ की नई कैफियत देकर कुछ ठंडा पीने का वैसा ही विनम्र आग्रह।

"अरे सोच क्या रही हैं, आइए ना," फिर वह बड़े अधिकार से उसका हाथ पकड़ सड़क पार करने खींच ही रहा था कि ट्रैफिक का क्षणिक अवरोध उस लम्बी गाड़ी को ठीक उसके सम्मुख रोक गया। आँखों पर धूप का चश्मा, कार के खुले शीशे से आ रही सुगंध की वही मिथ्या मरीचिका, जिसके पीछे वह तृषार्त्त अधर लिए पागल बनी भागी थी।

तब ही भगवान् ने क्षण-भर को रुके ट्रैफिक का बाँध काट दिया और सर्र से उस कार के पहिए, सड़क को ही नहीं रौंद गए, जया की छाती को भी रौंदकर चले गए–

"यही है तुम्हारा पति"? शेखकर के ओठ व्यंग्य से तिरछे हो गए–जया कुछ न कहकर लौटने के लिए उतावली हुई, परन्तु भीड़–भरे चौराहे को पार करना इतना सहज नहीं था।

"नहीं, तुम्हें पहले कुछ पीना होगा, मैं आज नहीं छोड़ूँगा," उसने दृढ़ता से उसका हाथ पकड़ सड़क पार करा दी।

यह कैसा बचपना था उसका, कैसा दुःसाहस।

चाहती तो वह उसी क्षण हाथ छुड़ाकर भाग सकती थी। पर बीच चौराहे में, ऐसी सस्ती नौटंकी करने से क्या लाभ?

दोनों उसी रेस्तराँ में चले गए जो पहले सामने पड़ा। शेखर उसे ऐसे एकटक देख रहा था कि ऑर्डर लेने आए बैरा की उपस्थिति भी भूल गया।

"हाँ साहब–क्या होगा?" बैरे ने पूछा तो वह चौंका।

"दो ठंडा और कुछ स्नैक्स, जो तुम्हारी तबीयत में आए।" उसने ऐसे औदार्य से हँसकर कहा जैसे पूरी बादशाहत उसकी मुटठी में बंद हो।

जया चुपचाप बैठी रही। उसका चेहरा विवश क्रोध से तमतमा रहा था।

"आई एम सॉरी जया–तुम्हें यहाँ आने से पहले कुछ लिख नहीं सका–एकाएक प्रोग्राम बना–किसी काम से बम्बई जाना था, सोचा, रास्ते में एक-दो दिन रुककर तुम्हें स्वयं बधाई दे आऊँगा"–"तुम कौन होते हो–मुझ पर गर्व करनेवाले! एक ही पल में तो मेरा इतना बड़ा सर्वनाश कर चुके हो–अब प्लीज अपना रास्ता नापो–"

किन्तु उसकी वही सहिष्णुता तो उसकी दुर्लभ उपलब्धि थी। जीवन में

सब कुछ सहते-सहते वह अब पत्थर हो गई थी, उसका हाथ पकड़ सड़क पार करने में जो भय उसे त्रस्त कर गया था वही भय इस बार उसके विवेक की तुला को स्वयं थाम गया—अब बैरे के आने से पूर्व यदि तमककर चली गई तो स्थिति घातक हो सकती थी। यह बैरा जानता था कि वह किसकी बहू है। बंटी के जन्मदिन पर वह इसी बैरे से छोले—भटूरे पैक कराकर ले गई थी। उदार टिप से प्रसन्न हो, उसने तब उसे एक शानदार सैल्यूट भी ठोकी थी—आज यदि वह अचानक तमककर चली गई तो वह बैरा क्या सोचेगा?

बैरा ट्रे सजाकर मेज पर धर गया

उसने निःशब्द ठंडा गिलास घुटका और उठ गई।

"अरे यह क्या, उठ क्यों गई? कुछ खाएँगी नहीं क्या?"

"नहीं, मुझे जल्दी घर लौटना है, वैसे भी मुझे बाहर खाने की आदत नहीं है।"

तीर—सी बाहर निकलकर वह जो स्कूटर दिखा उसी में बैठ गई, "चलो," उसने कहा। क्या कर रही थी वह? कहाँ चलना है, यह तो बताया ही नहीं।

"जल्दी चलो," उसने ऐसे डरे स्वर में कहा जैसे कोई गुंडा उसका पीछा कर रहा हो। क्या हो गया था आज!

"कहाँ चलना है?"

वह चौंकी "दाएँ मोड़ लो, मैं बताती हूँ।" कैसी विद्रपपूर्ण हँसी हँसा था कार्तिक, हैविंग ए गुड टाइम। छिः-छिः क्या उसने उसे भी अपनी बहन की तरह स्वेच्छाचारिणी टुच्ची लड़की समझ लिया था? शेखर का चमकता सूट, ठाठदार ब्रीफकेस, उसका आकर्षक व्यक्तित्व देखकर ही क्या उसने ऐसा कहा था?

फिर सहसा किसी अस्पष्ट स्वप्न की एक-एक दुरुह रेखा स्वयं स्पष्ट हो गई—शेखर ने उसका हाथ भी तो पकड़ा था—

"यहीं रोक दो।"

स्कूटर रोककर वह पार्क के पास ही उतर गई थी। पत्थर की बेंच पर वह देर तक बैठी ही रह गई—दूर-दूर तक कहीं भी कोई नहीं था—अच्छा था। वह थोड़े ही दिन बाद, मँसूरी चली जाएगी, जहाँ न शेखर का स्मृति कंकाल उसे डरा सकेगा, न कार्तिक का।

निश्चित होकर वह उठी। घर पहुँची तो माधव बाबू की कार खड़ी थी। एक बार जी में आया वहीं से लौट जाए, किन्तु कब तक ऐसे भागती रहेगी? पलायन ही तो उसकी समस्या का निदान नहीं था। हिम्मत से ही उसे विषम परिस्थितियों से जूझना होगा।

''कहाँ चली गई थी बेटी?'' श्यामाचरण ने अपने स्वर को संयत करने की चेष्टा तो की पर उनकी झुँझलाहट उनके प्रश्न में स्पष्ट हो उठी।

''काम था, उसी में समय लग गया, मैं तो अम्मा से कह गई थी, मुझे देर लग सकती है।''

''आओ, आओ बेटी, यहाँ बैठो मेरे पास।'' माधव बाबू ने उसे अपने पास सोफे पर बैठने की लिए मृदु आह्वान की थपकी दी, किन्तु वह कुछ फासले पर धरी कुर्सी पर ही बैठ गई।

ताई चौंकी, मंतरी क्या कोई पुरश्चरण का टोटका बाँधने तो नहीं आया।

''तुम्हारे बाबू जी से हमें बहुत बड़ी शिकायत है,'' उन्होंने मित्र की ओर देखा, ''सुना है मद्रास के किसी उद्योगपति का बेटा तुमसे विवाह करना चाहता है?'' उस शान्त स्वर में व्यंग्य था या स्नेह?

''जी?'' जया ने पहली बार ससुर के चेहरे पर अपनी निर्भीक दृष्टि निबद्ध की।

''देखो, बेटी, मुझे व्यर्थ की बातें करना कभी अच्छा नहीं लगता। तुम बुद्धिमती हो और अब एक ऊँचे ओहदे की ट्रेनिंग पर जा रही हो। शीघ्र ही तुम किसी जिले की बागडोर सम्हालोगी। अपना भला-बुरा तुम स्वयं समझती हो। इसी से हम अपने सीधे प्रश्न का सीधा उत्तर चाहते हैं उस अनजान लड़के का हमें ऐसे पत्र लिखना अच्छा नहीं लगा।''

जया ने उन्हें चौंककर देखा। तब क्या मूर्ख शेखर ने बिना उससे पूछे, उन्हें पत्र भी लिख दिया। छिः क्या सोच रहे होंगे वह, उसके घर की महरी की बेटी सोना और उसमें अन्तर ही क्या रह गया था। उसने भी गौने के तीन ही महीने बीतते न बीतते, अपने पति से छोड़ी-छूट्टा लेकर दूसरा घर कर लिया था क्योंकि उसका पहला पति शराब पीकर उसे दिन-रात कूटता था।

''तुम जानती हो जया, मैं अपनी डाक स्वयं नहीं खोलता, मेरी चिट्ठियाँ खोलकर ही मेरा पी.ए. मेरे पास भेजता है। हो सकता है, उसने भी पढ़ी हो। यह कौन-सा तरीका है?'' अब माधव बाबू का स्वर तीखा हो उठा,

''तलाक ही चाहिए था तो श्यामा मुझसे कहते।''

''देखिए।'' हतबुद्धि-से बैठे श्यामाचरण अचानक सतर होकर बैठ गए, ''मैं इस बारे में कुछ भी नहीं जानता। मुझे तो पता ही नहीं है कि मेरी भाभी के साथ जया, उनकी बहन के पास घूमने गई थी। लड़की बहुत अशान्त थी, हमने भेज दिया कि घूम आएगी तो मन बहल जाएगा। अशान्त क्यों थी, यह तो शायद मुझे बताना नहीं पड़ेगा...''

''क्यों, क्या यह भी तुम्हें पता नहीं था श्यामा, कि वहाँ किसी ने यह प्रस्ताव रखा था?''

''नहीं।'' श्यामाचरण के स्वर में सत्य की दृढ़ता थी।

''उसने तो लिखा है, बात लगभग पक्की हो चुकी है और वह स्वयं यहाँ आ रहा है। लो पढ़ो यह चिट्ठी,'' माधव बाबू ने बड़े गुस्से से जेब से चिट्ठी निकालकर, मेज पर पटक दी।

किसी ने भी वह चिट्ठी नहीं उठाई।

एकाएक श्यामाचरण का चेहरा फक पड़ गया, कल रात का पाहुना, उनके गृह में जमाता बनने ही आया था? नहीं, उसकी पुत्री ऐसा नहीं कर सकती। उन्होंने आहत दृष्टि से भाभी को देखा, ''तुमने मुझे कुछ नहीं बताया, भाभी?''

ताई कुछ कहती इससे पहले जया तनकर खड़ी हो गई, ''देखिए बाबू जी, बात बताने लायक होती तो बताई भी जाती। कोई भी राह चलता मुझसे कहे, कि वह मुझसे विवाह करेगा तो क्या मैं उसकी बात मान लूँगी? ऐसे हास्यास्पद प्रस्ताव को बताने का प्रश्न ही नहीं उठता। हाँ, वह यहाँ आया अवश्य है।'' इस बार वह माधव बाबू की ओर मुड़ी ''पर हमने तो नहीं बुलाया है उसे। जहाँ तक आप मेरे दूसरे विवाह की बात पूछने आए हैं,'' उसके काँपते अधर विद्रपपूर्ण स्मित से टेढ़े हो गए, ''मैं एक विवाह में सब कुछ पा चुकी हूँ। भगवान् ने मुझे अपने पैरों पर खड़े होने की शक्ति दे दी है। अब जीवन-भर किसी से दया की भीख नहीं माँगूँगी। हाँ, यदि आप अपने पुत्र का दूसरा विवाह करना चाहते हैं, तो मुझे कोई आपत्ति नहीं होगी, आप चाहें तो अभी, इसी क्षण आपको अपनी लिखित अनुमति दे सकती हूँ।''

अब ताई चुप नहीं रह सकी, ''क्यों देगी लिखकर? अपने हाथ काट कर दे देगी क्या? सुनिए समधी, तुमने हमारी बिटिया को बहुत सताया है।

उसका फल हमारी लड़की ही अकेली क्यों भोगे? तुम्हारा बिटवा भी जिन्दगी-भर लँडूरा फिरै... समझे?''

माधव बाबू ऐसे कटुवाक् प्रहार के लिए प्रस्तुत नहीं थे, वह हाथ जोड़कर चुपचाप निकल गए। श्यामाचरण शान्त-भीरु स्वभाव के निरीह व्यक्ति थे, कभी घर में कलह की सम्भावना दिखती तो वे बाहर निकल जाते, लड़ाई-झगड़े से उन्हें डर लगता था। कभी किसी से अपशब्द न कहनेवाले वही श्यामाचरण, भाभी की दो टूक कड़वी बातों की कड़वाहट से तिलमिला गए, ''भाभी, बात चाहे कितनी ही छोटी थी, तुमने न हमें बताया न इसकी माँ को। एक तो वैसे ही सब हमारे पीछे पड़े हैं, अब यह नया उत्पात हो गया। लोग तिल से ताड़ बनाएँगे।''

''सचमुच ही बड़ी भूल हो गई लल्ला।'' ताई रुँआसी हो गईं।

''मैंने सोचा, तुमसे कुछ कहूँगी तो तुम कहोगे—मैंने पहले ही मना किया था कि जया को साथ मत ले जाओ। मैं क्या जानती थी कि मेरा यहाँ भी पीछा नहीं छोड़ेगा—आज आएगा; तो तुम कुछ मत कहना, मैं ही उसे खरी-खोटी सुनाकर भगा दूँगी।''

पर, जब वह आया, तो कोई भी उस आनन्दी अतिथि को नहीं भगा पाया। वह स्वयं ही शाम की फ्लाइट से जा रहा था। उपहारों से भरी मिठाई के डिब्बे, फल—मेवों पर अपनी आकर्षक हँसी का ठप्पा लगा, उसने बड़े अधिकार से कहा था, ''एक प्याला कॉफी मिल सकती है सर? बाहर टैक्सी खड़ी है, 6 बजे मेरी रिपोर्टिंग टाइम है, सोचा आप लोगों से गुडबाय कर आऊँ...''

''नहीं है,'' ताई ने ही रूखे उत्तर का थप्पड़—सा मारा। सुनते ही शेखर का चेहरा उत्तर गया।

कॉफी तो उसे मिल गई किन्तु वह नहीं मिली, जिससे मिलने वह सौगात की टोकरियाँ सजा इतनी उमंग से आया था।

आठवें ही दिन जया फिर मंसूरी चली गई थी। इस बीच किसी ने भी उस अवांछित प्रसंग को नहीं उठाया।

माधव बाबू अपने उद्विग्न चित्ताश्व को, किसी भी दलील की लगाम से नहीं बाँध पा रहे थे, वह सीधी-सादी लड़की, जिसने कभी उनके सामने सर भी नहीं उठाया था कैसे पटर-पटर बोल रही थी। उनके चक्षुश्रवा जासूस, उस

रहस्यमय अतिथि का अता-पता ही नहीं दे गए, दोनों की एक साथ ठंडा पीने की तस्वीर भी खींचकर थाम गए थे। श्यामा लाख बातें बनाए, कुछ न होता तो वह लड़का बिना चुग्गा फेंके इतनी दूर चुगने चला आता? और फिर क्या जया के घर वाले, उसे उसके साथ होटल में जाने की अनुमति दे पाते? कहीं सचमुच लड़की तलाक के लिए अर्जी दे बैठी तो वह बरबाद हो जाएँगे। प्रश्न उनके मूर्ख पुत्र के भविष्य का ही नहीं, स्वयं उनके राजनीतिक भविष्य का भी था। पुत्री की आत्महत्या जो कसर छोड़ गई थी, वह बेटे का तलाक पूरा कर देगा।

चन्द्रा को कुछ कहना व्यर्थ था। वह तो यह सब सुनकर प्रसन्न ही होगी। लाख चेष्टा करने पर भी वह सुधा का कार्तिक से मिलना नहीं रोक पा रहे थे—यद्यपि उन्होंने अपनी ओर से दोनों को विलग करने की कोई भी कसर बाकी नहीं छोड़ी थी। उसके पिता की मोटी तनख्वाह और भत्ते का प्रलोभन देकर सिक्किम भेज दिया था, पर वह बेहया छोकरी तो जैसे मुन्ना के पीछे हाथ धोकर पड़ गई थी। सक्सेना ने ही आकर उन्हें बताया था कि वह मध्यप्रदेश के किसी प्रसिद्ध तान्त्रिक से मुन्ना पर वशीकरण-उच्चाटण की मूठ चलवा रही है।

बेटा बराबर उन पर दुलत्ती झाड़ रहा था। कुछ भी कहते तो खोंखिया-कर खाने दौड़ता। उन्हें एक ओर घर की अशान्ति खाई जा रही थी, दूसरी ओर देश की। रूठी पुत्रवधू को मनाकर एक बार फिर अपने गृह में प्रतिष्ठित करने की उनकी आशा, नित्य क्षीण से क्षीणतर होती चली जा रही थी। उनके जीवन-भर का त्याग, देशसेवा, न उसके देशवासियों को नीरक्षीर विवेकी बना पा रही थी, न पुत्र को। जो प्रचंड दावाग्नि उसके हृदय के भीतर धधक रही थी उसे वह किसे दिखा सकते हैं!

भविष्य के दुर्भेद्य अन्धकार ने उन्हें निष्प्राण कर दिया था, सत्ता में होकर भी उनकी आवाज आज पार्टी नक्कारखाने में तूती की, आवाज की भाँति निर्बल बन गई थी। जब भारतीय प्रजातन्त्र का विश्व के विराट् राजनीतिक मंच पर प्रादुर्भाव हुआ था, तो वह उत्साही लोकप्रिय ऐसे युवा अभिनेता थे, जिसकी एक ही झलक ने दर्शकों को मुग्ध कर लक्ष-लक्ष हृदय विजित कर लिए थे। आज उनके उस समृद्ध अतीत की ख्याति किसी वृद्ध अभिनेता के यश की भाँति शून्य में विलीन हो चली थी। नया युग था, नया राजपाट। विरोधी पर विजय पाने के लिए अब अहिंसा का आयुध नहीं चल सकता

था। राजनीति हिंसा पर भी आधारित होती चली जा रही थी। कभी बापू ने राजनीति को हिंसा से ही नहीं, कूटनीति से भी मुक्त कर दिया था। आज हिंसा ने एक बार फिर अहिंसा को पीछे धकेल दिया था। कभी माधव बाबू ने स्वतन्त्रता के सुप्रभात के लक्षण पूर्वाकाश में स्पष्ट देखे थे, एक नई आशा, नई निष्ठा ने उन्हें नया उत्साह दिया था। दीर्घकाल व्यापिनी परतन्त्रता की कालरात्रि का अवसान हुआ किन्तु कैसे प्रभात के चिहन थे ये? रवीन्द्रनाथ की भविष्यवाणी कितनी सत्य होकर निखर आई थी। वर्षो की विदेशी शासन धारा सूखेगी तब अपने पीछे कितना कर्दम, कितनी गन्दगी छोड़ जाएगी—यही तो कहा था उन्होंने!

चन्द्रा लीना के पुत्र मृत्युंजय को लेकर बाराबंकी के किसी होमियोपैथ को दिखाने गई थी। कैसा नाम धर दिया था उन्होंने उस बच्चे का— मृत्युंजय। लगता था, वह नाम अन्त तक अपने को सार्थक करता रहेगा।

बाहर मिलनेवालों का नित्य का दरबार लगा था, विष्णु दो बार मिलनेवालों के नाम उन्हें बता गया था। वे आज किसी से मिलना नहीं चाहते। उनके अशान्त चित्त की वेदना, भयानक सरदर्द में परिणत हो गई थी, ऐसे में किससे बात कर सकते थे वह, "विष्णु, जाकर कह दे, मैं आज किसी से नहीं मिल पाऊँगा, मेरे सर में दर्द है।"

"डाक्टर साहब को खबर कर दूँ सरकार?"

"नहीं-नहीं ऐसी कोई बात नहीं है, मैं जरा आराम करना चाहता हूँ।"

कार्तिक का पानपर्व, तड़के से ही आरम्भ हो गया था। विष्णु इस खबर का भाला, दो घंटा पहले ही उनके मर्महित चित्त में भोंक गया था। "न बिरेकफास्ट न चाय ही पी। आज तो सोड़ा भी नहीं माँगा, नीट पिए जा रहे हैं। माँजी घर पर नहीं हैं, आप ही समझाइए सरकार।"

"मरने दो विष्णु, मरने दो आज तक कौन रोक पाया है?" माधव बाबू लेट गए, निश्चय ही उनका रक्तचाप बढ़ गया था, कनपटियों से आग निकल रही थी और आँखें बाहर निकली जा रही थीं। पुत्र के कमरे से आती विदेशी संगीत की कानफोडू स्वरलहरी उन्हें पागल बना गई। चादर फेंक वह तड़ाक से उठे और गुस्से से तनतनाते अबाध्य पुत्री के कमरे में जाकर खड़े हो गए। एक तामसी दुर्गन्ध से उनके सात्त्विक नथुने फड़क उठे।

कार्तिक नंगे बदन हाथ में गिलास लिए झूम रहा था—कपल से चढ़ी किसी औघड़ की-सी लाल आँखों से पिता को देख अपनी मोहक हँसी

हँसा—"हैलो डैड, आज मेरे कमरे में कैसे आ गए? प्रधानमन्त्री ने भगा दिया क्या?"

"बन्द करो यह बेहूदगी। बन्द करो यह गाना। मेरा सर दुख रहा है," उन्होंने दाँत पीसकर अपनी कनपटियाँ दबाईं।

"आहा, इसमें इतनी चिल्ल—गुहार की क्या जरूरत थी। विष्णु से कहलवा दिया होता। मैं बन्द कर देता। अच्छा, अब जाओ डैड," उसने पुचकार कर कहा, "अच्छे बच्चे की तरह अपने कमरे में जाकर सो जाओ।" लटपटी जिहवा पर उसकी वाणी फिसल रही थी।

"तुम्हें शर्म नहीं आती?" माधव बाबू इतने निकट आ गए कि लगा कसकर एक झापड़ ही रख देंगे।

"शर्म! किस बात की शर्म? शर्म तो आपकी बहू को आनी चाहिए डैड, जो होटलों में एक गबरू जवान के साथ गुलछर्रे उड़ा रही थी।"

माधव बाबू बिजली की तड़प से बाहर निकल गए। नशे में चूर बेटे की मदालत हँसी बड़ी देर तक उनका पीछा करती रही।

तब क्या उसने भी जया को उसके साथ होटल में देख लिया था? उसी दुःख को भुलाने क्या वह पिए चला जा रहा था? किन्तु कार्तिक क्यों ऐसे पी-पीकर अपना सर्वनाश कर रहा था? क्या जया से सम्भावित विच्छेद की वेदना ही उसे बौरा गई थी?

देखते-ही-देखते एक वर्ष बीत गया था। उस एक वर्ष में कितना कुछ घट गया था। जया एक बार भी घर नहीं आई, यह उनके जासूस उन्हें बता गए थे। ताई, अम्मा, बाबू सबकी चिट्ठियों का वह एक ही उत्तर दे देती कि वह अभी नहीं आ सकती। उसकी नई-नई नौकरी है। हारकर बाबू जी ही एक बार जाकर उसे देख आए थे। ताई, अचानक बोरिया—बिस्तर बाँध जीजी के पास चली गई थी। आसन्न प्रसवा कनक के मोह ने उन्हें अन्त तक पराजित कर ही दिया था।

"मैं नहीं गई तो वह बेचारी परदेश में क्या करेगी।" उन्होंने जया को लिखा था, "पर जल्दी ही लौट आऊँगी और फिर चिता पर चढ़ने तक तेरे ही पास रहूँगी बिट्टो। लिखकर धर जाऊँगी तू ही मेरा सराध करियो। तू ही मेरा बेटा है, हरामी के जने पूत, मेरी अरथी न छुएँ। एक बात कहूँ बिट्टो, बुरा मत मानियो, सुना है कतिकवा तेरे दुःख में पी-पीकर अपनी मिट्टी खराब कर रहा है। एक बार तो दुश्मन को भी माफी दी

जाती है री। फिर हम जब मायके जाती थीं, तुम्हारी दादी चलती बिरिया नित हमें छन्द सुनाती थीं :

खेतन फूलै तोरही।
वन फूलै कचनार।
बिटिया फूलै सासरे।
सैया करो विचार।

"बिटिया ससुर के घर में ही फूलती है। जया, तब हमें सास का ऐसे टोकना सुन बड़ी माख लगती थी पर अब समझ में आता है कि अम्मा ठीक ही कहती थी।"

मध्यप्रदेश के उस छोटे शहर में पहले जया पहुँचते ही घबड़ा गई थी। न जाने किस जमाने की बनी पुरानी कोठी के द्वार खोलते ही चमगादडों का झुंड का झुंड सरसराता, उसके सर के ऊपर से निकल गया था। दस-बारह कमरों की उस बहुत बड़ी कोठी में जो रहता था, उसके नाम की संगमरमरी तख्ती अभी भी द्वार पर लगी थी–सी. ऐंडरसन ह्यूज। उसके प्रिय कुत्ते की कब्र न जाने कितने आतप-वर्षा के आघात झेल एक कोने में अभी भी ज्यों की त्यों धरी थी। उस अवहेलित कब्र पर उग आई घास के गुच्छे जया ने अपने हाथों से उखाड़ उसे साफ किया था।

शहर की सीमांत पर स्थित वह कोठी उसने स्वयं जिद कर ही ली थी। दो हितैषी ताबेदारों ने आपत्ति भी की थी, "सरकार आप अकेली उतनी बड़ी कोठी में कैसे रहेंगी? इससे तो रामस्वरूप सेठ का नया बना फ्लैट आपके लिए अच्छा रहेगा, वह कोठी भुतही है और रात को साहब के कद्दावर कुत्ते का प्रेत, सिरहाने आकर भौंकने लगंता है।" ये सब हास्यास्पद अफवाहें भी वह सुन चुकी थी। ऐसे ही एकान्त की तो उसे कामना थी। पास ही में अविरल गति से बहती क्षीण कलेवरा, बेतवा, आडिग खड़ी विंध्याचल की पर्वतमाला और उसके शिरोभाग में सघन वन। सुना था, कभी इन्हीं घने जंगलों में बौद्ध भिक्षु गहन साधना में लीन रहते थे।

छुट्टी के दिन उसी वीथिका में भटकने में उसे बड़ा आनन्द आता था। कैसा अद्‌भूत एकान्त था और अतीत से एकदम ही मुक्ति। कौन जानता था यहाँ कार्तिक को, शेखर को या माधव बाबू को? करौंदी, गुरवले, औंध पुष्पी, कृष्णकांता, शंखपुष्पी, भटकटारी, मदनमस्त कितनी ही वनस्पतियों के नाम रट गए थे उसे! स्वयं उसकी कोठी आम, जामुन, महुआ, तैदु, कदम,

सागौन के वृक्षों से ऐसी घिरी थी कि निकट आने पर ही बरसाती दीख पड़ती। संध्या होते ही वह खिड़कियाँ खोल देती और पट खुलते ही जंगली वनस्पतियों की सुगन्ध पूरे कमरे में जैसे लोबानी घुमा जाती। एक नीलकंठ का जोड़ा, नित्य अर्जुन की प्रलम्ब शाखा पर आकर बैठ जाता। जया को वे पंक्तियाँ स्मरण हो आतीं जो उल्लसित राम ने अपनी प्राणप्रिया सीता को, चित्रकूट का यही शिखर दिखाकर कहीं थीं :

""न राज्यभ्रंशनं भद्रे
नहि सुहृदिमविनाभवः
मनो में बाधते दृष्ट्वा
रमणीयमिमं गिरि"

ऐसी ही वनराशि को देख शायद राम अपनी राज्यच्युति का दुःख भी बिसर गए होंगे, जब आत्मीय स्वजनों से दूर रहने का दुःख भी उनके लिए सुख बन गया था। जया के उसी एकान्त को सरस बनाने शायद विधाता ने उसे सरस मुखरा नौकरानी कुसुमा जुटा दी थी। उसका पति जया का ड्राइवर था। सागरपेशे के ही दो कमरे माँग वह गाँव से अपनी घरवाली को ले आया था—बाल-बच्चे अभी हुए नहीं, आपके चरनन में परी रहेगी, आपकी सेवा करेगी हुजूर—चौबीस घंटे मैना-सी चहकती कुसुमा उतनी ही मुखरा थी जितनी उसकी स्वामिनी अल्पभाषिणी थी।

ककरेजी धोती का कछोटा कसे, गले में चाँदी की खगौरिया खनकाती हमेल, बाँहों में चाँदी के ही बिज्जुला छनकाती वह लम्बा घूँघट काढ़े जया के सम्मुख हाथ जोड़कर खड़ी हुई तो वह उसका चेहरा भी नहीं देख पाई थी। केवल उसके आनन्दी रसीले अधरों की छदम् रेखा ही देखकर, उसने उसे रख लिया था। सात महीने हो गए थे उस कोठी में कुसुमा को आए, पर अभी तक उसके घूँघट की यवनिका वैसी ही बनी रह गई थी।

"अरी तू मेरे सामने घूँघट क्यों निकालती है, कौन है यहाँ?" एक दिन जया ने खीझकर कहा तो उसने ऐसी मोहक दक्षता से दोनों हाथों से घूँघट थोड़ा-सा ऊपर उठाया कि ललाट तक वह सलोना चेहरा उघड़ गया, "हमारा मरद बड़ा गुस्सैल है जीजी—कहीं बिना घूँघट के हमें देख लिया तो बस..."

वह निरन्तर जया के पीछे छाया-सी डोलती रहती, वह घूमने जाती तो साथ, दौरे पर जाती तो साथ, बुंदेलखंडी वनस्पतियों व पशु-पक्षियों का तो

चलता-फिरता गजेटियर थी वह।

“वा रही लालमनैया, वा है झरैया, पुट्टैया पुट्टैया वा स्यामा उड़ी जात,” उन रंग-बिरंगी चिड़ियों की चहक सुन वह भी दूर से ही उन्हें पहचानने लगी थी। काश, आज ताई यहाँ होती, एक बार भी तो उसका राजपाट नहीं देख पाई।

ससुराल का कच्चा सूत्र अब एकमात्र मालती भाभी से ही बँधा रह गया था। उनकी चिट्ठियाँ आती रहतीं, उसकी नौकरी का समाचार सुन गद्गद हो गई थीं। “शाब्बाश देरानी, तुम पर मुझे गर्व है। तकिया में सिर छिपाकर रोने वाली औरतों से मुझे सख्त नफरत है। सुना है, ससुर जी फिर आजकल प्रधानमन्त्री की आँखों का काजल बन गए हैं। मुझे कभी-कभी उन्हीं के लिए बड़ा दुःख होता है। उनके परिवार ने उस देवता को कभी समझा नहीं। सुना है कि कार्तिक के लिए उन्होंने एक फैक्ट्री खोल दी है। एक बात कहूँ—तुमसे वह बेहूदा कभी तलाक माँगे, तो साफ मुकर जाना। जहाँ तुमने तलाक दिया, वहं, चट से सुधा तुम्हारा राजपाट सम्हालने आ जाएगी। इस गर्मी में यहाँ क्यों नहीं चली आतीं कहो तो मैं खुद आ जाऊँ लिवाने।”

अम्मा-बाबू जी को वह कई बार बुला चुकी थी किन्तु कोई भी उतनी दूर नहीं आना चाहता था। जब से बंटी आई.आई.टी. में पढ़ने गया था दोनों एकदम अकेले हो गए थे। शेखर के दो पत्र, अम्मा ने उसका नया पता लिख उसे भेज दिए थे। पर उसने दोनों को ही बिना पढ़े फाड़कर फेंक दिया था। किसी को भी दूर से आता देखती तो उसका कलेजा बुरी तरह धड़कने लगता, “कहीं वही उसका अता-पता पूछता न चला आया हो।”

यह भी कैसा अन्याय है विधाता कि नारी किसी अरण्य में ही क्यों न चली जाए, उसका अतीत एक-न-एक दिन, उसे ढूँढता, वहाँ पहुँच ही जाता है। वह अब भी अपनी कौमार्यावस्था की ही पदवी को अपने नाम के साथ सेंतती चली आ रही थी। किन्तु शहर का कोई होलसेल व्यापारी न जाने कहाँ से उसके अतीत की व्याधि के कीटाणु लाकर पूरे शहर में फैला गया था। एक दिन एक पार्टी में ही उसे एक सहयोगी की पत्नी ने अपदस्थ कर दिया।

“वाह! आप हमसे छिपाती रहीं। पर हमें पता लग गया। आप इतने बड़े मंत्री की पूत्रवधू होकर भी अपने को कुमारी ही लिखती हैं?”

एक पल जया का चेहरा फक पड़ गया। फिर उसने बड़ी गम्भीरता से कहा, 'सुनिए, जब इस परीक्षा में बैठी थी तो कुमारी ही थी। उसे बदलने में अभी बहुत झंझट होता।''

कितना बड़ा झूठ बोल गई थी वह! पर एक झूठ के लिए क्या दस झूठे मुखौटे नहीं लगाने पड़ते?

''तब आपके पति कभी नहीं आए यहाँ?'' ''वह विदेश में हैं,'' ठीक ही कहा था उसने। जैसा कंता घर रहे वैसे रहे विदेश। और फिर झूठ भी तो नहीं कहा था उसने। मालती भाभी की चिट्ठी दो ही दिन पहले आई थी, ''मुन्ना आजकल यहाँ अपने काम से आया है, मेरे ही पास रुका है। मैंने उसे बहुत परखा है जया, वह उतना बुरा नहीं है, जितना उसे तुम समझती हो। उसे सब पता है, तुम कहाँ हो, क्या कर रही हो। पर उसकी शराफत देखो, कभी भी तुम्हें परेशान करने नहीं पहुँचा। बहुत झटक गया है, लगता है मन-ही-मन पश्चात्ताप में घुल गया है बेचारा।''

चार दिन से कुसुमा नहीं आई थी। ड्राइवर भी ड्यूटी पर नहीं आया। चपरासी भेजा तो पता लगा, कुसुमा को उसके मरद ने बहुत मारा है। अब वह नौकरी नहीं करेगी, मायके जा रही है। जया उदास हो गई, इस अरण्य में वही तो उसकी एकमात्र संगिनी थी। रात को चपरासी खाना बनाकर रख गया पर उसने नहीं खाया। कल ही वह ड्राइवर को भी अपनी कोठी से भगा देगी। वह हद शराब पीता है, यह शिकायत तो उसके पास पहले भी आई थी, किन्तु आज वह कभी ड्यूटी पर नशा-पानी कर नहीं आया था।

कुसुमा भी एक-दो बार आकर अपना दुखड़ा रो गई थी। वह शराब ही नहीं गाँजे-चिलम का नशा भी करता है। पर उसे छोड़कर वह जा भी कहाँ सकती थी? मायके में अब भाई-भाभी थे, उनका अपना ही बहुत बड़ा परिवार था।

माँ-बाप बचपन में ही मर गए थे, भाई-भाभी ने ही उसका विवाह किया था। अब उन पर बोझ बनकर जाएगी कैसे? फिर वह बंध्या है, इसी से उसके शराबी पति का गुस्सा आए दिन उसी पर उतरता।

''कहत है, बाझिन है तू हमार जिनगी चौपट कर दी तूने।'' उसकी शरबती आँखों से टपटप टपकते आँसू देख, जया को बेहद गुस्सा आता। यह भी कैसा अन्याय था पुरुष का। क्या पता दोष स्वयं पति में ही हो।

फिर भी कुसुमा आज तक अपने पति को छोड़कर कभी मायके नहीं गई थी, आज कैसे जा रही थी।

दूसरे ही दिन कुसुमा नित्य की भाँति चाय की ट्रे लिए उसके सामने खड़ी हो गई।

"क्यों री, तू क्या आज जा रही है?"

कुसुमा ने सिर झुका लिया।

"क्या बहुत मारा है तुझे?"

कुसुमा ने उसकी ओर पीठ कर, कुर्ती उठा दी।

"ओफ! कसाई ने पीठ की चमड़ी उतारकर रख दी थी।"

गुस्से में काँपती जया ने अपने हाथों से उसके घाव को साफ किया, दवा लगाई और सिसकती कुसुमा को खींचकर अपने पलँग पर बिठा दिया, "रुक जा, अभी यहाँ बुलवाकर तुझसे माफी मँगवाती हूँ।"

"नहीं-नहीं जीजी, तुम्हारे गोड़ गिरें, उन जिन डाँटियो।"

"क्यों?"

"मारा है तो मारे का तो हक है उन्हें, हमार मरद हैं न।"

जया उसे आश्चर्य से देख रही थी।

"एक जान ही तो नहीं ली अभागे ने। फिर भी तू कहती है, हमार मरद है ना।"

"हाँ जीजी, नसा-पानी किए रहे, सोई जानवर बन गए।"

"तो तू उसे छोड़कर नहीं जा रही है?"

"नाहीं जीजी, मरद को का इत्ती–सी बात पै छोड़ दें?"

उस रात को जया ने मालती भाभी की चिट्ठी तीन बार पढ़ी थी। बड़ी देर तक उसे नींद नहीं आई।

यह कैसा पाठ पढ़ा गई थी उसे वह अनपढ़ नौकरानी!

नशे-पानी ने उसके मरद को जानवर बना दिया और उसने उसकी खाल भी उधेड़ दी तो क्या हुआ!

"हमार मरद है ना जीजी, फिर भी बहुत प्यार करत है हमसे।" दूसरे दिन ही कुसुमा हँसती-हँसती दिन-भर की छुट्टी लेने आ गई थी।

"क्यों, कहाँ जाना है, आज फिर तुझे कूटने का प्रोग्राम बना है क्या?"

"नाहिं जीजी सनीमा जवैया है।"

"किसके साथ?"

''अउर कौन, फलाने के साथ।''

''यह फलाना कौन है री?''

''नाम कइसे लें जीजी हमार फलाने, अन्नदाता के डिराहभर।'' उसके सांवल कपोल ब्रीडा से रंजित हो उठे।

जया ने हँसकर पूछा, ''तो मेल हो गया आखिर। जा आज सनीमा देख आ। कल फिर पिटना।''

''ऐ जिज्जी, एक बात पूछें?''

''पूछ।''

''आप सासरे काय नाँई गईं?''

जया की आनन्दी हँसी सहसा विलुप्त हो गई। ''चुप कर। जा भाग सिनेमा देखने, बहुत बकर-बकर करने लगी है इधर।'' कुसुमा सहम गई।

जया खिड़की पर खड़ी हुई तो देखा दोनों जा रहे थे। चलते-चलते मुन्नालाल ने पार्श्व में इठलाती-बलखाती पत्नी से न जाने क्या कहा कि वह हँसती-हँसती पति का हाथ पकड़ उसी पर ढुलक पड़ी।

एक दीर्घ साँस लेकर जया ने कमरे की बत्ती जला दी और मालती भाभी का पत्र लिखने बैठ गई।

सहसा उस बृहत् कोठी का एकान्त उसे काट खाने को दौड़ने लगा। अम्मा, बाबू जी, ताई, बंटी, सबसे उसका परकटे पंछी-सा मन, बार-बार विवश होकर खिड़की के काँचों से टकराकर धरा पर छटपटा उठा।

जिस चेहरे को वह प्राणांतक चेष्टा से भूलने का प्रयास कर रही थी, वही बार-बार क्यों उसकी हृदयअर्गला खोल, बड़ी धृष्टता से धँसा चला आ रहा था?

मालती भाभी के पत्र ने इधर उसे और अशान्त कर दिया था। पत्र के साथ उन्होंने उसके विवाह में स्वयं खींची तस्वीरों का पुलिंदा भी भेज दिया था।

कहीं सिमटी-सकुची नववधू बनी वह मखमली पर्यंक पर, पति के पार्श्व में गठरी बनी बैठी है। एक में उसे चाय का प्याला थमाता कार्तिक सधी धृष्टता से अपना चेहरा एकदम उसके कपोल से सटाकर मुस्करा रहा है। एक में दोनों देरानी-जेठानी चेहरे से चेहरे सटाए मुस्करा रही हैं।

यह चित्र कार्तिक ने ही खींचा था। बीच-बीच में कैसी निर्लज्ज ठिठोली करता जा रहा था भाभी से। शायद उसी ठिठोली से दोनों को एक साथ

गुदगुदाकर चट से तस्वीर खींच ली गई थी।

रात को कमरा बंद कर न जाने कितनी बार उसने अपने जीवन के उन क्षणिक सुखद स्मृति चिह्नों को देखा था। उनमें सबसे सुन्दर चित्र उतरा था स्वयं नौशे का, वह शायद किसी पेशेवर फोटोग्राफर ने लिया था क्योंकि मालती भाभी उसमें स्वयं अपने सजे-सँवरे देवर का सेहरा उठाकर, उसे काजल आँज रही थीं, नेग में सास के हाथ का कंगन उतरवा लिया था उन्होंने। सफेद चूड़ीदार, किमख्वाब की शेरवानी, राजस्थानी लहरदार साफे पर लगी कलँगी और फूलों की चिलमन से कभी खुलता और कभी ढँका जा रहा चेहरा। बारात आते ही ताई ने अपने मर्दाने कंठस्वर में गाए बन्ने से दीवाले कंपा दी थीं :

किनारी गोटेदार बन्ना
किन्ने सजाया है री।
किनारी लचकेदार बन्ना
किन्ने बनाया है री।

सचमुच गोटेदार बन्ना ही लग रहा था वह!

पैकेट को उसने सेफ में बंद कर लिया था, कहीं कुसुम ने देख लिया तो पूरे शहर में भोंपा बजाकर खबर फैला आएगी।

मालती भाभी को बड़े आग्रह से अपने पास छुट्टियाँ बिताने बुलाया था। ''आपको यहाँ बहुत अच्छा लगेगा। मैं आपको पूरा मध्य-प्रदेश घुमा दूँगी। अभी-अभी खजुराहो देखकर लौटी हूँ। आप उन मूर्तियों को देखकर मुग्ध हो जाएँगी। कहते हैं, जिसके हृदय में क्षणिक सुख के प्रति विरक्ति हो गई हो, वह यदि शान्त चित्त से, मन्दिर के अभ्यन्तर प्रकोष्ठ में प्रवेश करे तो उसे अविछिन्न परमानन्द की उपलब्धि होती है। मैने वहाँ जाकर इसका प्रत्यक्ष प्रमाण पा लिया है भाभी। मैं चाहती हूँ आपको भी वहाँ एक बार खींचकर ले आऊँ,'' पत्र में कहीं भी उसने अपने संतप्त हृदय की व्याकुलता को नहीं फटकने दिया था। उसे विश्वास था कि उसका पत्र पढ़कर मालती भाभी अवश्य आएँगी।

साल में एक बार तो वह भारत आती थीं। बहुत दिनों की प्रतीक्षा के बाद मालती भाभी का पत्र आया था। वह आ रही हैं, पहले उसी के पास आएँगी :

''मैं 24 को दिल्ली पहुँचूँगी, वहीं से सीधे तुम्हारे पास, देखना फिर कैसे

जंगल में मंगल करती हूँ। मैं 25 को तुम्हारे पास पहुँचूँगी—लेकिन एक शर्त पर, तुम्हें मुझे लेने स्वयं स्टेशन आना होगा।''

यह भी भला कोई शर्त थी!

''किन्तु कहाँ आईं वह?

पूरी कोठी को रंगीन बल्बों से जया ने ऐसे सजा दिया था, जैसे कोई बारात आ रही हो। एक-एक पेड़ पर मद्धिम नीली रोशनी के बल्ब तारे-से टिमटिमा रहे थे जैसे असंख्य जुगनू ही इधर-उधर उड़े जा रहे हों। द्वार पर आम्रपर्णो का तोरण, पानी से भरे दो कलश भी कुसुमा ने देहरी पर धर दिए थे। मन ही मन उसकी भोली परिचारिका निहाल हुई जा रही थी। चलो कोई तो आया जिज्जी के सासरे से आज। जेठानी आ रही हैं तो एक-न-एक दिन मरद भी आएगा।

बड़े-बड़े गुलाबों की माला गूँथकर जया एक घंटा पहले ही स्टेशन चली गई थी। ट्रेन आई। उसने एक-एक डिब्बा छान मारा पर मालती भाभी कहीं नहीं थी। उदास-अवसन्न-बुझा मन लेकर वह लौट आई। दूसरे दिन फिर गई, शायद ट्रेन मिस हो गई हो, आज आ जाएँ। उस दिन भी मुँह लटकाए लौट आई।

तीसरा-चौथा दिन भी ऐसे ही बीत गया, कोई तार न चिट्ठी। उन्हें तो उसने अपना फोन नम्बर दिया था। मालती भाभी तो ऐसी नहीं थीं। निश्चय ही कोई ऐसी बात हो गई होगी। चौथे दिन वह ऊबकर दौरे पर निकल गई थी। कुसुमा से कह गई थी, वह दो दिन बाद लौटेगी। एक चाबी हमेशा कुसुमा के पास रहती थी, चौकीदार से कह गई थी, कोई मेहमान आ जाए तो उसे सर्किट हाउस में फोन कर दे। दूसरे दिन मुआयना कर रात को लौटी, खा-पीकर लेटी ही थी कि सिरहाने धरा फोन खनखना उठा, ''आपके मेहमान आ गए हैं सरकार।''

''अच्छा अच्छा, हम अभी आ रहे हैं।'' वह पागलों की भाँति, सामान बैग में ठूँस कार में बैठ गई थीं, ''जल्दी चलो मुन्नालाल, हमारे मेहमान आ गए हैं।'' ''इत्ती रात को जाना क्या ठीक होगा सरकार? कुसुमा तो है कोठी पर, सब देख लेगी, बारह बज गया है। कम-से-कम तीन घंटे लगेंगे—वह रास्ता ठीक नहीं है—मुर्रे डकैत का इलाका है—न हो तो सुबह तड़के ही चलें।''

''नहीं, नहीं अभी चलो,'' अधैर्य से बौखला गई जया। जब घर पहुँची

तो तीन बज चुके थे।

"कैसे आई?" उसने चौकीदार से पूछा।

"इक्के से हुजूर।"

हाय राम, क्या सोचती होंगी मालती भाभी। एक तो फ्रांस से सीधे इस देहात में, वह भी इक्के से।

रात के धुँधलके में कोठी भाँय-भाँय कर रही थी, दीर्घ वृक्षों की सघन छाया में कैसी भयानक लगी होगी उसकी कोठी उन्हे। "कुसुमा है ना?"

"नहीं सरकार, उसकी भाभी बहुत बीमार है। आपके जाते ही उसका भाई लिवा ले गया—कह गई है परसों लौट आएगी।"

"अच्छा-अच्छा ठीक," वह भुनभुनाती भीतर चली गई—उसका सब प्रबन्ध गुड़गोबर हो गया। कुसुमा की भाभी को भी आज ही बीमार पड़ना था। अँधेरे कमरे की बत्ती जलाते ही मालती भाभी से मिलने का आनन्दातिरेक उसे सब कुछ भुला गया।

"मालती भाभी, मालती भाभी," वह बच्ची-सी किलकती, एक के बाद एक कमरे की बत्ती खटकाती, उन्हें ढूँढ़ने लगी। कहाँ छिपी उसे जब्त कर रही हैं—निश्चय ही उसके बेडरूम में सो रही होंगी। आधी रात को क्या उसकी प्रतीक्षा में बैठी होंगी अब तक? कैसी मूर्ख थी वह! धीरे-धीरे बिल्ली के-से पंजे टेकती वह अपने बेडरूम तक गई। कहीं जग न जाएँ, सिर से पैर तक चादर लपेटे मालती भाभी गहरी नींद में अचेत पड़ी थीं।

एक पल को वह सिरहाने खड़ी उन्हें देखती रही। फिर इतने दिनों अपनी निःसंग कोठी में उस आत्मीयता की उपस्थिति का आनन्द उसके धैर्य के बाँध को तोड़ फोड़कर बहा गया। "मालती भाभी, मैं आ गई।"

वह झुकी और बड़ी उमंग से उसने सोई जेठानी के गले में बाँहें डाल उनकी छाती पर अपना सिर रख दिया। सहसा बिजली की शत-शत तरंगें उसे कँपा गईं। दो पुष्ट बाँहों ने उसे अपने कठिन बाहुपाश में बाँध लिया, ढँके मुँह की चादर स्वयं खिसक गई।

"कहो कलक्टर साहब, ऐसा स्वागत पहले कभी हुआ है आपका किसी जिले में?" कार्तिक की उजली दशनद्युति, अँधेरे कमरे में बिजली ही-सी चमक-चमक कर विलीन हो रही थी। जया को लगा, उसके दोनों पैर धरती पर नहीं रहे। वह किसी गम्भीर जानलेवा दलदल में धँसती जा रही है। उसकी दोनों आँखें स्वयं मुँद गईं। क्या तब ही मालती भाभी ने कहा था, "देखना

क़ैसा जंगल में मंगल करती हूँ!''

''कहो क्या सोच रही हो—अब भगा पाओगी मुझे? कैसे भगा सकती हो अब?'' वही चिरपरिचित कस्तूरी की सुगन्ध, पल-पल निकट आ रहे चेहरे के साथ उसके कपोल और चिबुक—अधरों पर फैलती चली गई।

''मैं तो आज तुम्हारा अतिथि हूँ जया, और अतिथि को भला, कोई आज तक घर से निकाल पाया है?''

●●●